비슷한 것은 가짜다

정민의 연암독본 1

비슷한 것은 가짜다

연암 박지원의 예술론과 인생론

초판   1쇄 발행 2000년 2월 25일
초판 19쇄 발행 2020년 4월 15일
개정판 1쇄 발행 2020년 12월 15일
개정판 2쇄 발행 2022년 10월 20일

지은이 | 정민
펴낸곳 | (주)태학사
등록 | 제406-2020-000008호
주소 | 경기도 파주시 광인사길 217
전화 | 031-955-7580
전송 | 031-955-0910
전자우편 | thspub@daum.net
홈페이지 | www.thaehaksa.com

책임편집 | 김성천
편집 | 조윤형 최형필
디자인 | 이보아 이윤경
마케팅 | 김일신
경영지원 | 정충만
인쇄·제책 | 영신사

값 18,000원
ISBN 979-11-90727-48-8 03810

정민의 연암독본 1

비슷한 것은 가짜다

———

연암 박지원의 예술론과 인생론

태학사

개정판 서문

30대 후반에 쓴 글을 갑년을 맞아 다시 매만지려니 감회가 없지 않다. 20여 년 전에 출간된 책이 꾸준한 사랑을 받았다. 연암의 글이 지닌 힘에 독자와 공명한 결과라고 생각한다. 내용은 크게 손대지 않았고, 중간중간 새롭게 밝혀진 내용이나 자료를 첨가했다. 독자의 호흡 조절을 위해 중간 제목을 달고 문장을 조금 손보았다.

연암은 우리 문학사에 가장 빛나는 성좌星座다. 연암 연구에 내 학문의 모든 정열을 쏟으리라던 다짐은 여전히 유효한데, 그동안 나는 다산 정약용과 다른 큰 주제들에 마음이 끌려 연암에 집중하지 못했다. 하지만 한시도 연암에 대한 생각을 놓은 적은 없다. 이번 개정판 간행을 계기로 이 책을 쓸 당시의 열정 속으로 다시 뛰어들까 하는 다짐을 만지작거리고 있다.

묵은 책의 장정을 새롭게 꾸며 새 날개를 달아 준 태학사에 감사드린다.

2020년 가을, 행당서실에서
정민

초판 서문

"연암의 글은 한 군데 못질한 흔적이 없는데도 꽉 짜여 빈틈이 없다. 그의 글은 난공불락의 성채다. 방심하고 돌진한 장수는 도처에서 복병과 만나고 미로와 만나 손 한번 써 보지 못하고 주저앉고 만다." 책갈피에 써 둔 메모다. 1992년 7월 27일이란 날짜가 쓰여 있다. 또 1997년 6월 20일의 메모에는 "서늘함은 사마천을 닮았고 넉살 좋음은 장자에게서 배운 솜씨다. 소동파의 능청스러움, 한유의 깐깐함도 있다. 불가에 빠진 사람인가 싶어 보면 어느새 노장으로 압도하고, 다시금 유자의 근엄한 모습으로 돌아와 있다."고 적혀 있다.

연암 박지원(1737~1805)이란 이름에 대해 어떻게 말해야 좋을까? 두 메모 사이에 놓인 몇 해의 시간이 나는 당혹스럽다. 그러고도 다시 여러 해 동안 그를 곁에 끼고 살아왔지만 정작 그를 가지고서 번듯한 논문 한 편 써낼 용기는 가져 보지 못했다. 그는 내게 언제나 오리무중이다. 막상 그의 글은 달콤하다. 늘 사람을 긴장시킨다. 그러나 글을 손에서 놓고 나면 그는 벌써 저만치 달아나고 없다. 내 손에 남는 것은 손끝을 스쳐 간 나비의 날갯짓뿐이다.

하지만 나는 그의 글에서 중세가 힘을 잃고 근대는 제자리를 잡지 못해 어수선하던 그 시대의 풍경을 보았다. 그럼에도 여태 쩌렁쩌렁한 울림이 가시지 않는 맑은 음성을 들었다. 오늘에도 여전히 살아 숨 쉬는 생취生趣, 현상의 저편을 투시하는 형형한 눈빛을 보았다.

함께 나누고픈 그의 글은 반드시 문학 이야기에만 국한되지 않는다. 예술론과 인생론, 그 밖에 세상 살아가는 애환이나, 우정에 얽힌 담론, 시대를 향한 신랄한 풍자와 우언, 인간적 체취가 넘치는 편지글도 있다. 이따금 그 시대 다른 이들의 글도 함께 얹기로 한다. 연암의 해당 원문은 뒤편에 따로 실었다.

나는 지금 신토불이의 토종 건강 상품을 이야기하려는 것이 아니다. 우리 것이기 때문에 무조건 좋은 그 어떤 무엇을 말하려는 것이 아니다. 시간이 흐를수록 빛이 바래 가기는커녕 늘 새로운 힘으로 그 광휘를 드리우고 있는 어떤 위대한 정신과의 만남을 주선해 보려는 것이다.

연암의 글을 꼼꼼히 읽어 나가는 동안, 나는 불분명하던 나의 사고들이 명확하게 그 방향을 얻고 추동력을 얻어 나가는 느낌을 갖곤 했다. 3백 년 전의 지성이 이미 사문화死文化된 한자의 숲을 뚜벅뚜벅 걸어 나와, 타성에 젖은 내 뒤통수를 죽비로 내려치는 것이었다. 따라서 이 책에 실린 한 편 한 편의 글은 연암과 만나 나눈 대화록이라고 할 수도 있겠다. 연암은 그의 글에서 '상우천고尙友千古'란 현재에 벗이 없어 답답해서 하는 넋두리라고 한 바 있지만, 반대로 연암과의 대화는 내게 이런 맛난 만남도 있구나 하는 느낌을 갖게 했다. 연암은 가도 가도 난공불락이다. 나는 그 성 밑자락을 공연히 낡은 사다리 하나 들고서 이리저리 기웃거려 본 것일 뿐이다.

이 글은 시 전문지 『현대시학』에 1997년 9월부터 1999년 7월까지 '독연방필讀燕放筆'이란 제목 아래 2년간 연재한 글에 두 편의 글을 더하여 한자리에 묶은 것이다. 좋은 인연을 거듭 허락해 준 정진규 선생께 고마운 마음을 전한다. 태학사의 식구들이 이 책을 만드느라 수고가 많았다. 변선웅 편집장님과 이윤주 님께 특별한 감사를 표한다.

새천년 첫봄 행당동산에서
정민

차례

1부

글과 그림에 깃든 소리

사물의 본질을 읽어라

1

이미지는 살아 있다, 코끼리의 기호학.

장차 괴상하고 진기하고 대단하고 어마어마한 것을 보려거든 먼저 선무문宣武門 안으로 가서 코끼리 우리를 살피면 될 것이다. 내가 황성皇城에서 코끼리 16마리를 보았으나, 모두 쇠로 만든 족쇄로 발이 묶여 있어 움직이는 것은 보지 못했었다. 이제 열하熱河 행궁行宮의 서편에서 코끼리 두 마리를 보니, 온몸을 꿈틀대며 움직이는데 마치 비바람이 지나가는 것만 같았다. 내가 일찍이 새벽에 동해 가를 가다가 파도 위에 말 같은 것이 수도 없이 많이 서 있는 것을 본 적이 있다. 모두 봉긋하니 집과 같은 것이 물고기인지 짐승인지 알지 못하겠길래 해뜨기를 기다려 자세히 보려 했더니, 막상 해가 바다 위로 떠오르려 하자 파도 위에 말처럼 섰던 것들은 벌써 바닷속으로 숨어 버리는 것이었다. 이제 열 걸음 밖에서 코끼리를 보고 있는데도 오히려 동해에서의 생각이 떠올랐다.

코끼리의 생김새는 몸뚱이는 소인데 꼬리는 나귀 같고 낙타 무릎에다 범의 발굽을 하고 있다. 털은 짧고 회색인데 모습은 어질게 생겼고 소리는 구슬프다. 귀는 마치 구름을 드리운 듯하고, 눈은 초승달처럼 생겼다. 양쪽의 어금니는 크기가 두 아름에, 길이는 한 자 남짓이다. 코가 어금니보다 더 길어서 구부리고 펴는 것이 자벌레 같고, 두르르 말고 굽히는 것은 굼벵이 같다. 그 끝은 누에 꽁무니처럼 생겼는데, 마치 족집게처럼 물건을 끼워 가지고 말아서 입에다 넣는다.

혹 코를 주둥이라고 여기는 사람이 있어 다시금 코끼리의 코가 있는 곳을 찾기도 하니, 대개 그 코가 이렇게 길 줄은 생각지도 못하는 것이다. 간혹 코끼리의 다리가 다섯이라고 말하는 자도 있다. 혹은 코끼리 눈이 쥐눈과 같다고 말하기도 한다. 대개 온 마음이 코와 어금니 사이로만 쏠려서 그 온 몸뚱이 가운데서 가장 작은 것을 좇다 보니 이렇듯 앞뒤가 안 맞는 비유가 있게 된 것이다. 코끼리의 눈은 몹시 가늘어 마치 간사한 사람이 아양을 떨 때 그 눈이 먼저 선웃음을 치는 것과 같다. 그렇지만 코끼리의 어진 성품은 바로 이 눈에 담겨 있다.

강희康熙 때에 남해자南海子에 사나운 범 두 마리가 있었다. 오래 지나도록 능히 길들이지 못하자, 황제가 노하여 범을 몰아다가 코끼리 우리로 들여보낼 것을 명했다. 코끼리가 크게 놀라 한 번 그 코를 휘두르자 범 두 마리가 그 자리에서 죽어 버렸다. 코끼리가 범을 죽일 마음은 없었는데, 냄새나는 것을 싫어하여 코를 휘두른다는 것이 잘못 맞았던 것이다.

아아! 세간의 사물 가운데 겨우 털끝같이 미세한 것이라 할지라도 하늘이 지었다고 일컫지 않음이 없으나, 하늘이 어찌 일찍이 일일이 이름을 지었겠는가? 형체를 가지고 '천天'이라 하고, 성정을 가지고는 '건乾'이라 하며, 주재함을 가지고는 '제帝'라 하고, 묘용妙用을 가지고서는 '신神'이라 하여, 그 부르는 이름이 여러 가지이고 일컬어 말하는 것도 몹시 제멋대로다. 이에 이기理氣로 화로와 풀무를 삼고, 펼쳐 베풂을 가지고 조물주라 여기니, 이것은 하늘을 교묘한 장인匠人인 듯이 보아 망치질하고 끌질하며, 도끼질과 자귀질하기를 잠시도 쉬지 않는다고 생각하는 것이다.

그런 까닭에 『주역周易』에서 "하늘이 초매草昧, 즉 혼돈을 만들었다.(天造草昧.)"고 했는데, 초매라는 것은 그 빛이 검고 그 모습은 흙비가 쏟아지는 듯하여, 비유하자면 장차 새벽이 오려고는 하나 아직 새벽은 되지 않은 때에 사람과 사물을 분간하지 못하는 것과 같다. 캄캄하여 흙비 내리는 듯한 가운데에서 하늘이 만들었다는 것이 과연 어떤 물건인지를 나는 아직도 잘 알지 못하겠다. 비유컨대 국숫집에서 밀을 갈면 가늘고 굵고 곱고 거친 것이 뒤섞여 땅으로 흩어진다. 대저 맷돌의 공능이란 도는 데 있을 뿐이니, 애초부터 어찌 일찍이 곱고 거친 것에 뜻이 있겠는가?

그런데도 말하는 자들은 "뿔이 있는 놈에게는 윗니를 주지 않는다."고 하여 마치 사물을 만듦에 모자란 것이라도 있는 듯이 여기지만, 이것은 사실이 아니다.

감히 묻는다.

"이빨을 준 것은 누구인가?"

사람들은 장차 말할 것이다.

"하늘이 주었다."

다시 묻는다.

"하늘이 이빨을 준 것은 장차 이것으로 무엇을 하게 하려한 것인가?"

사람들은 이렇게 말한다.

"하늘이 그것으로 물건을 씹게 하려는 것이다."

다시 묻는다.

"물건을 씹게 하려는 것은 어째서인가?"

그들은 장차 이렇게 말할 것이다.

"이것은 이치가 그런 것이다. 새나 짐승은 손이 없으므로, 반드시 부리나 주둥이를 숙여서 땅에 닿게 하여 먹을 것을 구한다. 이 때문에 학의 다리가 높고 보니 목이 길지 않을 수가 없다. 그래도 혹 땅에 닿지 않을까 염려하여 또 그 부리를 길게 만든 것이다. 진실로 닭의 다리를 학처럼 만들었더라면 뜰 사이에서 굶어 죽었을 것이다."

내가 크게 웃으며 말했다.

"그대가 말하는 이치란 것은 소나 말, 닭이나 개에게나 해당할 뿐이다. 하늘이 이빨을 준 것이 반드시 고개를 숙여 물건을 씹게 하려는 것이라고 치자. 이제 코끼리에게는 아무짝에도 쓸데없는 어금니를 심어 주어 땅으로 숙이려 들면 어금니가 먼저 걸리고 마니, 이른바 물건을 씹는 데 절로 방해되지 않겠는가?"

어떤 이가 말했다.

"코가 있음을 믿는 것일 뿐이다."

내가 말했다.

"그 어금니를 길게 해 놓고 코를 기대느니, 차라리 어금니를 뽑아 버리고서 코를 짧게 하는 것이 낫지 않겠는가?"

그제야 말하던 자는 처음의 주장을 능히 굳게 지키지 못하고 배운 바를 조금 굽히게 될 것이다.

이것은 마음으로 헤아려 미치는 바가 오직 소나 말, 닭이나 개에만 있지, 용이나 봉황, 거북이나 기린에게까지는 미치지 못하기 때문이다. 코끼리가 범을 만나면 코로 쳐서 이를 죽이고 마니 그 코는 천하무적이다. 그러나 쥐를 만나면 코를 둘 곳이 없어 하늘을 우러르며 서 있다. 그렇다고 장차 쥐가 범보다 무섭다고 말한다면 앞서 말한 이치는 아닐 것이다.

대저 코끼리는 직접 눈으로 보는데도 그 이치를 알 수 없는 것이 이와 같은데, 또 하물며 천하 사물은 코끼리보다 만 배나 됨에랴! 그런 까닭에 성인께서 『주역』을 지으실 적에 '상象'을 취하여 이를 드러내었던 것은 만물의 변화를 다하게 하려 한 것이 아니었을까?[1]

―「코끼리 이야기象記」

코끼리와 낙타라는 기호 읽기

오래전 일이다. 강의 시간에 연암의 글을 강독하고서 평설을 써 오는 과제를 내 주었다. 한 학생이 과제 끝에 "장미는 예로부터 그 이름으로 존재해 왔으나 이제 우리에게 남은 것은 영락한 이름뿐"이라는 구절을 적어 놓았다. 움베르토 에코의 소설 『장미의 이름』에서 인용한 이 한 대목이 내 눈길을 끌었다. 주인공 윌리엄 수도사는 방금 읽은 연암의 「코끼리 이야기象記」와 아주 비슷한 내용의 말을 들려준다.

> 들거라, 아드소. 수수께끼 풀이는, 만물의 근본되는 제1원인 으로부터 추론해 낸다고 되는 일이 아니다. 그렇다고 해서 특수한 자료를 꾸역꾸역 모아들이고 여기에서 일반 법칙을 도출하면 저절로 풀리는 것도 아니다. …… 뿔이 있는 짐승의 예를 들어 보자. 왜 짐승에게 뿔이 있겠느냐? 뿔이 있는 짐승에 게는 윗니가 없다. 아직 모르고 있었다면 유념해 두거라. 그런데 윗니도 없고 뿔도 없는 짐승도 있으니 낙타가 바로 그렇다. 윗니가 없는 짐승에게는 위가 네 개라는 것도 알아 둘 필요가 있다. 너는, 이빨이 없어서 제대로 씹을 수 없으니까 이런 짐승에게는 위가 네 개나 있어서 소화를 도와주는구나 하고 생각할 것이다. 여기까지는 너도 상상할 수 있고 추론할 수도 있겠지. 하지만 뿔은 어떨까? 너도, 짐승의 머리에 뿔이 자라는

이유를 상상할 수 있을 게다. 머리에 골질조직骨質組織을 솟아나게 함으로써, 부족한 이빨의 수를 보충하는 모양이구나 하고 말이다. 그러나 이것은 충분한 설명이 못 된다. 낙타에게는 윗니가 없다. 윗니가 없으면 위가 네 개 있고 뿔이 있어야 마땅한데, 위가 네 개인 것은 분명하지만 뿔은 없다. 따라서 이것은 다른 방법으로 설명해야 한다. 방어 수단이 없는 짐승의 머리에만 몸속의 골질이 뿔로 자라난다. 그러나 낙타의 가죽은 몹시 두껍다. 따라서 낙타에게는 뿔이라고 하는 방어 수단이 필요하지 않다. 그러면 여기에는 어떤 원칙이 있을 수 있다고 해야겠느냐. …… 자연 현상에서 하나의 법칙을 이끌어 내자면 우선 설명되지 않는 형상에 주의하면서, 서로 관련이 없어 보이는 갖가지 일반적인 법칙을 서로 연계시켜 보아야 한다. 그러다 보면, 뜻밖의 결과들이 특수한 상황에서 서로 관련되는 데서, 혹은 여러 법칙을 두루 싸잡는 하나의 실마리가 잡혀 나온다. 이 실마리를 유사한 경우에 두루 적용시켜 보거나, 다음 발전 단계를 미루어 헤아려 보면, 마침내 자기 직관이 옳은지 그른지를 확인해 볼 수 있는 것이다.[2]

연암이 우리에게 던지는 첫 번째 화두는 코끼리다. 흥미롭게도 에코는 낙타라는 기호를 가지고 연암과 비슷한 물음을 던지고 있다. 코끼리나 낙타라는 기호는 우리에게 어떤 의미를 던지는가? 소나 말, 개나 돼지에만 익숙해진 눈에 코끼리나 낙타는 언뜻

이해할 수 없는 뜻으로 가득 차 있다. 위 에코의 글은 혼란스러운 기호들 속에서 '하나의 법칙'에 접근해 가는 인식 과정을 잘 보여 준다. 앞선 연암의 문답과는 주객의 자리가 바뀌어 있다. 앞서 연암의 글에서 '하늘의 이치'를 들먹이며 예외적 존재를 인정치 않으려다 연암에게 공박당하는 '설자說者'의 태도가, 윌리엄 수도사에게서는 더욱 세련된 논리를 갖춘 채 마침내 '하나'의 결론에 도달하기에 이른다.

사물의 본질과 이름

이제 연암의 글을 따라가며 읽어 보자. 소나 말, 닭이나 개만 보며 평생을 살아온 시골 사람이 코끼리를 난생처음 보았다면 그 느낌은 어떠했을까? 사진으로도 보지 못했고, 그림으로도 보지 못하다가 어느 날 문득 만리타국의 동물원 우리 속을 어슬렁거리며 왔다 갔다 하는 코끼리의 모습과 처음 마주했을 때, 그 느낌은 어떠했을까? 연암은 그 느낌을 괴상하고 진기하고 거대한, 한마디로 어마어마한 그 무엇이라고 했다. 그저 걸어가는데도 마치 비바람이 지나가는 듯하다고 썼다.

이어서 그는 엉뚱하게도 젊은 시절 금강산을 유람하러 갔다가 동해에서 일출을 맞이했던 때의 기억을 떠올린다. 일출 직전 먼바다 위로 둥글둥글 집채인 양 수도 없이 서 있던, 물고기인지 짐승인지도 분간이 안 되던 신기루. 연암은 바로 열 걸음 앞에서 육중한 걸음을 옮기고 있는 코끼리가 마치 일출과 함께 온데간데 없이 사라져 버렸던 허깨비는 아닐까 하는 생각마저 들더라고 했다. 코끼리를 처음 상면한 충격은 이렇게 해서 일단 진정의 국면으로 들어선다.

이어지는 다음 단락은 코끼리의 외모에 대한 묘사다. 코끼리를 한 번도 보지 못한 독자를 위해 누구나 알고 있는 사물에 견주어 코끼리의 각 부분을 친절하게 그려 보였다. 그러면서도 그의 관심은 쓸데없이 긴 어금니, 자벌레 같고 굼벵이 같고 누에의 꽁무니 같고 족집게 같은 코로만 집중되어 있다.

코로 물건을 집으니 그것이 주둥이인가 싶어 코는 어디 있는가 하고 묻는 이도 있다. 아예 긴 코를 다리쯤으로 여기기도 한다. 덩치는 집채만 한 게 눈은 쥐눈처럼 조그맣다. 그럴 리가. 워낙에 덩치가 크고 코와 어금니가 희한하다 보니, 그 위에 붙은 눈이 그만 작게 보인 것일 뿐이다.

살살 웃는 듯한 작은 눈에서 어진 성품을 읽어 내던 연암은 대뜸 사나운 범 두 마리를 일격에 쓰러뜨리는 코끼리의 완력으로 화제를 돌린다. 사나워 길들이기를 포기할 수밖에 없었던, 그것도 한 마리도 아닌 두 마리의 난폭한 범이 코끼리가 휘두른 코 한 방에 즉사해 버렸다고 하니, 다시금 독자들은 코끼리의 어마어마한 크기와 긴 코의 위력을 상상으로 그려 볼밖에 도리가 없다. 더욱이 애초에 죽이려던 것도 아니고 냄새가 싫어 그저 허공에 대고 휘두른다는 것이 빗맞았다고 하지 않는가?

그렇다면 천하의 그 많은 사물들은 누가 만들었는가? 하늘이 만들었을까? 연암은 사뭇 그럴 리가 없다는 투다. 천하만물을 만들었다는 하늘도 이름이 여러 가지다. 생긴 모양을 본떠서는 '천天'이라 하고, 하늘은 굳건하기에 성정으로 말할 때는 '건乾'이라 한다. 하늘의 주재자는 누구인가? 그를 일러 사람들은 '제帝'라고 한다. 그 오묘한 섭리와 작용을 이를 때는 '신神'으로 일컫는다. 한 가지 하늘을 두고도 이같이 많은 이름으로 부른다. 그런데도 사람들은 조물주가 이理와 기氣를 결합하여 형상을 부여했다면서, 마치 하늘이 교묘한 장인匠人이 되어 일일이 망치질하고 끌질하고 도끼질하고 자귀질하여 온갖 만물을 직접 만들어 내기라도 한 듯이 여긴다.

섭리는 없다

그러나 그런가? 『주역』에서는 분명히 이렇게 말했다. 하늘이 만든 것은 '초매草昧', 즉 혼돈일 뿐이라고. 정작 하늘이 만들었다는 것은, 하늘과 땅이 아직 갈리지 않은 천지미판天地未判의 상태, 보다 생생하게 말하면 새벽이 오기 직전 아무것도 구별할 수 없는 태초의 적막한 어둠뿐이라고 『주역』은 적고 있다. 그렇다면 하늘이 만들었다는 것은 무엇인가? 개인가? 돼지인가? 아니면 코끼리인가? 하늘이 만든 것은 아무것도 없다. 그저 하늘은 맷돌이 통밀을 갈아 때로 가늘게, 이따금 굵게, 곱고도 거칠게 땅으로 흩뿌려 놓듯, 그 날리는 가루 이상으로 헤아릴 길 없는 사물들을 이 세상 위로 제가끔 흩어 놓았을 뿐이라는 것이다.

그렇지만 사람들은 온갖 사물들 속에서 저 푸른 하늘을 주재하는 존재가 섭리하는 모종의 이치를 찾아내고자 한다. 거기서 그들이 찾아내는 진리란 대체로, '뿔이 있는 짐승은 윗니가 없다.'거나, '날개가 있는 것은 다리가 두 개뿐이다.' 같은 것들이다. '학의 다리가 길다고 자르지 말라.'거나, '오리의 다리가 짧다고 늘이지 말라.'는 식이다. 그들은 또 닭의 다리가 학의 다리처럼 길지 않은 데서 조물주의 오묘한 섭리를 발견하곤 쉽게 감동해 마지않는다.

그런데 코끼리는 이러한 일반적 규칙 중 어디로 보더라도 맞지가 않으니 어찌할까? 코끼리의 어금니는 어디에 쓰려고 존재하는가? 코끼리의 코는 왜 저다지도 긴가? 어금니가 길어 걸리지 말라고 코가 긴 걸까? 그렇다면 차라리 어금니를 없애고 코를 짧게 해 주는 것이 코끼리를 위하는 길이 아닐까? 조물주는 왜 코끼리에게 저런 장난을 쳤을까? 거기에 무슨 이유라도 있는가?

아니다. 그렇지 않다. 내 눈으로 보아 아는 세계의 하찮은 지식을 가지고 세상의 온갖 진리를 꿰뚫으려 하는 노력은 코끼리 앞에 서면 무력해지고 만다. 코끼리만 예외로 해 놓고 그냥 넘어갔으면 좋겠지만, 그럴 수가 없으니 고민스럽다. 그 사나운 범 두 마리를 일격에 쓰러뜨린 코끼리의 그 코도 조막만 한 새앙쥐 앞에서는 속수무책이다. 코끼리의 콧속으로 쥐가 쏙 들어가면 코끼리는 그만 미쳐 날뛰다 죽는다. 자! 사나운 범은 코끼리 앞에서 꼼짝도 못 하고, 그 용맹한 코끼리는 범이 거들떠보지도 않는 새앙쥐 앞에서 숨도 제대로 쉬지 못한다. 그렇다면 새앙쥐는 범보다 위대한가? 이것을 수긍할 수 없다면, 대저 저 하늘의 일정한 섭리란 것이 과연 있기는 한 것인가?

하늘의 섭리는 없다. 고정불변의 이치는 존재하지 않는다. 만물은 제가끔 살아 숨 쉰다. 내가 알지 못하는 세계가 있고, 설명할 수 없는 현상이 있다. 내가 알지 못한다 해서, 설명할 수 없다고 해서 그것을 인정하지 않으려 들지 말아라. 지금 내 눈앞에서 어슬렁거리고 있는 저 코끼리야말로 그 살아 있는 증거가 아니겠는가? 우리가 천지만물의 주재자라고 믿는 하늘을 두고도 우리는 필요에 따라 천天·건乾·제帝·신神 등의 다른 이름을 붙이지 않았던가?

같은 하늘이로되 서로 다른 이름으로 불리듯, 한 가지 사물 안에도 온갖 이치가 깃들어 있다. 나는 코끼리를 통해 세계와 만난다. 『주역』의 괘卦에 대한 풀이는 각각의 '상象'을 통해 구체적으로 형상화된다. 그런데 그 괘상의 결합은 미묘하고도 복잡하여 일괄하여 말하기 어려운 무수한 '변상變象'들을 만들어 낸다. 이미지를 나타내는 '상象'이란 글자가 코끼리 상象 자이기도 한 것은 무슨 심오한 관련이 있는가? 그것은 성인의 뜻이라 가늠할 수가 없다.

연암은 예외를 인정치 않으려는 태도를 수긍하지 않는다. 사실 '하늘의 이치'란 것도 '하나의 법칙'이란 것도 인간이 지어낸 허상에 불과하다. 사물들은 살아 있다. 그것은 하나의 법칙으로 가둘 수가 없다. 하늘의 이름이 부르는 이에 따라 여러 가지로 달라지듯이, 사물의 질서는 바라보는 각도에 따라 다르게 보인다. 하나의 기호는 하나의 진실만을 담고 있지 않다. 나는 그 기호를 통해 세상과 만난다. 기호와 기호 사이에 필연적인 관계는 없다. 기호는 살아 있다. 코끼리는 살아 있다.

나는 이 글을 쓰는 내내 연암의 「코끼리 이야기」를 에코가 읽었다면 어떤 표정을 지었을까 하고 생각해 보았다. 세상에서는 언제나 실체는 간데없고 기호만이 괴력을 발휘해 왔다. 기호가 말씀이 되고 권력이 되어 살아 숨 쉬는 사물의 생취生趣를 억압해 왔다. 기호와 세계 사이의 불균형과 간극은 영원히 메워질 수 없는 것인가?

살펴본 대로 연암의 「코끼리 이야기」는 획일화된 가치 척도로 세계를 규정코자 하는 결정론적 세계관에 대한 거부의 뜻을 담아내고 있다. 우연히 열하 행궁에서 만난 코끼리를 앞에 두고, 인간의 경험에서 나오지 않은 사변적 지식이란 것이 얼마나 하찮은 것인가를, 만고불변의 진리란 것이 어째서 이토록 허망한가를 그는 생각하고 있다.

물상의 세계는 햇빛에 비친 까마귀의 날갯빛과도 같아 잡아

가두려고 하면 금세 달아나 버린다. 이미지는 살아 있다. 내 손끝이나 눈길이 닿을 때마다 그것들은 경련한다. 살아 있는 이미지들 속에서만이 삶의 정신은 빛을 발한다. 화석화된 이미지는 더 이상 이미지일 수가 없다. 이것이 코끼리를 앞에 세워 놓고 연암이 21세기의 우리에게 던지는 화두다.

2

———

까마귀의 날갯빛。

통달한 사람은 괴이한 바가 없지만 속인은 의심스러운 것이 많다. 이른바 본 것이 적고 보니 괴이한 것이 많다는 것이다. 그렇지만 통달한 사람이라 해서 어찌 사물마다 제 눈으로 직접 보았겠는가?

하나를 들으면 눈앞에 열 가지가 떠오르고, 열 가지를 보면 마음에서 백 가지가 베풀어져, 천 가지 괴이함과 만 가지 기이함이 도로 사물에 부쳐져서 자기와는 상관함이 없다. 때문에 마음은 한가로워 여유가 있고 응수함은 다함이 없다.

그러나 본 바가 적은 자는 백로를 보고 까마귀를 비웃고, 오리를 보고는 학을 위태롭게 여긴다. 사물은 절로 괴이할 것이 없건만 자기가 공연히 화를 내고, 한 가지만 같지 않아도 온통 만물을 의심한다.

아! 저 까마귀를 보면 깃털이 그보다 더 검은 것은 없다. 그러다가 홀연 유금乳金빛으로 무리지고, 다시 석록石綠빛으로 반짝인다. 해가 비치면 자줏빛이 떠오르고, 눈이 어른어른하더니 비췻빛이 된다. 그렇다면 내가 비록 푸른 까마귀라고 해도 괜찮고, 다시 붉은 까마귀라고 말해도 또한 괜찮을 것이다. 저가 본디 정해진 빛이 없는데, 내가 눈으로 먼저 정해 버린다. 어찌 눈으로 정하는 것뿐이리오. 보지 않고도 마음으로 미리 정해 버린다.

아! 까마귀를 검은빛에 가둔 것만으로 충분한데, 다시금 까마귀를 천하의 온갖 빛깔에다 가두었구나. 까마귀가 과연 검기는 검다. 그러나 누가 다시 이른바 푸르고 붉은 것이 그 색깔[色] 가운데 깃든 빛깔[光]인 줄을 알겠는가? 검은 것[黑]을 일러 어둡다[闇]고 하는 자는 단지 까마귀를 알지 못하는 것일 뿐 아니라 검은 것도 알지 못하는 것이다. 어째서 그런가? 물은 검기[玄] 때문에 능히 비출 수가 있고, 칠漆은 검은[黑] 까닭에 능히 거울이 될 수가 있다. 이런 까닭에 색깔 있는 것치고 빛깔이 있지 않은 것이 없고, 형상[形] 있는 것에 태態가 없는 것이 없다.

미인을 보면 시를 알 수가 있다. 그녀가 고개를 숙임은 부끄러운 것이다. 턱을 괸 것은 한스러움을 나타낸다. 홀로 서 있는 것은 누군가를 그리고 있는 것이다. 눈썹을 찌푸림은 근심스러운 것이다. 누군가를 기다림이 있을 때는 난간 아래 서 있는 모습을 보여 주고, 바라는 바가 있을 때는 파초 아래 서 있는 모습으로 보여 준다.

만약 서 있는 모습이 재계齋戒한 것 같지 않고 앉아 있는 것이 빚어 놓은 것 같지 않다고 나무란다면, 이것은 양귀비가 이가 아파 찌푸림*을 나무라는 격이요, 번희樊姬가 쪽찐 머리를 감싸 쥐지** 못하게 하는 격이며, 사뿐사뿐 걷는 걸음걸이의 아름다

---

* 양귀비가 이가 아파 손을 뺨에 대고 얼굴을 찌푸리니 그 자태가 더욱 고혹적이었음을 두고 한 말.

** 한나라 영현伶玄의 첩 번통덕樊通德이 재색才色이 있었는데, 조비연趙飛燕 자매의 슬픈 운명을 이야기하다가 촛불을 돌

움*을 야단하고, 손뼉 치며 추는 춤의 경쾌하고 빠름**을 꾸짖는 격이라 하겠다.

내 조카 종선宗善은 자가 계지繼之인데 시에 능하다. 한 가지 법도에만 얽매이지 아니하여 온갖 체體를 두루 갖추었으니, 우뚝이 동방의 대가가 된다. 성당盛唐의 시인가 싶어 보면 어느새 한위漢魏의 시가 되고 또 송명宋明의 시가 된다. 겨우 송명인가 싶어 보면 다시금 성당으로 돌아가 있다.

아아! 세상 사람들이 까마귀를 비웃고 학을 위태롭게 여김이 또한 너무 심하다. 하지만 계지의 동산에서는 까마귀가 자줏빛도 되었다가 비췻빛도 된다. 세상 사람들은 미인을 재계한 듯 빚어 놓은 듯 만들고 싶어 하지만 손뼉 치며 추는 춤과 사뿐사뿐한 걸음걸이는 날로 경쾌해지고 더 아름다워질 터이고, 틀어 올린 머리와 아픈 이빨은 모두 나름대로의 태가 있는 법이다. 그 성내고 노함이 날로 심해질 것은 의심할 여지가 없

아보고 손으로 쪽찐 머리를 감싸 쥐며 구슬피 눈물을 흘리는 자태가 아름다웠던 것을 말한다.

* 폐제廢帝 동혼후東昏候가 금으로 연꽃을 만들어 땅에 붙여 두고 애첩 반비潘妃로 하여금 그 위를 걷게 하고는 걸음걸음마다 연꽃이 피어난다고 했다는 고사에서 나온 말. 연보蓮步는 사뿐사뿐 걷는 미인의 걸음걸이를 말한다.

** 장무掌舞는 한나라 때 북방에서 수입된 춤사위로, 손뼉을 치며 빠른 템포로 추는 호선무胡旋舞를 가리킨다. 재래의 아무雅舞가 장엄 엄숙한 데 반해 이렇듯 경쾌한 호무胡舞는 당대에 선풍적인 인기를 끌었다.

겠다.

　세상에는 통달한 선비는 적고 속인만 많다. 그럴진대 침묵하고 말하지 않는 것이 좋겠으나, 말을 그만둘 수 없는 것은 어째서일까? 아! 연암노인이 연상각烟湘閣에서 쓴다.[3]

—「능양시집 서문菱洋詩集序」

까마귀와 해오라기

달사達士와 속인의 차이를 어디에서 찾을까? 처음 보는 어떤 물건이나 경험해 보지 않았던 어떤 일을 그 앞에 두면 금세 구별이 된다. 달사는 이미 익숙히 알았던 일이기라도 한 듯이 당황하는 법이 없다. 그러나 속인은 고개를 갸우뚱거리며 알 수 없다는 표정을 짓는다. 속인은 자기가 이제껏 경험해 보지 않은 일은 도대체 받아들일 자세가 갖추어져 있지 않다. 처음 본 것은 둘 다 마찬가진데 한쪽은 속수무책으로 당황하여 화를 내고, 다른 한쪽은 태연자약 능수능란하게 처리해 버린다. 왜 그럴까?

달사란 어떤 사람인가? 연암은 이렇게 말한다. 하나를 들으면 이미 그의 눈앞에는 그와 관련된 열 가지 형상이 떠오른다. 열을 보면 마음속에서는 이미 백 가지 일이 펼쳐진다. 세상의 그 많은 신기하고 괴이하고 알 수 없는 일들도 그의 귀와 눈을 거쳐 가면 어느새 평범하고 익숙한 사물로 변해 버린다. 그는 자신의 이목만을 가지고 사물을 판단하지 않는다. 그는 사물을 가지고 사물을 판단한다. 그의 귀와 눈, 그의 마음은 단지 이 사물과 저 사물을 연결 지어 주는 매개자의 역할만 한다. 그렇기에 그는 어떤 난처한 상황도 당황스럽지가 않고, 어떤 복잡한 문제도 어렵지 않게 해결할 수 있다. 그런 그가 바로 달사, 즉 통달한 사람이다.

하지만 속인은 그렇지가 않다. 그는 자기가 아는 세계를 통해서만 창밖의 세계를 이해하려 든다. 그는 사물로써 사물을 판단하지 못하고, 자아의 집착을 우선하여 사물을 재려 든다. 백로의 고결을 높이 치다 보니 까마귀의 더러움을 비웃는다. 오리의 짧은 다리만 보다가 학의 긴 다리를 보면 위태롭기 그지없다. 그들은 학의 긴 다리를 오리처럼 짧게 해야만 마음이 놓인다. 검은 까마귀의 깃털을 백로의 그것처럼 만들어 놓아야 직성이 풀린다.

까마귀 싸우는 골에 백로야 가지 마라
성낸 까마귀 흰빛을 새울세라
청강淸江에 조히 씻은 몸을 더럽힐까 하노라.

검은 까마귀가 무슨 잘못이 있던가? 외다리로 고고히 서 있는 해오라기, 그 청순한 고결을 사람들은 아름답다 하지만 정작 그는 지금 주린 제 뱃속을 채우려고 물속의 고기를 한껏 노리고 있는 중이다. 까마귀의 반포지은反哺之恩은 어떨까? 늙은 제 어미를 위해 먹이를 토해 내는 그 갸륵한 마음도 같이 욕을 해야 할까? 까마귀는 검은 날갯빛을 하고도 아무 불편 없이 제 삶을 잘 살아간다. 그것을 보고 불편한 것은 정작 까마귀가 아니라 사람이다. 그것을 보고 행복한 것은 사실 해오라기가 아니라 사람이다. 왜 까마귀를 더럽다 하는가? 해오라기가 고고할 것은 또 무엇인가? 왜 내가 알고 있는 사실, 내가 믿고 있는 가치만을 고집하는가? 왜 그것에서 조금만 벗어나면 화를 내고, 다른 사람을 욕하는가?

까마귀의 날갯빛은 정말 검을까? 아니 그보다, 검은 것은 정말 나쁜 것일까? 가만히 보면 까마귀의 날개 속에는 갖가지 빛깔이 감춰져 있다. 유금빛으로 무리지다가 석록빛으로 반짝이고, 햇빛 속에서는 자줏빛도 떠오른다. 자세히 보면 비췻빛도 있다. 우리가 검다고만 믿어 온 그 깃털 속에 이렇듯 다양한 빛깔이 들어 있다. 비췻빛 까마귀였다면 우리가 그렇게 미워했을까? 푸른 까마귀라면 그렇게 경멸했을까? 햇살의 프리즘에 따라 바뀌는 까마귀의 날갯빛을 우리는 거부하고 있었다. 까마귀는 검다. 검은 것은 더럽다. 더러운 것은 지저분하다. 까마귀는 지저분하다. 가까이 가면 물드니 백로야 가지 마라.

한 스쿠버 다이버가 깊은 바다에서 작살로 물고기를 잡았는데 그 피가 초록빛이었다. 하도 신기해 자랑하려고 서둘러 물 위로 올라오니 그저 보통의 붉은 피였다. 햇빛의 장난에 깜빡 속은 것이다. 물고기의 피는 붉은색인가? 아니면 초록색인가? 우리가 믿고 있는 진리는 언제나 불변인가? 변화하는 것은 진리가 아닌가? 피는 붉다. 까마귀는 더럽다. 속인은 모든 판단을 여기서부터 시작한다. 그러기에 깊은 바닷속에서 초록색으로 보이는 피의 빛깔이 신기하고, 까마귀 깃털 속에 언뜻언뜻 떠오르는 석록빛을 인정할 수가 없다. 까마귀는 저대로 자유로운데 공연히 제가 불안해서 어쩔 줄 모른다. 온 세상 사람들을 해오라기로 만들어야만 제 사명이 다할 줄로 생각한다. 그래서 남을 못살게 굴고, 비난하고 강요한다.

색깔과 빛깔, 외형과 내태

이제 연암은 비로소 본론을 꺼낸다. 그가 제기하는 문제는 색色과 광光, 형形과 태態의 관계다. 색깔 속에는 스펙트럼이 빚어내는 다양한 빛깔이 있다. 하나의 꼴 속에는 수없이 많은 태가 깃들어 있다. 속인과 달사는 어떻게 구분되는가? 속인은 색과 형만 가지고 사물을 판단한다. 그러나 달사는 그 속에 깃든 광과 태를 읽을 수 있다. 그래서 이편에서 괴이쩍은 일이 저쪽에서는 당연한 것이 되고, 이편에서 있을 수 없는 일이 저쪽에서는 그럴 수밖에 없는 일로 된다.

검다는 것만 가지고 다시 살펴보자. 검은 색깔 안에는 여러 가지 빛깔들이 깃들어 있다. 검다는 것이 환기하는 의미에는 어둡다, 시커멓다, 더럽다, 음험하다, 현묘하다, 마음씨가 나쁘다 등등의 다양한 층위가 있다. 까마귀가 더럽다고 할 수 있다면, 까마귀는 현묘하다고 말할 수도 있어야 한다. 그러나 속인은 그럴 수가 없다. 다시 연암은 검다는 말을 흑黑·암闇·현玄·칠漆 등으로 분절한다. 검다고 사물을 다 비추지는 못한다. 옻칠[漆]만이 사물을 비출 수 있고, 수면의 검은[玄] 빛만이 사물을 비출 수 있다. 검은[黑] 옷은 사물을 비추지 못하고, 어둠[闇]도 사물을 비추지는 못한다. 단지 검다는 말 속에도 뜻밖에 이렇듯 다양한 의미망이 존재하고 있다. '검다'라는 단어를 선입견을 가지고 보지 말아라. 그 색에 현혹되지 말고, 그 빛을 읽을 수 있어야 한다.

이와 마찬가지로 하나의 꼴 속에는 다양한 태가 깃들어 있다. 이것은 외형外形과 내태內態의 문제다. 나는 기쁠 때도 있고, 슬플 때도 있다. 기쁠 때 웃는 나와 분노로 성내는 나는 다르다. 그렇다면 나는 내가 아닌가? 아버지로서 근엄하게 야단치는 내가 있고, 자식으로서 공손히 순종하는 내가 있다. 교실에서 강의할 때의 나와 스승 앞에서 가르침을 청할 때의 나는 내가 보기에도 판이하다. 이럴 때 나는 나인가? 그 다양한 태를 나는 인정하며 살아간다. 그것을 심리학자 카를 융은 페르소나persona라 이름 짓고, 시인은 시적 화자라 부른다. 내 속에 들어 있는 수많은 나, 어제와 오늘이 다르고, 조금 전과 지금이 같지 않은 나, 그 많은 나를 나는 나라고 인정하지 않을 도리가 없다. 그러나 속인은 싸늘하게 고개를 젓는다. 그 속에서 진정한 단 하나의 나, 나다운 나, 완성된 나를 찾아야만 할 것이라고 잘라 말한다.

이제 연암은 형形과 태態의 관계를 부연하기 위해 미인을 끌어들인다. 그림 속에 그려진 미인은 다양한 동작을 취하고 있다. 그녀가 고개를 푹 숙이고 있구나. 그녀는 지금 부끄러운 것이다. 턱을 괴고 넋을 놓고 있구나. "내 님은 누구실까? 어디 계실까?" 그녀의 마음은 이런 것이었을 게다. 달빛 아래 홀로 선 그녀의 모습에서 나는 멀리 떠나간 님을 향한 그리움을 읽는다. 아! 그녀가 눈썹을 찡그리고 있다. 알지 못할 미래에 대한 불안이 그녀에게 지울 수 없는 그늘을 드리운 것이다. 높은 난간에 올라 먼 데를 바라보는 그 뜻은 님이 이제나저제나 오실까 해서임을 나는 안다.

파초 그늘 아래서 위를 올려다보는 그녀. 그녀는 무언가 잘 이뤄지지 않는 바람을 지니고 있구나.

만약 그 많은 미인도의 모습이 한결같이 금세 깨끗이 재계하고 나온 듯하고, 흙으로 빚어 놓은 조각처럼 단정해야만 한다고 우긴다면, 나는 그런 사람과 더불어 그림을 이야기할 마음이 없다. 미인은 단정해야 한다. 덕성이 넘쳐 흘러야 한다. 서 있는 것도 앉아 있는 것도 흐트러진 모습을 보여서는 안 된다. 그런 미인을 나는 진흙으로 빚은 미인이라고 부르겠다. 형形만 있고 태態는 없는 미인은 미인이 아니다. 분칠한 아름다움만으로는 마음을 움직이지 못한다. 예쁘고 화려한 옷이 마음을 움직이지는 못한다. 자태가 있어야 한다. 마음을 움직이는 힘은 겉모습이 아니라 그 안에 깃든 태에서 나오는 것임을 명심해야 한다. 반대로 우리는 그림 속 미인의 자태를 보고 그녀의 속마음을 읽어 낼 수가 있다. 하나의 몸짓 속에 서로 다른 의미가 담겨 있다. 청나라 문인 장조張潮는 잠언집 『유몽영幽夢影』에서 이렇게 말한다.

모습이 추한데도 볼만한 사람이 있고, 비록 추하지 않지만 볼만한 구석이라곤 없는 사람이 있다. 글이 문리가 통하지 않아도 마음을 움직이는 것이 있고, 비록 문리는 통하지만 지극히 혐오스러운 것도 있다. 이것은 천박한 사람에게는 쉽게 알려 주지 못하는 이치이다.

사람들은 형만 보고 태는 보지 않는다. 겉모습에만 현혹된다. 그래서 언제나 허전하고 허술하다. 늘 속고만 산다. 치통을 앓아 뺨에 한 손을 가볍게 대고 살짝 찌푸린 양귀비의 표정은 얼마나 사랑스러웠을까? 슬픈 이야기에 젖어 촛불을 가만히 바라보다가 손을 들어 쪽찐 머리를 매만지는 번희樊姬, 그녀의 눈가를 촉촉이 적시는 눈물은 얼마나 고혹적이었을까?

이런 그녀에게 왜 빗어 놓은 듯이 단정하게 앉아 있지 않느냐고 나무랄 것인가? 그녀더러 어째서 얌전히 머리를 길게 늘이지 않느냐고 야단할 것인가? 그래도 화가들은 굳이 양귀비가 이 앓는 모습을 담은 〈양비병치도楊妃病齒圖〉를 즐겨 그리고, 연극 작가들은 번희의 쪽찐 머리 매만지던 일을 소재로 희곡을 썼다.(청나라 서위舒位는 『번희옹계樊姬擁髻』라는 희곡을 남겼다.) 사뿐사뿐 걸어가는 여인의 요염한 아름다운 걸음걸이를 점잖지 못하다고 무조건 나무랄 것인가? 장중한 아악雅樂의 정무正舞만을 옳다 하여, 빠른 박자로 손뼉 치며 휘휘 돌아가는 북방 호무胡舞의 날렵하고 경쾌한 춤사위를 거부할 것인가?

과녁이 화살을 찾으랴?

연암은 이제 글을 마무리한다. 내 조카 종선의 시 속에는 다양한 광光과 태態가 담겨 있다. 따라서 한 가지 색色과 한 가지 태態만을 기호하는 자들은 그의 시를 비웃으리라. 그러나 나는 바로 그 이유 때문에 그를 동방의 대가라 부르고자 한다. 해오라기로 까마귀를 비웃고, 오리를 가지고 학을 위태롭게 여기는 자들은 이를 하찮게 여겨 분노하고 성낼 테지만, 나는 그의 자줏빛 까마귀와 비췻빛 까마귀를 사랑한다. 세상 사람들은 판에 박은 미인의 모습만을 아끼고 사랑하지만, 정작 그들이 사랑하는 미인은 피가 돌고 살이 부드러운 미인이 아니라 진열장의 마네킹일 뿐이다.

나는 트로트 가요가 좋은데 TV에서는 랩 송과 댄스 음악만 틀어 댄다. 배꼽티는 날로 노출이 심해질 것이고, 청소년 문제는 갈수록 점입가경일 것이다. 언제나 세상은 곧 내일 망할 것 같은 말세였다. 젊은이들은 항상 버르장머리가 없었다. 연암의 그때도 그랬고, 지금의 여기도 마찬가지다. 그런데도 아직 세상은 망하는 법 없이 젊은이들은 나름대로의 방식으로 건강하게 성장해 간다. 문제는 어디에 있는가? 색色만 보고 광光은 외면하고, 형形만 볼 뿐 태態는 받아들일 자세가 되어 있지 않은 데 있다. 연암은 『열하일기』중 음악에 대한 토론을 담은 「망양록亡羊錄」에서 이에 대해 다시 이렇게 이야기한다.

근세의 잡극 중에 〈서상기西廂記〉를 공연하면 지루해서 졸음이 오는데, 〈모란정牧丹亭〉을 공연하면 정신이 번쩍 들어 귀기울여 듣는다. 이것은 비록 여항의 천한 일이지만 백성들의 습속과 취향이라는 것이 때에 따라 옮기어 바뀐다는 것을 증

거하기에 충분하다. 사대부가 옛 음악을 회복하려고 마음먹
고는 가락과 곡조가 바뀐 것은 모르고서 이에 갑자기 쇠북과
피리를 부수고 고쳐서 원래의 소리를 찾고자 한다면 사람과
악기가 모두 없어지기에 이를 것이다. 이것이 어찌 화살을 따
라가서 과녁을 그리고, 술 취함을 미워하면서 억지로 술 마시
게 하는 것과 다르겠는가?

정곡을 꿰뚫는 명궁이 되고 싶은가? 그렇다고 화살이 맞은
곳마다 쫓아가서 과녁을 설치할 수는 없는 노릇이다. 화살이 과
녁을 찾아가야지, 과녁이 화살을 찾아가는 법은 없다. 표적이 바
뀌면 조준이 달라지듯, 시대가 바뀌면 취향도 바뀐다. 내가 쏘는
화살만은 반드시 과녁을 뚫어야 된다는 법도 없다. 여기서 억지
가 생기고 무리가 따른다. 이미 달라진 옛 음악을 이제 와 복원하
려 한들 가능키나 하겠으며, 또 그것이 무슨 의미가 있겠는가? 원
래의 소리란 없다. 당시에는 그것도 변화해 가는 하나의 과정이
었을 뿐이다. 있지도 않은 원래의 소리 때문에 지금 귀에 익은 소
리를 버릴 수는 없다. 술 취해 비틀대는 꼴이 보기 싫거든 아예 술
을 멀리할 일이다. 그런데 왜 싫은 술을 억지로 마시고 싫다는 술
을 군이 권하는가?

아! 세상에서는 달사를 찾아볼 수가 없게 되었다. 속물들의
속물근성만 힘을 발휘하는 세상이다. 차라리 입을 닫고 침묵하리
라. 그러면 그들의 노여움을 모면할 수는 있지 않겠는가. 그러나

나는 그럴 수가 없다. 입을 열어 말하지 않을 수가 없다. 아! 그러나 막상 말하고 나니 답답하구나. 시인들이여! 그대들이 사물을 바라보는 형편은 어떠한가?

재활용의 사연

한편 연암이 조카 박종선의 『능양시집菱洋詩集』에 써 준 「능양시집 서문」은 안타까운 사연이 숨어 있는 글이다. 당초 이 글은 조카를 위해 쓴 것이 아니라 이서구李書九의 사촌 동생 이정구李鼎九의 시집에 써 준 서문이었다. 이정구는 젊은 시절 연암의 문하를 자주 들락거리던 맑은 청년이었다. 그는 유복자로 태어나 어릴 때 어머니마저 세상을 떴다. 그래서 이서구의 집에 들어와 형제처럼 자랐다.

그가 관례를 치렀을 때, 유모가 그에게 편지 한 통을 내밀었다. 어머니가 돌아가시기 직전에 아들에게 남긴 유언이었다. 아들이 성장하면 이 유언을 전해 달라는 당부가 있었기 때문이다. 다 자라 어른이 된 뒤 어머니의 유언장을 본 아들은 일주일을 식음을 전폐하고 유언장을 안고 울었다. 그리고 며칠 뒤 한강에 투신해 자살로 생을 마감했다.

그는 왜 그랬을까? 어머니의 유서에는 어떤 내용이 담겼던 걸까? 사무치게 어머니를 그리워하던 소년의 삶이 이렇듯 갑작스럽게 닫혔다. 이 일은 이서구뿐 아니라 연암 그룹 전체에 엄청난 충격을 안겼다. 자살로 생을 마감한 이정구의 시를 모은 『선서재시집蘇書齋詩集』은 폐기되었고, 연암이 써 준 서문도 쓸모를 잃었다.

이 글 속에 담긴 연암의 사유는 보석처럼 반짝인다. 글의 빛깔이 연암의 이정구에 대한 평소 사랑을 잘 담았다. 하지만 그가 그렇게 곁을 떠나자, 연암은 그 서문을 다시 가져와서 제목을 바꾸고, 그중 사람에 대해 설명한 대목을 교체해서 집안 조카 박종선의 『능양시집』에 덧붙일 서문으로 다시 써서 주었다. 이 『능양시집』도 그간 종적이 묘연하다가 몇 해 전 세상에 공개되었다. 그 책의 서두에 연암의 이 글이 실린 것을 보고 마음이 환해진 기억이 있다.

3
———

중간은 어디인가.

자무子務와 자혜子惠가 나가 놀다가 장님이 비단옷 입은 것을 보았다. 자혜가 휴우 하고 탄식하며 말했다.

"아아! 제게 있는데도 보지를 못하는구나."

자무가 말했다.

"비단옷을 입고 밤길을 가는 것과 비교하면 어떨까?"

마침내 서로 더불어 청허 선생聽虛先生에게 이를 물어보았더니, 선생은 손을 내저으며,

"나는 모르겠네. 나는 모르겠어."

하는 것이었다.

예전 황희黃喜 정승이 공무를 파하고 돌아오니, 딸이 아버지를 맞으며 말했다.

"아버님, 이[蝨]를 아시는지요? 이는 어디서 생기나요? 옷에서 생기나요?"

"그렇지."

딸이 웃으며 말하기를,

"내가 이겼다!"

하자, 며느리가 청하여 말했다.

"이는 살에서 생기지요?"

"네 말이 맞다."

며느리가 웃으며 말했다.

"아버님은 내가 맞다시는걸요."

부인이 화를 내며 말했다.

"누가 대감더러 송사訟事를 잘 본다 하겠수. 둘 다 옳다니요?"

정승이 빙그레 웃으며 말했다.

"둘 다 이리 오너라. 대저 이는 살이 아니면 알을 까지 못하고, 옷이 아니고는 붙어 있질 못한다. 그래서 두 사람의 말이 모두 옳은 것이야. 비록 그렇긴 해도 옷이 장롱 속에 있어도 또한 이는 있고, 설사 네가 벌거벗고 있더라도 오히려 가려울 테지. 땀 기운이 물씬하고 끈적끈적한 기운이 풀풀 나는 가운데, 떨어지지도 않고 붙어 있지도 않은, 옷과 살의 사이, 바로 거기서 이는 생기느니라."

임백호林白湖가 막 말을 타려 하자 하인이 나서며 말했다.

"나으리! 취하셨습니다요. 가죽신과 짚신을 한 짝씩 신으셨네요."

백호가 꾸짖으며 말했다.

"길 오른편에 있는 자는 날더러 가죽신을 신었다 할 터이고, 길 왼편에 있는 자는 날더러 짚신을 신었다 할 터이니, 나와 무슨 상관이란 말이야?"

이로 말미암아 논하건대, 천하에 보기 쉬운 것에 발만 한 것이 없지만, 보는 바가 같지 않게 되면 가죽신인지 짚신인지도 분별하기가 어렵다. 그런 까닭에 참되고 바른 견해는 진실로 옳다 하고 그르다 하는 그 가운데에 있다. 그러나 땀이 이로 변화하는 것 같은 것은 지극히 미묘하여 살피기가 어렵다. 옷과 살의 사이에는 절로 빈 곳이 있어 떨어지지도 않고 붙어 있지도 않으며 오른쪽도 아니요 왼쪽도 아니니 누가 그 '가운데'를 얻을 수 있겠는가?

말똥구리는 스스로 말똥을 사랑하여 여룡驪龍의 구슬을 부러워하지 않는다. 여룡도 또한 그 구슬을 가지고 저 말똥구리의 말똥을 비웃지 않는다. 자패子珮가 이를 듣고 기뻐하며 말하기를, "이것으로 내 시집의 이름을 삼을 만하다." 하며 마침내 그 시집을 이름 지어 『낭환집蜋丸集』이라 하고는 내게 서문을 부탁하였다.

내가 자패에게 일러 말했다.

"옛날에 정령위丁令威가 학이 되어 돌아왔지만 아무도 아는 자가 없었으니, 이 어찌 비단옷 입고 밤길을 가는 것이 아니겠는가? 『태현경太玄經』이 크게 유행했으나 이를 지은 양웅揚雄은 보지 못했으니, 이 어찌 장님이 비단옷을 입은 것이 아니겠는가? 이 시집을 보고 한결같이 여룡의 구슬이라고 생각한다면 이는 그대의 짚신을 본 것이요, 한결같이 말똥으로 여긴다면 그대의 가죽신을 본 것이리라. 사람들이 알아주지 않음은 정령위가 학이 된 것과 같고, 스스로 보지 못함은 양웅이 『태현경』을 지은 것과 한가지다. 여의주와 말똥을 변별할

수 있는 것은 오직 청허 선생뿐이니, 내가 무슨 말을 하겠는
가?"[4]

―「낭환집 서문蜋丸集序」

의미의 발생 지점

진정지견眞正之見, 즉 참되고 바른 견식見識을 어디에서 찾을 수 있을까? 이번에 살펴보는 「낭환집 서문蜋丸集序」과 「공작관문고 자서孔雀館文稿自序」는 바로 이 진정한 견식의 소재에 관한 이야기다. 연암의 글이 늘 그렇듯 이들 글 또한 사람을 혼란스럽게 만드는 여러 겹의 비유로 이루어져 있어 글쓴이의 진의를 온전히 파악하기가 쉽지 않다.

「낭환집 서문」에는 자무子務와 자혜子惠, 그리고 자패子珮가 등장한다. 자패는 『낭환집蜋丸集』을 쓴 사람이다. 그동안 『낭환집』이 누구의 문집인지 몰랐는데, 최근 자패가 유득공柳得恭의 숙부 유련柳璉임이 밝혀졌다. 필사본 『기하실시고략幾何室詩藁略』이란 시집에 연암의 「낭환집 서문」이 「길강전 서문蛣蜣轉序」이란 제목으로 실려 있었다. 길강전은 바로 말똥구리의 말똥이니 낭환과 뜻이 같다. 처음에 이 시집의 제목은 '길강전'이었는데, 나중에 '낭환집'으로 고친 것이다. 자무와 자혜는 이덕무李德懋와 유득공으로 보아 큰 무리가 없다. 이덕무의 무懋에서 무務를 따오고, 유득공의 호 혜풍惠風에서 혜惠를 가져와 허구적 설정인 듯 꾸몄다.

글에서 연암은 먼저 장님의 비단옷과 밤길의 비단옷을 들고 나온다. 비단옷을 입기는 입었는데, 하나는 장님이 입었고 다른 하나는 한밤중에 입었다. 장님의 비단옷은 제가 입기는 했어도 그 때깔이 얼마나 좋은지 정작 그 당사자는 알 길이 없어 문제이고, 밤길의 비단옷은 남들이 그 좋은 것을 알아주지 않으니 그것이 병통이 된다.

이 비유는 항우項羽가 진시황의 아방궁을 함락하고 나서 "부귀해져서 고향에 돌아가지 않는 것은 비단옷 입고 밤길을 걷는 것과 같으니, 알아줄 사람이 누구이겠는가?"라고 했다는 데서 따온 말이다. 『사기史記』「항우본기項羽本紀」에 나온다.

장님의 비단옷과 밤길의 비단옷 중 어느 것이 나은가? 이렇게 시작된 자무와 자혜의 논쟁은 종내 결론을 내지 못한 채 청허 선생聽虛先生의 판단을 요청하기에 이른다. 청허 선생이란 말 그대로 '허虛', 즉 보이지 않고 들리지 않는 텅 빈 것도 들을 수 있는 선생이니, 도가류道家類 우언寓言에 흔히 등장하는 현자賢者다. 그런데 그 청허 선생도 이는 자신이 도저히 판단할 수 없는 문제라며 손을 휘휘 내젓고는 판정을 거부하였다. 그리하여 문제는 다시 원점으로 되돌아오고 만다.

연암은 다소 엉뚱하게 두 개의 이야기를 꺼내 놓는다. 황희 정승의 이야기와 임백호의 일화가 그것이다. 먼저 황희 정승의 이야기부터 살펴보자. 이 이야기는 계집종끼리 싸우다가 둘이 차례로 와서 하소연하자 둘에게 모두 "네 말이 옳다."고 대답했다는 널리 알려진 황희 정승의 설화를 연암식으로 패러디한 것이다. 조카가 그 곁에서 책을 읽고 있다가 어찌 둘 다 옳을 수 있느냐고 따지자 황희는 능청스레 "그래, 네 말이 옳다."고 했다는 바로 그 이야기의 변주다.

청허 선생이 나는 모르겠다고 미룬 문제는 이것과 저것의 사이를 갈라 분변하는 일이었다. 그래서 연암은 예의 황희 정승 이야기를 패러디하여 이가 과연 살에서 생기는가 아니면 옷에서 생기는가의 문제로 화제를 옮겨 왔다. 이가 옷에서 생긴다고 믿는 딸과, 이는 살에서 생긴다고 여기는 며느리를 두고 황희는 둘 다 옳다고 말한다. 그러자 이번에는 그의 부인이 이거면 이거고 저거면 저거지 이것도 되고 저것도 되는 법이 어디 있느냐며 따지고 대든다.

빙그레 웃으며 하는 황희의 대답은 이러하다. "이는 살의 온기가 없이는 알을 까지 못하고, 옷이 없고는 붙어 있을 수가 없다. 그러므로 이는 옷과 살의 사이, 떨어진 것도 아니요 딱 붙은 것도 아닌 그 중간에서 생겨나는 것이야. 네 몸에 이가 있는데, 네가 옷을 벗어 걸면 이도 따라서 옷 속에 있게 되지. 그렇다고 이는 옷에서 생겨난다고 할 수는 없지 않겠느냐? 또 반대로 옷을 활활 벗어 던져도 네 머리카락과 네 몸은 이 때문에 근질근질할 터인데, 그렇다고 이가 살에서 생겨난다고 할 수야 있겠니? 그러니 너희들의 말은 둘 다 맞고 또 둘 다 틀린 것이야. 내 말을 알겠느냐?"

요컨대 옷과 살의 사이, 그 '중간'이 바로 문제의 지점이라는 것이다. 우리의 판단은 언제나 이것 아니면 저것이기를 요구한다. 이것도 되고 저것도 되는 가치중립적 판단을 내리노라면 으레 회색분자로 내몰리고 만다. 그러나 복잡한 세상일은 단정적 가치 판단만으로는 결코 해결할 수 없는 문제들이 대부분이다.

백호白湖 임제林悌는 조선 중기의 쾌남이다. 그가 평양 부임 길에 황진이의 무덤 곁을 지나게 되었다. 왕명을 받들고 가는 터였음에도 호기에 겨워 기생의 무덤에 술잔을 부어 주며 "청초青草 우거진 골에 자난다 누었난다. 홍안紅顔은 어데 두고 백골白骨만 누었나니. 잔 잡아 권할 이 없으니 그를 슬허 하노라."라는 시조 한 수를 지었다가, 임지에 당도하기도 전에 파면을 당했던 풍류남아다.

잔칫집에서 거나하게 취한 그가 신발을 짝짝이로 신고 나와 말에 올라탄다. 하인이 나선다. "나으리, 신발을 짝짝이로 신으셨습니다요!" "예끼 이놈! 길 오른편에서 나를 본 자는 저 사람이 가죽신을 신은 게지 할 터이고, 길 왼편에서 나를 본 자는 저이가 짚신을 신었구먼 할 터인데, 짝짝이고 아니고가 무슨 상관이더란 말이냐. 어서 가기나 하자!"

묘한 말씀이다. 그저 걸어갈 때라면 신발을 짝짝이로 신은 것이 과연 우스꽝스러운 노릇일 테지만, 그렇지 않고 이쪽 발과 저쪽 발 사이에 말이 가로놓이고 보면 짝짝이 신발은 하등 문제 될 것이 없다는 괴상한 논리다. 사람들은 어느 한쪽의 자기 기준만을 가지고 사실을 판단하므로, 자신이 본 반쪽만으로 으레 반대편도 그러려니 여길 것이기에 한 말이다.

우리의 판단은 늘 이 모양이다. 짝짝이 신발처럼 알아보기 쉬운 것도 그 사이에 어떤 다른 것이 끼어들기만 하면 판단력이 흐려진다. 말 탄 사람의 신발이 짝짝이인지 아닌지를 알아보려면 어찌해야 할까? 말의 정면에 서면 금세 보인다. 너무도 분명한 짝짝이 신발조차도 올바로 볼 줄 모르는 우리네 안목이고 보면, 옷과 살 사이에 붙어사는 눈에 잘 뵈지도 않는 이의 문제에 이르러서는 뭐라 분명한 판단을 갖기란 더더욱 쉽지가 않다. 과연 그렇다면 떨어지지도 않았고 그렇다고 붙어 있는 것도 아니며, 오른쪽이라 할 수도 없고 왼쪽이라 하기도 어려운, 이도 저도 아니면서 막상 아닌 것도 아닌 그 중간 지점은 어디인가? 연암은 진정한 견식은 바로 이러한 시비의 '가운데'에 존재한다고 말한다. 과연 그럴까?

말똥과 여의주

말똥구리는 더러운 말똥을 사랑스러운 보물이라도 되는 듯이 정성스레 굴린다. 말똥구리에게는 말똥이 여룡이 물고 있는 여의주보다 더 소중하다. 여룡이 여의주와 바꾸자 한들 거들떠볼 까닭이 없다. 말똥구리에게 여의주는 무용지물일 뿐이다. 마찬가지로 여룡에게는 여의주보다 소중한 것이 없다. 여의주가 있기에 온갖 조화와 신통력이 거기서 나온다. 그렇지만 말똥구리가 여의주를 부러워 않듯, 여룡은 제 여의주를 뻐기지 않는다. 각자 그저 그렇게 제 삶에 편안하게 살아간다.

여룡의 여의주는 천하에 귀한 물건이 되지만, 말똥구리의 말똥은 천하에 천해 빠진 것이라고 생각하는 분별지分別知는 오직 인간에게만 있다. 그들은 앞서도 보았듯 까마귀는 검으니 더럽고 음흉하며, 해오라기는 희니 깨끗하고 고결하다고 믿는다. 믿기만 할 뿐 아니라 다른 사람에게도 그러한 인식을 강요한다. 그들은 어느 하나만을 보고는 전체라고 속단하며, 한 가지 척도만을 가지고 모든 것을 판단하려 든다. 그래서 이는 옷에서 생긴다, 살에서 생긴다 하며 내기를 걸고, 저 사람이 신은 것이 짚신이다, 아니다 가죽신이다로 논쟁을 벌인다. 그러나 그런가?

그러자 자패가 기뻐 앞으로 나서며, "선생님! 그 말씀이 참으로 좋습니다. 제 시집 제목을 『낭환집蜋丸集』이라 하겠습니다. 아예 내친김에 서문까지 써 주시지요." 한다. 여기서 앞서 말한 장님의 비단옷과 밤길의 비단옷 이야기가 사실은 이 『낭환집』의 서문을 쓰기 위한 구실임을 알게 되었다.

다시 연암의 비유는 계속 이어진다. 정령위는 중국 옛 신선의 이름이다. 그는 신선술을 배워 익혀 마침내 학이 되어 훨훨 날아 하늘로 올라갔다. 그리하여 8백 년 만에 인간 세상에 돌아왔으나 세상은 모두 변해 버려서 그를 알아보는 사람은 단 한 사람도 생존해 있지 않았다. 애석하구나! 정령위는 분명히 8백 년을 살았는데, 그것을 증명해 줄 단 한 사람이 존재하지 않으니 말이다. 그렇다면 정령위는 자신이 8백 살을 살았다는 것을 어떻게 증명해 보일 수 있을 것인가? 이것이야말로 밤길에 비단옷 입은 꼴이 아니겠는가?

양웅이『태현경』을 지을 때 벗이 그에게 와서 비웃었다. "여보게! 세상은 이제『주역』도 어렵다고 읽지 않는데 자네의 그 책은『주역』보다도 몇 배 더 어려우니 책을 출판한들 읽을 사람이 누구이겠는가? 뒷날 장독대 덮개로나 쓰이지 않으면 다행일세그려." 그런데 막상 그『태현경』은 양웅이 세상을 뜨자 당시에 베스트셀러가 되어 이른바 낙양의 지가紙價를 올리는 유명한 책이 되었다. 아깝구나! 양웅의『태현경』은 분명코 베스트셀러가 되었건만 정작 양웅 그 자신은 그것을 볼 수가 없었으니 말이다. 이것은 정녕 장님의 비단옷이 아니던가?

"여보게, 자패! 자, 누가 자네의『낭환집』을 읽고서 '와! 이것은 여룡의 여의주처럼 주옥같은 작품들이로구면.' 했다고 치세. 그렇다면 그자는 자네의 가죽신을 본 것일세그려. 또 '에이, 이건 말똥만도 못한 수준 이하의 작품이야.'라고 했다고 하세. 그 또한 자네의 짚신을 본 것일 뿐이라네. 거기에 일희일비―喜―悲할 것이 무에 있겠나? 학이 되어 돌아온 정령위도 사람들은 알아보지 못하는데, 양웅의『태현경』을 어찌 스스로 알 수 있단 말인가? 여의주가 나은지 말똥이 좋은지는 난 도무지 모르겠네그려. 자네 청허 선생께나 가서 여쭈어보지그래?"

애초에 우리의 관심사는 장님의 비단옷과 밤길의 비단옷을 놓고 우열을 갈라 따지는 일이었으니, 그 대답은 정령위와 양웅 중 어느 편이 더 나은가를 헤아려 보면 해결될 수 있을 터이다. 그

런데 그것을 청허 선생은 "난 몰라! 난 몰라!" 했고, 연암은 다시
청허 선생에게나 가서 물어보라고 했으니, 문제는 다시 원점으로
되돌아왔다. 그렇다면 우리의 대답을 어디에서 찾을까?

재材와 불재不材의 사이

다음 『장자莊子』 「산목山木」에 보이는 삽화가 하나의 실마리가 될
수 있을 법하다.

> 장자가 산 가운데로 가다가 가지와 잎새가 무성한 큰 나무
> 를 보았다. 나무 베는 사람이 그 곁에 멈추고도 베지 않았다.
> 그 까닭을 물으니, "쓸 만한 곳이 없다."고 했다. 장자가 말하
> 기를, "이 나무는 쓸모없음을 가지고 그 타고난 수명을 마치
> 게 되었구나."라 하였다. 장자가 산에서 나와 친구 집에 머물
> 게 되었다. 친구가 기뻐 하인에게 거위를 잡아서 삶으라고 명
> 하니, 하인이 묻기를 "한 놈은 잘 울고 한 놈은 울 줄 모르는데
> 어느 놈을 잡을까요?" 하자, 주인이 말했다. "울지 못하는 놈
> 을 잡아라."
> 이튿날 제자가 장자에게 묻기를, "어제 산속의 나무는 쓸모없
> 음을 가지고 타고난 수명을 마칠 수 있었고, 오늘 주인의 거
> 위는 쓸모없음을 가지고 죽었으니, 선생님께서는 장차 어디

에 처하시렵니까?"라고 하자, 장자가 웃으면서 말했다. "나는 장차 재材와 불재不材의 사이, 즉 쓸모 있음과 쓸모없음의 중간에 처하려네. 재와 불재의 사이란 옳은 듯하면서도 그른 것이니 폐단이 됨을 면치 못할 것이야. 만약 도덕道德을 타고서 떠다닌다면 그렇지가 않겠지. 기림도 없고 헐뜯음도 없으며, 한 번은 용이 되고 한 번은 뱀이 되어 때와 더불어 함께 변화하면서 오로지 한 가지만 하기를 즐기지 않을 것이요, 한 번은 올라가고 한 번은 내려가서 조화로움을 법도로 삼아 만물의 근원에서 떠다니며 노닐어 사물로 사물을 부릴 뿐 사물에 부림을 받지 않을 터이니 어찌 폐단이 될 수 있겠는가? 이는 신농神農과 황제黃帝의 법칙일세. 대저 만물萬物의 정情이나 인륜人倫의 전함 같은 것은 그렇지가 않다네. 합하면 떨어지게 마련이고, 이루고 나면 무너지며, 모가 나면 깎이고, 높으면 구설이 있게 되지. 유위有爲하면 공격을 받고, 어질면 도모함을 받으며, 못나면 속임을 당하고 마니, 어찌 폐단 면하기를 기필할 수 있겠는가? 슬프다. 너희들은 이를 기억해 두어라! 그것은 오직 도덕道德의 고장에서만 가능한 일임을 말이다."

숲속의 큰 나무는 쓸모없음으로 인해 제 타고난 수명을 누릴 수 있었고, 친구 집의 거위는 쓸모없음으로 인해 제 목숨을 잃었다. 둘 다 쓸모없기는 마찬가지인데 이제 그 결과는 반대로 되었다. 혼란스러운 제자가 선생님은 어디에 처하시겠느냐고 하자,

장자는 천연스레 그 '가운데'에 처하겠노라고 대답한다.

옷과 살의 사이, 혹은 가죽신과 짚신의 중간에서 사물의 진실을 파악할 수 있다던 연암의 문답은 기실 장자의 패러디다. 그렇다면 밤길의 비단옷과 장님의 비단옷 사이의 우열은 어디에서 찾을 것인가? 장자식으로 대답하자면 나는 그 중간에 처할 뿐이다.

하지만 인간 세상에서 '재材'와 '불재不材'의 사이에 처하겠노라는 장자의 판단은 언제나 또 다른 시비를 불러일으킬 소지가 있다. 그들은 언제나 이것 아니면 저것이기를 요구한다. 가죽신이냐 짚신이냐, 밤길의 비단옷이냐 장님의 비단옷이냐, 살이냐 옷이냐, 그도 아니면 정령위냐 양옹이냐 중 양자택일할 것을 부단히 강요한다. 어느 것이 나은가? 어느 편에 설까? 합치기 아니면 갈라서기요, 이루기 아니면 무너지기며, 전부가 아니면 전무全無다. 그 중간항은 아무 데도 설 곳이 없다.

이런 세상에서 '가운데'에 처하겠다는 어중간한 처신은 욕 얻어먹기에 딱 좋다. 그렇기에 장자는 말한다. "슬프다! 제자야 잘 기억해 두어라. '가운데'에 처하더라도 아무 문제가 없을 곳은 오직 세상 어디에도 존재치 않는 '도덕지향道德之鄕'일 뿐이라는 사실을." 그래서 연암도 이렇다 할 똑 부러진 대답을 내지 못하고, 다시금 문제를 슬그머니 있지도 않은 청허 선생에게로 되돌리고 말았던 것이다. 그의 최종적인 대답은 청허 선생과 마찬가지로 "난 몰라, 난 몰라!"였다. 자! 그렇다면 우리가 처해야 할 그 '중간'은 어디에 있는 것일까?

이러한 가치 판단의 문제를 다른 시각에서 다룬 글이 바로 「공작관문고 자서孔雀館文稿自序」이다. 이 글에서 연암은 다시 이 명耳鳴과 코 골기의 비유를 들고나온다.

글이란 뜻을 나타내면 그만일 뿐이다. 저 제목에 임해 붓을 잡기만 하면 문득 옛말을 생각하고, 억지로 경전의 뜻을 찾아 생각을 꾸며 근엄하게 하며 글자마다 무게를 잡는 자는, 비유하자면 화공畵工을 불러 진영眞影을 그리는데 용모를 고쳐서 나가는 것과 같다. 눈동자는 멀뚱멀뚱 구르지 않고, 옷의 무늬는 닦은 듯 말끔하여 평상의 태도를 잃고 보면 비록 훌륭한 화공이라 해도 그 참모습을 그려 내기가 어렵다. 글을 하는 것도 또한 이것과 무엇이 다르겠는가? 말은 반드시 거창할 것이 없으니, 도道는 티끌만 한 차이로 나누어진다. 말할 만한 것이라면 기왓조각 자갈돌이라 해서 어찌 버리겠는가. 그런 까닭에 도올檮杌은 흉악한 짐승인데도 초나라 역사책이 이름으로 취하였고, 사람을 몽둥이로 쳐서 묻어 죽이는 자가 극악한 도적임에도 사마천司馬遷과 반고班固는 이에 대해 서술하였다. 글을 하는 자는 다만 그 참됨을 추구할 뿐이다.

이로 볼진대 얻고 잃음은 내게 달려 있지만 기리고 헐뜯음은 남에게 있다. 비유하자면 이명耳鳴이나 코 골기와 같다. 어린아이가 마당에서 놀고 있는데, 그 귀가 갑자기 우는지라 놀라 기뻐하며 가만히 옆의 아이에게 말했다. "얘! 너 이 소리를 들어 보아라. 내 귀가 우는구나. 피리를 부는 듯, 생황을 부는 듯, 마치 별처럼 동그랗게 들려!" 옆의 아이가 귀를 맞대고 귀 기울여 보았지만 마침내 아무 소리도 들리지 않았다. 그러자 이명이 난 아이는 답답해 소리 지르며 남이 알아주지 않음을 한탄하였다.

일찍이 시골 사람과 함께 자는데, 코를 드르렁드르렁 고는 것이 게우는 소리 같기도 하고, 휘파람 소리 같기도 하고, 탄식하거나 한숨 쉬는 소리 같기도 하며, 불을 피우는 듯, 솥이 부글부글 끓는 듯, 빈 수레가 덜거덕거리는 듯하였다. 들이마실 때에는 톱을 켜는 것만 같고, 내쉴 때에는 돼지가 꽥꽥거리는 듯하였다. 남이 흔들어 깨우자 발끈 성을 내면서 말하기를, "내가 언제 코를 골았는가?" 하는 것이었다.

아아! 자기가 혼자 아는 것은 언제나 남이 알아주지 않아 걱정이고, 자기가 미처 깨닫지 못하는 것은 남이 먼저 앎을 미워한다. 어찌 다만 코와 귀에만 이 같은 병통이 있겠는가? 문장 또한 이보다 심함이 있을 뿐이다. 이명은 병인데도 남이 알아주지 않는다고 안타까워하니 하물며 그 병 아닌 것임에랴! 코 골기는 병이 아닌데도 남이 일깨워 주는 것에 성을 내니, 하물며 그 병임에랴! 그러므로 이 책을 보는 자가 기왓장 자갈돌이라 해서 버리지 않는다면 화공畵工의 번지는 먹에서 흉악한 도적의 뻗친 수염을 얻을 수 있을 것이다. 이명을 듣지 않고 내 코 골기를 깨닫는다면 작가의 뜻에 거의 가까워질 것이다.[5]

—「공작관문고 자서孔雀館文稿自序」

이명과 코 골기

글은 어떻게 써야 할까? 글이란 내 생각을 다른 사람에게 전달하기 위해서 쓴다. 그런데 사람들은 내 생각을 어찌하면 오해 없이 충분하게 전달할 수 있을까 하는 생각은 하지 않고, 붓만 잡으면 어찌해야 좀 더 멋있고 폼나게 쓸까 하는 궁리만 한다. 예컨대 초상화를 남기겠다면서 잔뜩 분장하여 완전히 다른 모습을 하고 그림을 그리게 하는 꼴이라는 것이다.

눈을 동그랗게 뜨고 마치 나무 인형처럼 깎은 듯이 앉아서 근엄한 폼을 잡았지만, 막상 그려 놓고 나니 그것은 내가 아니라 완전히 딴사람이다. 이렇듯이 여기서 베껴 오고 저기서 훔쳐 와서 이리저리 얽어 놓고 보니, 글은 글인데 내 말은 하나도 없는 우스꽝스러운 글이 되고 만다. 글의 생명을 좌우하는 것은 멋있느냐 멋없느냐의 문제가 아니라 그 글 속에 진정眞情이 담겼느냐 담기지 않았느냐의 문제일 뿐이다.

도올檮杌은 흉악한 짐승의 이름이다. 그런데 초나라 역사책은 그 제목을 이 흉악한 짐승의 이름으로 붙였다. 왜 그랬을까? 몽둥이로 사람을 때려 산 채로 땅에 파묻는 극악한 도적의 이야기를 사마천이나 반고와 같은 역사가들은 왜 기록에 남겼을까? 그것은 그 이야기가 고상해서가 아니라, 그 속에 깊이 새겨야 할 삶의 의미가 담겨 있기 때문이다. 그렇다면 글을 쓴다는 것은 무엇인가? 연암은 글이란 뜻을 나타내면 그만이라고 하면서, 글을

짓는다는 것은 오직 '진眞'을 추구하기 위한 것일 뿐이라는 말로
첫 단락을 맺었다.

이어서 연암은 이명耳鳴, 즉 귀울음과 코 골기의 비유를 들고
나온다. 전제로 내건 것은 '득실재아得失在我, 훼예재인毁譽在人'
이다. 얻고 잃음은 내게 달려 있고, 그 결과를 두고 좋으니 나쁘니
하며 기리고 헐뜯는 것은 남의 손에 달려 있다는 말이다. 내가 마
음에 차는 것은 남들이 헐뜯고, 내가 마음에 차지 않는 것을 또 남
들은 좋다고 칭찬한다. 내 마음에 차는 것이 남의 눈에도 차 보이
면 좀 좋을까? 그러나 내 생각과 남의 생각은 같지가 않으니 우리
의 판단은 항상 이 지점에서 문제가 생긴다. 중요한 것은 무엇일
까? 나의 득실得失일까? 아니면 남의 훼예毁譽일까? 나의 득실이
우선 중요해도 그 판단이 잘못될 수 있기에 문제이고, 남의 훼예
를 무시할 수 없지만 그것에 끌려다닐 수만은 없기에 또 문제가
된다.

이명은 나는 듣지만 다른 사람은 결코 들을 수가 없다. 코 골
기는 다른 사람은 다 들어도 정작 나는 듣지 못한다. 그럴진대 이
명이 밤길에 비단옷이요, 정령위의 불로장생이라면, 코 골기는
장님의 비단옷이요, 양웅의 『태현경』이라고 할 만하다. 내 귀에서
나는 이명을 남들이 듣지 못한다고 안타까워하는 꼬마는 밤길에
비단옷을 입고 가며 옷 입은 자랑을 못 해 안달이 난 사람이며, 자
신이 8백 살 먹은 사실을 남들이 인정해 주지 않아 속상해하는 정
령위일 뿐이다. 나의 코 고는 소리를 남이 먼저 알았다고 해서 화

를 발칵 내는 시골 사람은 비단옷 입은 장님이거나, 살아생전 좋은 날이라곤 보지 못해 안쓰러운 양웅이 될 터이다.

그런데 정작 남이 안 알아준다고 화를 내는 이명이 사실은 병증의 결과이며, 남이 먼저 알았다고 성을 내는 코 골기가 사실은 병이 아니라는 데 문제가 있다. 나는 이것이 옳다고 생각하며 좋다고 여기지만, 남들이 여기에 동의해 주질 않으니 화가 난다. 내 판단이 잘못되었을 가능성은 전혀 염두에 두지 않는다. 반대로 남들이 내게 이것이 잘못되었다 하고 인정할 수 없다고 해도 나는 화가 난다. 그 지적이 정말 옳은 것일 수도 있다는 생각은 해 보지 않는다.

글을 쓴다는 것은 오직 '참'을 추구하는 것일 뿐이다. 그 '참'을 위해서라면 그것이 추하든 악하든 나는 가리지 않겠다. 구슬과 옥이라 해도 '참'이 아니라면 나는 버릴 것이고, 자갈돌 기왓장이라 해도 그것이 '참'일진대 나는 그것을 추구하리라. 다른 사람이 그것을 말똥구리의 말똥이라고 비웃어도 상관치 않을 것이고, 여룡의 여의주라고 추켜세운다 해도 기고만장하지 않으리라. 우리의 '진정지견眞正之見'은 내 이명에 현혹되지 아니하고, 내 코 골기를 직시하는 데서 마련될 수 있음을 나는 믿는다. '참'은 바로 그 지점에 존재한다.

그렇다면 내가 서 있을 곳은 어디인가? 이명과 코 골기의 '사이', 이것과 저것의 '중간' 지점일 뿐이다. 이것은 결코 중용의 미덕을 두둔하려는 이야기가 아니다. 그렇지만 그곳이 구체적으로

과연 어디에 있느냐고 누가 내게 재차 묻는다면 나는 '도덕지향
道德之鄕'에 가서 청허 선생에게나 물어보라고 대답할 수밖에 없
으리라.

4
———

눈 뜬 장님.

강물은 두 산 사이에서 나와 바위에 부딪치며 사납게 흘러간다. 그 놀란 파도와 성난 물결, 구슬피 원망하는 듯한 여울은 내달리고 부딪치고 뒤엎어지며 울부짖고 으르렁대고 소리 지르니, 언제나 만리장성마저 꺾어 무너뜨릴 기세가 있다. 만 대의 전차와 만 마리의 기병, 만 대의 대포와 만 개의 북으로도 그 무너질 듯 압도하는 소리를 비유하기엔 충분치 않다. 모래 위에는 큰 바위가 우뚝하니 저만치 떨어져 서 있고, 강가 제방엔 버드나무가 어두컴컴 흐릿하여 마치도 물 밑에 있던 물귀신들이 앞다투어 튀어나와 사람을 놀라게 할 것만 같고, 양옆에서는 교룡과 이무기가 확 붙들어 낚아채려는 듯하다. 어떤 이는 이곳이 옛 싸움터인지라 황하가 이렇듯이 운다고 말하기도 하나, 이는 그런 것이 아니다. 강물 소리는 어떻게 듣는가에 달려 있을 뿐이다.

　내 집은 산속에 있는데, 문 앞에는 큰 시내가 있다. 매년 여름에 소낙비가 한차례 지나가면 시냇물이 사납게 불어 항상 수레와 말이 내달리는 소리가 나고 대포와 북 소리가 들려와 마침내 귀가 먹먹할 지경이 되었다. 내가 일찍이 문을 닫고 누워 비슷한 것과 견주면서 이를 듣곤 하였다. 깊은 소나무에서 나는 퉁소 소리는 맑은 마음으로 들은 것이요, 산이 찢어지고 언덕이 무너지는 소리는 성난 마음으로 들은 것이다. 개구리 떼가 앞다투어 우는 소리는 교만한 마음으로 들은 것이고, 일만 개의 축筑이 차례로 울리는 소리는 분노하는 마음으로 들었기 때문이다. 천둥이 날리고 번개가 내리치는 소리는 놀란 마음으로 들은 까닭이요, 찻물이 보글보글 끓는 소리는 운치 있는 마음으로 들은 때문이다. 거문고의 높은음과 낮은음이 어우러지는 소리는 슬픈 마음으로 들은 것이요, 문풍지가 바람에 우는 소리는 의심하는 마음으로 들었기 때문이다. 듣는 소리가 모두 다 바름을 얻지 못한 것은 단지 마음속에 생각하는 바를 펼쳐 놓고서 귀가 소리를 만들기 때문일 뿐이다.

이제 나는 한밤중에 한 줄기 황하를 아홉 번 건넜다. 황하는 장성 밖에서 나와 장성을 뚫고서 유하와 조하, 황화와 진천 등 여러 물줄기를 한데 모아, 밀운성 아래를 지나면서는 백하가 된다. 나는 어제 배를 타고서 백하를 건넜는데, 이곳의 하류다. 내가 아직 요동 땅에 들어서지 않았을 때 바야흐로 한여름 불볕 속에 길을 가다가 갑자기 큰 강물이 앞에 나오는데, 붉은 파도가 산처럼 일어서며 그 끝 간 데가 보이지 않았다. 이는 대개 천 리 밖에 폭우가 내린 때문이었다.

물을 건널 때 사람들이 모두 고개를 우러러 하늘을 바라보길래, 혼자 생각에 사람들이 고개를 우러러 하늘에 묵묵히 기도를 드리는가 싶었다. 나중에야 알았지만, 물을 건너는 사람이 물이 세차게 거슬러 올라가며 소용돌이치는 것을 보고 있노라면, 제 몸조차 마치 물살을 거슬러 올라가는 듯하고, 눈은 강물을 따라 내려가는 것만 같아 문득 어찔해지며 빙글 돌아 물에 빠지게 된다는 것이니, 그 머리를 우러름은 하늘에 기도하자는 것이 아니라 물을 피하여 보지 않으려는 것일 뿐이다. 또한 어느 겨를에 경각에 달린 목숨을 묵묵히 빌 것이랴.

그 위태로움이 이와 같은데도 강물 소리는 들리지 않는다. 모두들 요동 평야는 평평하고 광활하기 때문에 물줄기가 성내 울지 않는다고 말하지만, 이것은 황하를 모르고서 하는 소리다. 요하遼河가 울지 않는 것이 아니라, 다만 한밤중에 건너지 않았기 때문일 뿐이다. 낮에는 능히 물을 볼 수 있는 까닭에 눈이 온통 위험한 데로만 쏠려서 바야흐로 부들부들 떨려 도리어 그 눈이 있음을 근심해야 할 판인데 어찌 물소리를 들을 수 있겠는가? 이제 내가 한밤중에 강물을 건너매, 눈에 위태로움이 보이지 않자 위태로움이 온통 듣는 데로만 쏠려서 귀가 바야흐로 덜덜 떨려 그 걱정스러움을 견딜 수가 없었다.

내가 이제야 도를 알았다. 마음이 텅 비어 고요한 사람은 귀와 눈이 탈이 되지 않고, 눈과 귀만을 믿는 자는 보고 듣는 것이 자세하면 자세할수록 더더욱 병통이 되는 것임을. 이제 내 마부가 말에게 발을 밟혀 뒷수레에 실리고 보니, 마침내 고삐를 놓고 강물 위에 떠서 안장 위에 무릎을 올려 발을 모두자, 한번 떨어지면 그대로 강물이었다. 강물로 땅을 삼고 강물로 옷을 삼고 강물로 몸을 삼고 강물로 성정을 삼아 마음에 한번 떨어질 각오를 하고 나자 내 귓속에 마침내 강물 소리가 들리지 않았다. 무릇 아홉 번을 건넜으되 아무 걱정 없는 것이, 마치 앉은 자리 위에서 앉고 눕고 기거하는 것만 같았다.

예전 우임금이 황하를 건너는데 황룡이 배를 등에 져 지극히 위태로웠다. 그러나 살고 죽는 판가름이 먼저 마음에 분명하고 보니 용이고 도마뱀이고 그 앞에서 크고 작은 것을 헤아릴 것이 없었다. 소리와 빛깔은 바깥 사물인데 바깥 사물이 항상 눈과 귀에 탈이 되어 사람으로 하여금 바르게 보고 듣는 것을 잃게 만듦이 이와 같다. 그러니 하물며 사람이 세상을 살아가는 데서 그 험하고 위태로움이 황하보다 심하여 보고 듣는 것이 문득 병통이 됨에 있어서이겠는가? 내 장차 내 산중에 돌아가 다시 앞 시내의 물소리를 듣고 이를 징험하여, 장차 몸놀림에 교묘하여 스스로 총명하다고 믿는 자를 경계하리라.[6]

　　―「하룻밤에 강을 아홉 번 건넌 이야기一夜九渡河記」

소리는 귀로 듣지 않는다

「하룻밤에 강을 아홉 번 건넌 이야기―夜九渡河記」는 『열하일기』 「산장잡기」에 실려 있다. 북경에 도착한 사신 일행에게 황제는 만리장성 밖 열하의 피서산장으로 날짜를 정해 대어 오라는 명을 내린다. 이에 큰비에 물이 불어난 황하를 따라 밤낮없이 빠른 길을 찾아 재촉하다 보니, 그야말로 하룻밤에 이리저리 강물을 아홉 번씩이나 건너는 모험을 감행하게 되었던 것이다. 이 글은 그러니까 그때의 소감을 적은 것이다.

놀란 듯 성난 듯 원망하는 듯 파도와 물결은 온통 내달리고 부딪치면서 거침없이 쏟아져 내린다. 우뚝 선 만리장성조차도 그 도도한 기세엔 맥없이 무너지고 말 지경이다. 만 대의 전차와 만 마리의 기병, 만 대의 대포와 만 개의 북이 일시에 내달리고 일시에 포성을 내지르고 둥둥 울린다 해도 이 소리보다는 못할 것이다. 그뿐인가? 강가 모래 위에는 큰 바위가 저만치 떨어져 시커멓게 우뚝 서 있고, 강가 버드나무는 어두운 그늘을 만들어, 강물 속 물귀신들이 일제히 튀어나와 배 위에 탄 사람을 놀라게 할 것만 같다. 뱃전을 할금대는 미친 물결은 마치 교룡과 이무기가 사람을 낚아채 가려고 이따금씩 손톱을 곤추세워 할퀴어 대는 것만 같다. 황하는 왜 이렇게 우는가? 옛 싸움터인지라 이곳에서 죽은 원혼들이 워낙에 많아 그렇게 우는 것일까? 그렇지 않다. 소리는 어떻게 듣느냐에 달린 것일 뿐이다. 처음 느닷없이 황하의 미친 물결과 고막을 찢을 듯한 굉음을 묘사하고 나서, 아직 그 광경에 눈이 팔려 있는 사이 어느새 연암은 본론으로 들어선다. "소리는 듣기 여하에 달려 있다." 이것은 무슨 말인가?

두 번째 단락에서는 다시 부러 딴전을 부리며 글의 호흡을 고른다. 황해도 골짜기의 연암협에 있는 내 집 앞에도 큰 시내가 하나 있다. 여름철 소낙비가 한번 지나가면 시냇물이 사납게 불어 수레 소리, 말 소리, 대포 소리, 북소리가 뒤섞인 듯 귀가 먹먹할 지경이었다. 그런데 문을 닫고 가만히 그 소리를 들어 보면, 소리는 그때마다 다른 모양새로 내게 들려오는 것이다. 어떤 때는 강물 소리가 소나무 가지 사이로 바람이 빠져나가는 송뢰성松籟聲으로 들릴 때가 있다. 그것은 그때 내 마음이 그렇듯이 맑았기 때문이었다. 무언가 답답하고 성난 일이 있을 때 그 소리는 문득 산이 찢어지고 언덕이 무너지는 소리로 들렸다. 어떤 때는 한밤중에 개구리 떼가 와글대듯 들리기도 했는데, 내 마음에 교만한 기운이 있어서 그랬던 것도 같다. 때로 물소리가 마치 일만 개의 타악기가 동시에 둥둥 울리듯 들릴 때도 있었다. 그때 나는 마음속에 터질 듯한 분노를 지니고 있었다.

소낙비에 불어난 강물 소리는 사실 별반 다를 것이 없는데, 문 닫고 들어앉은 내게는 그 소리가 그때마다 다르게 들린다. 그런데 가만히 보면 그 소리는 귀로 들은 소리가 아니라 마음으로 들은 소리일 뿐이다. 내 눈으로 직접 강물을 바라보지 않고, 단지 귀로만 들으니 마음이란 놈이 튀어나와 자꾸만 제 가늠으로 헛생각을 지어내어 허상을 꾸며 내는 것이다. "소리는 귀로 듣지 않는다. 마음으로 듣는다." 같은 소리도 마음에 따라 전혀 다르게 들린다. 그럴진대 마음의 소리는 허상일 뿐인가?

고개를 들고 하늘을 보는 까닭

소리는 귀로 듣지 않고 마음으로 듣는다. 여기까지 말하고 나서 다시 논의는 황하로 돌아온다. 이제 나는 한밤중에 황하를 아홉 번이나 건넜다. 장성 밖에서 기세 좋게 장성을 꿰뚫고 나온 강물은 그 밖에 여러 물줄기를 한데 모아 밀운성 아래에 이르러 장대한 백하를 이룬다. 그런데 이 강물은 그 규모란 것이 만만치 않아서, 대낮 땡볕 속에 길을 가다가 강물과 만났는데도, 붉은 파도가 산처럼 우뚝 높이 서 있는 것이다. 비도 오지 않는 이 땡볕 속에 웬 물결이냐고 의아해하노라면, 문득 천 리 밖에서 폭우가 내린 탓이라고 말하는 것이다. 천 리 밖 폭우가 천 리 아래에서 미친 물결을 일으키는 곳이 바로 황하다. 그 규모는 내 시골집 앞을 흐르던 도랑물과는 차원이 다르다. 그 도랑물이 불어난 소리를 듣고도 내 마음은 이미 온갖 생각을 자아냈는데, 이제 이 엄청난 황하를 앞에 두고서 나는 또 무슨 생각을 일으킬 것인가?

　강물을 건너는 사람들은 한결같이 고개를 하늘로 쳐들고 아래를 보려 들지 않는다. 하늘을 향해 목숨을 기도하는가 싶지만,

그 거세찬 소용돌이를 보노라면 머리가 온통 빙글빙글 돌고, 그 위에 눈길을 던지면 제 몸마저 그 물살을 따라 떠내려갈 것만 같아서 순간에 어쩔해지며 강물 위로 떨어지게 되기 때문이다. 그러니까 그들이 일제히 고개를 쳐드는 것은 기도하려는 것이 아니라 물에 눈길을 주지 않으려는 것이다. 보면 안 된다. 보면 탈이 난다. 눈에 현혹되지 말아라. 보이는 것이 실상은 아니다. 앞서는 소리는 마음으로 듣는다고 해 놓고, 여기서는 다시 눈 때문에 마음이 허상을 지어냄을 말했다. 그렇다면 눈과 귀가 먼저인가? 아니면 마음이 먼저인가? 연암협에서는 마음이 귀로 들려오는 소리를 바꾸어 버렸고, 황하에서는 눈으로 보는 것이 내 마음을 뒤흔들어 버렸다. 여기에도 선후가 있는가?

　이상한 것은 이런 것이다. 목숨이 경각에 달려 미친 물결에 이 몸이 금세 떠내려갈 것만 같이 빙글빙글 도는데도 정작 강물 소리는 하나도 들리지 않는다. 결코 요동 평야가 평평하고 드넓어 그런 것이 아니다. 황하의 소리가 귀에 들어오지 않는 것은 그 거센 물결에 눈이 온통 팔려서 미처 그 물결이 일으키는 굉음이 귀에 들어올 겨를이 없는 것일 뿐이다. 밤중에 건너면 상황은 완전히 반대로 된다. 낮에 보이던 그 물결의 어지러움은 없고, 한밤중의 황하는 다만 소리로 건너는 사람의 넋을 다 앗아 간다. 우르르 하고 물결이 밀려들면 금세라도 내가 거기에 한데 휩쓸려 떠내려갈 것만 같고, 저리로 밀려가면 휴우 살았구나 싶다. 도대체 물살이 얼마나 큰지, 어느 방향에서 오는지조차 가늠할 수 없기에 두려움은 공포로 변한다. 이상하지 않은가? 낮에는 눈에 보이는 격랑 때문에 소리가 들리지 않더니, 밤에는 정작 그 물결은 보이지 않는데 소리가 온갖 두려움을 일으키는 것이다. 강물에는 귀로 들리는 소리가 있고, 눈으로 보이는 물살이 있다. 그런데 이 것들은 내가 놓인 상황에 따라 들리기도 하고 들리지 않기도 한 다. 보이기도 하고 보이지 않기도 한다. 내 눈은 그대로인데 왜 보 이기도 하고 보이지 않기도 하는가? 내 귀는 변함없건만 어째서 들리기도 하고 들리지 않기도 하는가? 그럴진대 나는 내 눈과 귀 를 믿어야 옳을까? 아니면 내 마음을 믿어야 옳을까?

아! 그랬었구나. 꼭 같은 강물 소리도 내 마음의 빛깔에 따라 영 딴판의 소리로 들리는 것이로구나. 본시 내 눈과 내 귀란 것은 믿을 것이 못 되는 것이로구나. 내 마음이란 것도 믿을 수가 없는 것이로구나. 그러면서 연암은 '명심자冥心者'와 '신이목자信耳目 者'를 구분한다. '명심冥心'이란 속념을 끊어 마음을 고요하게 지 니는 것이니, 당나라 수아修雅의 「법화경 외우는 소리를 듣고聞誦 法華經歌」에 "눈 감고 마음 비워 자세히 들으라.(合目冥心子細聽.)" 의 구절에서 말하고 있는 '명심'과 한가지 뜻이다. 그러니 '명심 자'는 속된 생각을 들이지 않고 이목에 현혹되지 않는 고요한 마 음을 지닌 사람이다. 이에 반해 '신이목자'는 제 눈으로 보고 제 귀로 들은 것만을 신뢰하고, 직접 보고 듣지 못한 것은 도무지 믿 으려 들지 않다가 결국 그 때문에 일을 그르치고 마는 사람이다.

마음이 고요한 사람은 눈으로 보고 귀로 듣는 것이 탈이 되지 않는다. 눈과 귀만을 믿는 사람은 보고 듣는 것이 자세하면 할수록 더 탈이 된다. 그래서 황하의 소용돌이치는 물결을 보다가 제 몸도 따라 빙글 돌아 물에 떨어지기 일쑤이고, 귀가 먹먹한 소리에 기가 질려 어쩔 줄 모르게 된다. 발 다친 마부 때문에 말고삐 잡아 줄 말구종꾼도 없이 혼자 말안장 위에 발을 모으고 앉아 흔들흔들 황하를 건넜다. 자칫 기우뚱하는 날엔 그대로 황하로 떨어지고 만다. 그러나 마음을 고요히 비워 황하와 내가 하나가 되고 보니, 마침내 그 우레와 같이 쿵쾅대던 강물 소리는 내 귀에서 사라져 버리고 말았다. 하룻밤에 아홉 번을 건너는 속에서, 벌벌 떠는 사람들의 황황한 거동을 바라보며 나는 집 안에 거처하듯 조금의 두려움도 없이 편안하게 강물을 건널 수 있었다. 소리를 귀로 들으려 하지 마라. 소리는 귀로 듣지 않는다. 텅 빈 마음으로 들어라. 귀로 듣는 소리는 마음에 공연한 작용을 일으켜 허상을 만들어 낼 뿐이다. 마음을 비우면 내 안으로 강물 소리가 차올라서 내가 바로 강물이 된다.

예전 우임금이 황하를 건널 때도 그랬다. 배가 황룡의 등 위에 올라앉아 언제 어떻게 뒤집어질지 알 수 없는 상황에서도 우임금은 하늘의 뜻에 내맡겨 마음에 조금의 의심도 없었다. 그러자 황룡은 도마뱀이나 다를 바 없게 되었다. 내 귀에 들려오는 소리, 내 눈에 드는 빛깔은 모두 나와는 상관없는 바깥 사물일 뿐이다. 그런데 이 소리와 빛깔이 작용을 일으켜 내 눈과 귀에 탈이 생긴다. 그래서 마음이 덩달아 움직인다. 소리와 빛깔의 작용에 마음이 움직이지 않으려면 '명심'의 경계에 도달해야 하리라. 한 세상을 건너가는 일은 황하의 위험에 비할 바가 아니다. 그럴진대 나는 내 눈과 귀를 경계해야 하리라. 내 마음을 우선 다스려야 하리라. 내 마음에서 눈과 귀가 일으키는 병통을 걷어 내야 하리라. 이러한 깨달음을 가지고 나는 다시 돌아가 내 앞 시내의 물소리를 다시 들어 보겠다. 내 마음에 따라 온갖 빛깔을 지어내던 그 물소리를 다시 들어 보겠다. 내 마음을 텅 비우면 그 소리조차 지워질 것인지를 시험해 보겠다. 그리고 이 깨달음으로 제 눈과 귀의 총명을 믿고서 스스로 처세에 능란하다고 믿는, 마침내 그로 인해 제 발등을 찍고 마는 자들을 경계하겠다.

보이지 않으면 위태롭지 않다

내가 오늘 밤에 이 물을 건넘은 천하에 지극히 위태로운 일이다. 그러나 나는 말을 믿고 말은 발굽을 믿고, 발굽은 땅을 믿어 말고삐를 잡지 않은 보람을 거둠이 이와 같도다. 수역首譯이 주주부周主簿에게 말한다.

"옛날에 「위어危語」를 지은 자가 있어 말하기를, '장님이 눈먼 말을 타고 한밤중에 깊은 연못가에 섰도다.'라고 했더니, 참으로 우리들의 오늘 밤 일입니다그려."

내가 말했다.

"그것이 위태롭기는 해도 위태로움을 잘 안 것은 아니라고 보네."

두 사람이 말한다.

"어째서 그렇습니까?"

"장님을 보고 있는 자는 눈이 있는 사람인지라, 장님을 보고는 스스로 그 마음에 위태롭게 여기는 것이지, 정작 장님은 위태로운 줄을 알지 못하는 법이거든. 장님은 위태로운 것이 보이질 않는데, 무슨 위태로움이 있겠는가?"

서로 더불어 크게 웃었다. 따로 「하룻밤에 강을 아홉 번 건넌 이야기」를 적은 것이 있다.

『열하일기』「막북 행정록漠北行程錄」속에서 앞서 「하룻밤에 강을 아홉 번 건넌 이야기」를 적을 당시 상황을 묘사한 것이다. 장님이 눈먼 말을 타고서 한밤중에 깊은 연못 가에 서 있다. 위태로움의 지극함을 묘사한 말이다. 한밤중에 물결이 넘실대는 강물을 아홉 번이나 건넌 일은 그 아슬아슬하기가 여기에 견줄 만하다. 생각할수록 진땀이 흐른다는 것이다. 그러나 연암은 여전히 뚱딴지같은 소리만 하고 있다. 이 사람, 내 보기에 장님은 위태로울 것이 하나도 없다고 보네. 정작 본인은 하나도 위태롭지 않건만 공연히 곁에서 지켜보는 이가 위태롭게 보는 것일 뿐일세. 왜 그런가? 그는 눈앞에 뵈는 것이 없으니, 지금 제가 위태로운 연못가를 지나는지, 지금이 한밤중인지, 또 제가 탄 말이 눈이 멀었는지조차 알 수가 없거든. 그는 말을 믿고 말은 또 제 발을 믿고, 발은 또 땅을 믿어 그저 평지를 걷는 것과 하나도 다를 바 없을 터이니 위태롭기는 무엇이 위태롭단 말인가? 공연히 눈 가진 우리가 곁에서 안절부절못하는 것일 뿐이지. 안 그런가?

보이지 않으면 위태로움은 없다. 들리지 않으면 두려움도 없다. 위태로움과 두려움은 보고 듣는 데서 생겨난다. 앞 못 보는 장님에게는 조금의 두려움도 위태로움도 없다. 그는 손에 땀을 쥐게 하는 위태로움 앞에서도 태연히 평지를 걷듯 뚜벅뚜벅 걷는다. 가히 '명심冥心'의 경계에 들었다 할 만하다. 이렇게 보면 우리의 눈과 귀란 것은 또 얼마나 거추장스러운 것이냐? 눈앞의 온갖 것에 현혹되어 옴짝달싹도 못 하느니, 차라리 장님이 되는 것이 낫지 않을까?

저것이 바로 평등안이다

다시 책문 밖에 이르러 책문 안을 바라다보니 일반 집들도 모두 다섯 들보가 높이 솟았고, 띠로 이엉을 이어 위를 덮었는데, 등마루는 우뚝하고 대문은 가지런하였다. 거리는 평평하고 곧아서 양쪽 가로 마치 먹줄을 친 듯하였다. 담장은 모두 벽돌로 쌓았고, 사람 타는 수레와 짐 싣는 수레가 길 가운데로 이리저리 오가고, 벌여 놓은 그릇들은 모두 그림을 그린 자기들이다. 이미 그 제도를 보고 나니 시골구석의 촌티라고는 아예 없었다. 예전에 내 친구 홍덕보가 일찍이 규모는 큰데도 심법心法은 세밀하다고 말하더니, 책문은 천하의 동쪽 끝 모퉁이인데도 오히려 이와 같으매, 앞길의 유람에 갑자기 생각이 탁 막히면서 곧장 이 길로 되돌아가고만 싶어, 나도 몰래 배가 부글거리고 등이 타는 듯하였다.

내가 크게 반성하여 말했다.

"이것은 질투심인 게로구나. 내가 평소 성품이 담박하여 남을 부러워하고 시기 질투하는 것은 본시 마음에 없었다. 이제 한 번 다른 지경으로 건너와, 본 바가 만분의 일에 불과한데도 다시금 쓸데없는 망상이 이와 같음은 어찌 된 것인가? 이는 바로 본 바가 작은 까닭일 뿐이다. 만약 여래의 밝은 눈을 가지고 시방세계를 두루 살펴본다면 평등치 않음이 없으리라. 온갖 일이 평등하고 보면 절로 질투하고 선망하는 마음이 없게 될 것이다."

장복이를 돌아보며 말했다.

"만일 네가 중국에 태어났더라면 어떻겠느냐?"

"중국은 오랑캐인걸입쇼. 쇤네는 원하지 않습니다요."

조금 있으려니까 맹인 한 사람이 어깨에 비단 주머니를 걸치고 손으로는 월금月琴을 타면서 걸어간다. 내가 크게 깨달아 말했다.

"저것이 어찌 평등안平等眼이 아니겠는가?"

여기에도 장님 이야기가 나온다. 『열하일기』 중 압록강을 건너며 느낀 소회를 쓴 「도강록渡江錄」의 한 부분이다. 예전에 중국에 오기 전 나는 중국이 뙤놈의 나라, 오랑캐의 천지인 줄로만 알았다. 어려서부터 귀에 못이 박히게 들은 북벌北伐, 즉 '무찌르자 오랑캐.'의 구호가 의당 그래야만 하는 진리인 줄로만 알았다. 그런데 막상 국경을 건너 중국 땅에 들어서고 보니, 중국에서는 가장 귀퉁이 시골의 하나임에 분명할 이곳의 문물이 내 이목을 압도해 온다. 우뚝한 들보 위에 이엉을 얹은 집들과 가지런한 대문들, 벽돌로 쌓은 담, 사통팔달로 죽죽 뻗은 도로 위로 이리저리 부산하게 움직이는 각종 수레들, 하다못해 집에서 쓰는 허드레 그릇도 모두 그림을 그려 넣은 도자기들이다. 이것이 우리가 무찌르자고 노래하던 오랑캐의 시골 모습인가? 시골이 이럴진대 그 서울은 또 어떠할 것인가? 생각이 여기에 미치자 나는 그만 부끄럽고 풀이 팍 꺾여서 그길로 내처 돌아오고 싶은 심정이었다.

그러나 나는 다시 마음을 고쳐먹기로 한다. 그것은 마음을 비우고 바라보지 못한 데서 비롯된 질투심일 뿐이다. 내 본 바가 워낙에 작고 보니, 조금만 새로운 것을 보아도 눈과 귀가 현혹되어 중심을 잃고 마는 때문이다. 문제는 내 눈이다. 만일 편견 없는 석가여래의 눈으로 시방세계를 살펴본다면 조선이나 중국이나 다를 바 없으리라. 평등의 눈으로 보면 부러워하는 마음, 질투하는 마음이 다 스러지리라. 나는 '명심'으로 돌아가고자 한다. 석가여래의 눈으로 돌아가고자 한다.

그래 한결 편안해진 마음으로 말구종꾼 장복이에게 묻는다. "얘! 너 중국에서 태어나고 싶지 않니?" 느닷없는 질문에 녀석은 생각해 볼 것도 없다는 듯 대답한다. "에이! 싫어요, 나으리. 중국은 뙤놈의 나라가 아닙니까요. 전 오랑캐는 되기 싫은걸입쇼." 녀석의 논리는 단순하다. 오랑캐인 청나라가 지배하는 중국은 중국이 아니다. 제아무리 문화와 문물이 발달해도 그것은 무찔러야 할 오랑캐일 뿐이다. 그렇지만 조선은 요순공맹의 도를 지켜 나가고 있기에 문화와 문물이 아무리 뒤처져도 오랑캐가 아니라 중화中華인 것이다. 말 그대로 '못살아도 나는 좋아.'다. 아! 이념이란 이토록 무서운 것이로구나. 중국 먼 변방의 문물이 이렇듯 눈이 휘둥그레질 정도로 발달한 것이건만, 말구종꾼의 의식 깊은 곳까지 이른바 춘추의리란 것이 뿌리박혀 있어, 좋은 것도 좋은 것으로 보려 들지를 않는구나.

그때 마침 장님 하나가 비단 주머니를 어깨에 걸치고서 월금을 타며 길을 걸어간다. 아! 그의 눈이야말로 평등하겠구나. 오랑캐도 없고 중화도 없고, 보는 것으로 인한 시기심과 질투심도, 부끄러움도 자괴감도 없겠구나. 그의 눈이 곧 석가여래의 눈이로구나.

연암의 글에는 소경이 등장하는 것이 아직도 한 편 더 있다.

이날 홍려시 소경少卿 조광련이 의자를 나란히 하고서 요술을 구경하였다. 내가 조광련에게 말하였다.

"눈이 능히 시비를 판단치 못하고 진위를 살피지 못할진대 비록 눈이 없다고 해도 괜찮으리이다. 그러나 항상 요술하는 자에게 속게 되는 것은 이 눈이 일찍이 망령되지 않은 것은 아니나, 분명하게 본다는 것이 도리어 빌미가 되는 것입니다그려."

조광련이 말했다.

"비록 요술을 잘하는 이가 있다 해도 소경은 속이기가 어려울 터이니, 눈이란 과연 항상된 것일까요?"

내가 말했다.

"우리나라에 서화담 선생이란 이가 있었지요. 밖에 나갔다가 길에서 울고 있는 자를 만났더랍니다. '너는 왜 우느냐?'고 물으니, 대답하기를, '저는 세 살에 눈이 멀어 지금에 40년이올시다. 전일에 길을 갈 때는 발에다 보는 것을 부치고, 물건을 잡을 때는 손에다 보는 것을 부치고, 소리를 듣고서 누구인지를 분간할 때는 귀에다 보는 것을 부치고, 냄새를 맡고서 무슨 물건인가를 살필 때는 코에다 보는 것을 부치었습지요. 사람에게는 두 눈이 있으되, 저에게는 손과 발과 코와 귀가 눈 아님이 없었습니다. 또한 어찌 다만 손과 발, 코와 귀뿐이겠습니까? 날이 이르고 늦은 것은 낮에 피곤함을 가지고 보았고,

물건의 모습과 빛깔은 밤에 꿈으로 보았지요. 장애될 것이 없어 일찍이 의심스럽거나 어지럽지 않았습지요. 이제 길을 가는 도중에 두 눈이 갑자기 맑아지고 백태가 끼었던 눈이 저절로 열리고 보니, 천지는 드넓고 산천은 뒤섞이어 만물이 눈을 가리고 온갖 의심이 마음을 막아서 손과 발, 코와 귀가 뒤죽박죽이 되어 착각을 일으켜 온통 예전의 일상을 잃게 되었습니다. 아마득히 집을 잃어 스스로 돌아갈 길이 없는지라, 그래서 웁니다.' 선생이 말했지요. '네가 네 지팡이에게 물어본다면 지팡이가 응당 절로 알리라.' 말하기를, '제 눈이 이미 밝아졌으니 지팡이를 어디에다 쓴답니까?' 선생이 말하였습니다. '도로 네 눈을 감아라. 바로 거기에 네 집이 있으리라.' 이로 말미암아 논한다면 눈이 그 밝음을 믿을 수 없는 것이 이와 같습니다그려. 오늘 요술을 보니, 요술쟁이가 능히 속인 것이 아니라 사실은 구경하는 사람이 스스로 속은 것일 뿐입니다.'"[7]

—「환희기 후지幻戲記後識」

잘 보려다 속는다

역시 『열하일기』 가운데 「환희기 후지幻戲記後識」이다. 열하에서 거리의 요술을 보고 나서 그 소감을 적은 대목이다. 스무 가지에 달하는 요술쟁이의 요술을 세밀하게 묘사하고 나서 연암은 시비도 가리지 못하고 진위도 분간하지 못하는 눈이란 없는 거나 진배없다고 말한다. 요술을 구경하는 사람이 속지 않으려고 자세히 보면 볼수록 더 잘 속게 된다. 앞서 「하룻밤에 강을 아홉 번 건넌 이야기」에서, 보는 것이 자세하면 할수록 더욱더 미혹되어 급기야 강물에 빠지고 마는 '신이목자信耳目者'가 떠오른다. 그렇지만 천하의 요술쟁이도 장님을 속일 수는 없다. 이어 연암은 이미 예전 「창애에게 답하다答蒼厓」 두 번째 편지에서도 써먹은 바 있는 서화담 이야기를 들고나온다. 다만 내용은 이 글이 더 자세하다.

세 살에 눈이 멀어 40년간 소경으로 살아온 사람, 제 손과 발을 눈으로 여기고 제 코와 귀를 눈으로 알며 아무 불편함 모르고 살아오던 그가, 어느 날 길을 가다가 갑자기 눈이 열렸다. 그러자 평온하던 세계는 일순간에 혼란에 빠지고 만다. 제 눈을 대신하던 손과 발, 코와 귀는 아무 소용이 없는 물건이 되어 버리고, 아직 내 것이 아닌 내 눈은 온통 내 마음에 의심만을 일으켜 이 골목이 저 골목 같고, 이 대문이 저 대문 같아 제집조차 찾을 수 없게 된 것이다. 말하자면 그는 눈을 뜨는 순간 오히려 눈이 멀어, 자신의 정체성에 심각한 위협을 받는 지경에 처하게 되었다. 이에 망연자실 어쩔 줄 모르고 길가에 서서 울고 있다. 눈을 떴으되 그 눈이 아무 소용 없으니 말 그대로 '눈 뜬 장님'이다.

도로 네 눈을 감아라

사연을 들은 서화담의 처방은 뜻밖에 간단하다. "도로 네 눈을 감아라." 눈으로 보려 들지 말아라. 항상성을 회복하는 길, 정체성을 되찾는 길은 네 눈에 있지 않다. 오히려 네 손과 발, 네 코와 귀를 믿어라. 네 눈에 현혹되지 말고 네 지팡이를 믿어라. 불편함이 없던 세계, 아무 걸림이 없던 세계로 돌아가라. 네 마음의 평형을 깨뜨리는 의심의 덩어리를 놓아 버려라.

이 우화는 읽기에 따라 여러 맥락으로 읽힌다. 「창애에게 답하다」 두 번째 편지에는 같은 우화를 소개하면서, 그 앞에 "본분으로 돌아가라 함이 어찌 문장만이리오. 일체의 온갖 일들이 다 그렇다."는 말을 덧붙이고 있다. 말하자면 장님이 눈을 도로 감는 것을 본분으로 돌아가는 것으로 풀이한 것이다. 좋은 문장을 쓰려면 눈을 감아라. 훌륭한 시를 쓰고 싶거든 눈을 감아라. 문장이나 시만이 아니다. 인간 세상 온갖 일이 다 그렇다. 이때 눈을 감는다는 것은 '명심'의 상태로 돌아가라는 것이다. 겉으로 드러나는 현상에 현혹되지 말고, 자기 자신의 본래 자리, 세계와 교통할 수 있는 촉수가 성성히 살아 있던 그 지점으로 돌아가라는 뜻이다.

40년간 장님으로 살아오던 그에게 개안은 과연 천지개벽과도 같은 놀라움이었겠지만, 그로 인해 자신을 잃고 만다면, 개안의 기쁨은 잠깐일 뿐 그에게는 더 큰 불행을 가져다줄 따름이다.

'본분으로 돌아가라.'는 말은 단지 '네 주제, 네 분수를 알라.'는 말이 아니다. 그저 장님 주제에 만족하고 눈 뜰 생각 아예 말고 지팡이만 믿고 살아가라는 말이 아니다. 내가 내 삶의 주인이 될 수 없다면 어떤 눈 뜸도 기쁨이기는커녕 새로운 비극의 시작일 뿐이다. 내가 소화할 수 없는 세계, 내 것이 아닌 바깥세상만을 기웃거리다가는 오히려 나 자신을 잃게 될 뿐이다. 조나라 사람의 걸음걸이를 흉내 내려다 오히려 제 본래의 걸음마저 잃고 엉금엉금 기어갔다는 저 연나라 소년의 '한단학보邯鄲學步'를 기억하는가? 서시의 찡그림을 흉내 내다가 온 마을 사람으로 하여금 대문을 닫아걸게 만들었던 동시의 이야기가 생각나는가? 시류만을 좇아 이리저리 몰려다니지 말아라. 남의 흉내나 내다가는 결국 제 목소리마저 잃고 만다. 돌아가야 할 제집마저 찾지 못하게 된다. 길에서 울게 된다. 눈을 믿지 마라. 부릅뜨고 볼수록 더 현혹된다. 도로 눈을 감아라. 마음으로 보아라.

5

———

물을 잊은 물고기。

그대가 태사공의 『사기史記』를 읽었다 하나, 그 글만 읽었지 그 마음은 읽지 못했구려. 왜냐구요. 「항우본기」를 읽으면 제후들이 성벽 위에서 싸움 구경 하던 것이 생각나고, 「자객열전」을 읽으면 악사 고점리가 축筑을 연주하던 일이 떠오른다 했으니 말입니다. 이것은 늙은 서생의 진부한 말일 뿐이니, 또한 부뚜막 아래에서 숟가락 주웠다는 것과 무에 다르겠습니까. 아이가 나비 잡는 것을 보면 사마천의 마음을 얻을 수 있지요. 앞발은 반쯤 꿇고 뒷발은 비스듬히 들고, 손가락을 집게 모양으로 해 가지고 살금살금 다가가, 손은 잡았는가 싶었는데 나비는 호로록 날아가 버립니다. 사방을 둘러보면 아무도 없고, 계면쩍어 씩 웃다가 장차 부끄럽기도 하고 화가 나기도 하는, 이것이 사마천이 책을 저술할 때입니다.**8**

　　　　　　　　　　—「경지에게 답하다答京之」세 번째 편지

마음을 읽어라

아마 경지京之가 보내온 먼젓번 편지에 이런 사연이 있었던 듯하다. "요즘 사마천의 『사기』에 푹 빠져 있습니다. 「항우본기」를 읽노라면 제후들이 항우의 용맹에 얼이 빠져 감히 함께 나가 싸울 생각도 못 하고 성벽 위에 붙어 서서 그 싸우는 모습을 넋 놓고 구경하던 장면이 눈앞에 선히 떠오르고, 「자객열전」을 읽으면 이수易水 강가에서 자객 형가荊軻가 진시황을 암살하러 떠나면서, '가을바람 쓸쓸하고 이수는 찬데, 장사는 한번 가면 돌아오지 않나니.' 하고 노래를 부를 때 그 곁에서 축을 타던 고점리의 그 비장한 연주 소리가 들리는 것만 같습니다. 참으로 사마천의 문장 솜씨는 경탄을 금할 수가 없군요."

그러자 연암은 대뜸 이렇게 지적하고 나선다. "그대가 『사기』를 읽었다 하나 그 글만 읽었지 그 마음은 아직 읽지 못했구려. 『사기』를 읽고 단지 그 문장력에 감탄하여 손뼉을 치는 것은 부뚜막 아래에서 숟가락 하나 주워 들고 무슨 대단한 발견이라도 한 듯이 '숟가락 주웠다!' 하고 외치는 것이나 다를 게 없다고 봅니다. 『사기』를 제대로 읽으려면 그 글 속에 담긴 사마천의 그 마음을 읽어야지요. 내가 하나의 비유로 들려드리리다. 어린아이가 꽃잎에 앉은 나비를 잡으려고 집게손을 조심조심 내밀며 숨죽이고 살금살금 다가갑니다. 마침내 결정적인 순간에 손가락을 뻗치지만 나비는 그만 손가락 끝에 허망한 감촉만을 남기고 날아가 버립니다. 아이는 계면쩍기도 하고 화도 나고 해서 누가 보았나 싶어 둘러보지만 아무도 없으므로, 그제야 멋쩍게 씩 웃습니다. 나는 사마천이 『사기』를 지을 때도 꼭 이런 마음이었을 것으로 봅니다. 그 마음은 읽지 못하고 그저 그 문장력에 감탄만 하고 앉았다면 그대가 읽은 것은 사마천의 껍데기일 뿐입니다."

「항우본기」와 「자객열전」, 결국 이들 실패한 영웅의 이야기를 통해 사마천이 하고 싶었던 이야기는 무엇이었을까? 힘은 산을 뽑고 기운은 세상을 덮었다던 항우는 왜 해하 싸움에서 사면초가의 궁지에 몰린 끝에 제 손으로 제 목을 찌르고 말았을까? 자객 형가의 독 묻은 칼끝에 폭군 진시황이 죽었더라면 역사는 어떻게 바뀌었을까? 이 글을 쓸 때에 사마천의 마음속에서 휘돌아 나가던 상념은 어떤 것이었을까? 정의는 왜 반드시 승리하지 못하는가? 역사를 움직이는 힘은 어디에서 나오는가? 정작 붓을 떼고 나서도 사마천은 나비를 놓치고 만 소년의 안타까움을 지녔을 것이다. 나비를 잡으려는 아이의 간절하고 조마조마한 심정이 역사 앞에 선 그의 마음이었다면, 눈앞에서 나비를 놓쳐 부끄럽기도 하고 화도 나는 것은 어느 한순간 뜻하지 않게 역사가 제 궤도를 벗어나 빗나갈 때에 느끼는 좌절감과 무력감이었으리라. 과연 역사의 신은 있는가? 역사 속에 정의의 힘은 존재하는가?

우리가 사마천과 만나는 것은 그의 문장 기교나 표현 역량으로써가 아니다. 그것은 그의 마음으로 통하게 하는 사다리일 뿐이다. 그 생생하고 박진감 넘치는 묘사에만 감탄하는 것은 『사기』

의 진실과는 거리가 멀다. 문자에 현혹되지 말아라. 나비를 놓친 소년의 그 마음을 읽어라. 진실은 글자 속에 있지 않다.

완산完山 이낙서李洛瑞가 책을 쌓아 둔 방에 편액을 걸고 소완정素玩亭이라 하였다. 내게 기문記文을 청하므로, 내가 이를 나무라며 말했다.

"대저 물고기가 물속에서 헤엄치면서도 눈이 물을 보지 못하는 것은 어째서인가? 보는 바의 것이 모두 물이고 보니 물이 없는 것과 한가지인 게지. 이제 자네의 책은 용마루에 가득 차고 시렁을 꽉 채워 전후좌우 할 것 없이 책 아닌 것이 없으니, 물고기가 물에서 헤엄치는 것과 같단 말일세. 비록 동중서董仲舒의 전일專一함을 본받고, 장화張華의 기억력에 도움받으며, 동방삭東方朔의 암기력을 빌려 온다 해도 장차 스스로 얻지는 못할 것일세.* 그래도 괜찮겠나?"

낙서가 놀라 말했다.

"그렇다면 장차 어찌해야 할지요?"

내가 말했다.

"그대는 저 물건 찾는 사람을 보지 못했던가? 앞을 보자면 뒤를 잃게 되고, 왼편을 돌아보면 오른편을 놓치고 말지. 왜 그럴까? 방 가운데 앉아 있으면 몸과 물건이 서로 가리게 되

---

* 동중서는 한나라 때 학자로 학문에만 몰두하여 3년 동안 정원을 한 번도 내다보지 않은 집중력으로 유명하다. 장화는 진晉나라의 정치가인데, 기억력이 탁월하기로 당대에 으뜸이었다. 동방삭은 한나라 무제 때 인물로 예부터 전해 오는 고전뿐 아니라 야사와 전기까지 한번 읽으면 모두 암송했다고 한다.

고, 눈과 허공이 서로 맞닿기 때문일 뿐이야. 차라리 몸을 방 밖에 두어 창에 구멍을 뚫고 살펴보아 한 눈의 전일함으로 온 방 안의 물건을 다 보는 것만 같지 못할 것일세.”

낙서가 사례하여 말했다.

“이는 선생님께서 저를 ‘약約’, 즉 요약함을 가지고 이끌어 주시는 것이로군요.”

내가 또 말했다.

“자네가 이미 ‘약約’의 도를 알았네그려. 또 내가 눈으로 보지 않고 마음으로 비춤을 가지고 자네를 가르쳐도 괜찮겠는가? 대저 해라는 것은 태양이니, 사해를 덮어씌워 만물을 기르는 것일세. 젖은 곳을 비추면 마르게 되고, 어두운 곳이 빛을 받으면 환하게 되지. 그렇지만 능히 나무를 사르거나 쇠를 녹일 수 없는 것은 어째서인가? 빛이 두루 퍼져서 정기가 흩어지기 때문일세. 만약 만 리에 두루 비치는 것을 거두어, 좁은 틈으로 빛을 들여 모아서, 둥근 유리알에 이를 받아, 그 정채로운 빛을 콩알만 하게 만들면, 처음에는 내리쬐어 반짝반짝하다가 갑자기 불꽃이 일어나 타오르는 것은 어째서겠나? 빛이 전일하여 흩어지지 않고, 정기가 한데 모여 하나가 되기 때문일세.”

낙서가 사례하여 말했다.

“이는 선생님께서 제게 ‘오悟’, 즉 깨달음으로 타이르는 것입니다.”

내가 또 말하였다.

“대저 하늘과 땅 사이에 흩어져 있는 것이 모두 이 서책의 정기일세. 그럴진대 본시 바짝 가로막고 보아 한 방 가운데서 구할 수 있는 바가 아닐세. 그래서 포희씨包犧氏가 문장을 봄을 ‘우러러 하늘을 보고, 굽어 땅을 살폈다.’고 한 것이야. 공자께서 그 문장을 봄을 크게 여겨 이를 이어 말씀하시기를, ‘편안히 거처할 때는 그 말을 익힌다[玩].’고 하셨지. 대저 익힌다 함이 어찌 눈으로만 보아 살피는 것이겠는가? 입으로 음미하여 그 맛을 얻고, 귀로 들어 그 소리를 얻으며, 마음으로 마주하여 그 정채로움을 얻는 것일세. 이제 자네가 창에 구멍을 뚫고서 눈으로 이를 전일하게 하고, 유리알로 받아 마음으로 이를 깨닫는다고 하세. 비록 그러나 방과 창이 텅 비지 않고는 밝은 빛을 받을 수가 없고, 유리알이 비지 않으면 정기를 모을 수가 없을 것이네. 대저 뜻을 밝히는 도리는 진실로 비움에 있나니, 물건을 받음이 담박하여 사사로움이 없어야 하네. 이것이 자네가 바탕을 익히겠다는[素玩] 까닭인가?”

낙서가 말했다.

“제가 장차 벽에 붙이렵니다. 써 주십시오.”

드디어 그를 위해 써 주었다.⁹

—「소완정기素玩亭記」

거리가 필요하다

박완서의 소설 『그 많던 싱아는 누가 다 먹었을까』에 보면 이런
구절이 나온다.

> 동그란 유리를 통과한 햇빛이 점점 도타워지고 오므라들면서
> 꼭 칠흑 속에 숨은 고양이 눈깔처럼 요괴롭게 빛나다가, 마침
> 내 종이에서 모락모락 연기를 뿜어 올리고, 구멍을 내고, 구멍
> 이 실고추처럼 가늘고 새빨갛게 종이를 먹어 들어가는 걸 지
> 켜보는 동안 나는 숨이 막히고 배창자가 쪼글쪼글 오그라들
> 면서 오줌이 마려웠다.

두 번째 읽으려는 글은 독서의 방법에 대해 적고 있는 「소완
정기素玩亭記」란 글이다. '소완素玩'이란 바탕을 익힌다는 의미다.
'회사후소繪事後素'라고 했다. 그림을 그리자면 먼저 본바탕이 하
얘야 한다. 그렇지 않으면 다른 채색이 먹지 않는다. 옛날에 종이
가 없을 때 이야기다. 흰 바탕의 준비 없이 화가가 채색을 베풀 수
없듯이, 책 읽는 사람은 책을 읽기 전에 먼저 서책을 통해 그 지식
을 소화해 낼 수 있도록 바른 바탕을 갖추어야 한다. 낙서 이서구
가 방 하나 가득 책을 쌓아 두고서 그 이름을 소완정이라 한 것은
그것과 더불어 바탕을 다져 익히겠다는 뜻이니, 마치 물고기가
물속에서 헤엄을 치듯이 책 속에 파묻혀 그 속에서만 노닐겠다는

의미다.

그런데 그 많은 책 속에 파묻혀 지내는 것도 좋지만 물고기가 물속에 있어 물이 있는 줄을 아예 깨닫지 못하는 것처럼, 정작 책 속에 파묻혀 책의 의미를 그냥 놓쳐 버리게 되는 것은 아닐까? 제 아무리 한우충동의 장서라 해도, 그 안에 엄청난 양의 정보를 담고 있다 해도, 그저 물고기가 제 앞의 물을 의식하지 못하듯 깨달음 없이 문자로만 읽는 공부라면 아무런 의미가 없을 것이 아닌가? 물고기는 물에 있으면서도 물을 의식하지 못한다. 물 밖에 있을 때 물고기는 오히려 물의 존재를 분명히 인식하게 된다. 서책의 정보는 오히려 그것에서 벗어나 바라볼 때 비로소 내게 의미로 다가온다. 내가 책을 읽으면서도 그 서책 속에 담긴 정보를 내 삶의 의미와 연관 짓지 못한다면 그 많은 독서가 무슨 소용이 있겠는가? 의식이 없는 독서는 살아 있는 독서가 아니다.

앞을 보는 사람은 그것 때문에 뒤를 놓치게 되고, 왼편에 집중하다 보면 어느새 오른쪽에 빈틈이 생기고 만다. 좁은 방 안에서는 방 안의 사물을 옳게 바라볼 수 없다. 숲속에서 숲의 전체상을 알 수 없는 것과 한가지 이치다. 그러나 문밖에서는 조그만 틈으로 바라보더라도 방 전체의 모습을 한눈에 또렷하게 파악할 수가 있다. 우리의 독서도 이와 같아야 하지 않을까? 제아무리 폭넓은 독서의 온축이 있다 해도 그것이 내 것으로 체화되지 않고서야 나의 것일 수가 없다. 이것을 보면 이것이 옳게 보이고, 저것을 들으면 저것에 현혹된다. 여기에 있다 싶어 보면 어느새 저기에 있고, 저긴가 해서 가면 어느새 여기에 와 있다. 좌충우돌, 닥치는 대로 섭렵한다고 해서 그것이 내게 살아 있는 의미가 될 수는 없다. 그것은 어디에 있는가? 방 안에 있지 않고 책 속에도 있지 않으며, 방 밖에 있고 글자 너머에 있다. 그저 방 안에 틀어박혀 읽기만 한다고 해서 되는 것이 아니다.

무엇보다 자기화할 수 있는 거리가 필요하다. 이를 달리 말해 '박이약지博而約之'라 한다. 제아무리 폭넓은 섭렵도 하나의 초점으로 집약되지 않으면 소용이 없다. 널리 읽어라. 그렇지만 그것을 하나의 초점으로 집약시켜라. 요점을 잡는 것은 어떻게 해야 할까? 눈으로 보아서는 안 되고 마음에 비추어 보아야 한다. 눈으로만 보려 하면 흩어져 산만해진다. 이것저것 다 눈에 들이려 하다가는 아무것도 남는 것이 없게 된다. 햇빛을 가지고 비교해 보자. 햇빛은 천지를 비추고 만물이 그 빛을 받아 성장한다. 젖은 곳을 마르게 하고 어두운 곳을 밝게 해 준다. 서책이 주는 지식이나 지혜는 우리의 정신을 성장시킨다. 잘못된 생각을 바로잡아 주고, 나쁜 마음을 정대하게 해 준다. 그러나 그것만으로는 나무를 사르거나 쇠를 녹이는 힘을 발휘할 수가 없다. 더 큰 창조적인 힘은 어디서 나오는가? 폭발적인 에너지는 그저 흩어지는 햇빛만으로는 만들어지지 않는다.

만물 위로 흩어지는 빛의 에너지가 있다. 이제 그 빛을 볼록 렌즈 위로 모아들여서 하나의 초점 위로 집중시킨다. 이 집중을 이 글에서는 '약約'이란 말로 설명했다. 그러면 하나의 초점 위로 뭉친 빛살의 소용돌이는 마침내 불꽃으로 활활 타오른다. 주체할 수 없는 폭발적인 에너지로 변화하게 된다. 박博에서 약約으로 집약되어 하나의 정점에서 그것은 '오悟'의 단계로 변화한다. 폭넓은 독서가 하나의 초점으로 집약되어 마침내 오성悟性을 열어주는 주체적 각성으로 변모할 때 그것은 창조의 원동력이 된다. 그 전에 의미 없던 모든 것들이 그 순간 의미 있는 것으로 바뀌고 만다. 나와 무관하게만 여겨지던 많은 것들이 내 삶 속으로 들어와 하나의 의미가 된다. '박이약지'의 단계를 넘어서 마침내 '약이오지約而悟之'의 경지로 들어서게 되는 것이다.

천지만물이 다 책이다

책을 읽는다는 것은 무엇인가? 책은 문자로만 고정되어 있지 않다. 천지만물이 모두 하나의 서책이다. 어찌 문자 속에서만 찾으려 하는가? 포희씨는 우러러 하늘을 보고 굽어 땅을 살펴, 천지만물의 비밀을 읽었다. 그가 읽어 팔괘로 그려 낸 천지만물이란 텍스트는 오늘날까지도 여전히 그 생명력을 잃지 않고 있다. 어찌 방 안에서만 찾으려 하는가? 공자께서 『주역』 「계사전繫辭傳」에서 가만히 있을 때마다 그 말을 익혔다고 하신 것은 그 문자를 익혔다는 것이 아니다. 그 속에 담긴 정신, 그 오성을 익혔다는 것이다. 그것은 눈으로만 보아서는 보이지 않는다. 입으로 음미하고 귀로 들으며 마음으로 마주하고 전신으로 만나야만 볼 수 있는 것이다.

햇빛과 렌즈, 그리고 불이 붙으려면 초점이 필요하다. 서책에 담긴 지식과 내 마음의 눈, 그리고 그것이 오성으로 타오르려면 집약이 필요하다. 물건으로 가득 찬 방은 빛을 받아들일 수가 없다. 렌즈가 깨끗지 않고서는 초점이 만들어지지 않는다. 이와 마찬가지로 내 마음이 텅 비어 있지 않으면 서책의 정보는 그 안에 깃들일 수가 없다. 내 눈빛이 맑지 않고서는 그 정보가 오성으로 불붙을 수가 없다. 그런 독서를 나는 '죽은 독서'라고 부르리라.

눈을 집중해서 마음으로 깨달으려면 먼저 담박한 마음으로 사사로운 마음이 없어야만 한다. 이 책을 읽어 어디에 써먹겠다는 생각, 이것을 가지고 출세의 밑천을 삼아야겠다는 생각을 버려라. 렌즈가 아무리 좋아도 거기에 때가 끼어 있으면 빛을 모을 수가 없다. 투명한 오목렌즈에 햇빛이 쏟아져 들어와 하나의 초점으로 집약되어 불을 붙이듯, 내 마음에 천지만물이라는 서책이 주는 모든 지식이 쏟아져 들어와 하나의 초점으로 집약되어 깨달음의 길로 나아갈 수 있어야 한다. 깨달음은 어디에 있는가? 방 안에도 있지 않고, 책 속에도 있지 않으며, 내 마음 안에 있고, 천지만물 속에 있다. 여보게, 낙서! 그렇다면 자네 우선 그 방 안에서 나오게. 문자의 질곡, 언어의 감옥에서 빠져나오게.

『논어』「옹야」에서 공자는 이렇게 말했다. "군자는 널리 글을 배우고, 예禮로써 이를 요약하나니, 또한 도에서 어긋나지 않을 수 있다." 말하자면 연암의 「소완정기」는 이 박문약례博文約禮의 가르침을 부연해 설명한 글이다. 명나라 때 귀유광歸有光은 「군자는 덕성을 높이고 학문을 연구한다君子尊德性而道問學」라는 글에서 또 이렇게 말했다. "공자의 가르침에 박문약례라 하였으니, 정精으로써 일—로 돌아가고, 의義로써 예禮를 온전히 하며, 박博으로써 약約을 이루라. 모든 성인들께서 서로 전하여 온 비결이 여기에 있나니!" 연암이 이 글에서 하고자 한 말은 귀유광의 이 한마디에서 한 치도 벗어나지 않는다. 수많은 장서와 잡다한 지식, 사회적 명성만을 뽐낼 뿐 그것으로 하나의 정채로운 불길을 불러일으키지 못하는 모든 가짜들을 위해 던지는 정문의 일침이다.

우연히 거친 성질을 기리다가 스스로를 사슴에다 견준 것은 사람이 가까이 가면 놀라는 까닭에서였지 감히 스스로 크다 하려 한 것이 아닙니다. 이제 주신 글월을 받자오매, 스스로를 말 꼬리에 붙은 파리에다 비유하셨으니 또 어찌 그다지도 작단 말입니까? 그대가 진실로 작게 되기를 구한다면 파리도 오히려 크지요. 개미가 있지 않습니까?

제가 일찍이 약산에 올라가 그 도읍을 굽어보니, 사람들이 내달리고 달음질치는 것이 땅에 엎디어 꿈틀대는 개미집의 개미와 같아, 한번 크게 숨을 내쉬면 흩어져 버릴 것만 같더이다. 그러나 다시금 고을 사람으로 하여금 나를 바라보게 한다면, 벼랑을 더위잡고 바위를 에돌아 덩굴을 붙잡고 나무를 끼고서 산꼭대기에 올라가 망령되이 스스로 높고 큰 체하는 것이 또한 머리의 이가 머리카락을 타고 오르는 것과 무에 다르겠습니까?

이제 큰소리로 스스로를 비유하여 사슴이라 말한다면 얼마나 어리석겠습니까? 마땅히 다른 사람들의 비웃음을 사게 될 것입니다. 만약 다시금 형체의 크고 작음을 비교하고 보는 바의 멀고 가까움을 따지려 한다면, 그대나 나나 모두 망령될 뿐이리이다. 사슴이 과연 파리보다야 크겠지만, 코끼리가 있지 않습니까? 파리가 과연 사슴보다야 작겠지만 만약 개미로 본다면 코끼리의 사슴에 있어서와 한가지일 겝니다.

이제 저 코끼리는 서면 집채만 하고, 가면 비바람이 휘몰아 치는 듯하며, 귀는 드리운 구름 같고, 눈은 초승달만 합니다. 발가락 사이에 낀 진흙은 흙더미가 언덕과 같아 개미가 그 속에 집을 짓지요. 개미가 비가 오나 싶어 줄지어 나와 두 눈을 부릅뜨고 보아도 코끼리가 보이지 않는 것은 어째서입니까? 보는 바의 것이 멀기 때문일 뿐입니다. 코끼리가 한쪽 눈을 찡그리고 보아도 개미를 못 보는 것은 다른 것이 아니라 보는 바의 것이 가까운 까닭일 뿐입니다. 만약 조금 큰 안목을 가진 사람으로 하여금 다시금 백 리 먼 데로부터 바라보게 한다면 아마득하고 가물가물해서 아무것도 보이는 것이 없을 겝니다. 어찌 이른바 사슴과 파리, 개미와 코끼리를 족히 분간해 낼 수 있겠습니까?[10]

—「아무개에게 답하다答某」

무엇을 보고 어떻게 볼까?

「아무개에게 답하다答某」는 연암이 누군가에게 답장으로 보낸 편지글이다. 아마 이보다 앞선 편지에서 연암이 스스로를 겁 많은 사슴에 견준 것을 두고 상대가 스스로 크다고 여긴 것으로 오해하여, 나는 사슴은커녕 말 꼬리에 붙은 파리만 하다고 낮추자 이에 대해 해명을 겸하여 쓴 글인 듯싶다. 언어는 종종 이런 식의 오해를 불러일으킨다.

연암은 앞서 「경지에게 답하다」 세 번째 편지에서, 글쓴이의 마음을 읽지 못하고 표면의 문자에만 현혹되는 죽은 독서를 나무랐다. 또 「소완정기」에서는 늘 물속에 있음으로 해서 오히려 물의 존재를 잊고 마는 물고기의 관성화된 삶의 태도를 질타하고, 깨달음으로 점화되지 못하는 지식의 허망함을 지적했다. 그런가 하면 앞장에서 살핀 「환희기 후지」에서는 눈을 뜨는 순간 눈이 멀어 버린 '눈 뜬 장님'에 대해 이야기했다. 어느 날 갑자기 눈을 뜬 장님은 오히려 눈을 뜨는 순간 모든 것이 뒤죽박죽되어 버렸다. 보통 사람에게서 눈을 빼앗아 간다면 그 불편함을 단 하루도 견딜 수 없겠으나, 습관이 된 장님에게는 눈 없는 것이 그다지 불편하지가 않다. 본다는 것은 무엇인가? 장님은 손으로도 볼 수 있고, 발로도 볼 수 있으며, 마음으로도 볼 수 있으니, 꼭 눈으로 보아야만 보는 것이 아니다. 세상에는 눈을 빤히 뜨고서도 보지 못하는 '눈 뜬 장님'들이 얼마나 많은가? 그런가 하면 보지 않고도 모두 알아 버리는 사람도 있다. 그럴진대 보고 못 보고, 보이고 안 보이고는 상대적인 것일 뿐이다.

이제 이 글에서 연암은 다시 크기의 문제를 들고나온다. 언젠 가 약산의 꼭대기에 올라가 약산 읍내를 내려다본 일이 있었다. 그 아래서 북적대며 오고 가는 사람들의 모습은 마치 땅바닥을 기어 다니는 개미 떼와 다를 바 없었다. 혹 불면 전부 날아가 버릴 것만 같이 통쾌했다. 내가 지금까지 저 개미굴 속에서 개미 떼와 더불어 아옹다옹 이익을 다투고 손해를 따지느라 바둥거렸나 생 각하니 그만 그들이 불쌍하고 가소로웠다. 그러나 한편으로 아래 에서 위를 올려다보면 어떨까? 그 아슬아슬한 산비탈을 끙끙대 며 기어, 바위를 돌고 덩굴을 더위잡고 땀을 뻘뻘 흘리며 산꼭대 기까지 올라가, 마치 구름 속의 신선이나 된 듯 아래를 굽어보는 내 모습을 보고, 그들은 마치 이 한 마리가 머리카락을 타고 오르 듯 우습고 같잖게 볼 것이 아닌가? 올라가 본들 다시 내려올 것을 뭐 하자고 저렇게 제 몸을 괴롭힌단 말인가 하고 가소로워할 것 이 아닌가 말이다.

그러고 보니, 내가 아래에 있는 사람들을 개미로 보기나, 저 들이 나를 머리카락에 붙은 이로 여기기나 서로를 하찮게 보기는 매일반이 아니겠는가? 그런데 사람들은 모두 저 있는 곳을 중심 으로 모든 것을 판단하려 드니, 제 것만 좋고 남의 것이 우습게 보 인다. 모든 문제는 언제나 이 지점에서 생겨난다.

연암은 계속해서 말한다. 이제 내가 스스로 사슴이라 비유한데 대해, 그대가 크기로 따져서 자신을 파리에 비교한다면 이 또한 산꼭대기의 사람과 산 아래 사람이 서로를 비웃는 것과 무에 다르겠습니까? 사슴이 파리보다야 엄청나게 크겠지요. 그렇지만 코끼리는 어떻습니까? 파리가 작기는 해도 개미보다는 훨씬 크니, 코끼리와 사슴의 차이에다 견줄 수 있을 겝니다. 이제 내가 다시 스스로를 개미에 견준다면 그대는 장차 어찌하시렵니까?

자! 그렇다면 내가 가장 작은 개미와 가장 큰 코끼리를 가지고 말씀드리지요. 코끼리의 집채만 한 몸집이 한 번 어슬렁거릴 제면 마치 비바람이 휘몰아치는 듯하고, 그 큰 귀를 한 번 뒤채면 구름이 드리운 것만 같고, 몸집에 비해 작기만 한 눈도 초승달만 하게 보이겠지요. 개미는 그 코끼리의 발가락 사이에 낀 흙덩어리 속에 집을 짓고 삽니다. 날씨가 꾸물꾸물하면 비라도 오려나 싶어 개미 떼가 줄을 지어 내다보는 것이지만, 암만 봐도 제가 부치어 사는 코끼리는 안중에 들어오질 않습니다. 왜 그렇겠습니까? 코끼리가 너무 크고, 제 눈에서 아득히 멀기 때문이지요. 보이지 않기는 코끼리도 마찬가지입니다. 아무리 가는 눈을 더 가늘게 뜨고 바라보아도 보이지 않는 것은 개미가 너무 작은 데다, 제 눈에서 너무 가까이 있는 까닭입니다.

그렇다면 너무 큰 것과 너무 작은 것, 아주 먼 것과 아주 가까운 것은 결국 한가지인 셈입니다. 개미에게는 코끼리가 안중에 없고, 코끼리 또한 개미가 눈에 들어오지 않으니 말입니다. 그런데 우리 인간만이 그 중간에 서서 이것은 저것보다 얼마나 크

물을 잊은 물고기

니, 저것은 이것보다 얼마나 작으니 하며 따지길 좋아합니다. 조금 크면 그 앞에서 그만 주눅이 들고, 조금 작다 싶으면 만만히 보아 업수이여깁니다. 그러나 생각해 보십시오. 설령 아주 먼 데를 볼 수 있는 큰 안목을 갖춘 사람이 있다 해도, 백 리 먼 곳에서 본다면 그 큰 코끼리가 보이겠습니까? 그 작은 개미가 보이겠습니까? 제아무리 뛰어난 시력을 갖추었어도 백 리 밖에서는 아무것도 분간해 낼 수가 없을 겝니다. 그러니 이제 내가 스스로 사슴에 견준 것을 두고 자신을 파리에 견주어, 이것으로 자기를 낮추는 겸손의 증거로 삼으려 한다면 그것은 참으로 어리석은 생각이 아닐 수 없겠지요. 그대의 생각은 어떻습니까?

모든 것은 상대적이다

그렇다! 우리의 눈이란 종시 믿을 만한 것이 못 된다. 우리의 귀만 해도 그렇다. 조금 큰 소리에도 깜짝 놀라고, 때로는 고막이 터질까 봐 귀를 막으면서도, 그보다 더 큰 우주의 소리는 아예 들리지도 않는 것이다. 모기가 앵앵대는 소리에 예민한 신경이 화들짝 놀라 무더운 잠을 깨기도 하지만, 개미가 제 먹이를 통째로 우걱우걱 씹어 대는 그 큰 소리는 하나도 듣지 못한다. 그렇다면 어디부터가 작은 소리고 어디까지가 큰 소리인가? 무엇이 작은 것이고, 무엇이 큰 것인가? 현미경으로만 볼 수 있는 미세한 세계가 있고, 천체 망원경으로만 볼 수 있는 아득한 세계도 있다. 그 미세하고 광대한 세계 속에서 유독 인간만이 제 자신의 기준을 가지고 이것은 크니 저것은 작으니 하면서 무슨 큰일이라도 난 듯 따지고 잰다. 내가 직접 보고 듣는 눈과 귀가 이렇듯 믿을 수 없을진대, 그 눈과 귀를 믿고 따라서 움직이는 마음이란 것도 어찌 믿을 수 있겠는가?

황지우가 살찐 소파에 앉아서 하루 종일 격조 있게 혼자 놀다가, "수족관을 물끄러미 바라보는 내 얼굴에 / 횡으로 도열한 수마트라 두 마리, 열대어 화석처럼 박혀 들어왔을 때 / 나는 내가 담겨 있는 공기족관空氣族館을 느꼈다."(「살찐 소파에 대한 일기」)고 한 것도 아마 이런 종류의 깨달음이었으리라. 수족관 속의 물고기가 답답하거나, 공기족관 속의 내가 안쓰럽거나 결국은 그게 그거라는 거다. 사람이 물고기를 불쌍해할 하등의 자격이 없다는 거다. 그는 조금 씁쓸하게 말을 했지만, 결국은 개미가 코끼리를 안중에 두지 않고 살듯 그렇게 저 잘난 맛에 살아가는 것이 인생이라는 거다.

모든 것은 상대적이다. 고정의 가치는 없다. 불변의 진리는 존재하지 않는다. 모든 것은 변화하고 유동하는 가운데 있다. 놓이는 자리에 따라 달라진다. 꼭 이래야만 한다고 우기지 말아라. 이것만이 옳다고 고집하지 말아라. 여룡은 제 여의주를 가지고 말똥구리의 말똥을 웃지 않는다. 말똥구리는 제 말똥을 소중히 알아 여룡의 여의주에 눈길 한 번 주지 않는다. 말똥구리에게는 말똥만이 소중할 뿐인데, 그것을 하찮고 더럽게 여기는 것은 오직 우리 '가련한 공기족空氣族'들뿐이다.

6

―――

문심文心과 문정文情。

아아! 포희씨庖犧氏가 죽으매 그 문장文章이 흩어진 지 오래로다. 그러나 벌레의 더듬이와 꽃술, 돌의 초록빛과 새 깃의 비췻빛 등 그 문심文心은 변치 않았다. 솥의 발과 호리병의 허리, 해의 가락지 모양, 달의 활 모양은 자체字體가 아직도 온전하다. 그 바람과 구름, 우레와 번개 및 비와 눈, 서리와 이슬, 그리고 새와 물고기와 짐승과 벌레와, 웃고 울고 소리 내고 울부짖는 것들의 성색정경聲色情境은 지금도 그대로다.

그런 까닭에 『역易』을 읽지 않고는 그림을 알지 못하고, 그림을 알지 못하면 글을 알지 못한다. 왜 그런가? 포희씨가 『역』을 지음은 우러러 관찰하고 굽어 살펴보아 홀수와 짝수를 더하고 갑절로 한 것에 지나지 않으니 이와 같이 하여 그림이 되었다.* 창힐씨蒼頡氏가 글자를 만든 것 또한 정情을 곡진히 하고 형形을 다하여 전주轉注하고 가차假借한 것에 지나지 않았으니, 이와 같이 하여 글이 된 것이다.**

* 『주역周易』「계사繫辭」하下에, "옛날에 포희씨가 천하에서 왕 노릇 할 때, 우러러 하늘에서 상象을 관찰하고, 굽어 땅에서 법칙을 관찰하며, 새와 짐승의 무늬와 땅의 마땅함을 관찰하고, 가까이는 몸에서 취하고, 멀리는 사물에서 취하여 이에 비로소 팔괘를 만드니, 이로써 신명神明의 덕과 통하게 되었고, 이로써 만물의 정을 그려 내게 되었다."고 했다.

** 장언원張彦遠의 『역대명화기歷代名畵記』에, "창힐은 눈이 네 개였는데, 우러러 드리운 형상을 관찰하고 새와 거북의 자취를 본떠서 마침내 글자의 꼴을 정했다. 조화造化가 능히 그 비밀을 감출 수 없게 된 까닭에 하늘은 곡식비를 내렸고, 신

그렇다면 글에 소리[聲]가 있는가? 말하기를, 이윤伊尹이 대신大臣 노릇 할 때*와 주공周公이 숙부叔父 역할을 할 때** 내가 그 말소리는 듣지 못하였어도 그 소리를 상상해 본다면 정성스러울 따름이었으리라. 고아孤兒인 백기伯奇***와 기량杞梁의 과

령神靈들도 그 모습을 숨길 수가 없게 되자 귀신이 한밤중에 울었다."고 했다.

* 이윤은 탕湯임금을 도와 천하에 왕 노릇 하게 했다. 처음 탕왕이 이윤을 초빙할 때에 폐백을 가지고 세 번이나 사람을 보내었다. 또 탕왕이 세상을 뜬 후 태갑太甲이 탕왕의 법도를 전복시키므로 이윤이 그를 동桐 땅에 3년간 유폐시켜 과오를 뉘우치게 했다. 『서경書經』「이훈伊訓」은 이윤이 태갑을 훈도코자 지은 글이고, 또 「태갑太甲」 상上에는 이윤이 태갑을 뉘우치게 하려고 두 번 세 번 간곡한 말로 올린 글이 실려 있다. 이윤은 마음만 먹었으면 자신이 왕 노릇 할 수도 있었으나 그렇게 하지 않았다. 이제 그의 글을 읽으매 그의 폐부에서 우러나는 관관款款한 목소리가 들려오는 것만 같다는 뜻으로 말한 것이다.

** 주공周公 단旦이 무왕武王을 이어 숙부로서 성왕成王을 도울 때 간곡한 말로 임금이 경계로 해야 할 일을 간한 것을 두고 한 말이다. 『서경書經』「무일無逸」에서 주공은 무려 일곱 차례에 걸쳐 '오호嗚呼'로 시작되는 간곡한 말로 임금의 바른 마음가짐을 간하고 있다.

*** 백기는 주선왕周宣王 때 신하 윤길보尹吉甫의 아들인데, 어머니가 죽자 후모後母가 그 아들 백봉伯封을 장자로 세우고자 백기를 무함하였다. 이에 윤길보가 노하여 백기를 들판으로 쫓아내니, 백기는 연잎을 엮어 옷 해 입고 마름꽃을 따서 먹으며 죄 없이 쫓겨난 것을 슬퍼하여 「이상조履霜操」란 노래를 지어 자신의 처지를 한탄하였다. 이에 윤길보가 뒤늦게 깨달아 백기를 다시 불러오고 후처를 죽였다. 여기서는 지금도 그 시를 읽으면, 백기가 가슴 가득 억울함을 품고 노래 부

부寡婦*를 내가 그 모습은 못 보았지만, 그 소리를 떠올려 보면 간절할 뿐이었으리라.

글에 빛깔[色]이 있는가? 말하기를, 『시경詩經』에 이것이 있다. "비단옷에 홑옷 덧입고, 비단치마에 홑치마 덧입었네.(衣錦褧衣, 裳錦褧裳.)"라고 하였고,** "검은 머리 구름 같으니 트레머리 얹을 필요가 없네.(鬒髮知雲, 不屑髢也.)"라고 했다.***

무엇을 일러 정情이라 하는가? 말하기를, 새가 울고 꽃이 피며, 물은 초록이요 산은 푸르른 것이다.

무엇을 일러 경境이라 하는가? 말하기를, 먼 데 있는 물에는 물결이 없고, 먼 데 있는 산에는 나무가 없으며, 먼 데 있는 사

를 때의 그 간간懇懇한 음성이 마치 귀에 들리는 것만 같다는 뜻이다.
* 춘추 시대 제齊나라 대부 기량이 전사하자, 그 아내 맹강孟姜이 교외에서 상여를 맞이하는데 곡소리가 몹시 구슬퍼 듣는 이가 모두 눈물을 흘리고, 성벽이 그 소리에 무너지고 말았다는 고사.
** 『시경詩經』「정풍鄭風」「봉丰」에 나온다. 금錦은 무늬 있는 화려한 옷이니, 그 화려함이 지나치게 드러남을 가리기 위해 마사麻紗로 된 홑옷을 그 위에 받쳐 입음을 말한 것이다.
*** 『시경』「용풍鄘風」「군자해로君子偕老」에 나온다. '진발鬒髮'은 머리숱이 짙고 많은 것이고, '체髢'는 머리를 아름답게 꾸미기 위해 덧얹는 트레머리, 즉 가발이다. 지나친 방탕과 사치를 경계한 시로, 본바탕의 아름다움을 갖추었으면 트레머리를 얹어 치장함이 불필요함을 말한 것이다.

람에게는 눈이 없다.* 그 말하는 것은 가리키는 데 있고, 듣는 것은 손을 맞잡는 데 있다.

그런 까닭에 늙은 신하가 어린 임금께 고하는 것과 고아와 과부의 사모함을 알지 못하는 자와는 더불어 소리를 논할 수가 없다. 글을 짓더라도 『시경』의 생각이 없으면 더불어 국풍國風의 빛깔을 알 수가 없다. 사람이 이별해 보지 못하고, 그림에 먼 뜻이 없다면 더불어 문장의 정경情境을 논할 수가 없다. 벌레의 더듬이와 꽃술을 좋아하지 않는 자는 모두 문심文心이 없는 것이다. 솥과 그릇의 형상을 음미하지 못하는 자는 비록 한 글자도 모른다고 해도 괜찮을 것이다.[11]

—「종북소선 자서鍾北小選自序」

<hr />

* 당나라 왕유王維의 찬찬撰으로 전해지는 「산수론山水論」에 보이는 구절이다. "무릇 산수를 그리는 것은 뜻이 붓보다 우선해야 한다. 산이 열 자라면 나무는 한 자가 되고, 말이 한 치라면 사람은 한 푼의 크기로 그린다. 먼 데 사람은 눈이 없고, 먼 데 나무는 가지가 없으며, 먼 산은 바위가 없이 은은히 눈썹처럼 그려야 하고, 먼 물은 물결이 없이 구름과 높이가 나란해야 한다. 이것이 산수화를 그리는 비결이다."

파편적 세계의 의미 읽기

연암은 40세 전후로 지금의 파고다공원 뒤편인 전의감동典醫監洞에 머물러 살았다. 이 시기 전후 몇 년간의 글을 묶어 『종북소선鍾北小選』이라 이름 짓는다. 이 글은 이 묶음의 첫머리에 얹은 것이다. 연암 문학론의 최상승最上乘 문자로 그 문학 정신의 울결鬱結이 이 한 편에 다 녹아 있다.

글에는 성색정경聲色情境이 있다. 그것이 무엇인가? 팔괘를 만들었다는 포희씨가 죽자 그 문장은 흩어져 찾을 길이 없게 되었다. 그러나 포희씨로 하여금 천지만물이라는 텍스트를 읽어 괘상으로 표현하게끔 했던 그 사물의 세계, 그 감동의 세계는 오늘도 그대로 우리 앞에 펼쳐져 있다. 그것을 이름하여 문심文心이라 한다. 글자를 처음 만들었다는 창힐씨가 죽자 그 문장은 흩어져 찾을 길이 없게 되었다. 그러나 사물을 관찰하여 기호로 옮겨 내던 창힐씨의 정신은 그가 관찰했던 그 사물들 속에 여전히 남아 바래지 않는 의미로 우리 앞에 놓여 있다. 그 문심, 그 자체字體, 무수히 포개진 시간 속에서도 변함없이 가슴을 설레게 하는 사물들의 성색정경은 지금도 그대로 남아 있다.

장언원張彦遠은 『역대명화기歷代名畵記』에서, 처음 창힐이 글자를 만들자 조화造化가 그 비밀을 간직할 수 없게 되고 영괴靈怪가 그 모습을 감출 수 없게 되었다고 했다. 그리하여 하늘은 곡식비를 내리고, 귀신이 한밤중에 울었다고 했다. 그 태초의 교감, 그

원음을 듣는 감동은 이제 어디서 찾을 것인가? 이제 우리는 천지만물의 비의秘義를 가늠할 줄 알았던 포희씨의 그 정신, 사물을 기호 속에 재현해 낼 줄 알았던 창힐씨의 그 마음을 잃고 말았다.

『주역周易』「계사繫辭」하下는 그래서 "역궁즉변易窮則變, 변즉통變則通, 통즉가구通則可久"라고 적고 있다. 역易은 궁하면 변화해야 하고, 변화해야 서로 통하게 된다. 통하게 되어야만 비로소 오래도록 생명력을 유지할 수 있게 된다. 그러나 사람들은 변화를 잊고 사물을 외면한 채 이미 낡은 기호, 죽은 사상事象에만 집착한다. 벌레의 더듬이나 꽃술이나 돌이끼, 새 깃은 이제 그들에게 아무런 감동을 주지 못한다. 기용器用의 형상은 그들에게 어떤 느낌도 줄 수가 없다. 문심을 잃은 까닭이다. 그들이 지은 글을 보고 귀신은 더 이상 울지 않는다. 하늘은 곡식비를 내리지도 않는다.

고대에는 우주가 하나의 형태와 중심을 가지고 있었다. 우주의 운동은 순환적 리듬에 의해 지배받고 있었고, 그 리듬의 형상은 여러 세기 동안 도시와 법과 예술작품의 원형이 되었다. 정치적 질서와 시적 질서, 공적인 축제와 사적인 제의祭儀— 그리고 나아가 우주적 법칙에 대한 불화의 위반에 이르기까지—등은 우주적 리듬의 표현들이었다. 그 뒤 세계의 형상이 확장되었다. 공간은 무한하고 사방으로 뚫려 있다. 플라톤적인 해[年]는 끝없고 직선적인 연속으로 바뀌었다. 그리고 항성들은 더 이상 우주적 조화의 이미지가 되지 못했다. 세계의 중심과 신은 쫓겨나고, 관념과 본질들은 사라져 갔다. 우리는 홀로 남게 되었다. 우주의 형상이 바뀌고, 인간이 스스로에 대해 가지고 있던 개념도 바뀌었다. 그럼에도 세계는 여전히 세계였고, 인간은 인간이었다. 모든 것이 하나의 총체였다. 이제 공간은 팽창하여 분열되고, 시간은 불연속적인 것이 되었다. 세계 전체는 조각조각 파편화되었다. 인간은 분산되고, 그 역시 분산되어 떠도는 공간 속에서 미아가 되었다.[12]

옥타비오 파스는 『활과 리라』에서 공간은 팽창하여 분열하고, 시간은 불연속적인 것이 되었다고 적고 있다. 세계는 조각조각 파편화되어 인간은 분산되고, 떠도는 공간 속에서 길 잃은 미아가 되고 말았다고 썼다.

이처럼 조각조각 파편화된 세계 속에서 문학을 한다는 행위는 무엇을 뜻하는가? 그 옛날 포희씨가 했던 일은 '앙관부찰仰觀俯察', 즉 우러러 하늘을 살펴보고, 굽어 땅을 관찰한 것뿐이다. 창힐씨가 했던 일은 '곡정진형曲情盡形', 곧 정을 곡진히 하고 형상을 그대로 재현해 낸 것뿐이다. 그렇지만 이제 사람들은 앵무새처럼 남들이 이미 했던 말을 되풀이하고, 남들이 본 대로만 바라볼 따름이다. 세계와 앙가슴으로 만날 수 있는 통로를 사람들은 잃고 말았다. 중심 없는 세계에서 쓸쓸하게 포스트 모더니즘을 말하고, 해체주의를 말하며, 패러디의 시학을 외쳐 대는 공허한 메아리만 울려 퍼진다.

오늘 아침 나는 책을 읽었다

여기서 다시 연암의 글 한 편을 읽기로 하자. 「경지에게 답하다答
京之」 두 번째 편지다.

독서를 정밀하고 부지런히 하기로는 포희씨만 한 이가 없다.
그 정신과 의태意態는 천지만물을 포괄망라하고 만물에 흩어
져 있으니, 이것은 다만 글자로 쓰이지 않고 글로 되지 않은
글일 뿐이다. 후세에 독서를 부지런히 한다고 하는 자들은 거
친 마음과 얕은 식견으로 마른 먹과 썩어 문드러진 종이 사이
에 눈을 부비며 그 좀오줌과 쥐똥을 엮어 토론하니, 이는 이른
바 술지게미와 묽은 술을 먹고 취해 죽겠다는 꼴이다. 어찌 슬
프지 않겠는가?
저 허공 속을 울며 나는 것은 얼마나 생의로운가? 그런데 이
를 적막하게 '조鳥'란 한 글자로 말살시켜 빛깔도 없애고 그
모습과 소리도 누락시켰으니, 이 어찌 마을 제사에 나아가는
시골 늙은이의 지팡이 위에 새겨진 새와 다르랴! 어떤 이는
그것이 너무 평범하니 산뜻하게 바꾼다 하여 '금禽' 자로 고친
다. 이것은 책 읽고 글 짓는 자의 잘못이다.

아침에 일어나니 푸른 나무 그늘진 뜨락에서 이따금 새가 지저귄다. 부채를 들어 책상을 치며 외쳐 말하기를, "이것은 내 날아가고 날아오는 글자이고, 서로 울고 서로 화답하는 글이로다." 하였다. 오색채색을 문장이라고 한다면 문장으로 이보다 나은 것은 없을 것이다. 오늘 나는 책을 읽었다.[13]

"오늘 나는 책을 읽었다." 그는 이렇게 적고 있질 않은가? 포희씨가 읽었던 책은 글자로 쓰이지도 않았고, 글로 엮이지도 않은 글이었다. 육합六合을 포괄하고 여태도 천지만물에 흩어져 있는 그런 문장이었다. 우주라는 살아 있는 텍스트였다. 그것은 날아가는 새의 푸덕이는 날갯짓에서 느끼는 약동하는 생명력이었다. 그런데 지금 사람들의 독서는 옛사람의 말라비틀어진 종이 위에 머리를 묻고, 그 좀오줌과 쥐똥에 코를 박고서 이미 용도 폐기된 죽은 지식의 껍데기만을 찾아 헤매는 것이다. 펄펄 날며 우짖는 저 새의 생의로움을 시골 늙은이 지팡이 위에 새겨 놓은 새마냥 가두어 두고도 그들은 쉽게 만족하고 흐뭇해한다. 술에 취해 죽으려거든 깡술을 마실 일이지, 왜 술지게미만 배가 터지게 먹어 대는가? 사물과 만나고 싶으면 가슴을 활짝 열어 그것들을 받아들일 일이지, 왜 낡은 책갈피만 뒤적이고 있는가?

우주라는 기호를, 만물이라는 텍스트를 어떻게 읽어야 좋을까? 연암은 이 「종북소선 자서鍾北小選自序」에서 그 방법을 성색정경聲色情境이란 네 항목에 담아 이야기한다. 다시 처음의 원문으로 되돌아가서 그의 설명에 귀를 기울여 보자.

먼저 '성聲'이다. 그렇다. 글에는 그 배면에서 울려 나오는 소리가 있어야 한다. 이윤伊尹과 주공周公, 백기伯奇와 기량杞梁, 그 옛사람의 음성을 나는 접한 적이 없는데도, 그 글을 읽으면 폐부에서 우러나오는 간절하고 안타까운 소리가 또렷이 들려오는 것이다. 내가 읽은 것은 그의 글일 뿐인데, 마치 그 사람이 내 앞에 서 있는 듯, 그 그렁그렁한 음성이 내 가슴에 파고들어, 아득한 옛사람과 호흡지간에 서로 만나 손잡게 해 주는 것이다. 좋은 글에는 소리가 있다. 행간으로 울려오는 소리가 있다. 체취가 느껴지는 육성이 있다.

그다음은 '색色'이다. 글에는 또 빛깔이 있어야 한다. 비단옷에 홑옷을 덧입는 것은 왜 그런가? 비단옷은 너무 화려하므로 그 화려함을 감추고자 함이다. 검은 머리가 윤기 흐르니 굳이 화려한 트레머리의 장식은 없을 필요가 없다. 비단옷의 화려는 감춤으로써 은은히 드러나고, 맨머리의 짙음은 트레머리를 얹지 않을 때 한층 분명해진다. 감춤으로써 더 드러나는 아름다움, 또는 드러냄으로써 더 환해지는 아름다움이 있다. 글이 의미를 드러내는 것도 이와 같다. 있지도 않은 화려를 꾸미는 교언영색巧言令色이 능사가 아니다. 보잘것없는 본모습을 뽐내는 것도 자랑이랄 수 없다. 뽐내려면 감추어라. 뽐내려면 드러내어라. 이 사이의 미묘한 저울질을 아는가? 글에는 빛깔이 있다.

또한 글에는 정情이 있다. 글의 정이란 무엇인가? 새가 울고 꽃이 피며, 물은 초록빛이요 산은 푸른빛이라고 했다. 나는 외롭다. 나는 슬프다. 나는 기쁘다. 그러나 나는 그것을 기쁘다고 쓰지 않고, 지저귀는 새들의 노랫소리로 들려준다. 나는 외롭다고 말하는 대신 가을 하늘을 나는 외기러기의 울음에 얹을 뿐이다. 돌아오지 않는 님이 그리워 가슴이 아플 제면 나는 그 님과 헤어지던 그 버드나무 아래서 멋모르고 우는 꾀꼬리 소리를 들으며 서 있다. 아아! 그렇구나. 내가 내 감정을 말하지 않아도 사물이 대신 이야기해 준다. 그래서 새는 울고 꽃은 피었다가 또 저렇게 지는 것이다. 강물은 흘러가고 산은 언제나 푸른 자태로 저렇게 서 있는 것이다. 내 마음도 저 청산과 같이 푸를 수만 있다면, 저 흐르는 강물처럼 언제나 정체되지 않기를. 내가 말하고 보여 주는 것은 있는 그대로의 사물일 뿐인데, 어째서 그것들 위에는 내 정情의 무늬가 아로새겨지는가? 사물은 깨끗이 닦아 놓은 거울이구나.

글에는 경境도 있다. 먼 물을 그릴 때는 물결을 그리지 말아라. 파도가 없어서가 아니다. 보이지 않기 때문이다. 먼 산을 그릴 때는 나무를 그리면 안 된다. 나무가 없어서가 아니다. 보이지 않기 때문이다. 먼 곳에 있는 사람을 그릴 때면 눈을 그리지 말아라. 그가 장님이어서가 아니다. 거리가 멀기에 그의 이목구비가 보이지 않을 것은 당연하지 않은가? 화면 속에 한 사람이 어딘가를 가리킬 때 그는 지금 말을 하고 있는 사람이다. 화면 속에 한 사람이 두 손을 맞잡고 있다면 그는 지금 다른 사람의 이야기를 듣고 있

는 사람이다. 겸재謙齋 정선鄭敾의 〈총석정도叢石亭圖〉와 〈우여춘
수도雨餘春水圖〉를 보라. 여기에는 눈도 코도 없는 두 사람이 있
다. 한 사람은 어딘가를 가리키고 있고, 또 한 사람은 손을 맞잡
고 가리키는 방향을 바라보고 있다. 일일이 시시콜콜히 설명하지
않아도 그린 이의 의도는 그 행간에 농축되어 전달된다. 글이나
그림은 사물을 있는 그대로 옮겨 놓는다고 해서 되는 것이 아니
다. 카메라 렌즈가 담아내는 사진과 화가가 그리는 그림은 그래
서 다르다. 영화관의 간판과 극사실의 회화가 구분되는 점도 여
기에 있다. 둘 다 똑같이 대상을 재현했는데 하나는 간판이 되고
하나는 예술이 된다. 왜 그런가? 그 차이는 경境의 유무로 결정된
다. 경이란 무엇인가? 화가의 주관적 정情이 세계의 객관적 물物
과 만나는 접점에서 빚어지는, 무어라 꼬집어 말할 수 없는 어떤
경계다. 말하지 않고 말하기, 그리지 않고 그리기. 이것이 글의 경
境이다. 한 마디 말로 열 마디 웅변을 대신하게 해 주는 힘, 이것이
글의 경境이다.

　글 속에 담긴 교훈적 의미나 끄집어내는 사람과는 문학을 이
야기할 수 없다. 구도와 색채만을 말하는 자와는 그림을 이야기
하지 말 일이다. 형形과 색色만 보고 광光과 태態는 읽을 줄 모르
는 자와는 예술을 말할 수 없다. 외피만 보고 판단치 말라. 거기에
담긴 시인의 마음, 화가의 의도를 읽어라. 그림 속에 깃든 소리,
글 속에 담긴 메아리를 읽어라. 마음의 귀로 들어라. 눈앞에 있는
그대로를 그림같이 묘사한다 하여 좋은 글이 아니다. 눈앞의 광

정선, 〈총석정도叢石亭圖〉와 〈우여춘수도雨餘春水圖〉

먼 곳에 있는 사람을 그릴 때면 눈을 그리지 않는다. 거리가 멀기에 이목구비가 보이지 않을
것은 당연하지 않은가? 이 두 그림에도 눈도 코도 없는 두 사람이 있다. 어딘가를 가리키는
사람은 말을 하고 있고, 두 손을 맞잡고 그가 가리키는 방향을 바라보는 사람은 이야기를
듣고 있는 것이다. 일일이 설명하지 않아도 그린 이의 의도는 행간에 농축되어 전달된다.
그리지 않고 그리기, 이것이 경境이다.

경을 사실같이 모사模寫한다 하여 좋은 그림일 수가 없다. 저울질이 있어야 한다. 미묘한 저울질, 그 저울질로 하여 사물의 본질이 드러난다. 햇빛이 프리즘을 통과하면서 온갖 다채로운 빛깔로 반사되듯이, 사물은 시인의 눈을 통과하면서 제가끔의 빛깔을 드러내야 한다.

아픈 사랑의 이별을 경험해 보지 못한 사람은 시를 말할 자격이 없다고 연암은 말한다. 그런데도 정작 그는 가슴이 아프다고 쓰지 않고 새가 울고 꽃이 피었다고 쓰고 있구나. 먼 데 사람까지도 이목구비를 단정히 그려 넣어야만 직성이 풀리는 화가는 이발소 그림이나 그려서 좋을 화가다. 이런 자들과 어찌 문장의 정경情境을 말하랴. 사랑을 모르는 자 문학을 말하지 말라. 그 사랑의 마음을 담담히 감정의 체로 걸러 사물에 얹어 낼 수 없는 자 문학을 말하지 말라. 그림에 먼 뜻이 담길 때라야 경境은 살아난다. 할 말을 다 해 버리면 경境은 사라진다. 이 이치를 모르고서는 문장의 정경情境을 운위하지 말라. 벌레의 더듬이를 보고, 꽃술을 보며 즐거워하는 자는 문심文心이 있는 자다. 솥과 그릇의 형상을 보고 무릎을 치는 사람은 글자를 제대로 아는 사람이다.

사물과 만나 그 의미를 마음으로 읽을 수 있는 사람만이 글을 쓸 수 있다. 두 눈을 멀뚱멀뚱 뜨고도 사물을 보는 눈이 열리지 않는 사람은 장님이나 진배없다. 아름다운 새소리에 아무 느낌도 일지 않는 사람은 귀머거리나 한가지다. 정신의 귀가 멀고, 가슴의 눈이 멀고 보면 예술은 빛을 잃는다. 성색정경聲色情境은 글 속에 있는 것이 아니다. 그것은 오히려 사물들 속에 녹아 있다.

사라져 버린 한 권의 책

아들 박종채朴宗采는 아버지 연암의 모습을 이렇게 기억하고
있다.

> 연암협에 계실 때 혹은 종일 마루를 내려오지 않고 혹은 어떤
> 사물을 주목하여 눈길을 돌리지 않고 침묵하여 말이 없는 채
> 두어 시간을 넘기곤 했다. 일찍이 말씀하시기를, "아무리 지
> 극히 미미한 물건, 예컨대 풀이나 짐승이나 벌레라도 모두 지
> 극한 경지가 있으니, 조물주가 만든 자연의 미묘함을 볼 수가
> 있다." 하셨다. 매양 냇가 바위에 앉아 들릴 듯 말 듯 읊조리
> 거나 느릿느릿 걷다가 문득 멍하니 무엇을 잊어버린 듯하셨
> 다. 때로 오묘한 깨달음이 있으면 반드시 붓을 잡고 기록을 해
> 서, 깨알 같은 글씨로 쓴 조각조각 종잇장들이 상자에 가득하
> 고 넘쳤다. 마침내 시냇가 집에 간직해 두고서, "훗날 다시 생
> 각하고 점검해서 조리가 일관된 연후에 책을 이루리라." 하셨
> 다. 뒷날 관직을 버리고 연암협에 들어가 꺼내 살펴보니 그때
> 는 눈이 너무 나빠져서 작은 글씨를 알아볼 수가 없었다. 서글
> 피 탄식하시기를, "애석다! 고을살이 십수 년에 한 질 좋은 책

을 잃어버렸구나!" 하시고, 이윽고 "끝내 쓸짝없이 되고야 말았으니, 헛되이 사람의 뜻만 어지럽힐 것이다." 하시고, 냇물에 세초洗草해 버리게 하셨다. 아하! 우리들은 그때 곁에 있지 않아서, 마침내 수습을 하지 못하고 말았다.[14]

아깝구나! 그 책이여.

7

———

눈 속의 잣나무、사생寫生과 사의寫意。

사함土涵 유한렴劉漢廉이 죽원옹竹園翁이라 자호하고 거처하는 집에 불이당不移堂이란 편액을 걸고는 내게 서문 지어 주기를 청하였다. 내가 일찍이 그 집에 올라 보고 그 동산을 거닐어 보았지만 한 그루의 대나무도 보이지 않았다. 내가 돌아보고 웃으며 말했다. "이것은 이른바 무하향無何鄉의 오유 선생烏有 先生의 집이 아니겠는가? 이름이란 것은 실질의 손님이거늘, 나더러 장차 손님을 위하란 말인가?" 사함이 머쓱해져서 한 동안 있더니만, "애오라지 스스로 뜻을 부쳐 본 것일 뿐이라오."라고 했다.

내가 웃으며 말했다. "상심하지 말게. 내 장차 자네를 위해 이를 채워 줌세. 지난번에 학사 이양천李亮天이 한가롭게 지내며 매화시를 지었는데, 심사정沈師正의 묵매墨梅를 얻어 시축詩軸에 얹었더랬네. 그러더니 웃으며 내게 말하지 않겠나. '심하도다! 심씨가 그림을 그리는 것은 능히 사물과 꼭 같게만 할 뿐이로다.' 내가 의아해서 말했지. '그림을 그리면서 꼭 같게 그린다면 좋은 화가일 터인데, 학사께서는 어찌 웃으십니까?'

그러자 학사는 이렇게 말했었네.

'까닭이 있다네. 내가 예전에 이인상李麟祥과 노닐었는데, 일찍이 비단 한 폭을 보내 제갈공명 사당의 잣나무를 그려 달라고 했었지. 이인상은 한참 있다가 전서篆書로 「설부雪賦」를 써서는 돌려보냈더군. 내가 전서를 얻고는 또 기뻐서 더욱 그 그림을 재촉했더니, 이인상은 웃으면서 말했지. 「자네 아직 몰랐던가? 예전에 이미 보냈던걸?」 내가 놀라서 말했네. 「지난번 온 것은 전서로 쓴 「설부」였을 뿐일세. 자네가 어찌 그것을 잊었단 말인가?」 이인상은 웃으며 말했지. 「잣나무는 그 가운데 있다네. 대저 바람 서리가 모질다 보니 능히 변치 않을 것이 있겠는가? 자네 잣나무를 보고 싶거든 눈 속에서 구해 보게.」 내가 그제야 웃으며 대답하였네. 「그림을 구했건만 전서를 써 주고, 눈을 보면서 변치 않는 것을 생각하라니, 잣나무와는 거리가 머네그려. 자네의 도道란 것이 너무 동떨어진 것이 아닌가?」

　그런 일이 있은 뒤 내가 어떤 일에 대해 말하다 죄를 얻어, 흑산도 가운데 위리안치圍籬安置되었었네. 일찍이 하룻낮 하룻밤에 7백 리를 내달리는데, 길에서 전하는 말이 금부도사가 장차 이르러 후명後命, 즉 사약을 내리는 명령이 있을 거라는 게야. 하인들은 온통 놀라 떨며 울어 댔지. 그때 날씨는 추운데 눈은 내리고, 앙상한 나무와 허물어진 벼랑은 들쭉날쭉 무너져 길을 막아 아무리 바라보아도 가이 없었다네. 그런데 바위 앞의 늙은 나무가 거꾸러져서도 가지를 드리우고 있었는데 마치 마른 대나무와 같지 뭔가. 내가 바야흐로 말을 세우고 도롱이를 걸치고 멀리 가리키며 기이함을 일컫고는, 「이 어찌 이인상이 전서로 쓴 나무가 아니겠는가?」라고 했었네.

위리안치되고 나서는 장독瘴毒을 머금은 안개가 어두침침하고, 독사와 지네가 베개와 자리에 얽혀 있어 해 입음을 헤아릴 길이 없었지. 어느 날 밤에는 큰 바람이 바다를 뒤흔들어 마치 벽력이 이는 듯하므로 아랫것들은 모두 넋이 나가 구토하며 어지러워들 하였네. 내가 노래를 지어 말하기를, 「남쪽 바다 산호야 꺾인들 어떠하리. 오늘 밤 다만 근심 옥루玉樓의 추움일세.」라 하였다네.

이인상이 편지를 보내왔는데, 「근자에 산호곡珊瑚曲을 얻어 보매, 완미하면서도 상심하지 않아 원망하고 후회하는 뜻이 없으니, 능히 환난에 잘 대처해 가고 있더군. 접때 그대가 일찍이 잣나무를 그려 달라 하더니만, 그대 또한 그림을 잘 그린다고 말할 만하네그려. 그대가 떠난 뒤, 잣나무 그림 수십 폭이 서울에 남았는데, 모두 이조吏曹의 벼슬아치들이 끝이 모지라진 붓으로 베껴 그린 것이라네. 그런데도 그 굳센 줄기와 곧은 기운은 늠연하여 범할 수가 없고, 가지와 잎은 무성하여 어찌나 성대하던지?」라고 하였더군. 내가 나도 몰래 실소하고 나서 이렇게 말했다네. 「이인상은 몰골도沒骨圖, 즉 형체 없는 그림이라 말할 만하구나.」 이로 말미암아 보건대, 좋은 그림이란 그 물건과 꼭 닮게 하는 데 있지 않을 뿐이라네.' 나 또한 웃고 말았었지.

얼마 후 학사 이양천 공은 세상을 뜨고 말았네. 내가 그 시문을 편집하다가 적소謫所에 있을 때 형에게 보낸 편지를 얻었는데, 쓰여 있기를 '근자에 아무개의 편지를 받아 보니, 날 위해 당로자當路者에게 석방을 구해 보려 한다는데, 어찌 저를 이리도 박하게 대우하는지요. 비록 바다 가운데서 썩어 죽을 망정 나는 그리하지 않겠습니다.'라고 했었네. 내가 그 글을 듣고서 슬피 탄식하며 말하기를, '이학사는 참으로 눈 속의 잣나무로구나. 선비는 궁하게 된 뒤에 평소 품은 뜻이 드러나는 법이다. 환난과 재앙을 만나서도 그 절조를 고치지 아니하고, 높고도 외로이 우뚝 서서 그 뜻을 굽히지 않는 것은 어찌 날씨가 추워진 때라야 볼 수 있는 것이 아니겠는가?'라고 했었네."

이제 우리 사함은 성품이 대나무를 사랑한다. 아아! 사함은 참으로 대나무를 아는 사람이란 말인가? 날씨가 추워진 뒤에 내 장차 그대의 집에 올라 보고 그대의 동산을 거닐면서 눈 속에서 대나무를 구경해도 좋겠는가?[15]

—「불이당기不移堂記」

이름과 실지의 관계

유한렴劉漢廉은 자신의 호를 죽원옹竹園翁이라 짓고, 집에는 불이당不移堂이란 편액을 내걸었다. 그런데 정작 그의 집에는 대나무 동산은커녕 한 그루의 대나무도 구경할 수가 없다. 그런데 그는 왜 자신의 호를 죽원옹이라 했을까? 불이당不移堂이라니, 무엇을 옮기지 않는 집이란 말인가? 대나무 한 그루 없는 집에 사는 '죽원옹'과, 어떤 역경에도 옮기지 않을 뜻을 기르는 '불이당'을 위해 연암은 붓을 들었다.

무하유無何有의 마을, 즉 세상 어디에도 있지 않은 마을에 사는 오유 선생烏有先生이란 이름만 있고 실지는 없는 허깨비 선생이란 말이다. 여보게, 죽원옹! 자네의 대나무 동산은 어디에 있는가? 자네의 굳센 뜻은 어디에 있는가? 실지가 없는데 이름만 내걸어 무슨 소용이 있단 말인가?

머쓱해진 죽원옹은 머리를 긁적이면서 말한다. "뭐 꼭 대나무 동산이 있대서 지은 이름은 아닐세. 그저 그렇듯이 곧은 절개를 지녀 환난 속에서도 변치 않을 정신을 지켜 가고픈 마음을 담은 것이라네."

그러자 연암은 자신의 「불이당기不移堂記」를 가지고 죽원옹과 불이당의 이름에 실지를 채워 주겠노라고 장담한다. 이어지는 글은 인용문 속에 인용문이 들어 있고, 그 인용문 속에 또다시 인용문이 들어 있는 중층 구조의 복잡한 내용이다. 자칫하다간 말하는 주체를 놓치기 십상이다.

그리고 이야기는 비약하여 이학사의 이야기로 건너뛴다. 이학사는 바로 연암의 처숙부 되는 이양천李亮天이다. 그가 한가롭게 지낼 때 지은 매화시 시축詩軸의 앞머리에 당대의 유명한 화가인 심사정沈師正의 묵매도墨梅圖를 얻어 얹은 일이 있었다. 핍진한 매화를 그려 온 그 그림을 한참 보던 이학사는 까닭 없이 실망감을 나타내 보인다. "쯧쯧! 이 사람 그림은 늘 이 모양이라니까! 그저 사물을 꼭 같게만 그리려 드니 말일세.""아니, 화가가 그리려는 사물을 꼭 같게 사생寫生해 낼 수 있다면 훌륭하다 아니 못할 터인데, 어째서 핍진한 것을 비웃으십니까?""자네 그 까닭을 알고 싶은가? 그게 다 이유가 있다네."

이어지는 대목부터는 글 속의 액자로 들어간 이양천과 이인상李麟祥 사이에서 일어났던 일화다. 이인상도 영조조의 유명한 화가로 자는 원령元靈이고, 호는 능호관凌壺觀으로 알려진 이다. 한번은 이양천이 이인상에게 비단 한 폭을 보내 그림을 그려 내란 적이 있었다. 두보杜甫의 시「촉상蜀相」에 나오는, "승상의 사당을 어데 가 찾으리오. 금관성 밖 잣나무 빽빽한 곳이로다.(丞相祠堂何處尋, 錦官城外柏森森.)"라 한 바로 그 제갈공명 사당 앞의 잣나무를 그려 달라는 주문이었다. 얼마 후에 이인상은 고졸한 전서체로 사혜련謝惠連의「설부雪賦」를 써서 보내왔다. 이양천은 기뻐하며 그에게 이렇게 말한다. "그래 그림은 언제 그려 줄 텐가?""지난번에 보내지 않았는가?""보냈다니? 아니 지난번에 보내 준 것은「설부」였지 않나? 내가 원한 것은 제갈공명 사당 앞의 잣나무였단 말일세.""어허, 이 사람. 그걸 몰랐단 말인가? 자네의 잣나무는 이미 그「설부」가운데 있단 말이야. 자! 날씨가 추워져서 바람 서리가 모질고 보니 온갖 초목들은 다 시들어 버리고 말 것이 아닌가? 그 모진 추위 속에서도 능히 그 푸르름을 변치 않는 것은 오직 잣나무가 있을 뿐일세. 자네 잣나무를 보고 싶은가? 그러면 그 눈 속에서 찾아보게나.""이거 내가 완전히 한 방 먹었군그래. 내가 원했던 것은 그림인데 자네는 정작 글씨를 써 주고, 내가 그려 달란 것은 잣나무였는데, 자네는 눈만 그려 주면서 그 속에서 잣나무를 찾아보라 하네그려. 날더러 자네의 전서 글씨 속에 숨어 있는 잣나무를 보라는 말이군그래. 자네가 말하는 그림의 도리란 것이 너무도 황당하지 않은가?"그래서 이 일전은 이양천의 케이오 패로 싱겁게 끝나고 말았다.

"날씨가 추워진 뒤에야 소나무 잣나무의 나중 시듦을 안다.(歲寒然後, 知松柏之後凋.)"이것은『논어』에 나오는 말이다. 뒷날 추사가 그린 저 유명한〈세한도歲寒圖〉도 다 여기에서 그 뜻을 취해 온 것이다. 날씨가 추워지기 전에도 잣나무는 사시장철 푸르렀다. 그러나 여름에는 다른 초목들도 죄 푸르고 보니, 잣나무의 푸르름이 돋보일 것이 없었다. 막상 낙목한천落木寒天의 겨울이 와서 온갖 초목이 시들게 되자 잣나무의 오롯한 절개가 새삼스레 우러러보인다는 뜻이다.

이후 이양천은 상소문을 올린 것이 임금의 뜻을 거슬러 멀리

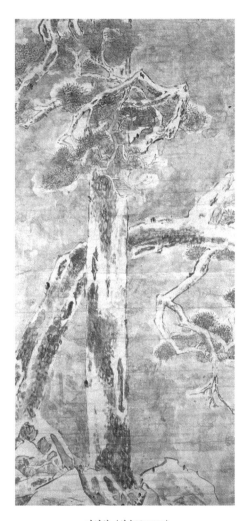

이인상, 〈설송도雪松圖〉

학사 이양천이 세상을 떠난 후, 그 절개를 새삼 확인한 연암은 슬피 탄식했다. "이학사는 참으로 눈 속의 잣나무로구나. 선비는 궁하게 된 뒤에 평소 품은 뜻이 드러나는 법이다. 환난과 재앙을 만나서도 그 절조를 고치지 아니하고, 높고도 외로이 우뚝 서서 그 뜻을 굽히지 않는 것은 어찌 날씨가 추워진 때라야 볼 수 있는 것이 아니겠는가?"

흑산도로 위리안치圍籬安置된다. "귀양 내려오는 길이었네. 밤낮 없이 말을 달려 하루 7백 리 길을 내달렸었지. 오는 동안 내내 곧 금부도사가 들이닥쳐 사약을 내릴 것이란 소문이 흉흉하게 뒤따라왔다네. 따라온 하인 녀석은 울며불며 벌벌 떨지, 날씨는 추운데 눈은 펑펑 내리지, 앙상한 나무와 무너진 벼랑은 자꾸만 길을 막아 눈을 들어 멀리 바라보아도 끝 간 데를 모르겠더군. 그런데 말이야, 바위 앞에 늙은 나무가 거꾸러진 채 제 가지를 아래로 드리웠는데, 그것이 내 눈에는 꼭 마른 대나무 같지 뭔가. 그제야 나는 옛날 이인상의 그림 생각이 퍼뜩 났네. 눈보라 속에 가지를 드리운 늙은 나무가 어째서 내 눈엔 마른 대나무로 보였을까? 그때 나는 퍼뜩 이인상이 내게 전서로 써 준 잣나무가 바로 이런 경계가 아닐까 싶었다네."

우여곡절 끝에 그는 흑산도에서 귀양 생활을 시작했고, 스멀스멀 피어오르는 안개는 장기瘴氣를 머금어 기혈을 삭히고, 거처에는 독사와 지네가 여기저기서 기어 나와 언제 해를 입을지 모르는 절박한 환경이었다. 그러던 어느 날 밤, 벽력같은 파도 소리와 함께 집채만 한 물결이 휩쓸어 지나가자, 천지가 진동할 듯 모든 사람은 두려워 벌벌 떨고 있는데, 이양천은 오히려 담담히 한 수의 「산호가珊瑚歌」를 지었다.

남쪽 바다 산호야 꺾인들 어떠하리　　　南海珊瑚折奈何
오늘 밤 다만 근심 옥루玉樓의 추움일세.　　祗恐今宵玉樓寒

남쪽 바다 산호는 이 험한 파도를 견디지 못해 꺾이고 만다 해도, 단지 나의 걱정은 산호에 있지 않고 옥루에 계신 우리 임금께서 춥지나 않으실까 하는 데 있을 뿐이라는 것이다. 남쪽 바다 산호의 원관념은 물론 자신이다. 자신이야 이 절해고도에서 아름다운 뜻을 펴 보지도 못한 채 거꾸러져 죽더라도 상관없지만, 임금과 나라의 안위만은 근심치 않을 수 없다는 뜻이다.

산호의 노래

여기서 우리는 다시 두 겹의 이야기 구조를 읽게 된다. 처음 그는 이인상의 이야기를 황당하다고 했다. 그러던 그가 종들이 벌벌 떨며 울부짖는 건곤일척의 상황 속에서 눈 속에 거꾸러져 마른 가지를 드리우고 있는 고목을 보고는 앞서 이인상의 심정을 읽을 수 있었다. 그렇게 고목에서 마른 대나무의 절개와 만나고 나자 그의 가슴속에는 범접할 수 없는 호연한 기상이 발발하게 솟아났던 것이다. 그리고 다시 유배지에서 천지를 진동하는 파도 소리 속에 하인들이 넋을 잃고 구토하며 어지러워할 적에도 그는 의연히 곧추앉아 '산호의 노래'를 담담히 부를 수 있었던 것이다.

그 뒤에 이인상이 유배지의 그에게 편지를 보내왔다. "자네의 '산호의 노래'를 잘 읽어 보았네. 담긴 뜻이 완곡하면서도 상심함을 머금지 않았더군. 또 일찍이 원망하고 후회하는 뜻이 없으니, 능히 어려움을 잘 견뎌 나가고 있다 하겠네. 지난번 자네는 내게 잣나무를 그려 달라고 했지? 이제 보니 자네도 그림을 잘 그리는 사람이네그려. 자네가 서울을 떠난 뒤로 이조吏曹의 벼슬아치들이 모지라진 붓끝으로 베껴 그린 잣나무 그림 수십 폭이 서울에 남아 돌아다닌다네. 줄기는 굳세고 기운은 곧아 범할 수 없는 기상이 있고, 가지와 잎은 또 어찌 그리 무성하더란 말인가?"

그런데 이인상의 이 편지에서 뒤편의 이야기는 언뜻 이해가 되지 않는다. 수십 명이나 되는 벼슬아치들이 앞다투어 전사傳寫했다는 잣나무 그림이란 게 도대체 뭐란 말인가? 잣나무 그림이란 애초에 그려지지도 않았지 않은가? 있지도 않은 잣나무 그림을 수십 명의 벼슬아치들이 모지라진 붓끝으로 베껴 그렸다니 이것이 무슨 말인가? 더욱이 그 그림의 기상이 장하여 꺾을 수 없는 기운이 넘쳐 났다니 이것은 또 무슨 말인가? 전후의 사정은 좀 더 살펴보아야겠으나, 추찰컨대 이 대목은 당초 이양천이 귀양 가게 된 상소 사건과 밀접한 관련이 있는 듯하다.

문제가 된 이양천의 상소란 당시 영의정인 소론의 이종성李宗城을 탄핵했던 일을 말함인데, 『조선왕조실록』 영조 28년 10월 29일 조에 그 내용이 실려 있다. 상소문을 읽고 격노한 영조는 곧바로 이양천에게 흑산도 위리안치의 명을 내린다. 그렇다면 수십 명 벼슬아치들이 그렸다는 잣나무 그림이란, 결국 조정 안에서 이양천의 상소에 공감했던 노론 소장파들의 모종 움직임을 암시한 것이 된다. 즉 그의 결연한 상소에 고무되어 뜻을 같이한 이들이 수십 명에 달했던 것을 말함일 터이다. 다만 그 붓끝이 모지라졌다고 한 것은 그들의 뜻 또한 당시에 격렬한 시련 속에 놓여 있었으며, 그럼에도 그 기상은 충천해 있었다는 뜻으로 읽힌다.

그런 일이 있은 얼마 후 이양천은 세상을 떴다. 연암은 처숙부인 그의 시문집을 엮으려고 원고를 정리하다가, 흑산도에서 형님 이보천李輔天에게 보낸 편지를 찾아낸다. "형님! 듣자니, 아무개가 절 위해 당로자當路者에게 저의 석방을 탄원하려 하는 모양인데, 어찌 저를 이다지도 박하게 대우한단 말입니까? 아우는 바닷가에서 잊혀 썩어 죽을망정, 남에게 청탁하여 구차하게 목숨을 빌지는 않으렵니다." 이 편지를 읽고서 연암은 혼자서 되뇐다. "아! 이학사야말로 참으로 눈 속의 잣나무였구나. 선비가 궁하게 되면 평소 품은 본바탕이 낱낱이 드러나는 법이다. 환난과 재앙 속에서 그 절조를 고치지 않고, 높고 외로이 우뚝 서서 그 뜻을 굽히지 않는 것은 날씨가 추워진 뒤에야 분명히 드러나는 법이로구나."

그제야 이야기는 다시 '불이당'과 '죽원옹'에게로 돌아온다. 대나무 한 그루 없어도 그 가슴속에 대나무를 지니고 있을진대, 그는 죽원옹이다. 왜 대나무가 없는데 죽원옹이라 하느냐고 따지는 사람이 있다면, 그는 저 심사정의 묵매도와 다를 바 없는 사람이다. 사함은 가슴속에 상황에 따라 흔들리지 않는 '불이不移'의 기상을 지니고 있기에, 그 거처에 한 그루의 대나무가 없더라도 죽원옹을 일컫기에 부끄러움이 없으리라. 아! 여보게 사함, 추운 겨울이 되면 내 장차 그대의 집에 올라 보고, 그대의 동산을 거닐면서 눈 속에 서걱이는 대바람 소리를 듣고 싶네그려. 허락해 주겠는가?

이렇게 해서 연암의 「불이당기」를 꼼꼼히 읽어 보았다. 처음 연암은 명실名實이 상부하지 않은 불이당의 주변을 슬쩍 희롱하고는 그것으로 글의 실마리를 열었다. 그러고는 심사정과 이인상 등 당대 일급의 두 화가를 한자리에 올려놓고, 형사形似와 심사心似의 문제로 이 이야기를 확대시켰다. 대나무 있는 집에 살면서 호를 죽원옹이라 하는 것은 매화를 쓴 시를 보고 매화 그림을 얹는 심사정과 같은 것이다. 그것은 하등 이상할 것도 없고 신기할 것도 없다. 그러나 대나무가 한 그루도 없는데 '대나무 동산'이라고 말하니, 이것은 그려 달라는 잣나무는 안 그려 주고 전서로 「설부」를 써서 보내 주는 이인상의 동문서답과 같다는 것이다. 이것은 물론 신기하고 이상한 것만 좋다는 이야기가 아니다. 동문서답이 더 윗길이 된다는 뜻도 아니다.

형체를 넘어서라

형체를 보고 사실과 꼭 같게 핍진히 재현해 내는 것은 손끝의 재주만으로도 충분하다. 그것은 다만 형사形似일 뿐이다. 그러나 천지 가득한 눈 속에서 홀로 푸르름을 간직하고 서 있을 승상 사당 앞의 잣나무를 떠올릴 수 있다면, 그는 마음으로 잣나무를 그려 낸 것이니, 이것은 분명 심사心似가 된다. 연암은 이양천의 입을 빌려 그것을 '몰골도沒骨圖'로 표현한다. 뼈대가 없고 보니 형체도 없다. 그러나 그 몰골무형沒骨無形 속에 그림의 참 정신이 깃들어 있다.

한편으로 「불이당기」는 이렇게만 읽고 말 글은 아니다. 앞서 도 보았듯 심사와 형사에 얽힌 화론畵論의 핵심처를 정면에서 건 드리고 있기 때문이다. '의재필선意在筆先', 즉 그림을 그릴 때는 화가의 정신이 붓에 앞서 살아 있어야 한다는 논의는 위부인衛夫 人의 「필진도筆陣圖」에서 처음 언급한 이래로 역대 화론에서 늘 거론되어 온 말이다. 그림에서 정작 중요한 것은 사생寫生이 아니 라 사심寫心일 뿐이다. 그래서 송나라 진욱陳郁은 『장일화유藏一 話腴』에서 "대개 형상을 그리는 것은 어렵지가 않고, 오직 마음을 그려 내기가 어려울 뿐이다. 대저 굴원의 모습을 그려 꼭 같게 되 었다 하더라도, 만약 그 못가를 거닐며 읊조리고 충성을 품어 불 평한 뜻을 능히 그려 내지 못한다면 또한 굴원은 아닌 것이다."라 고 말했다. 껍데기는 중요하지가 않다. 그 안에 담겨 있는 정신의 실질이 중요하다. 그러니 매화시에 정작 어울리는 것은 핍진한 묵매도가 아닌 것이며, 시들지 않는 잣나무는 오히려 「설부」의 고 졸한 글씨 가운데 있게 되는 것이다.

송나라 때 화가 이공린李公麟은 일찍이 두보의 「박계행縛鷄 行」을 소재로 삼아 그림을 그렸다. 그가 어떻게 형사形似 아닌 심 사心似로써 사심寫心의 경계에 도달하고 있는지 보기 위해 먼저 그 시를 읽어 보기로 하자.

작은 종놈 닭을 묶어 저자로 팔러 가니	小奴縛鷄向市賣
묶인 닭들 다급해 시끄럽게 다투누나.	鷄被縛急相喧爭
집에선 벌레 개미 물리도록 먹겠지만	家中厭鷄食蟲蟻
팔려 가면 도리어 삶아질 줄 어찌 아나.	不知鷄賣還遭烹
벌레와 닭 내게 어찌 후박厚薄이 있으랴만	蟲鷄於人何厚薄
종놈을 꾸짖고서 묶은 것을 풀어 주네.	吾叱奴人解其縛
닭과 벌레 득과 실은 그칠 때가 없으리니	鷄蟲得失無了時
찬 강물 바라보며 산 누각에 기대노라.	注目寒江倚山閣

옹색한 살림에 닭이라도 저자에 내다 팔까 싶어 꽁꽁 묶었다. 그러자 묶인 닭들이 안 죽겠다고 푸드덕 난리를 친다. 저것들이 팔려 가면 나는 몇 끼 밥을 먹겠지만 저놈들은 또 삶아져 남의 밥상 위에 오를 것이 아닌가? 저것도 목숨이라고 살아 보겠다고 아우성치는 꼴이 꼭 내 처지를 보는 것 같아서 그만 풀어 주고 말았다는 것이다. 이 시를 이공린은 어떻게 그려 냈을까? 꽁꽁 묶인 닭들이 푸드덕대는 모습과 그것을 바라보는 주인의 모습을 그렸을까? 그렇지 않다. 이공린은 그림 속에 결코 닭을 그리지 않았다. 그가 그린 것은 8구, 추운 강물을 바라보며 산 누각에 기대선 두보의 스산한 표정뿐이었다. '한강寒江'이라 했으니, 혹독한 겨울이 코앞에 다가와 있는 것이다. 이 가난을 이고서 또 한겨울을 어찌 견딘단 말인가? 만감이 교차하는 그의 표정 속에 이미 「박계행」의 사연이 다 담겨 있다.

가슴속의 대나무

다시 대나무 한 그루 없는 집에 살며 죽원옹이라 호를 지은 사람의 이야기로 돌아가 보자. 이것은 이른바 저 문동文同이 말한 '흉중성죽胸中成竹'의 화론을 점화點化한 것이다. 의재필선意在筆先이랬거니, 대나무를 그리려면 반드시 가슴속에 대나무를 간직하고 있어야만 한다는 것이다. 그런데 이를 판교板橋 정섭鄭燮은 자신이 그린 대나무 그림의 제발題跋에서 이렇게 설명했다.

> 맑은 가을 강가 여관에서 새벽에 일어나 대나무를 보니, 안갯빛과 해그림자와 이슬 기운이 모두 성근 가지와 빽빽한 잎새 사이에서 떠돌고 있다. 가슴속에서 뭉게뭉게 그림을 그리고픈 생각이 솟아났다. 기실 가슴속의 대나무는 눈앞의 대나무는 아니었다. 그러고는 먹을 갈고 종이를 펼쳐 붓을 놀려 순식간에 변상變相을 지어내니, 손안의 대나무는 또한 가슴속의 대나무가 아니었다. 요컨대 뜻이 붓보다 앞서야 한다는 것이 정해진 법칙이라면, 정취가 법도의 밖에 있다는 것은 조화의 기미인 것이니, 유독 그림만 그렇겠는가?

맑은 가을날 새벽 강가에 앉아 대숲을 본다. 자욱한 안갯빛과 떠오르는 해그림자, 그리고 촉촉한 이슬 기운이 대나무 가지와 잎새 사이에 떠돌고 있다. 그것을 보는 순간 화가는 강렬한 화의畵意를 느꼈다. 그러나 그림을 그리려고 붓을 든 화가의 마음속에 담긴 대나무는 눈앞에 서 있는 대나무와는 같지가 않다. 붓을 재빨리 휘둘러 순식간에 그려 놓고 보니, 종이 위의 대나무는 또 가슴속에 있던 대나무가 아니었다. 눈앞의 대나무와 그려진 대나무, 그리고 애초에 내 가슴속에 있던 대나무는 서로 다르다. 대상을 사생하기에 앞서 화의가 충만해야 하는 것은 그림에서는 정칙定則이 된다. 그러나 막상 가슴속 형상이 눈앞의 실상과 만나 그림으로 완성되는 과정은 그러한 법칙만으로는 설명할 수 없는 미묘한 변화의 기미 속에 놓여 있다는 것이다.

어찌 그림만 그러하랴? 시 쓰는 일도 다를 바가 없다. 무심한 일상 속에서 문득 사물이 내게로 다가온다. 무엇을 쓰겠다는 의도 같은 것은 있지도 않았다. 그러자 이번에는 내 내면 속에서 꿈틀대며 변화가 일어난다. 그것을 소중히 포태胞胎하여 가다듬어 언어로 빚어낸다. 그렇게 한 편의 시가 완성되면, 언어는 내 가슴속에 맺혔던 애초의 의미와는 무관하게 저 혼자 살아 숨 쉬는 사물이 된다. 이미 그것은 내가 만났던 실제의 사물도 아닌 것이다.

시인은 가슴속에 대나무를 키우는 사람들이다. 시인은 눈 속에서 잣나무를 보는 사람들이다. 그렇다고 해서 눈앞의 사물이 중요하지 않다는 말이 아니다. 오히려 그 반대다. 투명한 시선으로 가슴을 열어 사물을 바라볼 때 사물은 아지랑이를 피워 올리고, 햇무리 달무리로 아롱진다. 이런 설렘, 이런 두근거림이 없는 시는 시가 아니다.

조선 후기 이규상李奎象의 『병세재언록幷世才彦錄』에는 이양천의 다음 시구가 실려 있다.

우는 샘물 풀에 스며 반딧불로 화하고　　　鳴泉浸草流螢化
장맛비에 버섯 돋아 고목은 향기롭네.　　　積雨蒸菌古樹香

돌돌돌 울며 흐르는 샘물은 길섶의 풀을 적신다. 젖은 풀은 다시 반짝반짝 반딧불이로 변화했다. 지루한 장마 끝에 고목枯木엔 버섯이 돋아나, 바짝 말라 있던 둥치에 아연 향기가 감돈다. 풀이 변하여 반디가 되고, 고목이 버섯을 쪄서 향기를 머금는 것이 바로 시다. 우주론적 순환이 이 속에 담겨 있다.

2부

같지만 달라야

옛것 사용법

8
———

심사心似와 형사形似。

옛것을 본떠 글을 지음을 마치 거울이 형상을 비추듯 하면 비슷하다 할 수 있을까? 좌우가 서로 반대로 되니 어찌 비슷함을 얻으리오. 그렇다면 물이 형체를 그려 내듯 한다면 비슷하다고 말할 수 있을까? 본말이 거꾸로 보이니 어찌 비슷하다 하리오. 그림자가 형상을 따르듯 할진대 비슷하다 할 수 있을까? 한낮에는 난쟁이 땅딸보가 되고, 저물녘에는 꺽다리 거인이 되니 어찌 비슷하다 하겠는가. 그림이 형체를 묘사하듯 한다면 비슷하다 할 수 있을까? 길 가는 자가 움직이지 않고, 말하는 자는 소리가 없으니 어찌 비슷함을 얻겠는가.

　그렇다면 끝내 비슷함은 얻을 수가 없는 것일까? 말하기를 대저 어찌하여 비슷함을 구하는가? 비슷함을 추구한다는 것은 진짜는 아닌 것이다. 천하에서 이른바 서로 같은 것을 두고 반드시 '꼭 닮았다'고 하고 구분하기 어려운 것을 또한 '진짜 같다'고 말한다. 대저 진짜 같다고 하고 꼭 닮았다고 말할 때에 그 말 속에는 가짜라는 의미와 다르다는 뜻이 담겨 있다. 때문에 천하에는 이해하기 어려워도 배울 수 있는 것이 있고, 완전히 다른데도 서로 비슷한 것이 있다. 통역과 번역으로도 뜻을 통할 수가 있고, 전서篆書와 주문籒文, 예서隸書와 해서楷書로도 모두 문장을 이룰 수가 있다. 왜 그럴까? 다른 것은 겉모습이고, 같은 것은 마음이기 때문일 뿐이다. 이로 말미암아 보건대, 마음이 비슷한 것[心似]은 뜻이고, 겉모습이 비슷한 것[形似]은 피모皮毛일 뿐이다.

이씨의 아들 낙서洛瑞가 나이 열여섯인데, 나를 좇아 배운 지 여러 해이다. 심령이 맑게 열려 지혜가 구슬 같다. 한번은 자신의 『녹천고綠天稿』를 가지고 와 내게 물었다.

"아! 제가 글 지은 것이 겨우 몇 해이지만 남의 노여움을 산 적이 많습니다. 한마디 말만 새롭고 한 글자만 이상해도 문득 '옛날에도 이런 것이 있었느냐?' 하고 묻습니다. 아니라고 하면 낯빛을 발끈하며 '어찌 감히 이따위를 하는 게야?' 합니다. 아아! 옛날에도 있었다면 제가 무엇 하러 다시 합니까? 원컨대 선생님께서 말씀해 주십시오."

내가 두 손을 이마에 얹고 무릎 꿇고 세 번 절하며 말하였다.

"네 말이 참으로 옳다. 끊어진 학문을 일으킬 수 있겠구나. 창힐이 처음 글자를 만들 때 어떤 옛날을 모방했던가? 안연顏淵은 배우기를 좋아했지만 유독 저서를 남기지 않았다. 진실로 옛것을 좋아하는 자로 하여금 창힐이 글자 만들 때를 생각하면서 안자顏子가 미처 펴지 못했던 뜻을 짓게 한다면 글이 비로소 바르게 될 것이다. 네 나이 아직 어리니, 남이 성냄을 당하거든 공경하며 사과하여 '배움이 넓지 못해 미처 옛것을 살피지 못했습니다.'라고 하거라. 그런데도 힐문하기를 그치지 않고 성냄을 풀지 않거든 조심스레 이렇게 대답하여라. '『서경書經』의 「은고殷誥」와 「주아周雅」는 삼대三代 적의 당시 글이고,

이사李斯와 왕희지王羲之도 진秦나라와 진晉나라의 시속 글씨였습니다.'라고 말이다."[1]

—「녹천관집 서문綠天館集序」

심사心似와 형사形似

연암이 제자인 낙서洛瑞 이서구李書九의 문집『녹천관집錄天館集』
에 써 준「녹천관집 서문錄天館集序」은 진짜와 가짜, 같고 다름에
관한 이야기다. 연암은 글의 처음을 '방고倣古', 즉 옛날을 모방하
는 문제로 시작한다. 글을 짓는데 사람들은 자기의 말과 뜻으로
하지 않고 옛것을 모방하여 짓는다. 옛것을 모방함은 옛사람과
거의 분간이 가지 않을 만큼 꼭 같게 하면 되는가? 그 결과 읽는
이가 이것이 옛글인지 지금 글인지 알아볼 수 없을 정도가 되면,
우리의 글쓰기는 성공한 것일까?

거울에 비추듯 하면 될까 싶어도, 거울 속의 나는 언제나 왼
손잡이다. 물 위에 어리는 모습은 항상 거꾸로 보이니 탈이고, 그
림자는 해의 길이에 따라 난쟁이도 되었다가 꺽다리가 되기도 한
다. 그림으로 꼭 같이 그린다 해도 그림 속의 나는 걷지도 말하지
도 못한다. 그러니 이것들은 모두 '사似', 즉 비슷하기는 해도 진
짜는 아니다. 이와 같이 아무리 옛것을 흉내 내 봐도 결국 비슷함
에 그칠 뿐 종내 옛것은 될 수가 없다. 그러면 어찌할까? 글쓰기
를 그만둘까? 곤혹스러워하는 내게 연암은 이렇게 찔러 말한다.
"와! 진짜 같다. 정말 꼭 같다." 이런 말들 속에는 이미 가짜라는
의미가 포함되어 있다. 다르다는 뜻이 내포되어 있다. 왜 비슷해
지려 하는가? 왜 '진眞'을 추구하지 아니하고 '사似'를 찾아 헤매
는가? 비슷한 것은 이미 진짜가 아니다. 비슷한 것은 가짜다. 그

러니 비슷해지려 하지 말아라.

세상에는 참으로 이해하기 어렵지만 알고 보면 너무도 분명한 것들이 있다. 겉보기에는 하나도 같지 않은데 실제로는 꼭 같은 것도 있다. 모르는 외국어는 알아들을 수도 읽을 수도 없다. 한문으로만 된 연암의 원문은 모르는 이에겐 해독할 수 없는 상형문자나 다를 바 없다. 그러나 통역이 나서서 돕거나 번역을 통해 읽으면 큰 어려움 없이 의미가 통한다. 이것이 이른바 '난해하지만 배울 수 있는 것'이다. 같은 문장도 전서篆書나 초서草書는 모양이 조금도 닮은 데가 없다. 그러나 담긴 의미는 서로 꼭 같다. 이것이 바로 '완전히 다르지만 실제로는 같은 것'이다.

우리의 글쓰기는 이러해야 하지 않을까? 겉모습은 하나도 같지 않은데 담긴 뜻은 조금의 차이도 없다. 그런데 우리는 자꾸 거꾸로만 간다. 옛사람의 정신은 저만치 놓아두고 겉모습만 그대로 본뜨려 한다. 그러니 겉모습이 같아지면 같아질수록 정신은 점점 더 달라만 진다. 옛사람과 비슷해지고 싶어서 옛사람을 흉내 냈는데, 그 결과는 옛사람과 오히려 멀어지고 말았다. 어디에 문제가 있었던 걸까? 여기서 연암은 다시 '심사心似'와 '형사形似'라는 두 개념을 이끌어 낸다. 심사心似란 표현은 달라도 정신이 같은 것이고, 형사形似란 겉모습은 같지만 실질은 다른 것이다. 사람으로 치자면 외모는 꼭 같은데 사람은 영 딴판인 것이 형사이고, 겉모습은 전혀 다른데 마음가짐은 진실되이 바로 그 사람인 것은 심사다. 형사는 결국 '사似'에 그치지만, 심사는 끝내 '진眞'에 도달한다.

같지만 다르게

어떻게 하면 새로우면서 예스러울 수가 있을까? 어찌하면 본받지 않으면서 본받을 수 있을까? 어떻게 하면 새것이 옛것과 하나가 될 수 있을까? 당나라 유지기劉知幾는『사통史通』「모의模擬」에서 옛것을 배우는 방법을 두 가지로 제시한다. 모동심이貌同心異의 방법과 심동모이心同貌異의 방법이 그것이다.

> 대저 작자들이 위魏나라 이전에는 삼사三史를 많이들 본받았고, 진晉나라 이래로는 오경五經 배우기를 즐겼다. 대저 사서史書의 글은 얕고 모방하기가 쉽지만, 경전經典의 글은 뜻이 깊고 모의하기가 어렵다. 이미 어렵고 쉬운 차이가 있고 보니 얻고 잃음 또한 달라지게 마련인 것이다. 대개 겉모습은 달라도 마음이 같은 것은 모방 중에서 윗길 가는 것이고, 겉모습은 같지만 마음이 다른 것은 모방 중에서 아랫길이 된다. 그런데도 사람들은 모두 모동심이貌同心異만을 좋아하고 심동모이心同貌異는 숭상치 아니하니 어찌 된 것일까? 대개 안목이 밝지 않고 기호하는 것에 치우침이 많아 '사사似史'를 기뻐하며 '진사眞史'를 미워하기 때문이다.

모동심이貌同心異는 겉모습은 비슷하지만 속 내용에는 차이가 있는 것이다. 옛 책에서 베껴 와 말투를 흉내 내 겉모습의 비슷함은 얻었지만 그 정신의 실질은 갖추지 못한 경우다. 심동모이心同貌異는 그 전달코자 하는 알맹이는 같지만 겉보기에는 전혀 다른 것처럼 보이는 것이다. 모동심이가 하급의 모방이라면, 심동모이는 상급의 모방이다. 뒷사람이 앞사람을 배우는 방법은 심동心同이어야지 모동貌同이어서는 안 된다. 연암식으로 말하면 심사心似라야지 형사形似로는 안 된다. 같기를 추구하면서도 똑같아서는 안 되며, 다름을 추구하되 실질은 다르지 않은, 이른바 '상동구이尙同求異'의 정신을 지녀야 한다. 진정한 닮음이란 껍데기에 있지 않다. 껍데기는 전혀 다른데도 알맹이는 같은 그런 닮음이라야 한다.

그런데 문화가 경박해질수록 모동심이의 저급한 모방만이 판을 친다. 항상 새롭고 전과 다른 척하지만 실제로는 그게 그것일 뿐이다. 영화도 댄스 뮤직도 만화도 다 그렇다. 하나가 인기를 끌면 말만 조금 바꾸거나, 겉치장만 조금 달리하여 내용과는 관계도 없이 그 비슷함에 편승한다. 이리로 우르르 몰려왔다가는 어느새 저리로 줄을 선다. 잠시도 쉴 새 없이 변화하지만 실제 변한 것은 아무것도 없다. 모동심이의 저급한 모방에 대해 홍길주洪吉周는 「문장을 논하여 어떤 이에게 준 편지與人論文書」에서 이렇게 말한다.

오직 문장 또한 그러하다. 그 반드시 힘껏 빠르게 내달려 이르지 않은 곳이 없는 뒤에야 그 화려함을 없애 절박해지고, 그 맛을 죽여 담백하게 된다. 만약 처음부터 육경을 배운다면 그 자리에서 힘이 다하지 않음이 없으니, 이는 혈기가 방장한 사람이 제 몸 기르기를 늙은이가 앉고 눕는 것같이 하여, 사람을 시켜 밥을 떠먹이게 하고 고기를 빻아 오게 하며 미음만을 마신다면 일 년이나 반년이 못 가 지체가 약해져서 마침내는 고칠 수 없는 병이 든 사람이 되어 죽게 될 뿐이다. 이와 같은데도 스스로 나의 생활과 섭양이 아무 늙은이와 같으니 장수하는 것도 또한 마땅히 그 노인과 같을 것이라고 여긴다면, 그것을 옳다 하겠는가?

나는 오래 살고 싶다. 그러니 팔십 노인의 섭양 방법을 그대로 따르면 80세까지는 살 수 있을 것이 아닌가? 그래서 그가 하는 것처럼 사람을 시켜 밥을 떠먹이게 하고, 고기는 빻아 와 먹고, 밥을 버려 미음만 먹었다. 그 결과 내가 얻은 것은 팔십 노인과 같이 오래도록 장수할 수 있는 건강이 아니라, 팔십 노인의 늙음뿐이었다.

팔십 노인의 건강을 누리고 싶은가? 그렇다면 그가 하는 대로 하지 말아라. 오히려 그가 나만 했을 때 어떻게 건강을 유지했는가를 살피는 것이 더 낫다. 똑같이 하지 말아라. 똑같이 해서는 똑같이 될 수가 없다. 이것이 바로 심동모이의 방법이다. 심동모이의 모방은 시간을 뛰어넘고, 공간의 장애를 극복해 낸다. 아득한 과거가 지금과 나란히 만나고, 지구 저편의 일이 바로 내 일로 된다. 이것이 바로 연암이 말하고 있는 심사心似다.

제 목소리를 담아야

낙서 이서구는 16세의 소년 문사다. 그가 자신이 쓴 글을 모아 『녹천관집綠天館集』이라 하고는 연암에게 들고 왔다. "선생님! 사람들은 참 이상합니다. 제가 한마디만 새로운 말을 하거나 못 듣던 이야기를 하면, 자꾸 화를 내니 말입니다. 조금만 낯설면 그들은 제게 이렇게 말을 하지요. '옛날에 이런 게 있었니?' '없었는데요.' 하면 얼굴이 시뻘게져서는 '어찌 감히 이따위 짓을 하는 게야?' 합니다. 아아, 선생님! 참으로 답답합니다. 옛날에도 있었다면 제가 무엇 하러 또 한답니까? 말씀 좀 해 주십시오. 선생님!"

"옛날에도 있었다면 제가 무엇 하러 다시 합니까?" 당돌한 제자가 이렇게 물어 오자, 연암은 자못 과장스러운 제스처를 보이며 이를 부추긴다. "네 말이 참 옳구나. 예전 창힐은 천지만물을 관찰하여 그 결과를 글자로 만들었다. 창힐 이전에는 글자가 없었으니, 그렇다면 창힐이 만든 글자는 어떤 옛날을 본받았더란 말이냐? 그럴진대 창힐이 글자 만든 일도 '어찌 감히 이따위 짓'이라고 할 수 있을까? 반면에 안연顔淵은 그렇게도 학문을 좋아했건만, 단 한 권의 저서도 남긴 것이 없다. 그런데도 사람들이 그를 성인聖人에 버금간다고 높이는 것은 왜일까? 안연의 학문은 문자로 고정되지 않았기에 여태도 살아 있다. 그것은 아직도 확정되지 않은 열린 텍스트다. 제자야! 내 말을 잘 들어라. 네가 창힐이 글자를 만들던 관찰의 정신으로 안연이 미처 글로 펴내지 못했던 생각을 담아낼 수 있다면, 네 글이 비로소 바르게 설 것이니라."

여기서 연암이 말하고 있는, 안연이 미처 글로 펴내지 못했던 생각이란 무얼까? 그것은 바로 변치 않는 알맹이, 즉 성인聖人의 가르침이요 정신이다. 창힐이 글자를 만들 때란 무엇을 가리키는 가? 그것은 이전에는 있지 않았던 전혀 새로운 형식을 뜻한다. 그렇기에 창힐이 글자 만들던 때를 생각하면서 안연이 미처 펴지 못했던 뜻을 지으라는 말은 옛사람의 썩지 않을 정신을 너 자신의 형식에 담아내는 심동모이心同貌異의 심사心似를 추구하라는 말과 하나도 다르지 않다.

연암은 한편으로 부추기며 다른 한편으로 제자를 어른다. "애야! 네 나이 아직 어리니, 사람들이 성을 내거든 공부가 부족해 그렇다고 공손히 사과하거라. 그래도 상대방이 노여움을 풀지 않거든 이렇게 대답하렴. '지금 볼 때는 난해하기 짝이 없는『서경書經』의「은고殷誥」와「주아周雅」도 삼대三代 적 당시에는 일반 백성들이 알아듣던 보통 글에 지나지 않았고, 이사李斯의 전서篆書나 왕희지王義之의 초서草書도 다 그때에는 시속時俗 글씨에 지나지 않았었지요.'라고 말이다."

오늘날 서예를 배우는 사람들은 왕희지의 난정서蘭亭序와 집
자성교서集字聖敎序를 금과옥조로 떠받든다. 이것을 모르고는 행
서를 말할 수가 없다. 그뿐인가. 십칠첩十七帖과 상란첩喪亂帖을
곁에 끼고서 초서草書의 교범으로 삼는다. 왕희지 이전에는 전서
와 예서뿐이었다. 당시에 그것은 시쳇말로 젊은 애들 사이에 유
행하던 글씨에 지나지 않았던 것이다. 그렇다면 이치는 분명하지
않은가? 진정한 고전은 옛날에 있지 않고 바로 지금에 있다. 우리
가 옛것을 흠모하여 그것을 따르고 흉내 낼수록 우리는 옛것에서
멀어진다. 중요한 것은 정신이다. 인간을 인간이게 하는 정신은
결코 변하지 않는다. 변할 수가 없다. 그러나 그것을 담는 그릇인
형식은 변화하지 않으면 안 된다. 새 술을 헌 부대에 담으려 들지
말아라. 헌 부대에 새 술을 담으면 부대가 터지고 만다. 제 목소리를
찾아라. 그 안에 시간이 흘러도 썩지 않을 정신의 빛을 깃들여라.

마을의 꼬맹이에게 천자문을 가르치는데, 그 읽기 싫어함을 꾸짖자, "하늘을 보면 푸르기만 한데, 하늘 천天 자는 푸르지가 않으니 그래서 읽기 싫어요!"라고 합디다. 이 아이의 총명함이 창힐을 기죽일 만합니다.[2]

　　　　　　　　　　　—「창애에게 답하다答蒼厓」세 번째 편지

부쳐 보내신 글 묶음을 양치하고 손 씻고 무릎 꿇고서 장중히 읽고는 말하기를, "문장은 모두 기이하다. 그러나 이름과 물건을 많이 빌려 와 인용하고, 근거로 댄 것이 꼭 맞지가 않으니 이것이 흠결이 된다."고 했지요. 청컨대 노형老兄을 위해 다시 말씀드리겠습니다.

　문장에는 방법이 있으니, 마치 소송하는 자가 증거를 들이대고, 장사치가 물건을 사라고 외치는 것과 같아야 합니다. 비록 말의 이치가 밝고 곧아도 만약 다른 증거가 없다면 무엇으로 재판에서 이기겠습니까? 그래서 글 짓는 자는 경전을 널리 인용하여 자기 뜻을 밝히는 겁니다. 성인聖人께서 지으시고 현인賢人이 풀이하셨으니 이보다 더 미덥겠습니까만, 그래도 오히려 "「강고康誥」에 말하기를 '밝은 덕을 밝히라.'고 했다."고 하고, "「제전帝典」에 이르기를, '높은 덕을 환히 밝히라.'고 했다."고 하는 것입니다.

　그렇지만 벼슬 이름과 땅 이름만은 서로 빌려 써서는 안 됩니다. 섶을 지고서 "소금 사려!" 하고 외친다면 비록 하루 종일 길을 가더라도 땔감 한 단도 팔지 못할 것입니다. 진실로 황제가 사는 도읍을 모두 장안長安이라 일컫고, 역대 삼공三公을 죄다 승상丞相이라고 부른다면 명실名實이 뒤죽박죽이 되어 도리어 비루하게 될 뿐이지요. 이는 곧 좌중을 놀래는 진공陳公이요,* 찡그림을 흉내 내는 서시西施일 뿐입니다.** 그래서 글 짓는 사람은 더러워도 이름을 감추지 아니하고, 비루해도 자취를 숨기지 않습니다. 맹자가 "성씨는 함께하는 바이지만, 이름은 혼자만의 것"이라고 말했는데, 또한 다만 말하기를, "글자는 함께하는 바이지만, 글은 혼자만의 것"이라고 말해 봅니다.[3]

—「창애에게 답하다」 첫 번째 편지

* 한나라 때 진준陳遵은 모습이 장대하고 문사文辭에 능했다. 당시 그와 이름이 꼭 같은 사람이 있었는데, 사람이 모인 곳에 가서 자신의 이름이 진맹공陳孟公이라고 소개하면 좌중이 모두 놀라 어쩔 줄 몰랐으나 막상 이르러 보면 다른 사람이었으므로 그 사람을 일러 '진경좌陳驚坐'라 한 데서 나온 말.
** 춘추 시대 월나라 미녀 서시가 가슴이 아파 얼굴을 찌푸리고 다녔는데, 그 마을에 사는 못생긴 여자가 그것을 보고 아름답게 여겨 똑같이 찡그리고 다니자, 그 마을의 부자는 문을 닫아걸고 나오지 않고, 가난한 사람은 처자를 이끌고 마을을 떠나갔다는 고사.

어제 아드님이 와서는 글 짓는 것에 대해 물어보길래, "예禮가 아니면 보지를 말고, 예가 아니면 듣지도 말며, 예가 아니면 움직이지 말고, 예가 아니면 말하지도 말라."고 일러 주었지요. 그랬더니 자못 기뻐하지 않고 돌아가더군요. 모르겠습니다만 아침저녁 문안을 여쭐 적에 이 말을 하던가요?[4]

—「창애에게 답하다」 네 번째 편지

증거가 필요하다

「창애에게 답하다答蒼厓」세 번째 편지는 전문이래야 34자에 불과한 엽서다. 마을 서당에서 천자문을 가르치는데, 꼬마 녀석 하나가 자꾸만 딴청을 한다. 화가 난 훈장이 이놈, 하고 야단을 치자 그 대답이 맹랑하다. "선생님! 저 하늘을 보면 저렇게 파랗기만 한데, 하늘 천天 따 지地 검을 현玄 누르 황黃, 왜 맨날 하늘을 검다고만 한답니까? 그래서 읽기 싫어요."

이 이야기를 소개한 후 연암은 시치미를 뚝 떼고 "요 꼬마 녀석의 총명함이 글자 만든 창힐을 기죽일 만하지 않습니까?" 하고는 글을 맺어 버렸다. 무슨 뜻으로 보낸 편질까? 전후 사정이 없으니 알 수 없지만, 요컨대 사물 보는 것은 어린아이의 눈으로 가슴의 진실에 입각해야지, 남들 하는 대로 머리로만 따라 해서는 안 된다는 말씀이다. 모두들 아무 의심 없이 관성적으로 읽어 오던 천자문을 두고 꼬마는 처음부터 헛소리만 가르치는 것으로 여겨 그만 읽고 싶은 마음이 싹 달아나고 말았던 것이다.

연암한테서 이 엽서를 받은 창애蒼厓는 연암 당대에 일세독보一世獨步의 문장으로 이름 높았던 유한준兪漢雋인데, 문맥으로 보아 연암은 그에게 뭔가 충고 비슷한 것을 던지려 했던 것으로 보인다. 유한준은 진한고문秦漢古文에 문장의 모범을 두었던 형사形似 추구의 의고주의자였다. 심사心似를 추구했던 연암과는 젊어서부터 교유했으나 문학에 대한 생각은 각기 판이했다.

서로 다른 생각이 부딪쳐 충돌하는 현장을 우리는 그다음 글 「창애에게 답하다」 첫 번째 편지에서 다시금 목도하게 된다. 아마도 유한준이 자신의 문집 엮은 것을 연암에게 보내 평해 줄 것을 요청했던 모양이다. 칭찬을 기대하고 있던 유한준에게 연암은 대뜸 좋기는 좋은데 이름을 자꾸 빌려 오고, 여기저기서 인용을 끌어온 것이 맞지 않아 그게 흠이라고 지적했다. 형사 추구의 지나침을 나무란 것이다.

소송이 붙어 재판에 이기려면 무엇보다 확실한 증거가 필요하다. 증거는 없이 그저 눈물을 흘리며 자기는 정직한 사람이니 믿어 달라고만 호소한다면 어찌 재판에 이길 수 있겠는가? 땔감 파는 장수가 땔감을 지고 가며 "소금 사려!" 하고 외친다면 어찌 땔감 한 단인들 팔 수가 있겠는가? 아무리 옳은 말이라도 증거 없이는 안 된다. 꼭 맞지 않으면 소용이 없다. 글 짓는 사람들이 경전에서 말을 끌어와 제 뜻을 밝히는 것도 이와 꼭 같다. 꼭 맞는 인용은 글에 신뢰와 힘을 불어넣어 준다.

그런데 고금의 서울을 모두 장안이라 하고, 역대의 정승을 무조건 승상이라고만 말한다면 그것은 오히려 이름만 같은 진공陳公이요, 찡그림을 흉내 낸 동시東施에 지나지 않는다. 찡그려 아름다웠던 것은 서시西施의 본바탕이 아름다웠기 때문이지 찡그림이 아름다웠던 것은 아니었다. 같이 찡그렸는데도 서시가 찡그리면 온 나라 사내들이 가슴을 설레었고, 동시가 흉내 내자 부자는 문을 닫고, 거지는 그 마을을 떠났다. 모동貌同만 있었지 심동心同

이 없었기 때문이다. 고려의 서울은 개성이고, 조선의 서울은 한양인데 이를 모두 장안이라 하고, 영의정을 일러 승상이라 한다면, 과연 이 글이 조선의 글인가 진한秦漢 적 글인가? 조선 사람이 지금의 생각을 쓰면서, 진한 적의 말투나 흉내 내고 있으니 이래서야 어찌 가슴으로 전해 오는 느낌이 있으랴.

맹자는 이렇게 말했다. 성씨姓氏는 누구나 같지만 이름은 다르다고. 연암은 이렇게 말한다. 글자는 누구나 공유하지만 문장은 자기만의 것이어야 한다고. 누구나 같이 쓰는 성씨나 글자는 결코 변할 수 없는 공변된 의미 자질이요 보편 가치다. 그러나 그 공변된 의미와 보편 가치가 참 의미를 드러내는 것은 성 뒤에 붙은 이름에서다. 글자를 조합해서 엮은 문장에서다. 이름이 놓이고서야 수많은 같은 성씨 가운데서 단 한 사람이 떠오른다. 누구나 항용하던 말인데도 내가 글로 쓰게 되니 전혀 새롭게 되었다. 남의 이름이 멋있다고 내가 다른 사람의 이름을 빌려 쓰지 않듯이, 다른 이의 글이 훌륭하대서 남의 옛글을 그대로 베껴 써서는 안 된다. 그렇게 하면, 글은 내가 썼는데 정작 내 생각은 찾을 데가 없고, 옛 귀신의 공허한 중얼거림만 남게 된다. 베낄 것을 베껴라. 그런데도 사람들은 베껴야 할 것은 안 베끼고, 베끼지 말아야 할 것은 굳이 베낀다. 그래서 자꾸 글쓰기가 꼬인다.

심사心似와 형사形似

어떤 글이 좋은 글입니까?

청찬을 듣자고 보낸 자기 글을 두고 이런 혹평을 받은 유한준의 기분이 좋았을 턱이 없었겠다. 다시 연암이 그에게 보낸 짤막한 글 「창애에게 답하다」 네 번째 편지를 읽어 보자. 아마도 유한준의 아들이 아버지 편지 심부름으로 연암을 찾아왔다가 문장의 방법을 물었던 모양이다. "선생님! 글은 어떻게 써야 합니까?" 아버지와의 불편한 관계를 눈치챈 아들의 물음이었으니, 아마도 연암의 귀에 그 말은 순순하게 들리질 않고, "당신이 그렇게 잘났으면 도대체 어떻게 써야 잘 쓴 글이랍니까?"쯤으로 들렸을 법도 하다. 연암은 눈 하나 깜짝 않고 그 자리에서 이렇게 대답한다. "간단하지. 예가 아니면 보지를 말고, 예가 아니면 듣지도 말며, 예가 아니면 움직이지 말고, 예가 아니면 말하지도 말게나. 그러면 좋은 글을 쓸 수 있을 것이야."

아마도 연암의 본래 뜻은 문장의 테크닉을 향상시키는 기교보다는 마음자리를 바로 갖는 공부가 우선되어야 한다는 것이었던 듯하다. 문장의 방법을 묻는데 엉뚱한 대답을 하니, 아들은 이 양반이 날 무시해서 놀리나 싶어 화가 나서 갔을 터이고, 연암은 이 일을 편지에서 유한준에게 묻고 있다.

이런저런 일로 유한준은 연암에게 깊은 유감을 품어, 훗날 그는 연암의 『열하일기』를 오랑캐의 연호를 쓴 '노호지고虜號之稿'라고 극력 비방하는 데 앞장섰고, 뒤에 연암이 포천에 묘지를 만들자 일족을 시켜 고의로 그 묏자리를 파내 집안 간에 돌이킬 수 없는 심각한 대립을 빚기까지 했다. 박종채는 『과정록過庭錄』에서 이때 일을 두고 유한준이 젊었을 때 연암이 자신의 글을 인정해 주지 않았던 일에 원망을 품어 꾸민 일이라고 적고, "이자는 우리 집안 백세의 원수"라고까지 적고 있다. '문인상경文人相輕'이라 하여 글 쓰는 이들이 남을 서로 우습게 보는 경향은 늘 있어 온 것이지만, 문장에 대한 견해 차이가 이렇듯 가문 간의 극한 대립으로까지 발전한 것은 드물게 보는 심상찮은 일이다.

앞서 불쾌해져 돌아갔던 유한준의 아들은 바로 유만주兪晚柱였다. 최근 서울대학교 규장각에서 그가 21세 나던 1775년 1월 1일에서부터 세상을 뜨기 두 달 전인 1787년 12월 14일까지 쓴 13년간의 일기, 『흠영欽英』이 모두 여섯 책으로 영인되어 나왔다. 기록이란 참으로 긴 생명력을 지닌다는 말을 실감케 한다.

이 책은 흥미롭게도 연암에 대한 알려지지 않은 언급들이 꽤 많이 실려 있다. 그런데 이상한 것이, 그가 쓴 문장에 관한 언급을 보면 오히려 아버지 유한준의 편이 아니고 연암의 생각에 더 가깝다는 점이다. 끝으로 인용하는 한 단락은 앞서 본 「창애에게 답하다」 첫 번째 편지에서 유한준을 공박하던 연암의 논리와 꼭 같다. 앞으로 연구자들이 풀어야 할 숙제 하나가 더 늘어난 셈이다.

이른바 문장을 함에 지금 것을 피하고, 말은 반드시 진한秦漢의 예스러움을 답습하며, 우리의 시속時俗을 버리고 이름은 반드시 중국의 고아한 것만을 모방하니 그 촌스러움이 크다 하겠다. 진실로 그 이치를 얻기만 한다면, 비록 우리나라의 일을 기록하고, 우리나라의 사물을 적으며, 우리나라의 말을 쓰더라도 절로 뒷날 반드시 전해질 훌륭한 글이 되기에 해될 것이 없다. 그럴진대 이른바 지금 것이라 해서 반드시 옛것만 못하지 않고, 이른바 시속의 것이라 해서 반드시 고아하지 않은 것은 아니다. 이와 같은 것을 가지고 촉蜀 땅에 전하게 하면, 촉 땅 사람이 한 번 보고는 문득 우리나라의 글임을 알게 될 터이고, 민閩 땅에 전하게 하면 민 땅 사람이 한 번만 보고도 바로 우리나라의 글임을 알게 될 터이니, 이러한 뒤라야 이를 '진문장眞文章'이라고 말할 수 있을 것이다.

—1777년 2월 5일 일기

9
———
그때의 지금인 옛날。

자패子佩가 말했다.

"비루하구나! 무관懋官의 시를 지음은, 옛사람을 배웠다면서 그 비슷한 구석은 보이지를 않는구나. 터럭만큼도 비슷하지 않으니, 어찌 소리인들 방불하겠는가? 촌사람의 데데함에 편안해하고, 시속時俗의 잔단 것을 즐거워하니 지금의 시이지 옛날의 시는 아니다."

내가 듣고 크게 기뻐하며 이렇게 말하였다.

"이것은 볼만하겠다. 옛날로 말미암아 지금 것을 보면 지금 것이 진실로 낮다. 그렇지만 옛사람이 스스로를 보면서 반드시 스스로 예스럽다 여기지는 않았을 것이다. 그 당시에 보던 자도 또한 하나의 지금으로 여겼을 뿐이리라. 그런 까닭에 세월은 도도히 흘러가고 노래는 자주 변하니, 아침에 술 마시던 자가 저녁엔 그 장막을 떠나간다. 천추만세는 지금으로부터가 옛날인 것이다.

그렇다면 '지금'이라는 것은 '옛날'과 대비하여 이르는 것이요, 비슷하다는 것은 저것과 견주어 하는 말이다. 대저 비슷한 것은 비슷한 것이요 저것은 저것일 뿐, 견주게 되면 저것은 아닌 것이니, 내가 그 저것이 됨을 보지 못하겠다. 종이가 이미 희고 보니 먹은 따라서 희어질 수가 없고, 초상화가 비록 닮기는 해도 그림은 말을 할 수가 없는 법이다.

우사단雩祀壇 아래 도저동桃渚衕에 푸른 기와를 얹은 사당에는 얼굴이 윤나고 붉으며 수염이 달린 의젓한 관운장關雲長의 소상塑像이 있다. 사녀士女가 학질을 앓게 되면 그 좌상座牀 아래에 들여놓는데, 정신이 나가고 넋을 빼앗겨 한기를 몰아내는 빌미가 되곤 한다. 그렇지만 꼬맹이들은 무서워하지 않고 위엄스러운 소상을 모독하는데, 눈동자를 후벼 파도 끔벅거리지 않고, 콧구멍을 쑤셔 대도 재채기하지 않으니, 한 덩어리의 진흙으로 빚은 소상일 뿐이다.

이로 말미암아 보건대, 수박의 겉을 핥는 자나 후추를 통째로 삼키는 자와는 더불어 맛을 이야기할 수가 없고, 이웃 사람의 담비 갖옷을 부러워하여 한여름에 빌려 입는 자와는 함께 계절을 이야기할 수 없는 것이다. 형상을 꾸미고 의관을 입혀 놓더라도 어린아이의 진솔함을 속일 수는 없다.

대저 시절을 근심하고 풍속을 병으로 여기는 자에 굴원屈原 같은 이가 없었지만, 초나라의 습속이 귀신을 숭상했으므로 그의 「구가九歌」에서는 귀신을 노래했다. 한漢나라가 진秦나라의 옛것을 살펴, 그 땅과 집에서 임금 노릇하고, 그 성읍을 도읍으로 삼으며, 그 백성을 백성으로 삼았으면서도 삼장三章의 간략함만은 그 법을 답습하지 않았다.

이제 무관은 조선 사람이다. 산천의 풍기風氣는 땅이 중국과 다르고, 언어와 노래의 습속은 그 시대가 한漢나라나 당唐나라가 아니다. 만약 그런데도 중국의 법을 본받고, 한나라나 당나라의 체재를 답습한다면, 나는 그 법이 높아지면 높아질수록 담긴 뜻은 실로 낮아지고, 체재가 비슷하면 할수록 말은 더욱 거짓이 될 뿐임을 알겠다.

우리나라가 비록 궁벽하지만 또한 천승千乘 제후의 나라이고, 신라와 고려가 비록 보잘것없었지만 민간에는 아름다운 풍속이 많았다. 그럴진대 그 방언을 글로 적고 그 민요를 노래한다면 절로 문장을 이루어 참된 마음이 발현될 것이다. 남의 것을 그대로 답습함을 일삼지 않고 서로 빌려 와 꾸지 않고, 지금 현재에 편안해하며 삼라만상에 나아감은 오직 무관의 시가 그러함이 된다.

아아! 『시경詩經』 3백 편은 새나 짐승, 풀과 나무의 이름이 아닌 것이 없고, 뒷골목 남녀의 말에 지나지 않는다. 그럴진대 패邶 땅과 회檜 땅의 사이는 지역마다 풍속이 같지 않고 강수江水와 한수漢水의 위로는 백성의 풍속이 제가끔이다. 그런 까닭에 시를 채집하는 자가 여러 나라의 노래로 그 성정을 살펴보고 그 노래의 습속을 징험했던 것이다. 다시 어찌 무관의 시가 옛것이 아니라고 의심하겠는가?

만약 성인으로 하여금 중국에서 일어나 여러 나라의 노래를 살피게 한다면, 『영처고嬰處稿』를 살펴보아 삼한의 새나 짐승, 풀과 나무의 이름을 많이 알게 될 것이요, 강원도 사내와 제주도 아낙의 성정을 살펴볼 수 있을 터이니, 비록 이를 조선의 노래라

고 말하더라도 괜찮을 것이다."⁵

— 「영처고 서문嬰處稿序」

옛날은 그때의 지금

『영처고嬰處稿』는 이덕무가 젊은 시절 지은 시문을 모은 것이다. '영처嬰處'는 영아와 처녀를 가리키는 말이니, 어린아이와 같이 천진스러운 생각을 담은 글이지만 처녀처럼 순진한 수줍음을 지녀 남에게 보여 주기 부끄럽다는 뜻으로 붙인 제목이다.

자패子佩는 앞서 본 「낭환집 서문蜋丸集序」에서도 나온 유련이다. 앞서는 말똥구리의 말똥 이야기가 좋다며 호들갑을 떨고 자기 시집의 제목으로 하겠다던 그가, 이덕무의 시집 『영처고』를 보고는 대뜸 왜 옛사람을 배웠다면서 옛사람과 닮은 구석이 조금도 없느냐고 시비를 걸어온다. 그저 써 놓은 내용이라고는 오로지 촌사람의 비루함과 시속時俗의 자질구레한 것만 가득 들어 있으니, 이를 어찌 옛사람의 시와 한자리에 놓고 이야기할 수 있겠냐는 것이다. 요컨대는 왜 옛날의 시를 쓰지 않고 지금의 시를 쓰느냐는 것이다.

그러자 그 말을 바로 받아 연암은 오히려 너스레를 떨고 나온다.

"그래! 정말 자네의 말과 같다면 그거야말로 볼만하겠군. 자, 한번 따져나 보세. 옛날로 말미암아 지금 것을 본다면 지금 것이 보잘것없기야 하지. 그렇지만 그 옛날도 당시에는 또 하나의 '지금'이었을 뿐이라네. 그 당시 사람들은 그것을 마땅히 보잘것없는 '지금' 것이라고 생각했겠지. 오늘 우리가 아마득히 올려다보듯 '옛날'이라고 생각하지는 않았을 게 아닌가? 세월은 쉼 없이 흘러가 버리고, 노래도 변하고 문장도 변하고, 사람들의 기호나 취향도 자꾸 바뀌게 마련일세. 오늘 아침에 역사의 무대 위에서 술 마시며 즐겁게 노닐던 자들도 저녁이 되면 그 무대 뒤편으로 사라지는 것이 아니겠나. 그럴진대, 진정한 의미의 '옛날'이란 바로 '지금' '여기'에서부터 시작되는 것이 아닐까?

다시 생각해 보세. 지금 우리가 '옛날'이라 생각하는 것들은 그때의 '지금'이었을 뿐이라네. 그렇다면 오늘 우리의 노래가 먼 훗날까지도 '옛날'로 살아남으려면 어떻게 해야만 할까? 우리보다 앞선 '옛날', 박제화된 '그때' '거기'를 맹목적으로 추수할 것이 아니라, 바로 '지금' '여기'에 충실하는 것이 백번 옳지 않겠나? 그래야만 나의 '지금'은 또 훗날의 '옛날'이 될 것이 아니겠는가? 어찌 보면 너무도 분명하고 간단한 이치건만, 지금 사람들은 그것을 모르니 안타깝단 말일세.

자네는 무관의 시를 두고 옛날과 조금도 비슷하지 않으니, 이것은 '지금'에 끝날 뿐 결코 '옛날'은 될 수 없다고 했지? '지금'이란 무엇인가? '옛날'과 상대하여 하는 말일세. 비슷하다는 것은 무언가? '저것'과 '이것'을 견주어 하는 말일세. '지금'이 없고서야 '옛날'은 아무 의미가 없어지고 마네. '이것'이 있을 때 '저것'이 필요한 것이지. 이미 비슷하다는 말 속에는 진짜가 아니라는 의미가 들어 있지 않은가? 그러니 비슷해지려고만 해서는 끝내 진짜가 될 수 없는 것이야. 자네가 생각하는 그 '옛날'이란 것이 또 다른 어떤 '옛날'과 닮은 것이었던가? 자네가 그 옛날을 높이는 까닭이 어디에 있는가? 그들도 자신보다 앞선 '옛날'을 잘 흉내 냈기 때문인가? 그렇지 않을 걸세. 두보 이전에 두보와 같은 시인이 있었던가? 한유韓愈의 문장은 어떤 옛날을 본받았더란 말인가? 구양수歐陽脩는 한유에게 배웠다고 하는데, 지금 보면 두 사람의 글은 닮은 구석이 조금도 없네. 그렇다면 구양수가 한유에게서 배운 것은 무어란 말인가?

내 눈에 '저것'이 좋게 보인다 해서 내게 있는 '이것'을 버려두고 저것만 뒤쫓다 보면 결국 '저것'도 될 수 없고 '이것'마저 잃게 되고 말 걸세. 종이가 희니까 먹은 검은 것을 쓰게 되는 것이야. 만약 종이가 검다고 한다면 흰 먹을 써야 되지 않겠는가? 생각이 바뀌면 표현도 달라지게 마련이고, 내용이 달라지면 그것을 담는 그릇도 변화해야 하는 것이네. 그러지 않고 무작정 옛날만 좋다고 외쳐 대고 지금 것은 유치하다고만 한다면, 흰 종이 위에 흰 먹으로 글씨를 쓰겠다는 것과 무엇이 다르겠나? 그 사람과 꼭 같이 닮게 그린 초상화도 결국 그 사람처럼 말하거나 생각할 수는 없단 말일세. 지금 사람이 옛사람과 꼭 같이 닮겠다고 설쳐 대는 것은 결국 그림더러 말하지 않는다고 타박하는 것과 무에 다르겠나? 무관의 시가 옛날의 시가 아니라 지금의 시라 한다면, 그거야말로 정말 읽어 볼 만한 가치가 있다고 나는 생각하네. 지금 사람의 할 일이 옛사람의 그림자만 따라다니는 데 있다고는 결코 생각지 않네."

남산 아래 도저동에 가면 관운장의 사당이 있다. 관운장을 신앙의 대상으로 하는 이른바 관제신앙關帝信仰은 임진왜란 당시 조선에 파병되었던 명나라 군인들에 의해 조선에 전파되어, 비교적 널리 숭신되었다. 남산 아래 있던 관운장 사당을 남묘南廟라 했고, 지금 신설동 길가에 꽤 큰 규모로 자리 잡고 있는 것은 동묘東廟라 했다.

도성의 남녀들은 학질에 걸리면 으레 관운장의 사당을 찾는다. 학질 걸린 환자가 관운장의 소상 앞에 서게 되면 그 무섭고 엄위한 관운장의 기상에 질려 정신이 다 나가고 넋이 빠져 그만 학질 기운이 간데없이 쑥 빠져 버리고 만다는 것이다. 그런데 어른들한테는 이렇듯 영험 있는 관운장의 소상이 꼬맹이들 앞에서는 영 맥을 못 춘다. 아이들은 그 앞에서 어른들처럼 무서워 벌벌 떨기는커녕, 그 위로 기어 올라가 눈동자를 찔러도 보고 콧구멍도 쑤셔 보지만, 그것은 눈도 껌뻑이지 못하고 재채기도 하지 못하는 그저 진흙으로 빚어 놓은 소상일 뿐이다. 아이들은 그것을 있는 그대로의 사물로 보는데, 어른들은 거기에 자신들의 관념을 덧씌워 두려움의 대상으로 포장한다.

그리고 나서도 연암은 예의 장광설을 계속 늘어놓는다.

"자네도 생각해 보게. 수박이야 달고 시원한 것이지만 겉만 핥고 있는대서야 그 맛을 어찌 알 수 있겠나? 후추를 통째로 삼킬진대 그 맵고 톡 쏘는 맛을 무슨 수로 느낄 수 있겠나? 제아무리 맛있는 것이라도 먹는 방법을 알아야 한단 말일세. 이와 마찬가지로 제아무리 좋은 것도 적재적소에 놓일 때라야 가치가 있는 것이 아니겠는가. 이웃 사람의 담비 갖옷이 제아무리 좋기로서니, 한여름에 그것을 빌려 입는다면 따뜻하기는커녕 온몸에 땀띠만 날 것이 아닌가? 옛사람의 글이 제아무리 좋다 해도, 지금 여기에 맞지 않는다면 그것은 읽은 이에게 공연한 괴로움만 안겨줄 뿐일 걸세. 형상을 꾸미고 그럴듯한 의관을 입혀 놓는다 해도 그것은 학질 걸린 어른들에게나 통할 뿐 어린아이들의 천진스러운 안목마저 속일 수는 없다고 보네."

동심으로 돌아가자!

이쯤에서 우리는 하늘이 검다고 가르치는 데 불만을 품고 천자문 읽기를 거부하던 꼬마의 이야기를 떠올리게 된다. 동심으로 돌아가자! 동심의 진솔함을 되찾자! 이것은 허위와 가식으로 가득 차 있던 당시 문화계의 풍토 위에 내던지는 연암의 일갈이다. 다시 연암의 이야기에 귀 기울여 보자.

"굴원이야말로 시대를 근심하고 시속時俗을 염려했던 충신이었는데도, 당시 초나라의 습속이 귀신을 널리 숭상하였기에 그는 「구가九歌」에서 귀신을 끌어와 자신의 답답한 마음을 하소연하지 않았던가? 귀신의 일을 믿어서가 아니라, 당시 독자들에게 자신의 터질 듯한 답답함을 전달하기에 가장 효과적인 방법이었기에 그렇게 한 것일세. 그런데도 그가 괴력난신怪力亂神을 말했다 하여 우리 유가儒家의 지취旨趣는 아니라고 무작정 비방만 할 터인가? 어디 그뿐인가? 한고조漢高祖 유방劉邦은 진泰나라 땅에서 진나라 백성으로 새 왕조를 세웠으되, 다만 진나라를 멸망으로 몰아넣었던 잔혹한 법만은 간략히 고쳐 약법삼장約法三章의 변혁을 시도하였네. 그리하여 한나라는 겉보기에는 진나라 때와 다를 바가 하나도 없었으나, 완전히 새로울 수가 있었다네. 그렇다면 이치는 분명하지 않은가? 귀신은 무조건 배척해야 한다고 하면 굴원의 문학은 어디에다 발을 붙일 것인가? 중요한 것은 귀신을 노래했는가의 여부가 아니라, 귀신을 통해 무엇을 이야기하려 했는가일세. 땅도 그대로요 도읍도 그대로며 백성도 그대로되, 법은 그 법을 따르지 않았으니, 이것이 한나라가 장구히 왕조를 이어 갈 수 있었던 비결이라네."

이상 살펴본 연암의 이야기는 이렇다. 배울 것을 배워라. 옛것이라고 무작정 좋은 것은 아니다. 적절하지 않은 옛것은 도리어 지금 것에 치명적인 해악이 될 뿐이다. 조선은 산천 풍기가 중국과 다르고, 말과 노래가 한나라나 당나라와는 같지 않다. 땅이 다르고 언어가 다른데도 무조건 중국의 법만 따르고 한나라 당나라의 체재만을 고집한다면 '지금' '여기'에 있는 무관의 참모습은 어디서 찾을 것인가? 그것은 한여름에 담비 갖옷을 입고 진땀을 흘리면서 그래도 멋있지 않느냐고 행복한 표정을 짓는 것과 무엇이 다른가? 후추를 통째로 삼키면서도 정작은 아무 맛도 모르는 꼴과 방불치 아니한가? 이는 마치 진흙 덩어리 앞에서 얼이 빠져 정신을 놓고 벌벌 떨고 있는 어른들의 우스꽝스러운 꼴이 아닌가? 다르게는 진나라 땅에서 진나라 백성을 다스리려면 진나라의 법도대로 해야 한다고 우기는 격이요, 제아무리 초나라 습속이 귀신을 숭상한다 해도 군자는 그렇게 영합하는 법이 아니라고 나무라는 격이나 진배없다.

시에서 가장 중요한 것은 자연스러운 가락이요, 마음에서 우러나는 진기眞機이다. 조선이 비록 궁벽한 땅이라고는 해도 천승千乘의 나라요 유구한 역사를 지녔으니, 그 말과 노래가 또한 볼 만한 점이 없지 않다. 공연히 제 것도 아닌 중국 것에 정신을 팔고, 지금 것 아닌 옛날 것에 마음이 쏠려 자연스러움도 잃고, 진기마저 잃고 만다면 그것은 앵무새의 흉내일 뿐 시라 할 수가 없다. '지금' '여기'에 충실하여 눈앞의 삼라만상을 보일 듯이 그려 낸 무관의 시야말로 그런 의미에서 참된 시가 아니겠는가?

오늘날 우리가 경전으로 받들어 마지않는 『시경』도 가만히 살펴보면 그 당시 새나 짐승의 이름, 풀이나 나무의 명칭을 적어놓은 것일 뿐이다. 그 내용이란 것도 당시 일반 백성의 이런저런 살아가는 애환을 노래한 것에 불과하다. 그렇기에 그것은 지역에 따라 달라지고 풍속에 따라 차이가 난다. 진솔한 감정의 유로流露였기에 이제 와 그 시를 보면 그 시대가 어떠했는지가 눈앞에 떠오른다. 그때 그 사람들의 마음자리가 잡힐 듯 보인다.

그렇다면 이제 무관이 지금 여기서 느끼는 삶의 애환을 거짓

없이 노래한 것이 비록 "촌사람의 데데함에 편안해하고, 시속의 잗단 것을 즐거워"한 듯 보인다 해도 그것은 굴원이 부득이 귀신을 자신의 시에 끌어들였던 것과 같은 것이 아닐까? 『시경』에 뒷골목 남녀의 사랑 노래가 담겨 있고, 하잘것없는 새나 짐승, 풀이나 나무의 이름이 나온다고 해서 오늘날 누가 탓한단 말인가? 왜 『시경』에서 하면 문제가 안 되고, 굴원이 하면 괜찮은데, 조선의 이덕무가 그렇게 하면 촌스럽고 데데하다고 비방하는가?

이제 만약 다시 채시관採詩官의 제도가 부활하여 여러 나라의 국풍國風을 채집하게 한다면, 그가 조선에 와서 취할 것은 오직 이 『영처고』뿐일 것이다. 다른 것에는 지금 여기의 진솔한 목소리를 찾을 수 없는데, 『영처고』에는 이곳의 새나 짐승, 풀이나 나무의 이름과, 무뚝뚝한 강원도 사내와 억센 제주도 아낙의 살아 있는 목소리가 담겨 있으니 말이다. 그렇다면 『영처고』야말로 진정한 의미에서 '조선의 노래'가 아닐까?

지금까지 「영처고 서문」을 원문에 따라 읽어 보았다. 요컨대 이 글을 통해 연암이 하고 싶었던 말은 문학은 바로 '지금' '여기'의 진실을 담아내야만 한다는 것이다. 그리고 그것은 관운장의 소상 앞에서 관념적으로 벌벌 떠는 어른들의 시선으로써가 아니라, 하늘을 보면 파랗기만 한데 왜 하늘을 검다고 가르치느냐고 대드는 어린아이의 진솔한 안목으로 볼 때만 가능하다는 것이다.

천진天眞과 진정眞情

이 글에서 연암이 동심을 끌어들인 것은 문집의 제목이 '영처고'인 때문이다. '어린아이와 처녀처럼' 쓴 원고라고 자신의 문집 제목을 붙인 이덕무의 생각에서 글의 실마리를 연 것이다. 이덕무의 『청장관전서靑莊館全書』 제3권 『영처문고嬰處文稿』 1에는 「영처고 자서嬰處稿自序」란 글이 실려 있다. 그는 스스로 '영처嬰處'의 변을 이렇게 적었다.

> 즐거워함의 지극한 것은 영아만 한 것이 없다. 그런 까닭에 그 장난치는 것은 애연藹然한 천진天眞이다. 부끄러워함의 지극한 것은 처녀만 한 것이 없다. 그러므로 그 감춤은 순수한 진정眞情이다. 사람으로 문장을 좋아하여 즐거워 장난치고 부끄러워 감추기를 지극히 하는 것이 또한 나만 한 이가 없다. 그런 까닭에 그 원고를 '영처'라 했다.

일체의 인위가 배제된 어린아이의 오락과도 같은 '천진天眞', 부끄러워 감추는 처녀의 순수한 '진정眞情', 이것이야말로 자신의 문학에서 추구하려 한 핵심이라는 것이다. 결국 문학이 추구해야 할 것은 무슨 거창한 소명 의식이나 교훈주의가 아니라 '천진'과 '진정'의 토로일 뿐임을 천명한 것이다.

그런데 문학이 마땅히 추구해야 할 천진과 진정의 모델을 동심에서 찾고 있는 것은 연암이나 이덕무에게도 큰 영향을 끼쳤던 명나라 이지李贄의 「동심설童心說」과 무관하지 않다. 이지는 이탁오李卓吾란 이름으로 더 잘 알려진 중국의 이단적인 사상가로, 혹 세무민惑世誣民했다는 비난 끝에 탄압을 받아 옥중에서 자살한 인물이다. 그는 「동심설」을 바탕으로 위선적인 도학道學과 가식적인 문학에 대해 통렬한 비판을 퍼부었다. 「동심설」은 당대에 워낙 큰 파장을 일으켰던 글이기에 조금 길지만 자료 소개 삼아 여기에 전문을 옮겨 소개한다.

> 용동산농龍洞山農이 『서상西廂』을 쓰며 끝에다 말하기를, "아는 이가 내가 여태도 동심童心을 지니고 있다고 말하지는 말았으면 좋겠다."고 했다. 대저 동심이라는 것은 진심眞心이다. 만약 동심을 안 된다고 한다면 이는 진심을 안 된다고 하는 것이다. 대저 동심이라는 것은 거짓을 끊고 순수히 참된 최초에 지녔던 한 생각의 본마음인 것이다. 만약 동심을 잃게 된다면 진심을 잃는 것이고, 진심을 잃는다면 참된 사람을 잃는 것이다. 사람이 참되지 않으면 온전히 처음 상태를 회복하지 못할 것이다.
> 동자童子라는 것은 사람의 처음이요, 동심童心이라는 것은 마음의 시작이니, 대저 마음의 처음을 어찌 잃을 수 있겠는가? 그런데도 어찌하여 동심을 갑작스레 잃게 되는 것일까? 대개 그 처음에는 듣고 보는 것이 귀와 눈을 통해 들어와 그 마음

의 주인이 됨으로써 동심을 잃고 만다. 자라서는 도리道理가 듣고 보는 것을 좇아 들어와 그 마음의 주인이 됨으로써 동심을 잃게 된다. 나중에 도리와 듣고 보는 것이 날마다 더욱 많아지게 되면 아는 것과 느끼는 것이 날마다 더 그 폭이 넓어져서, 이에 아름다운 이름이 좋아할 만한 것임을 알게 되어 힘써 이름을 드날리고자 하여 동심을 잃게 되고, 아름답지 않은 이름이 추함을 알아 힘써 이를 덮어 가리려 하는 데서 동심을 잃게 된다.

대저 도리道理와 문견聞見이란 모두 독서를 많이 하여 의리義理를 아는 것으로부터 오는 것이다. 옛날의 성인이 어찌 일찍이 독서하지 않았겠는가? 그러나 설령 독서하지 않았더라도 동심은 진실로 절로 남아 있었을 것이요, 독서를 많이 했다손 치더라도 또한 이 동심을 지켜 잃지 않도록 했을 따름이니, 배우는 자가 도리어 독서를 많이 하고 의리를 아는 것이 동심에 장애가 되는 것 같지는 않았을 것이다. 대저 배우는 자가 독서를 많이 하여 의리를 알게 되면 동심에는 걸림돌이 되나니, 성인이 또 어찌 저서著書와 입언立言을 많이 하여 배우는 사람에게 장애가 되는 일을 하겠는가? 동심이 막히고 보면 이에 펼쳐 말을 해도 언어가 마음속으로부터 말미암지 않게 되고, 드러나 정사政事가 되더라도 근저가 없게 되며, 저술하여 문사文辭가 되어도 능히 통달하지 못하게 된다. 안으로 머금어 아름다움이 드러나지도 아니하고, 도탑고도 알찬 광휘가 생거나는 것도 아니며, 한 구절의 유덕有德한 말을 구하려 해도 마침내 얻을 수가 없다. 왜 그럴까? 동심이 막히고 보면 밖으로부터 들어오는 문견과 도리를 가지고 자신의 마음으로 삼게 되기 때문이다.

대저 이미 문견과 도리로 마음을 삼고 보면, 말하는 바의 것도 모두 문견과 도리의 말일 뿐 동심에서 절로 나온 말은 아니다. 그 말이 비록 공교하다 한들 내게 무슨 상관이겠는가? 어찌 가짜 사람이 거짓말을 하고 거짓 일을 일삼으며 거짓 글을 짓는 것이 아니겠는가? 대개 그 사람이 이미 가짜고 보면 거짓되지 않은 바가 없다. 이로 말미암아 거짓말을 가지고 가짜 사람과 말하면 가짜 사람이 기뻐하고, 거짓 일로 가짜 사람과 말하면 가짜 사람이 기뻐한다. 어디를 가도 가짜 아닌 바가 없고 기뻐하지 않는 바가 없게 된다. 온통 전부가 가짜고 보니 난쟁이가 어찌 진짜와 가짜를 변별할 수 있겠는가?

그렇다면 비록 천하의 지극한 글이 있다 하더라도 가짜 사람에게 불태워져 후세에 다 보지 못하게 된 것이 또 어찌 적다 하겠는가? 왜 그럴까? 천하의 지극한 글은 동심에서 나오지 않은 것이 없기 때문이다. 진실로 동심을 항상 지닐 수만 있다면 도리가 행해지지 않고 문견이 서지 않았다 해도 글 되지 않을 때가 없고 글 되지 않는 사람이 없으며, 한결같이 체격과 문자를 새롭게 만들어도 문장 아닌 것이 없게 될 것이다. 시를 어찌 반드시 옛 선집만 따를 것이며, 문을 어찌 반드시 선진先

秦만 기필하겠는가? 내려와 육조六朝가 되고, 변하여 근체近體가 되며, 또 변하여 전기傳奇가 되는 것이다. 변화하게 되면 원본院本도 되고 잡극雜劇도 되고『서상곡西廂曲』도 되고『수호전水滸傳』도 되고, 지금의 과거 시험도 되는 것이니, 선현들이 성인의 도를 말한 것은 모두 고금의 지극한 글이라, 시세時勢의 선후로만 논할 수는 없는 것이다. 그런 까닭에 내가 이를 인하여 동심을 지닌 사람이 절로 문장을 이루는 것에 느낌이 있었던 것이니, 다시금 무슨 육경六經을 말하며, 무슨『논어論語』니『맹자孟子』니를 말한단 말인가?

대저 육경과『논어』,『맹자』는 사관史官이 지나치게 높여 기린 말이 아니면 신하 된 자가 지극히 찬미한 말일 뿐이다. 또 그렇지 않으면 우활한 문도門徒들과 멍청한 제자들이 스승의 말씀을 기억해 내되 처음은 있되 끝이 없거나, 뒷부분만 얻고 앞은 빠뜨려 그 본 바에 따라 책에다 써 놓은 것일 뿐이다. 후학들은 이를 잘 알지 못하고 문득 성인의 입에서 나왔다 하여 아예 경전이 된다고 지목하여 결정했던 것이니, 그 누가 이 가운데 태반이 성인의 말이 아닌 줄을 알겠는가? 설령 성인에게서 나왔다 하더라도 요컨대는 또한 그때그때마다 일이 있어 나온 말로, 병통을 인하여 약을 주고 때에 따라 처방을 내려 이러한 어리석은 제자들과 우활한 문도들을 구하려 한 것에 지나지 않을 뿐이다. 약으로 거짓 병을 치료하고 처방으로 정해진 아집을 논란한 것이 어찌 갑자기 만세의 지론至論이 될

수 있단 말인가? 그렇다면 육경과 『논어』, 『맹자』는 바로 도
학道學의 구실이 되고, 가짜 사람들이 모여드는 연못인 셈이
니, 결단코 동심의 말에 대해 말할 수 없을 것이 분명하다. 아
아! 내가 또 어찌 동심을 일찍이 잃어 본 적이 없는 진정한 큰
성인聖人과 만나 그와 더불어 한 번쯤 글에 대해 말해 볼 것인
가?**6**

아! 세상에는 이미 동심을 잃어버린 가짜 사람들이 한데 모
여 가짜 글과 가짜 생각을 가지고 경전經傳이라 하고 성인聖人의
말씀이라 하며 그리로만 따라오라 한다. 하여 거짓이 난무하고
위선이 판치며 옛사람의 죽은 망령만이 허공을 떠돌고 있을 뿐이
다. 동심은 어디에 있는가? 세계로 향한 촉수觸手가 싱싱하게 살
아 있던, 모든 것이 바람이었고 풀잎이었던 동심의 세계는 지금
어디에 있는가?

10

—

시인의
입냄새.

1	나는 보았네 세상 사람들	我見世人之
2	남의 문장을 기리는 것을.	譽人文章者
3	문장은 반드시 양한兩漢을 모의하고	文必擬兩漢
4	시는 언제나 성당盛唐 일컫지.	詩則盛唐也
5	비슷하다 함은 이미 참이 아닌데	曰似已非眞
6	한당이 어이하여 다시 있으리.	漢唐豈有且
7	우리나라 풍속이 투식을 좋아하니	東俗喜例套
8	그 말의 촌스러움 괴이할 것 없도다.	無怪其言野
9	듣는 이들 모두 다 깨닫지 못해	聽者都不覺
10	얼굴조차 붉어지는 사람이 없네.	無人顏發赭
11	멍청이는 기쁜 빛이 뺨에 넘쳐서	騃骨喜湧頰
12	침 흘리고 웃으면서 입을 벌리네.	涎垂噱而哆
13	교활한 이 갑자기 겸손한 체하면서	黠皮乍撝謙
14	머뭇머뭇 뒷걸음질 피해 서는 척.	逡巡若避舍
15	굶주린 텁석부리 휘둥그레져	餒髥驚目瞠
16	덥지도 않은데 땀이 철철 흐르고,	不熱汗如瀉
17	겁쟁이 뚱보는 너무도 부러워서	懦肉健慕羨
18	이름만 듣고도 향내 물씬 나는 듯.	聞名若蘅若
19	못된 심보 저 사내는 괜히 골내며	忮肚公然怒
20	주먹을 휘두르며 때리려 드네.	輒思奮拳打
21	나 또한 이런 기림 들은 적 있어	我亦聞此譽

22 맨 처음 들었을 젠 낯을 도려내는 듯.	初聞面欲刵
23 두 번째 듣고는 외려 배를 잡고서	再聞還絶倒
24 며칠 동안 엉덩이뼈 시큰했었지.	數日酸腰髁
25 떠들어 댈수록 점점 더 흥미 없어	盛傳益無味
26 마치도 밀랍을 씹는 듯했네.	還似蠟札餖
27 헛된 기림 받는 건 안 될 일이라	因冒誠不可
28 나중엔 풍 맞은 바보 되었지.	久若病風傻
29 샘 많은 자들에게 말 돌리노니	回語忮克兒
30 솜씨 겨룸 잠시간 접어 두세나.	伎倆且姑舍
31 내 하는 이 말을 가만 들으면	靜聽我所言
32 자네들 뱃속이 편안해지리.	爾腹應坦韄
33 흉내 내는 것이야 질투할 게 뭐 있나	摸擬安足妒
34 보잖아도 부끄러움 절로 일 텐데.	不見羞自惹
35 걸음을 배운다며 도리어 기고	學步還匍匐
36 찡그림 흉내 내도 한갓 추할 뿐.	效嚬徒醜醜
37 이제야 알겠네 계수나무 그림이	始知畫桂樹
38 살아 있는 오동나무만은 못함을.	不如生梧檟
39 손뼉 치매 초나라가 다 놀랐지만	抵掌驚楚國
40 의관을 꾸민 것에 지나지 않네.	乃是衣冠假
41 푸릇푸릇 언덕엔 보리 돋아도	靑靑陵陂麥
42 입속 구슬 남몰래 쳐서 꺼낸다.	口珠暗批撦

43 뱃속이 속된 것은 생각지 않고	不思腸肚俗	
44 붓 벼루 좋은 것만 굳이 찾는다.	强覓筆硯雅	
45 육경의 글자를 훔쳐 모으니	點竄六經字	
46 사당에 숨어 사는 쥐새끼 같네.	譬如鼠依社	
47 훈고의 말들을 주워섬기매	掇拾訓詁語	
48 촌스러운 유자들 입 다물밖에.	陋儒口盡啞	
49 제관이 제사 음식 진열하면서	太常列飣餖	
50 절인 고기 젓갈 섞어 고약한 냄새.	臭餕雜鮑鮓	
51 여름철 농사꾼이 제 꼴을 잊고	夏畦忘疎略	
52 얼떨결에 끈 달고 혁대 박아 꾸민 듯.	倉卒飾綏鈴	
53 눈앞의 일 속에 참된 정취 있거늘	卽事有眞趣	
54 어쩌자고 머나먼 옛날에서 찾는가.	何必遠古抇	
55 한나라 당나라는 지금 세상 아니요	漢唐非今世	
56 부르는 노래도 중국과는 다르다네.	風謠異諸夏	
57 사마천과 반고가 다시 살아난대도	班馬若再起	
58 사마천과 반고를 배우진 않으리라.	決不學班馬	
59 새 글자 만들긴 어렵다 해도	新字雖難刱	
60 내 품은 생각은 써내야 하리.	我臆宜盡寫	
61 어이해 옛 법에 얽매이어서	奈何拘古法	
62 두고두고 여기에만 매달린단 말인가.	劫劫類係把	
63 지금이 얄팍하다 말하지 말라	莫謂今時近	

64 천년 뒤엔 응당히 높을 터이니.	應高千載下
65 손오孫吳의 병서를 죄 읽었지만	孫吳人皆讀
66 배수진 아는 자 드물었었네.	背水知者寡
67 남이 가지 않은 곳을 향해 간 것은	趣人所不居
68 양적陽翟의 장사꾼뿐이었다네.	獨有陽翟賈
69 그러나 내 음허陰虛한 병을 앓아서	而我病陰虛
70 발등과 복사뼈가 아픈 지 네 해.	四年疼跗踝
71 적막히 지내다 그댈 만나니	逢君寂寞濱
72 얌전하기 마치도 아가씨 같네.	靜若秋閨姹
73 시 얘기 잘하는 광정匡鼎이 와서*	解頤匡鼎來
74 몇 밤을 등불 심지 잘라 냈던고.	幾夜剪燈炧
75 문장을 논함은 내 생각 같아	論文若執契
76 술잔 잡은 두 눈동자 반짝였었지.	雙眸炯把斝
77 꽉 막힌 가슴이 하루아침 뚫리니	一朝利膈壅
78 한입 가득 생강을 씹고 있는 듯.	滿口嚼薑薷
79 평생의 몇 움큼 눈물방울을	平生數掬淚
80 가을 하늘 향해서 흩뿌리노라.	裏向秋天灑

* '해이광정解頤匡鼎'은 『한서漢書』「광형전匡衡傳」에 "아무도 시를 말함이 없었는데, 그때 마침 광형匡衡이 왔다. 광형이 시를 말하자 듣는 사람이 입이 벌어졌다."라 한 데서 나온 것으로, 시에 대해 설명을 너무 잘하여 듣는 이의 귀를 솔깃하게 한다는 뜻으로 쓰는 말이다.

81 목수가 나무를 깎아 새겨도   梓人雖司斲

82 쇠 만지는 대장장이 배척 않나니. 未曾斥鐵冶

83 손재주 있는 자는 흙손 만지고 巧者自操鏝

84 기와장인 기와를 이는 법이라. 蓋匠自治瓦

85 저가 비록 가는 길이 같지 않지만 彼雖不同道

86 기약함은 큰 집을 이루는 게라. 所期成大廈

87 울뚝불뚝 성만 내면 사람 안 붙고 悻悻人不附

88 너무 깔끔 떨어도 복을 못 받네. 潔潔難受嘏

89 원컨대 그대여 본바탕을 지키고 願君守玄牝

90 원컨대 그대여 교만함을 버리라. 願君服氣姐

91 원컨대 그대여 젊은 날 노력해 願君努壯年

92 힘 쏟아 이 나라를 바로잡으라. 專門正東閩

—「좌소산인에게 주다贈左蘇山人」

흉내로는 안 된다

연암의 아들 박종채는 『과정록』에서 이렇게 적고 있다.

> 선군의 시고詩稿는 몹시 적어서, 고체와 금체시 모두 50수뿐
> 이다. 고체시는 오로지 한유韓愈를 배웠는데 기이하고 험벽하
> 기는 그보다 더해서, 정경情境은 핍근하고 필력이 막힘이 없
> 다. 율시와 절구 등의 시는 항상 성률에 구속되어 마음속에 말
> 하려는 것을 그대로 쏟아 낼 수 없음을 못마땅히 여기셨다. 그
> 래서 왕왕 한두 구절만 이룬 채 그만둔 것이 많다.7

연암이 시 짓기를 즐기지 않았던 것은 그러니까 운자니 평측
이니 하는 성률에 얽매여 자기 하고 싶은 말을 마음껏 할 수 없는
것이 싫어서였다. 이번에 보려고 하는 「좌소산인에게 주다 贈左蘇
山人」는 몇십 수밖에 남지 않은 연암의 시 가운데서도 험벽한 운
자를 한 번도 환운하지 않고 단숨에 내달은 5언 92구, 460자에
달하는 장시다. 좌소산인左蘇山人은 그간 서호수徐浩修의 장남 서
유본徐有本으로 알려졌지만, 새롭게 공개된 자료에 의해 이덕무
또한 이 호를 썼음이 밝혀졌다. 이 글 속의 좌소산인은 이덕무를
가리킨다. 이 시는 연암이 문학에 대한 자신의 견해를 피력한 작
품인데, 표현이 난삽하고 비유가 까다로워 아직껏 전편이 논의된
적이 없다. 이제 작품의 단락에 따라 차례로 살펴보기로 한다. 논

의의 편의를 위해 시구 앞에 번호를 매겼다.

처음 8구까지는 '문필진한文必秦漢, 시필성당詩必盛唐', 즉 문장을 하려면 선진양한先秦兩漢을 본받아야 하고, 시를 지으려면 성당盛唐을 모범 삼아야 한다는 상투적인 주장에 대한 일침으로 말문을 열었다. 이미 "비슷한 것은 가짜다."란 말은 「녹천관집 서문」을 비롯하여 여러 글에서 되풀이해 강조한 것이지만, 여기서도 연암은 양한이나 성당과 비슷해지려 해서는 결코 한당漢唐도 될 수 없고 자기 자신도 될 수 없을 것이라고 잘라 말한다. 왜 남과 비슷해지려 하는가? 비슷하다는 말에는 이미 진짜는 아니라는 뜻이 들어 있다. 지금 여기에 살고 있는 내가 그때 거기를 모방해서 방불해진다고 한들, 지금 여기가 그때 거기로 될 수는 없지 않은가? 또 그때 거기가 된다 한들 지금 여기서는 아무짝에도 쓸모없을 터이니 왜 그런 짓을 하는가? 그러나 우리나라 사람들은 남들 하는 대로 따라 하기만을 좋아하니 그 하는 말이 날이 갈수록 촌스러워지는 것은 조금도 이상할 것이 없다.

그래서 남을 흉내 내는 것이 부끄러운 줄도 모르고, 누가 양한과 같다 하고 성당에 핍진하다고 하면 너무 기뻐 침을 흘리며 입을 다물 줄 모르는 멍청이도 있고, 손을 저어 그렇지 않다고 짐짓 물러서며 겸손한 체하는 교활한 자들도 있다. 아니면 그런 칭찬에 눈이 휘둥그레져서 땀을 뻘뻘 흘리며 감당할 수 없다고 발뺌하는 못난 친구도 있고, 또 그것을 선망해서 나는 언제 그런 시를 써 보나 하는 사람, 그렇게 못하는 제 자신에게 화가 나서 공연히 심통을 부리며 싸움을 거는 인간도 있다.

21구에서 28구까지 연암은 자신의 경험을 말한다. 나도 예전에 이런 칭찬을 들은 일이 있었다. "자네의 문장은 꼭 양한의 풍격이 있네그려. 시는 꼭 성당의 시와 같네." 처음 이 말을 들었을 때 나는 부끄러워 얼굴을 들 수가 없었다. 두 번 듣고는 배를 잡고 뒹굴며 웃다가 엉덩이뼈가 쑤실 지경이었다. 자꾸 그런 소리를 듣다 보니 나중엔 아예 심드렁해져서 밀랍을 씹는 듯 아무런 느낌도 없어졌고, 그런데도 사람들이 자꾸 칭찬을 해 대자 참으로 견딜 수가 없어 마침내는 바람맞은 사람처럼 멍하게 되고 말았다.

29구에서는 말머리를 슬쩍 자신을 질투하는 자들에게로 돌렸다. 자! 자네들 누가 더 잘하는지 솜씨 겨룰 생각은 잠시 접어 두고 내 말을 잠깐만 들어 보게나. 자네들 속이 편안해질 테니. 내 말을 듣고 보면, 자네들이 훌륭하다고 생각하는 문학과 내가 옳다고 생각하는 문학의 길이 판연히 다른 줄을 알게 될 것일세. 내가 설사 자네들보다 옛사람 흉내를 더 잘 낸다 해도 그것이야 부러워할 것이 뭐란 말인가? 질투할 것은 또 뭔가? 나는 오히려 그런 말 듣는 것이 부끄럽기만 한 것을. 나는 애초에 자네들과 경쟁할 생각이 조금도 없단 말일세.

우리의 흉내란 것은 연燕나라의 소년이 조趙나라 사람들의 씩씩한 걸음걸이를 흉내 낸답시고 따라 하다가 종당에는 배우지도 못하고, 제 본래의 걸음마저 잊어버려 마침내 엉금엉금 기어서 연나라로 돌아갔다는 저 '한단학보邯鄲學步'의 고사와 다를 것이 뭐 있겠나. 미녀 서시西施가 가슴 아파 찡그리니 그 아름다움이 매우 고혹적이었겠지만, 못생긴 동시東施가 그 흉내를 그대로 내게 되면 보는 이의 혐오감만 더하게 될 뿐이 아니겠나. 중요한 것은 찌푸리는 것이 아닐세. 서시가 찌푸린 것이 아름답게 보인다 해서 아무나 찌푸리기만 하면 아름다울 수 없는 것은, 옛사람의 시가 아무리 훌륭하다 해도 아무나 흉내 내기만 해서 그렇게 될 수 없는 것과 무엇이 다르겠는가? 너무도 간단하고 단순한 이 이치를 자네들은 왜 그렇게 깨닫지 못하는가?

계수나무야 고귀하지만, 그림 속의 계수나무야 향기도 없고 실체도 없으니 차라리 뒤뜰에 심어진 개오동나무만도 못한 것이 아니겠는가? 우리는 왜 눈앞에서 바람에 일렁이는 살아 있는 오동나무는 낮고 더럽다 하면서, 굳이 보지도 못한 그림 속의 계수나무만을 선망하는가 말일세. 우리가 오동나무를 외면하고 계수나무만을 꿈꾼다 해도, 이 땅에선 계수나무를 흔히 볼 수 없으니 어찌하겠는가? 초나라 재상 손숙오가 죽었을 때 그 자식이 어렵게 사는 것을 본 우맹優孟이 그를 도우려고 손숙오의 분장을 하고 들어가 그 흉내를 낸 일이 있었지. 그 흉내가 하도 진짜 같아서 초나라 임금도, 평소 그와 가까이 지내던 신하들도 모두 죽은 손숙오가 살아서 돌아온 줄로만 알았다지 뭔가. 우맹의 분장과 연기야 과연 일품이었겠지만, 우맹은 종내 우맹일 뿐 손숙오는 아니지 않은가? 다만 한때의 이목을 속일 수 있었을 뿐이었겠지. 그럴진대 자네들은 왜 옛것과 비슷해지려고만 하는가?

모방은 도둑질이다

41구에서 52구까지는 옛것을 추구한다는 자들의 행태에 대한 신랄한 비판이 이어진다. 『장자』「외물外物」에 보면 시례詩禮를 외우면서 남의 무덤을 도굴하는 두 유자가 나온다. 무덤 속 시체의 입에서 미처 구슬을 빼내지 못했는데 동녘이 터 오자, 대유大儒가 근엄한 목소리로 『시경』의 시를 한 수 외운다. 그 시는 이렇다. "푸릇푸릇 보리는 언덕에 돋아났네. 살아 베풀지 않았으니 죽어 어이 구슬을 머금으리오.(靑靑之麥, 生於陵陂. 生不布施, 死何含珠焉.)" 그러고는 냉큼 이렇게 말한다. "『시경』에도 이렇게 적혀 있느니라. 그러니 시체의 살쩍을 움켜잡고 아래턱 수염을 누르고 쇠망치로 그 턱을 두들겨 천천히 두 뺨을 벌려 입속의 구슬이 상하지 않게 해야 할 것이야." 아아! 그는 남의 무덤을 도굴하면서도 『시경』의 말씀에 따라 하고 있구나. 『시경』에도 이미 "죽어 어이 구슬을 머금으리오."라고 했으니 그의 도적질은 조금도 죄 될 것이 없고 거리낄 것이 없다. 시체의 턱뼈를 부수는 한이 있더라도 입안의 구슬은 깨지면 안 된다.

오늘날 옛것을 모의하여 흉내 내는 자도 이 도둑놈이나 무엇이 다른가? 두보가 말하고 이백이 말했으니 괜찮고, 『사기』에 나오고『한서』에 나오면 그만이라는 식이다. 그것이 내 말이 아니고 그들의 말인데도 그 말을 그대로 쓰는 것이 조금도 부끄럽지가 않다. 왜 그것이 부끄럽지 않은가? 그것은 옛사람의 말이기 때문이다. 그렇지만 그런가?『시경』에만 나오면 시체의 입을 벌리는 도둑질도 합리화될 수 있는가?

가슴속에는 온통 구린내가 나는데 붓만 좋고 벼루만 좋으면 무얼 하는가? 43, 44구에서 연암이 던지는 질문이다. 붓만 좋으면 그저 명필이 되는 법이 있던가? 벼루만 훌륭하면 시도 저절로 훌륭해지는가? 찌푸리기만 하면 나도 아름다워질 수가 있는가? 천만의 말씀이다. 중요한 것은 붓과 벼루가 아니다. 정작 관건은 시를 쓰는 이의 마음속에 담긴 생각에 있다. 훌륭한 벼루에 좋은 먹을 갈아도 생각이 속되고 보면 그 벼루 그 먹이 빛을 잃고 만다. 나는 없고 옛사람의 망령만 득실대는 그런 시는 아무리 때깔이 좋더라도 나는 취하지 않으리라. 그들은 육경의 글자를 여기 저기서 주워 모아 제 글인 양 으스댄다. 그들은, 조상의 위패를 모신 사당에 빌붙어 사는지라 불을 지를 수도 없고 물을 들이부을 수도 없어 잡고 싶어도 잡을 수 없는 쥐새끼 같은 인간들이다. 그래도 곧 죽어도 입만 열면 경전의 말을 주워섬기고, 붓만 들면 훈고의 문자를 늘어놓으니 무식한 촌놈들은 그저 주눅이 들어 예예하고 굽신거릴 도리밖에 방법이 없다.

그렇지만 그들의 진면목을 보자면 참으로 가관이다. 제관이 종묘제례에 쓸 제사 음식을 진열하면서 절인 고기와 젓갈 따위를 마구 얹어 놓아 온갖 고약한 냄새가 진동을 하는 꼴이나 진배 없으니 말이다. 여기저기서 끌어모아 왔지만, 애초에 놓일 자리가 아니고 보니, 죽도 아니고 밥도 아닌 오사리잡탕이 되고 만 것이다. 그도 아니면 시골 무지렁이 농사꾼이 창졸간에 벼슬아치의 인끈을 매달고 혁대 고리를 걸어 온갖 치장을 하고 으스대는 모양과 진배없다. 요즘식으로 말하면 얼굴이 까맣게 탄 시골 농부가 부스스한 머리로 턱시도에 넥타이를 매고 때 빼고 광낸 꼴이라는 말이다. 인끈과 혁대 고리가 훌륭한 장식이긴 하지만 시골 농사꾼에게는 어울리지 않듯이, 옛것이 아무리 좋아도 제 깜냥을 알아야 한다는 뜻이다. 무작정 옛날만 흉내 내면 제 촌스러움만 더 드러내게 되니 이 아니 안타까운가.

이어 53구에서 64구까지 연암의 도도한 논설이 이어진다. '진취眞趣', 즉 참된 가치는 어디에 있는가? 그것은 멀고 아득한 데 있는 것이 아니다. 한나라와 당나라는 지금 세상과는 다르다. 우리나라의 노래는 중국과는 다르다. 시대가 다르고 나라가 다르고 지역이 다르고 언어가 다르다. 시대가 바뀌면 생각도 바뀌고, 언어도 바뀐다. 사마천과 반고가 다시 살아난다 해도, 그들은 지금 여기의 문장을 쓰려 할 터이지 예전 제가 썼던 문장을 모의하려 들진 않았을 터이다. 비록 나라가 다르고 시대가 달라도, 예전에 없던 새 글자를 만들어 쓰지는 못한다 해도, 옛사람이 한 말을 앵무새처럼 되뇌며 정작 제 할 말은 한마디도 못 하는 그런 글을 쓴대서야 말이 되는가. 지금 것을 우습게 보지 말아라. 천년 뒤엔 이것이 옛것으로 될 터이니. 지금 사람이 지금 것에 충실할 때, 그 것이 뒷날에는 훌륭한 고전이 된다. 지금 우리가 선망해 마지않는 양한과 성당도 모두 '그때의 지금'이었을 뿐이다. 지금 사람이 지금 것을 버리고 옛것에만 충실할 때, 뒷날에 그것은 아무도 거들떠보지 않는 쓰레기가 될 뿐이다. 남의 흉내만 내느라 정작 제 목소리 한마디 내 보지 못하는 '지금의 옛날'들은 새겨들어라.

옛것을 배움은 어찌해야 하는가? 한신이 배수진을 치듯이 해야 한다. 장수치고 손오병법孫吳兵法을 안 읽은 자가 어디 있었으랴만, 진을 치는 것은 '배산임수背山臨水'라야 하는 줄만 알았지, 오합지졸을 이끌고 싸울 때는 '죽을 땅에 둔 뒤에 산다.'는 병법을 응용해 거꾸로 '배수진'을 치는 것이 승리의 요체가 되는 줄은 아무도 몰랐다. 중요한 것은 옛것 그 자체가 아니다. 그 옛것을 오늘에 맞게 응용하는 정신이다. 옛것은 쓸모와 가치가 충분하지만, 털도 안 뽑고 통째로 가져다 써서는 지금에 맞을 수가 없다. 옛것은 적재적소에 변통할 줄 아는 안목과 만날 때라야 비로소 쓸모 있는 지금 것이 된다.

양적陽翟의 장사꾼 여불위呂不韋는, 왕위 후계 서열에서 한참 떨어져 남들이 거들떠도 보지 않던, 조나라에 인질로 잡혀가 천덕꾸러기로 구박받던 자초子楚에게 투자하여 마침내 그를 진나라의 왕이 되게 했다. 그러고는 제 씨앗을 잉태한 초희楚姬를 자초에게 바쳐 그 아들이 뒤에 결국 진나라의 대통을 이었다. 그가 바로 진시황이다. 67, 68구에서 한 연암의 말 뜻은 여불위의 행위가 훌륭하다는 것이 아니다. 여불위가 적어도 다른 사람들보다 한 수 위였다는 것이다. 남들이 눈앞의 득실에만 마음이 팔려 작은 이익에 일희일비할 때, 그는 원대한 포부로 마음먹은 제 생각을 실천에 옮겼다. 전혀 별것도 아닌 듯이 보이는 심상한 것에서 남들이 미처 발견하지 못한 가치를 찾아내는 것, 우리가 문학을 한다는 것은 이런 것이 아닐까? 남들이 매일 보면서도 못 보는 사실, 늘 마주하면서도 그냥 지나치고 마는 일상 속에서 의미를 자아내어 내 삶과 연관 짓는 일, 시를 쓴다는 것은 이런 것이 아닌가?

69구에서 끝까지는 이덕무와 만나 이야기한 기쁨과 그에게 주는 당부로 시를 맺었다. 적막히 혼자 병 앓고 있던 나를 그대가 찾아 주니 참으로 기쁘고 반가웠네. 얌전한 아가씨 같은 앳된 모습의 자네가 나를 찾아와 둘이 앉아 시 이야기를 하다가 몇날 며칠 날 가는 줄도 몰랐네그려. 자네의 품은 생각이 꼭 내 생각과 같고 보니 오랫동안 막힌 체증이 하루아침에 쑥 내려간 듯 뻥 뚫리고 말았네. 두 사람 대화의 상쾌함은 마치 생강을 입에 씹고 있는 것만 같았지 뭔가. 그간 그 답답하던 세월이 하도 분해서 시리게 푸른 가을 하늘 보며 한바탕 통곡이라도 하고 싶은 심정이었다네.

허나 자네 한번 생각해 보게. 목수가 나무를 깎고 아로새기는 일을 하지만, 그렇다고 대장장이가 필요 없다고 말하는 법이 있던가? 대장장이가 없고 보면 나무 깎는 대패는 누가 만들며 톱이나 칼은 또 누가 만든단 말인가? 집을 지으려면 미장이가 있어야 하고 기와장이도 있어야 하질 않겠나? 솜씨가 좋으면 미장일을 하고, 근력이 좋으면 지붕을 이는 법이니, 제가끔 역할을 나눠야 한 채의 좋은 집을 지을 수가 있다네. 만일 목수가 대장장이를 우습게 알고, 미장이가 기와장이를 필요 없다고 한다면, 대패질은 무엇으로 하며 지붕은 누가 인단 말인가? 미장이가 지붕 위까지 흙으로 발라 버린다면 그 집이 도대체 어찌 될 것인가 말일세. 이래서야 어찌 훌륭한 집을 지을 수 있겠나. 이와 같이 문학하는 사람은 많은 것을 보고 배우고 익혀야 하네. 이것은 옛것이니 따르고 저것은 지금 것이니 배척한다면, 대장장이가 필요 없다고 떠드는 목수와 다를 바 없을 걸세. 그래서야 어떻게 훌륭한 문학을 할 수 있겠는가? 이와 같이 문학하는 사람은 저마다의 개성을 지녀야 하네. 자기의 특장을 잘 알아 미장일이 알맞은지 기와 이는 일이 제격인지를 판단해야 하네. 그러지 않고서야 어떻게 좋은 작가가 될 수 있겠나?

　제 뜻과 같지 않다 해서 성을 내서도 안 될 것이고, 너무 지나치게 깔끔을 떨어도 큰 그릇은 되지 못한다고 보네. 제가 가는 길만 길이고, 제가 하는 문학만 문학은 아닌 것이야. 그렇지만 세상은 대장장이는 대장장이대로, 목수는 목수대로 다들 저만 잘나고 옳다고 떠들어 대니 탈일세. 미장이는 기와장이 알기를 우습게 알고, 기와장이는 미장이 보기를 하찮게 보니 하는 말일세. 큰 문학을 하려면 품이 넉넉해야지. 여보게, 좌소산인! 자넨 아직 젊으니 타고난 제 본바탕을 잘 지키고, 교만한 기운을 가라앉혀서, 이나라의 문학을 올바로 세워 주시게. 발 아파 끙끙 앓으며 적막히 지내는 이 늙은이가 하는 간곡한 부탁일세.

앵무새 소리를 거부한다

시대마다에는 참으로 다른 그 시대의 정신이 분명히 존재한다. 어쩌면 생각하는 방식이나 표현 방법, 좋은 문학에 대한 기준이 그렇게 판이하게 달라질 수 있는가? 비슷한 것은 가짜다. 눈앞의 일 속에 참된 정취가 있다. 집 짓는 데는 미장이도 필요하고 기와장이도 필요하다. 이 단순한 깨달음에 이르기 위해서 한국 한시사는 참으로 긴 시간을 기다려야 했다. 같은 시대 이용휴李用休는 "시를 지으면 당시唐詩가 아님이 없는 것이 근래의 폐단이다. 당시의 체를 흉내 내고 당시의 말을 배워서 거의 한가지 소리에 가깝다. 이것은 앵무새가 하루 종일 앵앵거려도 자기의 소리는 없는 것과 같으니 나는 이것을 몹시 혐오한다."고 했다.

배고프면 밥 먹고 목마르면 마시며	飢食而渴飲
즐거우면 웃고 걱정되면 찡그리네.	歡笑而憂顰
나의 시는 이런 것을 살펴보나니	吾詩觀於此
경계 따라 생각이 절로 참되다.	隨境意自眞

강물은 흘러가고 산은 우뚝 솟았네   水流而山峙

물고긴 잠기고 새는 날아오르지.   魚潛而鳥飛

내 눈앞에 스쳐 가는 형상 있으니   有形交吾目

무엇인들 그 모두 내 시 아니랴.   何者非吾詩

이것은 이정섭李廷燮의 「오시吾詩」 연작 가운데 두 수다. 배고
파 밥 먹고 목마르면 물 마시듯 쓴 것이 내 시다. 즐거워 웃고 근
심 겨워 찌푸린 것이 내 시다. 눈앞에 펼쳐지는 온갖 형상들이 모
두 내 시다. 죽은 옛 경전 안에 내 시는 없다. 앵무새 흉내 속에 내
시는 없다. 나는 오직 내 가슴의 진실만을 노래할 뿐이다.

음식도 밤 지나면 상해 버리고   食經夜便嫌敗

옷도 해가 바뀌면 헌 옷이 되네.   衣經歲便嫌古

글 짓는 자 입냄새 진동을 하니   文士家爛口氣

한당漢唐 이래 글인들 어이 썩지 않으랴.   漢唐來那不腐

이것은 이언진李彦瑱의 작품이다. 하룻밤만 지나면 맛있는
음식도 부패해 먹을 수가 없다. 자르르하던 새 옷도 일 년만 입고
나면 후줄근한 헌 옷이 된다. 한당의 문장인들 왜 썩지 않으랴. 그
런데도 옛것만을 옳다고 하고 제 길로만 따라오라 하니, 아, 시인
의 입냄새가 참으로 고약하구나. 그렇지만 정작 이 시를 쓴 이언
진은 그 시대에 절망하고 인간들에게 절망해서, 세상에 남겨 두

어야 무슨 이익이 되겠느냐며 제가 쓴 시 원고를 죄 불 질러 버리고 스물일곱의 젊은 나이에 세상을 버리고 말았다.

어느 시대고 저만 잘난 미장이 시인의 입냄새는 주변을 질식시킨다. 그들은 썩은 음식을 맛있다고 하고, 꾀죄죄한 헌 옷 입고 멋있다고 우긴다. 그래서 악화가 양화를 구축하고, 패거리 지어서 내 가슴의 진실을 핍박한다. 그 구석에서 절망하는 정신들이 제 원고를 불 지르며 그 시대를 온몸으로 증거할 뿐이다. 오늘의 시정신은 어디에 있는가? 시대정신을 어디 가 찾을까?

11
───

잃어버린 예법은 시골에 있다.

아! 예禮를 잃게 되면 초야草野에서 찾는다더니* 그 말이 옳다. 이제 천하가 머리를 깎고 옷섶을 좌로 여미게 되어,** 한나라 관원官員의 위의威儀를 알지 못하게 된 것이 이미 백여 년이 되었다. 홀로 연희演戱하는 마당에서만 그 검은 모자와 둥근 소매, 옥 띠와 상아 홀笏을 본떠 장난치며 웃곤 한다. 아! 중원中原의 유로遺老들은 다 스러졌으니, 얼굴을 가리고서 차마 이를 보지 못하는 자가 있기나 하겠는가? 또한 이를 즐겨 구경하면서 그 옛 제도를 떠올려 보는 자가 있기는 할 것인가?

해마다 가는 사신이 중국에 들어가 남쪽 오吳 땅의 사람과 함께 이야기를 나누는데, 오 땅 사람이 말했다.

"내 고향에 머리 깎는 가게가 있는데, 간판을 '성세락사盛世樂事'라고 했습디다."

그 말에 서로 보고 크게 웃다가는 조금 있더니 남몰래 눈물을 흘리려 하더라고 했다. 내가 이 말을 듣고 슬퍼하며 말하였다.

---

* 반고班固의 『한서』「예문지藝文志」에 "공자께서는 '예를 잃으면 초야에서 이를 찾는다.'고 하셨는데, 지금에 성인과의 거리가 아득해지고 도술이 폐하여져 다시 찾을 곳이 없으니, 저 구가九家의 사람들은 오히려 초야에서 병을 치료해야 하지 않겠는가?"라 하였다.

** 『논어』「헌문憲問」에 '피발좌임被髮左衽'이라는 말이 있는데, 머리를 풀고 옷섶을 왼쪽으로 여민다는 뜻으로 오랑캐의 습속을 말한다. 여기서 '치발좌임薙髮左衽'은 청나라의 깎은 머리 모양과 복식을 나타내니, 한족漢族의 문화를 버려 오랑캐의 습속을 따름을 말함이다.

"습관이 오래되면 성품이 된다 하는데, 시속時俗의 습관을 변화시킬 수야 있으랴? 우리나라 아낙네의 복식만 해도 자못 이 일과 서로 비슷하다. 옛 제도에는 허리띠가 있었고, 모두 넓은 소매에 긴 치마를 입었었다. 그러던 것이 고려 말에 임금들이 원나라 공주에게 많이 장가들면서부터 궁중의 머리 모양과 복식이 모두 몽고의 오랑캐 제도를 따르게 되었다. 당시 사대부들이 다투어 궁중의 모양을 사모하여 드디어 풍속을 이루고 말았다. 지금에 3, 4백 년이 되도록 그 제도를 고치지 않아, 저고리는 겨우 어깨를 덮고 소매는 마치 감아 놓은 것처럼 좁아서, 요망하고 창피하여 참으로 한심스럽다. 그러나 여러 고을 기생들의 복식에는 도리어 아름다운 제도가 남아 있어, 쪽을 찌어 비녀를 꽂고 원삼圓衫에는 동임이 있다. 이제 그 넓은 소매가 넉넉하고 긴 허리띠를 드리운 것을 보면 맵시가 있어 기뻐할 만하다. 지금에 비록 예법을 아는 집이 있어 그 요망하고 경망스러운 습속을 변화시켜 옛 제도를 회복하려고 해도, 습속이 오래되매 넓은 소매와 긴 띠는 기생의 복식과 흡사하다고 여길 터이니 소매를 찢고 띠를 끊어 버리며 그 남편을 욕하지 않겠는가?"

이홍재李弘載 군이 젊어서부터 내게서 배웠다. 장성해서는 한어漢語 통역에 힘을 쏟았으니 그 집안이 대대로 역관譯官이었던 때문이었다. 그래서 나는 더 이상 문학을 권면하지 않았다. 이군이 학업에 힘을 쏟더니 관대冠帶를 하고는 사역원司譯院에 벼슬 나갔다. 나 또한 이군이 앞서 책을 읽음이 자못 총명하여 문장의 도리를 능히 알았으나 이제는 거의 잊었으리라 생각하여, 그저 그렇게 없어지고 마는 것을 안타깝게 여겼었다. 하루는 이군이 스스로 지은 것이라고 하면서 제목하여 '자소집自笑集'이라 하고는 내게 보여 주었다. 논論·변辨·서序·기記·서書·설說 같은 백여 편은 모두 내용이 풍부하고 논리가 정연하여 일가를 이루고 있었다.

내가 처음에는 의아히 여겨 말했다.

"본업을 버려두고 쓸데없는 일에 종사함은 어찌 된 것인가?"

이군은 사과하여 말했다.

"이것이 본업이요 참으로 쓸데가 있습니다. 대개 큰 나라를 섬기고 이웃과 교류할 때 글을 잘 쓰고 전고典故에 밝음만 한 것이 없습지요. 그래서 본원의 사람들이 밤낮으로 힘쓰는 것은 모두 고문사古文辭랍니다. 제목을 주어 재주를 시험하는 것도 모두 이것으로 취합니다."

내가 이에 낯빛을 고치고 탄식하며 말하였다.

"사대부가 태어나 어려서는 능히 책을 읽어도, 커서는 과거시험에 필요한 글을 배워 대구를 꾸미는 글을 익힌다. 그래서 과거에 급제하고 나면 더벅머리를 가리는 임시변통의 고깔모

자나 고기 잡는 통발, 토끼 잡는 올무마냥 쓸모없는 물건이 되어 버리고, 그나마 급제하지 못하면 흰 머리가 될 때까지 손에서 놓지 못하고 애를 쓴다. 그러니 어찌 다시 이른바 고문사란 것이 있는 줄을 알겠는가? 역관이란 직업은 사대부가 비루하고 천하게 여기는 것이다. 지난 오랜 역사에서 저술하고 자신의 주장을 세우는 실지를 서리 구실 하는 말단의 기술로 보아 버리게 될까 나는 염려한다. 그렇게 되면 연극하는 마당의 검은 모자나 고을 기생의 긴 치마가 되지 않음이 드물 것이다.”

내가 오래전부터 이를 염려했기에, 특별히 이 문집에 써서 서문으로 하여 말한다.

“아! 예禮를 잃게 되면 초야에서 이를 찾는다. 중원의 남은 제도를 보려거든 연극배우에게 가서 찾을 것이요, 여자 복식의 고아함을 찾으려면 고을 기생에게 나아가 살필 일이다. 문장의 성대함을 알고자 할진대 나는 실로 역관이라는 천한 인사人士 앞에 부끄러움을 느낀다.”[8]

—「자소집 서문自笑集序」

바람이 사뿐사뿐 뛰어다니고

딸아이가 초등학교 4학년일 때 날마다 일기를 썼는데, 담임 선생님이 날씨를 그저 '맑음', '흐림'으로만 적지 말고 설명적인 기술로 적어 오라고 했던 모양이다. 몇 달이 넘게 쓰던 일기 가운데 그날씨의 묘사가 어느 하나도 같은 것이 없었다.

"노랗고 어여쁜 개나리같이 생긴 해가 허연 수염 난 구름과 둥실둥실 떠 있다." "시원한 바람이 사뿐사뿐 뛰어다니고, 하늘이 울적해 보인다." "어두운 하늘에서 시커먼 구름들이 각자 심술을 내면서 귀엽고 아주 조그만 빗방울들을 하나하나씩 새나 강아지에게 먹이를 주듯이 떨어뜨린다." "탱탱볼처럼 동그랗고, 오렌지처럼 상큼한 해님이 방글방글 벙글벙글 신나게 수영하듯 저리 빙글 요리 빙글거리며 파아란 하늘에 동동 떠 있다." "어버이날을 축하하듯 해가 눈치 있게 제법 하얀 이까지 드러내며 하늘에서 인사를 한다." "구름이 서럽거나 우울한 일이 많았던 모양인지 얼굴이 어둑어둑하고, 마침내는 눈물을 엄청나게 흘리고 있다." 한동안 나는 딸의 일기장 읽어 보는 재미로 지낸 적이 있다.

이번에 읽으려는 「자소집 서문自笑集序」은 제목부터가 우스꽝스럽다. '스스로 웃는다'니, 무엇을 웃는다는 것인가? 자기가 지은 것이지만 읽어 보니 부끄러워 스스로 웃는다는 얘기일 터이지만, 그것을 문집으로 엮는 심사는 또 무어란 말인가? 겸손 끝에 은근한 제 자랑이 담긴 웃기는 제목이다. 『자소집』은 누구의 문집인가? 약관의 역관인 이홍재李弘載의 문집이다. 그는 사역원司譯院에 소속된 중국어 역관이었다. 중국어나 열심히 배우면 충분할 그가 갑자기 제 문집을 들고 와 연암에게 서문을 써 달라고 한다. 이 또한 웃기는 노릇이 아닌가?

연암이 꺼내 드는 첫마디는 "예禮를 잃게 되면 초야草野에서 찾는다."는 말이다. 공자의 말씀이다. 시대가 변하고 보니 예전 순후하던 시절의 예법은 눈을 씻고 찾아봐도 볼 수가 없게 되었다. 잃어버린 예법을 어디서 되찾을 것인가? 그것은 서울에는 이미 남아 있지 않고, 시골구석에서나 찾을 수 있는 것이 되었다. 다시 말해 행세하는 서울 사람들은 모두 상놈이 되고 말았고, 저 시골의 무지렁이 백성들이 오히려 사람답게 살고 있다는 말씀이다.

어디 그뿐인가? 옛 중국의 의관과 문물文物은 이제 연극배우들의 복장이나 소품 속에서만 찾을 수가 있다. 오모烏帽에 단령團領, 즉 검은 모자에 소매 둥근 옷을 입고서 옥대玉帶를 두르고 상아로 만든 홀笏을 잡고 있던 명나라 대신들의 위엄 있던 기품은 모두 오랑캐의 변발호복辮髮胡服으로 바뀌어 버렸다. 이제 와서 그것들은 연극 무대에 오른 배우들의 복장에서나 찾아볼 수 있을 따름이다. 사람들은 벌써 예전의 법제를 까맣게 잊고서, 황비홍처럼 앞머리를 빡빡 깎고 뒷머리는 길게 땋은 변발을 하고 여진족의 옷을 입고, 배우들의 과장스러운 몸짓에 넋 놓고 앉아 연신 실없는 웃음만 터뜨릴 뿐이다. 그러니 까맣게 잊고 있던 제 조상의 복식을 연극 무대에서 느닷없이 만나 본들 무슨 새삼스러운 감흥이 일 까닭이 없다.

기생의 옷에 남은 옛 법도

우리나라 사람이 중국에 사신 가서 남쪽 오吳 땅 사람과 만나 이야기하다 보니, 제 고향에 새로 생긴 이발소 이야기를 한다. 그런데 그 간판이 이름하여 '성세락사盛世樂事'라는 것이다. 예전 법도로야 부모께 받자온 신체발부身體髮膚에 손대는 일이 가당키나 했으랴. 구한말 개화기 때조차도 "차두此頭는 가단可斷이언정 차발此髮은 불가단야不可斷也."라 하던 그 머리카락이 아니던가 말이다. 그런데 잠깐 세상이 변하고 보니, 결코 있을 수 없던 그 일이 '태평한 세상에 즐거운 일'로 되고 말았다는 것이다.

"습관이 오래되면 성품이 된다." 연암은 이 말을 하려고 엉뚱한 이야기를 한참 늘어놓았던 것일까? 무슨 일이든 오래 되풀이하다 보면 생각이 무뎌지고, 관성만 남게 된다. 관성에 따르는 것이 성품이요 습속이다. 성품은 누구나 그러려니 하는 것이니 여기에 옳고 그름의 판단이 개재될 까닭이 없다. 그래 왔으니까, 남들이 하니까 하며 생각 없이 따라 하니 그것을 일러 습속이라한다.

연암은 다시 우리나라 아낙네의 복식 문제를 들고나온다. 예전 여염의 아낙네들은 넓은 통소매에 허리띠를 두른 긴 치마를 입었었다. 그러다가 고려 말 임금들이 원나라 공주에게 장가들게 되면서부터 몽고풍이 들어와 오랑캐의 상스러운 머리 모양과 복식이 널리 유행하게 되었다. 이제 3, 4백 년이 지나고 보니 저고리란 것은 겨우 어깨를 가릴 지경이고, 소매는 팔에 둘둘 말아 놓은 것처럼 좁아서 입은 꼴을 보면 요망하고 창피하여 보기에 민망할 지경이다. 그런데 시골 기생들의 복식에는 허리띠도 있고 소매도 넓어 오히려 아직도 예전의 법도가 남아 있다. 이제 어떤 사람이 있어, 사대부 아낙네의 복장이 요망하기 짝이 없고 옛 법도에도 어긋나니 옛날로 돌아가야 한다고 주장한다면, 아낙네들은 누구를 기생년으로 만들려 하느냐고 발끈할 것이 아닌가? 제 모습이 창피한 줄은 모르고, 기생 복장만 한심하다 타박하는 꼴인 것이다.

앞머리를 빡빡 깎고 오랑캐 복장을 하고서 연극 무대 앞에 앉은 한족들은 누구인가? 남사스러운 복장을 하고서도 점잖은 체하는 사대부가士大夫家 아낙네들은 누구인가? 오히려 한나라 관원의 위의威儀를 지녀 무대에 오른 배우는 누구이며, 순후한 아낙네의 복장을 입은 기생은 누구인가? 오늘날에도 이런 일은 하나도 달라진 것이 없다. 습속과 타성에 젖어, 기득권이 지켜 주는 그늘에 앉아 우습지도 않고 같지도 않은 짓을 부끄러운 줄도 모르고 아무렇지도 않게 행하는 한족들과 아낙들은 지금도 여전히 있다.

역관 이홍재가 연암에게 가져온 글은 논論·변辨·서序·기記·

서書·설說의 문체를 고루 갖춘 백여 편의 문장이다. 내용은 풍부하고 논리는 정연하여, 스스로 일가를 이루었다. "자네 중국어나 열심히 익히지 않고, 왜 이런 쓸데없는 일에 힘을 쏟는가? 이런 일은 과거 공부하는 선비들이나 힘쓸 일이 아니던가?" "그렇지 않습니다, 선생님! 이것이 저희들에겐 중국어 공부보다 훨씬 요긴한걸요. 큰 나라를 섬기고 이웃과 교류할 때는 글을 잘 쓰고 전고典故에 밝은 것이 제일 쓸모 있지요. 그래서 사역원에서는 밤낮으로 고문사古文辭에만 힘을 쏟고 있답니다. 시험도 중국어 시험이 아니라 고문사로 치르고 있는걸요."

이것이 무슨 말인가? 정작 고문사를 밤낮없이 익혀야 할 선비들은 그저 과거 시험에나 필요할 뿐인 공령문功令文에 힘을 쏟아 대구를 꾸미고 아로새기는 데만 열심할 뿐이다. 그나마 과거에 급제하고 나면 이조차도 다시는 손에 대지 않는다. 고문사는 누가 공부하는가? 우습게도 사대부 지식인들이 아니라 그들이 하찮게 여겨 마지않는 역관들이다. 저들이 공령문에 있는 힘을 다 쏟고 있는 동안, 이들은 고문사를 본업으로 알고 익힌다. 실제로 쓸모 있음도 이들은 깨닫고 있다. 정작 고문사의 소중함을 알아야 할 자들은 이를 우습게 알아 도외시하고, 그저 백화白話나 잘 배워 통역이나 하면 되겠지 싶은 역관들은 고문사를 모르면 난리라도 날 것처럼 공부를 한다. 이쯤 되면 주객이 전도되어도 한참 전도되었다. 무슨 이런 일이 있단 말인가?

습관이 오래되면 성품이 된다. 그럴진대, 뒤로 가면 고문사는 으레 역관들만 배우고 익히는 것이 될 것이 아닌가? 선비가 선비되는 길이 고문사에 담겨 있고, 사람이 사람답게 사는 길이 고문사에 담겨 있거늘, 사대부는 이를 외면하고 천한 역관들은 여기에 매달리니 이것은 꼭 기생의 복장에 옛 법도가 남아 있고, 연극배우의 복식에서만 옛 중국의 유제遺制를 찾아볼 수 있는 것과 방불치 아니한가. 바야흐로 세상은 개판이 되고 말았다.

문장의 성대함을 알고 싶은가? 천한 신분의 역관에게 가서 찾아볼 일이다. 사대부들에게서는 찾아볼 길이 없으니, 나는 그것을 부끄러워한다. 연암은 글을 이렇게 끝맺는다. 이 서문을 받아 든 이홍재의 표정은 어땠을까? 칭찬 같기도 하고 비아냥 같기도 하구나.

잃어버린 시를 어디서 찾을까?

그런데 연암이 넌지시 던지는 이 말이 정작 내게는, 시인은 많은데 시다운 시는 찾아보기 힘든 오늘의 시단詩壇을 향한 일침一針으로 읽힌다. 연암의 말투를 좀 더 흉내 내 보면, 어려서는 능히 사물을 바라볼 줄도 알고, 우주 만물이라는 텍스트를 읽을 줄 알다가도 자라면 대학 입시와 취직 시험에 필요한 공부에만 힘을 쏟는다. 그래서 대학에 합격하거나 직장에 취직하고 나면 그간 배운 지식들이란 마냥 쓸모없는 물건이 되어 버린다. 그러니 다시 어찌 이른바 문학이란 것이, 시란 것이 있는 줄을 알겠는가?

　정작 시인들의 형편도 별반 다르지 않은 듯하다. 등단하기 전에는 제법 다른 사람의 시집도 읽고, 일상에서 길어 올린 삶의 비의秘儀를 뿌듯하게 느끼다가도, 일단 등단하여 시인이란 이름을 얻고 나면, 그날로 시 짓는 일은 작파하고 죽을 때까지 시인이란 이름만 팔다 가는 사람도 있고, 푸념도 못 되는 넋두리를 시라고 우기는 사람도 뜻밖에 적지 않다. 암호문인지 삐라인지 구분 안 되는 저도 모를 소리를 시란 이름으로 발표하고, 각주가 수십 개 붙어야 알까 말까 한 희한한 글을 써 놓고 너희들이 뭘 알아 하는 시도 있다. 이렇게 되면 그 전날 치열하고 절박하던 언어의 진실은 더 이상 찾아볼 수 없게 된다. 제 이명耳鳴에 도취되어 좀 좋으냐고 뽐내고, 제 코 고는 습관을 누가 지적하면 시도 모르는 주제에 하며 발끈 성을 낸다.

　시집은 왜 그리 쏟아져 나오는 것이며, 잡지마다 신인은 왜 이다지 차고 넘친단 말이냐? 그런데도 정작 시다운 삶은 요원하기만 하고, 세상은 더 각박해만 지고, 시인다운 시인은 찾아보기가 힘들구나. 그들에게 시는 더 이상 설렘도 아니고, 기쁨도 아니며, 그저 시인이란 이름을 충족시켜 주는 관성화된 나열일 뿐이 되고 말았다. 아! 답답하구나. 잃어버린 시를 어디 가서 찾을까? 어떤 시골에 가야 잃어버린 시의 위의威儀를 되찾을 수 있을까?

고문사古文辭를 찾으려면 사대부에게 가서는 안 된다. 역관에게 가야만 찾을 수가 있으리라. 진정한 가치는 촌구석에 있고 연극판에 있다. 기생에게 남아 있고, 역관에게 남아 있다. 서울에는 없고, 일상에서는 눈을 씻고 봐도 찾아볼 수가 없다. 여염의 아낙에게도 없고, 사대부에게서는 더더구나 기대할 수가 없다. 시는 정작 시인의 시집 속에는 있지 않다. 그럴진대 잃어버린 시를 어디에서 찾을 것인가? 내 딸아이의 초등학교 시절 일기장에서 찾을 것인가? 유행가의 가사 속에서 찾을까? 가치가 전도된 세상, 지식인이 더 이상 지식인의 역할을 감당하기를 포기한 세상에서 우리는 살고 있다. 세상은 어째서 이렇듯 거꾸로만 가는가?

그러니 이홍재가 제 문집의 제목을 '자소自笑'라 한 것은, 써놓고 보니 하잘것없어 우습다는 겸양의 뜻을 담은 것인가? 아니면 너희들 하는 꼴이 하도 우스워서 나 혼자 웃는다는 뜻인가? 그의 웃음에 담긴 의미가 나는 자꾸 부끄럽게 여겨진다.

이제 시 두 수를 읽으며 이 글을 마무리한다. 먼저 박제가朴齊家의 「어떤 이를 위해 산마루의 꽃을 노래하다爲人賦嶺花」란 작품이다.

'붉다'는 한 글자만을 가지고   毋將一紅字

눈앞의 온갖 꽃을 말하지 말라.   泛稱滿眼花

꽃술에는 많고 적고 차이 있거니   花鬚有多少

꼼꼼히 하나하나 살펴봐야지.　　　　細心一看過

　　산마루 위에 핀 들꽃을 보고 지은 시다. 눈앞의 꽃을 보고 그
저 '붉은 꽃'이라고만 말하지 말라. 시인이 사물을 보는 시선은 이
래서는 안 된다. 꽃술의 모양은 어떤지, 붉다면 어떤 붉은색인지,
그것이 주는 느낌은 어떤지를 말해야 한다. 그래야 그 꽃은 내가
만난 단 하나의 의미가 된다. 가슴으로 만나지 못하는 꽃은 꽃이
아니다. '이름 모를 꽃'은 꽃이 아니다. 떨림이 없는 만남은 만남
이 아니다. 고인 물은 일렁이지 않는다.

자리 옆의 더위가 물러가더니　　　座隅覺暑退
처마 틈의 그늘도 옮기어 가네.　　　檐隙見陰移
하루 종일 묵묵히 말하지 않고　　　竟日默無語
정을 빚어 다시금 시를 짓는다.　　　陶情且小詩

　　조선 후기 남극관南克寬의 「잡제雜題」 연작 중 한 수다. 무더
위 속에 대자리를 깔고 앉아 있노라니, 후덥지근하던 더위가 한
풀 숙어짐을 느낀다. 처마 틈으로 비치던 해그늘이 조금씩 위치
를 바꾼다. 시간이 많이 흘렀음을 알겠구나. 가만히 앉아 있는 그,
하루 종일 입을 열어 말한 기억이 없다. 4구에서는 '도정陶情'이
라고 했다. 그는 하루 내내 그저 죽치고 앉아 있었던 것이 아니다.
물레를 돌려 도자기를 빚어내듯, 마음속에 뭉게뭉게 일어나는 생

각들을 '빚어' 한 편의 시를 자아올리고 있었던 것이다. 나는 그의 말없이 앉아 있던 여름 오후를 함께 누려 보고 싶다. 그 맑은 시선의 내부에서 일어나던 투명한 광합성 작용을 느껴 보고 싶다.

12
———

새롭고도 예롭게.

문장을 함은 어찌해야 하는가? 논하는 자는 말하기를 "반드시 옛것을 본받아야 한다."고 한다. 그리하여 세상에는 마침내 흉내 내어 모의하고 남의 모습을 본뜨면서도 이를 부끄러워하지 않는 자가 있게 되었다. 이는 왕망王莽의 주관周官이 예악을 제정하기에 충분하고, 양화陽貨가 공자와 모습이 닮았다 하여 만세의 스승이 될 수 있다고 하는 것일 뿐이다. 그러니 법고法古를 어찌 할 수 있으랴.

그렇다면 창신創新은 괜찮은가? 세상에는 마침내 괴상하고 허탄하며 음란하고 치우치면서도 두려움을 알지 못하는 자가 있게 되었다. 이는 석 자의 나무가 관석關石보다 낫고,* 이연년李延年의 목소리를 청묘淸廟에 올릴 수 있다는 것이니** 창신을

---

* 삼장지목三丈之木은 상앙商鞅이 진나라에서 변법變法을 시행하기에 앞서, 석 자의 나무를 성 남문에 세우고 북문에 옮겨 세우는 자에게 상금을 주겠다고 하여 옮기는 자가 있자 50금의 상금을 내리고, 이에 변법을 포고하여 백성들을 따르게 한 일을 말한다. 관석關石은 주나라 때의 도량형이니 정해진 기준에 따라 세금을 거둠을 말한다. 석 자의 나무를 세우는 기이한 방법으로 백성들의 반발을 제압하고 변법을 시행하는 데 성공하기는 했으나, 관석의 기준에 따라 정상적인 방법으로 백성을 이끎만은 못하다는 뜻이다. 상앙은 결국 그 자신이 만든 변법에 걸려 죽었다.

** 이연년은 한나라 때 광대로 노래를 잘 불러 황제의 총애를 한 몸에 받았다. 그가 노래를 잘 부른다고 해서 종묘제악을 거행하는 자리에서 그로 하여금 노래를 부르게 한다면 어떻게 되겠는가 하는 물음이다. 새롭고 신기한 것도 좋지만 모든 것은 제가끔 어울리는 곳이 있음을 지적한 것이다.

어찌 할 수 있겠는가? 대저 그렇다면 어찌해야만 괜찮을까? 내 장차 어찌할까? 그만둘 수는 없는 걸까?

아아! 옛것을 본받는다는 자는 자취에 얽매이는 것이 병통이 되고, 새것을 창조한다는 자는 법도에 맞지 않음이 근심이 된다. 진실로 능히 옛것을 본받으면서 변화할 줄 알고, 새것을 만들면서도 법도에 맞을 수만 있다면 지금의 글이 옛글과 같게 될 것이다.

옛사람에 책 읽기를 잘한 사람이 있는데 공명선公明宣이 바로 그 사람이다. 옛사람에 글을 잘 지은 이가 있으니 회음후 한신韓信이 그 사람이다. 왜 그럴까? 공명선이 증자한테 세 해를 배웠는데 책을 읽지 않자 증자가 이를 물었다. 그가 대답했다. "제가 선생님께서 가정에서 생활하시는 것을 보았고, 선생님께서 손님 접대하시는 것을 보았으며, 선생님께서 조정에 처하시는 것을 보았습니다. 배웠지만 아직 능히 하지 못합니다. 제가 어찌 감히 배우지도 않으면서 선생님의 문하에 있겠습니까?"

물을 등지고 진을 치라는 것은 병법에 보이지 않으므로 여러 장수들이 따르지 않는 것이 당연했다. 그러자 회음후 한신은 말하기를, "이것이 병법에 있는데, 생각건대 그대들이 살피지 않은 것일 뿐이다. 병법에 '죽을 땅에 놓인 뒤에 산다.'고 하지 않았던가?"라 했다. 그런 까닭에 배우지 않음을 잘 배우는 것으로 여긴 것은 노남자魯男子의 홀로 지냄이고, 부뚜막 숫자를 늘리는 것을 부뚜막 숫자를 줄이는 것에서 본떠 온 것은 우승경虞升卿의 변화를 앎이다.

　이로 말미암아 보건대, 하늘과 땅이 비록 오래되었지만 끊임없이 생명을 내고, 해와 달이 비록 오래되었어도 그 광휘는 날마다 새롭다. 책에 실려 있는 것이 비록 방대하지만 가리키는 뜻은 제가끔 다르다. 때문에 날고 잠기고 달리고 뛰는 온갖 생물 가운데에는 간혹 이름이 드러나지 않은 것이 있고, 산천초목에는 반드시 비밀스러운 영靈이 있게 마련이다. 썩은 흙에서 지초芝草가 나오고, 썩은 풀이 반딧불로 화한다. 예禮에는 송사訟事가 있고 악樂에는 의논이 있으며, 글은 말을 다하지 못하고, 그림은 뜻을 다하지 못한다.* 어진 이가 이를 보면 인仁이라 하고, 지혜로운 자가 이를 보면 지智라고 한다.** 그런 까닭에 백세 뒤의 성인을 기다리더라도 의혹하지 않는다는 것은 앞선 성인의 뜻이고, 순임금과 우임금이 다시 살아나 일어나신다 해도 내 말은 고치지 않을 것이라고 한 것은 뒤 어

---

* 『주역』「계사繫辭」상上에 나온다. 언어는 유한한 도구이므로, 원래의 의도를 십분 전달할 수가 없다는 뜻이다. 이하의 각 구절은 모두 경전의 구절들을 패러디하여 작가의 뜻으로 전달하고 있다. 법고이지변의 예를 다른 방법으로 보인 것이다.

** 역시 『주역』「계사」상에 나온다. 같은 현상도 보는 이의 시각에 따라 다르게 해석될 수 있음을 말했다.

진 이의 말이다.* 우임금과 후직后稷과 안회顔回가 그 법도가
한가지이나,** 소견이 좁아 융통성 없는 것과 제멋대로 공손
치 않음은 군자가 말미암지 않는다.***

박씨의 아들 제운齊雲은 나이가 스물셋인데 문장에 능하여 호
를 초정楚亭이라 하며 나를 좇아 배운 것이 여러 해가 되었다.
그 글을 지음은 선진양한先秦兩漢의 글을 사모했으나 그 자취

　　* 　앞의 말은 『중용』에서 공자가 한 말이고, 뒤의 것은 『맹자』
　　　 「등문공」 하下에서 맹자가 한 말이다. 두 말의 뜻은 대개 같
　　　 다. 요컨대 자신이 지금 하고 있는 말에 대한 굳건한 확신을
　　　 이렇게 달리 표현한 것이다. 의도는 같은데 표현은 다르다.
　　** 　『맹자』 「이루離婁」 하下에서, 태평한 세상에서 나랏일을 우
　　　 선하느라 세 번 제집 문을 지나면서도 들어가지 않았던 우임
　　　 금과 후직과, 어지러운 세상을 만나 누추한 마을에서 한 소쿠
　　　 리 밥과 한 바가지 물만으로 살면서도 그 즐거움을 고치지 않
　　　 은 안회를 공자께서 어질게 여기신 일을 적은 뒤, "우임금과
　　　 후직, 안회는 도道가 같다."고 했다. 그러고는 이들이 처지를
　　　 바꾸었더라면 서로 똑같이 했을 것이라고 했다. 또 「이루」 하
　　　 앞에서도, 순임금과 문왕文王이 시대가 다르고 행적이 상이
　　　 하나 마치 부절符節이 합친 것과 같이 "그 법도가 한가지다."
　　　 라 했다. 또한 겉으로 드러난 것은 같지 않아도 그 안에 담긴
　　　 정신이 한가지임을 천명한 것이다.
　　*** 　또한 『맹자』 「공손추公孫丑」 상上의 말을 패러디한 것이다.
　　　 제 몸을 결백히 지니기 위해 목숨까지 버렸던 백이와 여러 번
　　　 다른 임금을 섬기면서도 부끄러워하지 않고 그 도리를 다했
　　　 던 유하혜를 견주면서, "백이는 너무 좁고 유하혜는 불공不恭
　　　 하니 좁은 것과 불공한 것을 군자는 말미암지 않는다."고 했
　　　 다. 두 사람의 행실이 모두 지극하다 하겠으나 너무 지나쳐서는
　　　 안 됨을 경계한 것이니, 여기서는 법고와 창신 두 방면 가운데 어
　　　 느 하나에 너무 과도하게 흘러서는 안 됨을 말한 것이다.

에 얽매이지는 않았다. 그러나 진부한 말을 제거하기에 힘쓰다 보니 간혹 근거 없는 데서 잃고, 논의를 세움이 지나치게 높은 것은 간혹 법도에 어긋남에 가까웠다. 이는 명나라의 여러 작가들이 법고와 창신으로 서로서로를 헐뜯으면서도 함께 바름을 얻지 못하고 나란히 말세의 자질구레함으로 떨어져서, 도를 지키는 데 보탬이 없이 한갓 풍속을 병들게 하고 교화를 손상시키는 데로 돌아간 것이니, 나는 이것을 염려한다. 새것을 만들어 교묘하기보다는 차라리 옛것을 본받아 보잘것없는 것이 더 나으리라.

내 이제 그의 『초정집楚亭集』을 읽고, 공명선과 노남자의 독실한 배움을 나란히 논하고서 회음후 한신과 우후의 기이한 계책을 냄이 예전의 법을 배워 잘 변화하지 않음이 없음을 보였다. 밤에 초정과 더불어 이와 같이 말하고, 드디어 그 책머리에 써서 권면하노라.[9]

—「초정집 서문楚亭集序」

고문가가 아니라서 고문가다

예전 석사 논문을 지도했던 제자에게서 이메일을 받았다. 고문론을 주제로 쓴 자기 논문을 누군가에게 주었다가, 논문 속에서 연암을 고문가라고 한 언급 때문에 논란이 일었다고 했다. 연암이 왜 고문가인가? 그는 패관소품체를 썼다 해서 문체반정의 와중에 정조에 의해 순정고문으로 된 반성문을 지어 제출하라는 견책을 입었다. 그렇다면 그는 반고문가임이 분명한데 무슨 근거로 고문가라고 했는가? 이것은 한양대학교에서만 통용되는 주장이 아닌가? 뭐 이런 말이 오갔던 모양이다. 요컨대 그런 상대의 계속된 힐난에 속수무책으로 신통한 대답을 못 하고 물러선 녀석이 멀리 대만까지 글을 보내 내게 구조 요청을 해 온 것이었다.

연암은 고문가인가, 아닌가? 김택영이 『여한십가문초麗韓十家文鈔』에서 연암을 당당히 우리나라 10대 고문가의 한 사람으로 꼽았으니, 고문가일 것은 당연하지 않느냐고 한다면 그것은 너무도 구차한 대답이 될 것이다. 사실 이 문제는 여간 미묘한 것이 아니다. 결론부터 말하면 연암은 분명히 고문가다. 그렇지만 그는 고문가가 아니다. 바로 고문가이면서 고문가가 아닌, 역설적으로 말해 고문가가 아니기 때문에 바로 고문가일 수밖에 없는 모순이 연암을 둘러싼 정체성 논란의 핵심이 된다. 이번에 읽으려는 「초정집 서문楚亭集序」은 그의 고문관을 명확하게 제시하고 있으므로, 이 글을 꼼꼼히 읽는 것으로 앞서의 요청에 대신하려고 한다.

226

또한 이 글은 옛것과 지금 것 사이에서 우리가 취해야 할 태도를 분명하게 보여 주고 있다.

글의 첫 대목에서 연암이 들고나오는 문제는 문장을 하는 방법에 관한 것이다. 문장을 어떻게 해야 합니까? 이 질문을 앞에 두고 사람들은 "마땅히 옛것을 본받아야지."라고 대답한다. 질문이 다시 "옛날에도 종류가 많은데 어떤 옛날을 본받습니까?"로 튀게 되면 문제가 다소 복잡해지지만, 사람들은 이런 의문은 품지 않고, 그저 충실히 옛사람의 말투를 흉내 내고, 어조를 본받는 것으로 옛사람의 경지에 방불하게 될 수 있다고 믿어 버린다. 그래서 당송 이후의 문장은 읽지도 않고, 아예 글로 치지도 않는다. 그저 사서삼경과 제자백가의 말투를 본뜨고, 지금 쓰지도 않는 표현들을 끄집어내는 것으로 박학과 호고를 자랑한다. 그래서 옛사람의 글과 가까워지면 가까워질수록 스스로 옛사람이라도 된 양 착각한다. 당송 이후의 문장을 글로 치지 않는다면, 자신이 지금 쓰고 있는 그 글도 뒷세상에서는 글로 치지도 않을 줄은 미처 생각지 않는다.

한나라 평제平帝 때의 왕망王莽이 황제를 폐하고 제가 왕위에 올라 신新이란 왕조를 세웠을 때, 그는 주나라 때의 예악문물을 오늘에 다시 복원시켜, 그것으로 그때의 태평성대를 누리리라고 다짐했다. 그래서 그는 주나라 때의 벼슬 이름과 행정 제도를 복원시켰다. 그러나 주나라가 태평성대를 누린 것은 제도 때문이 아니었다. 주공周公과 문왕文王, 무왕武王의 백성을 사랑하는 어진 정치가 있었기 때문이었다. 그 백성을 사랑하는 마음이 없어지자 주나라는 전국 시대의 수렁 속으로 빠져들고 만다. 중요한 것은 제도의 복원이 아니다. 그것은 겉껍데기일 뿐이다. 껍데기를 본뜬다고 해서 알맹이가 같아지는 법은 없다. 노나라의 대부 양화陽貨가 공자와 생김새가 비슷하다 해서, 공자는 광匡 땅을 지나다가 그곳 사람들에게 양화로 오인되어 억류된 적이 있었다. 양화의 외모가 공자와 꼭 같다고 해서 양화를 만세의 스승으로 섬길 수 있는가? 실제로 공자가 죽은 뒤에 공자의 제자들은 공자와 꼭 닮은 다른 제자를 스승으로 섬기려 했던 우스운 일도 있었다.

알맹이가 중요하다

중요한 것은 알맹이지 겉모습이 아니다. 겉모습에 현혹되지 말아라. 옛글이 훌륭하다면 그것은 거기에 담긴 정신이 훌륭해서이지, 그 표현 때문이 아니다. 만일 옛글을 배운다면서 그 표현에 얽매인다면 그는 공자를 사모한 나머지 모습 닮은 양화마저 스승으로 섬기겠다는 자와 같다. 그것은 또 주나라의 예악문물을 복원했어도 백성의 원성을 사서 얼마 못 가 망해 버린 왕망의 왕국과 같다. 우선 한나라 때는 주나라 때와 나라의 규모가 달라졌고, 문화의 수준이 달라졌다. 그러니 주나라 때의 제도가 제아무리 훌륭하다 해도, 그것을 오늘에 복원시키겠다는 것은 다 큰 발로 아이 적의 신발을 신겠다고 우기는 격이니 맞을 까닭이 없다.

그래서 연암은 첫 단락의 결론을 "법고는 해서는 안 된다."로 못 박는다. 옛것을 본받지 말아라. 그렇다면 어찌해야 할까? 옛것을 따르면 안 된다고 했으니, 새것을 추구하면 되겠구나. 그러나 연암은 이에 대해서도 고개를 내젓는다. 옛것을 따르지 않을진대 갈 길은 지금 여기의 새것밖에는 없으리라. 그렇지만 이 오래된 하늘과 땅 아래에 전에 없던 새것이 어디 있단 말인가? 새것을 추구하라고 하면 문학하는 자들은 듣도 보도 못한 괴상하고 황당하고 난해한 것들을 우르르 들고나와서, 이것은 본 적이 없지, 이것은 새것이지, 그러니 훌륭하지, 하며, 아닌 대낮에 저도 모를 소리들을 해 댄다. 이것이 인기가 있으면 이리로 몰려가고, 저것이 조금 새롭다 싶으면 저리로 몰려간다. 그들의 지상 목표는 '새로울 수만 있다면'이다. 새로울 수만 있다면 어떤 사회적 금기와도 과감히 싸울 수 있는 각오가 서 있고, 튈 수만 있다면 어떤 문학적 관습과도 결별할 결심이 서 있는 것이다.

그것은 마치 예전 진나라의 상앙商鞅이 석 자 나무로 백성들을 현혹시켜 가혹한 변법變法을 기정사실화한 것과 같다. 그 법이 옳을진대 정정당당하게 공포함이 마땅하지 편법은 안 된다. 전에 없던 새로운 방법으로 변법의 시행에는 성공했지만, 그것은 결국 상앙 자신의 죽음을 불렀을 뿐이다. 이연년이 제아무리 노래를 잘 부른다고 해도 그 목소리로 종묘제악의 의례를 대신하게 할 수는 없지 않은가? 새롭다고 좋은 것은 아니다. 새로워야만 좋은 것은 아니다. 검증되지 않은 새것만을 추구하는 것은 오히려 옛것을 묵수하는 것보다 치명적인 결과를 가져올 수 있다.

새것을 추구해서도 안 되고, 옛것을 따라가서도 안 된다면 어찌해야 할까? 이도 저도 안 된다면 아예 그만두는 것이 어떨까? 다른 방법은 없는 걸까? 다소 심각해진 이 질문 앞에 연암은 비로소 처방을 슬며시 내놓는다. 그것은 '법고이지변法古而知變, 창신이능전創新而能典'이란 열 글자다. 옛것을 본받으라고 하면 겉껍데기만을 흉내 내니 문제가 되고, 새것을 만들라고 하면 듣도 보도 못한 가당치도 않은 황당한 말만 하고 있으니 문제가 된다. 그러니 옛것을 본받더라도 오늘에 맞게 변화시킬 줄 알고, 새것을 만들더라도 법도에 어긋나지 않게 한다면 문제가 해결될 것이다. 이것은 결코 어정쩡한 중간항을 도출하여 적당히 타협하자는 비빔밥 문학론이 아니다. 실로 연암 문학론의 핵심이 바로 여기에 놓인다.

핵심은 '변變'에 있다

그 핵심이란 무엇인가? 그것은 바로 '변變' 한 글자에 걸려 있다. 옛것이 좋다. 좋긴 하지만 그대로는 안 된다. 변화할 수 있어야만 한다. 이것은 『주역』에서 이미 한 이야기다. "역易은 궁하면 변한다. 변하면 통하니, 통해야만 오래갈 수 있다."고 했다. 옛것은 오래되면 낡은 것이 된다. 그 낡은 옛것을 새롭게 만들려면 변해야만 한다. 변하면 그 옛것은 시간을 뛰어넘어 오늘과 만날 수가 있다. 옛것을 본받아라. 그러나 그대로 묵수할 것이 아니라, 오늘의 언어로 변화시켜야 한다. 그래야만 그것은 오늘에도 통할 수 있는 가치가 될 수 있다. 변화할 수 없는 옛것은 오늘과 소통될 수 없다. 공자가 성인인 까닭은 그 정신 때문이지 양화와 꼭 닮은 외모 때문이 아니다. 새것이 좋다. 그렇지만 옛 거울에 비추어 검증될 수 없는 새것은 허탄한 것일 뿐이다. 잠깐 그 새로움으로 사람들의 이목을 현혹시키다가 흔적도 없이 사라지는 바람에 지나지 않는다.

그러니까 "옛것을 본받되 변화할 줄 알아라."와 "새것을 만들되 법도에 맞도록 하라."는 결국 같은 말이다. 그렇게 하면 어찌되는가? 연암은 그렇게 할 때 '지금 글'이 곧 '옛글'이 될 수 있다고 말한다. 옛글이란 무엇인가? 옛날 사람이 자기 당시의 생각을 당대의 언어로 표현한 것이다. 그것이 시간이 흐르고 보니 옛글이 되었다. 지금 글이란 무엇인가? 지금 사람이 지금 생각을 지금 말로 쓴 것이다. 이것도 먼 훗날에는 옛글이 될 것이 아닌가? 그렇다면 진정한 의미의 고문, 즉 '옛글'이란 옛사람의 흉내에서 얻어질 수 있는 것이 아닐 터이다. 진정한 고문은 바로 '지금 글'을 추구할 때 획득된다. 이럴 때만이 '지금' 것이 '옛' 것으로 될 수 있다.

이어지는 공명선과 회음후의 이야기는 어떻게 지금과 옛날이 만나게 되는가를 더 분명하게 보여 준다. 공명선은 증자의 문하에서 3년간 있었다. 스승은 3년 동안 제자가 책 읽는 꼴을 볼 수가 없었다. 이를 힐문하자, 제자는 이렇게 대답한다. "선생님, 제가 어찌 배우지 않으면서 선생님의 문하에 있겠습니까? 저는 지난 3년간 선생님의 일거수일투족을 배우려고 애썼습니다. 가정에서의 몸가짐과 손님 접대의 방법과 벼슬길에서의 마음가짐이 어떠해야 하는가를 배웠습니다. 그렇지만 아직도 선생님처럼 할 수가 없습니다. 배우지 않다니요, 선생님!" 그랬다. 다른 제자들이 『논어』를 외우고 제자백가를 밑줄 쳐 가며 익힐 때에 그는 스승이라는 '살아 있는' 텍스트를 읽었던 것이다. 문자의 지식이야 굳이 증자한테서가 아니래도 얼마든지 배울 수 있는 것이다. 사변의 지식을 거부하고 스승이라는 살아 숨 쉬는 교과서를 익히고자 했던 공명선의 독서는 과연 '법고이지변法古而知變'에 해당한다 할 만하다.

한신이 오합지졸들을 이끌고서 강한 조나라를 치러 갔을 때, 조나라에서는 코웃음을 쳤다. 새벽녘에 조나라 성을 마주 보는 강가에 도착했을 때, 부하들은 당연히 그가 병법에 나온 대로 '배산임수背山臨水'의 진을 치고 상대를 기다릴 것으로 믿었다. 그런데 그는 난데없이 그 새벽에 미숫가루를 조금씩 나눠 주어 요기하게 하고는 강을 건너게 하는 것이다. 그러고는 하는 말이 오늘 점심은 조나라 성에 들어가서 먹자고 했다. 부하들뿐 아니라 다른 장수들도 기가 막혔다. '배수진'이라니 말이 되는가? 어떤 병법서에서도 듣도 보도 못한 것이 아닌가? 그런데 정말 거짓말같이 그들은 그날 점심을 조나라 성에 들어가서 먹을 수 있었다. 이기고 나서도 자기들이 어떻게 이겼는지 몰라 의아해하는 부하들 앞에 한신은 이렇게 말한다. "배수진이 병법에 없는 것 같지만 다 있네. 자네들이 잘 살피지 못해서 그럴 뿐이지. 병법에 보면 이런 말이 있지. '죽을 땅에 놓인 뒤에 살고, 망할 땅에 둔 뒤에 남는다.' 는 말 말일세. 죽을 땅에 군사를 두면 이래도 죽고 저래도 죽을 판이니 죽기 살기로 싸우게 되지. 지금 우리 군대는 제식 훈련도 제대로 받지 않은 오합지졸들이니, 이들을 살 땅에 두게 되면 금세 꽁무니를 빼고 말 것이야. 배수진이란 말하자면 그들로 하여금 죽을힘을 내서 싸우게 만들 '죽을 땅'이란 말일세. 나의 전법은 바로 이 병법을 쓴 것이란 말이지." 이것은 바로 '창신이능전創新而能典'의 좋은 예가 된다. 전혀 새로운 것 같지만 근거가 있다. 근거가 없고 보면 새로움은 빛을 잃고 만다.

이렇게 '법고이지변'과 '창신이능전'의 예를 하나씩 든 연암은 다시 노남자와 우승경의 이야기로 논지를 더 다진다. 옆집 노총각에게 마음을 두고 있던 이웃의 과부가 밤중 비에 제집 담이 무너지자, 노총각의 집 문을 두드리며 하룻밤 재워 줄 것을 청했다. 그러자 이 고지식한 청년은 예禮에 남녀는 60 이전에는 한자리에 있을 수 없다고 했으니 안 된다고 단호하게 거절했다. 그러자 과부는 현인 유하혜柳下惠는 예전에 곤경에 처한 여인을 재워 주었어도 사람들이 난행亂行이라고 일컫지 않았는데, 너는 왜 그렇게 하지 못하느냐고 따지고 들었다. 노총각은 답했다. "유하혜라면 능히 그렇게 할 수 있겠지요. 그는 현인이니까요. 그렇지만 저는 그렇게 할 자신이 없기 때문에 유하혜처럼 할 수가 없어요. 유하혜가 여인을 재워 주고 제 이름을 보전한 것이나, 내가 당신을 재워 주지 않고 내 절개를 지키는 것이나 결과는 같습니다. 그러니 나는 유하혜를 배우지 않는 것으로 유하혜를 따르고자 합니다." 이것은 다시 '창신이능전'의 좋은 예가 된다. 유하혜는 이렇게 했는데 그는 저렇게 했으니 새롭지만, 그 안에 담긴 뜻은 한가지다. 옛것을 본뜨지 말아라. 새것을 추구해라. 그렇지만 그 추구는 마땅히 변치 않을 정신에 토대를 둔 것이라야 하리라.

옛 동문 방연龐涓의 술책에 빠져 뒤꿈치를 베이는 월형刖刑을 당한 손빈孫臏이 절망 끝에 제나라로 탈출한 후, 방연은 군대를 일으켜 한나라를 공격했다. 한나라는 제나라에게 구원을 청했고, 제나라는 회맹의 약속을 지켜 손빈을 군사軍師로 삼아 군대를 위나라 본토로 진격시켰다. 한나라로 쳐들어갔던 방연이 이 소식을 듣고 군대를 돌려 위나라로 되돌아오니, 이미 위나라 지경으로 들어섰던 손빈의 제나라 군대는 결과적으로 앞뒤로 위나라 군대의 위협을 받게 되었다. 손빈은 평소 제나라 사람들을 겁쟁이라고 얕잡아 보는 습관이 있던 위나라 사람들의 기질을 거꾸로 이용키로 했다. 주둔지에 밥 짓는 부뚜막 자국을 첫날 10만 개로, 이튿날은 5만 개로, 그 이튿날은 다시 2만 개로 줄여 나갔다. 추격하던 방연은 사흘 만에 제나라 군대의 5분의 4가 겁먹고 달아난 것으로 여겨 보병을 버리고 기병만으로 추격했다. 그러다 손빈의

234

복병에 걸려 막다른 길에서 스스로 목숨을 끊고 말았다. 그런데 후한 때 우후虞詡는 오랑캐를 치러 갔다가 그들의 공격을 받아 부득이 후퇴할 수밖에 없는 형국에 놓이게 되었다. 후방에서 원군이 올 리도 만무한 상황이었으나, 그냥 무작정 후퇴하다가는 오랑캐의 전면적인 공격을 받아 전군이 궤멸될 처지였다. 이때 우후는 손빈의 부뚜막 작전을 떠올렸다. 그래서 그는 손빈과는 반대로 부뚜막의 숫자를 매일 늘려 나갔다. 추격해 오던 오랑캐는 부뚜막의 숫자가 날마다 늘어나는데도 그 부대의 이동이 신속한 것을 보고 후방에서 속속 원군이 도착하는 것으로 알고 추격을 포기하고 돌아갔다. 이것은 '법고이지변'의 예다.

우후가 본받은 것은 손빈의 전법이었지만, 그는 그대로 하지 않고 반대로 했다. 놓인 상황이 달랐던 것이다. 손빈은 적진을 향해 쳐들어가며 뒤쪽에서 추격해 오는 방연의 군대를 방심하게 만들려고 부뚜막의 숫자를 줄인 것인데, 우후의 경우는 적의 추격을 피해 자신의 진영 쪽으로 후퇴하면서 추격해 오는 군대를 겁먹게 하려는 상황이었으므로 부뚜막의 숫자를 늘렸다. 그가 만일 손빈처럼 부뚜막의 숫자를 줄여 나갔더라면 적의 추격은 더 급박해졌고, 중도에 포기하는 일도 없었으리라. 손빈이 부뚜막을 줄여서 이겼다면, 우후는 부뚜막을 늘려서 이겼다. 방법은 반대로 했는데 이긴 것은 같았다. 옛것을 그대로 묵수해서는 결코 이길 수 없다. 본받을 것은 원리일 뿐이다. 본받을 것은 정신일 뿐이다. 본받을 것은 형식이 아니다. 본받을 것은 껍데기가 아니다. 우후

새롭고도 예롭게

가 손빈한테서 배운 것은 '부뚜막의 숫자를 조작하여 적을 현혹시킨다.'는 원리였다. 결코 '나도 부뚜막을 줄여야지.'가 아니었다.

본받되 따르지 않는다

나는 원리나 정신을 본받지 않고 형식과 껍데기만을 본받다가 스스로를 망치고 나랏일을 그르친 사람을 알고 있다. 그는 바로 임진왜란 때의 신립이다. 앞서 한신은 배수진을 쳐서 강한 조나라를 이겼는데, 신립은 배수진을 쳐서 강한 일본에게 조선의 관군을 전멸시키고 말았다. 배수진은 아무 때 아무나 치기만 하면 이기는 것이 아니다. 문경 새재 그 천험의 요새를 마다하고 군대를 뒤로 물려 탄금대도 아닌 그 건너편 너른 벌판에 배수진을 치고 기다리니, 유효 사거리 30보인 조선의 화살과, 유효 사거리 100보인 일본의 조총은 애당초 싸움의 거리조차 되지 않는 것이었다. 왜 같은 배수진을 쳤는데 한신은 이기고, 신립은 졌는가? 신립은 지변知變을 몰랐고, 한신은 그것을 알았다. 한신은 뺄 자리를 보고 뺐고, 신립은 남이 뺄는 대로 뺐다. 호리의 차이가 천리의 어긋남을 빚는다. 말하자면 신립은 적의 추격을 받아 후퇴하면서도 손빈이 그랬으니까 하며 부뚜막을 줄이는 전법을 선택한 장수인 셈이다. 법고만이 능사인 줄 알았지, 지변이 왜 중요한지를 정작 그는 몰랐다. 그래서 그는 강물에 뛰어들어 죽고 말았고, 군사는 전멸했으며, 임금은 우중에 도성을 떠나 백성들의 돌팔매를 맞으며 피난길에 오르지 않으면 안 되었다.

다시 연암의 도도한 변설은 이어진다. 하늘과 땅은 비록 오래되었지만 끊임없이 새 생명을 낸다. 해와 달은 오래되었어도 그 빛이 날로 새롭다. 인간의 삶도 돌고 도는 것이지만 똑같이 반복되는 법이 없다. 책에 실려 있는 내용이 제아무리 방대하다 해도 담긴 뜻은 제가끔이다. 일정한 것은 없다. 고정불변의 가치란 존재하지 않는다. 세계는 아직도 미지로 덮여 있다. 기지既知의 바탕 위에서 미지의 영역을 개척해 내는 것이야말로 문학하는 사람의 사명이 아닌가? 어제의 태양이 오늘의 태양일 수 없듯이, 어제의 옛글이 오늘의 지금 글과 같을 수는 없지 않은가? 썩은 흙이 영지버섯을 쪄 내고, 썩은 풀이 변하여 반딧불로 화한다. 낡아 해묵은 것에서 새로운 가치가 창출된다. 옛것을 무조건 버릴 수 없는 까닭이 여기에 있다. 예禮는 후대에 오게 되면 그 해석과 적용을 둘러싸고 끊임없는 논쟁을 불러일으키고, 악樂도 시대가 바뀌면 그 설명을 이해하지 못해 이런저런 논란이 생겨난다. 모든 것은 변한다. 새것을 인정하지 않을 수 없는 이유가 여기에 있다.

『주역』에서도 이미 말하고 있지 않은가? 글은 말을 다하지 못하고, 그림은 뜻을 다하지 못한다고. 옛사람이 남긴 글은 옛사람의 쭉정이일 뿐이다. 그것이 그대로 금과옥조가 될 수는 없다. 그것에 현혹되지 말아라. 그것이 전부가 아니다. 같은 사물도 어진 이가 이를 보면 인仁이라 하고, 지혜로운 자가 이를 보면 지智

라고 한다. 옛것에 대한 해석도 코에 걸면 코걸이, 귀에 걸면 귀걸이가 된다. 왜 한 가지로만 보아야 한다고 우겨 대는가? 공자가 백세 뒤의 성인을 기다리더라도 의혹하지 않는다고 한 것은 맹자가 옛 성인이 다시 일어나신다 해도 내 말에 찬성하리라고 한 것과 그 뜻이 같다. 두 분 다 자신의 말에 대한 투철한 확신을 이렇게 표현한 것이다. 표현은 달라도 담긴 뜻은 같다.

어지러운 시대를 만나 안연은 단사표음簞食瓢飮, 즉 한 소쿠리 밥과 한 바가지 물로 안빈낙도安貧樂道의 삶을 누리다 이룬 것 없이 세상을 떴고, 태평한 시절을 만나 우임금과 후직은 천하를 위해 일하느라 제집을 세 번씩 지나치면서도 들어가지 않았다. 이들이 처지를 바꿔 태어났더라면 마땅히 똑같이 했을 것이다. 이것은 맹자의 말이다. 지금 내가 쓰는 글과, 그때 연암이 썼던 글은 비록 다르지만, 연암이 지금 태어났더라면 마땅히 이렇게 글을 썼으리라. 이것은 나의 말이다. 백이는 한 임금을 섬기려고 수양산에 들어가 굶어 죽었지만, 유하혜는 여러 임금을 섬기면서도 제 어짊을 다하여 백성들을 편안하게 했다. 두 사람의 행적은 정반대이지만, 자신의 신념을 지켜 지극함을 이룬 것은 같다. 그렇지만 군자는 백이의 융통성 없는 지나친 결벽과 유하혜의 지조 없어 보이는 굴신을 기뻐하지 않는다. 백이의 길만을 고집하면 법고法古에서 병통이 생기고, 유하혜의 길을 기꺼워하면 창신創新에서 문제가 생긴다. 문제 해결의 열쇠는 법고와 창신의 조화로운 결합에 있다.

가짜를 거부한다

마지막 단락에서는 『초정집』을 지은 박제가의 이야기로 마무리했다. "여보게, 초정! 내가 자네의 글을 보니 선진양한先秦兩漢의 옛글을 배웠으되 그대로 묵수하지는 않았군그래. 그렇지만 진부한 말을 제거한다면서 간혹 황당한 말을 끌어다 쓰고, 제 주장을 너무 높이려다 보니 법도에서 어긋난 곳이 많아졌네그려. 글이란 이래서는 안 되는 게야. 자네는 재才가 승한 사람이니, 내 보기에 새것을 교묘히 만드는 창신創新보다는 옛것을 충실히 본받는 법고法古에 힘쓰는 것이 더 필요하다고 보네. 어떤가, 내 말이."

다시 논의를 처음으로 돌려야겠다. 연암은 고문가인가? 연암은 고문가다. 그렇다면 정조는 왜 문체반정의 과정에서 문체 변화의 책임을 물어 그에게 반성문을 쓰게 했을까? 연암이 생각했던 고문이 '죽은 고문'이 아니라, 늘 새로운 변화를 추구하는 '산 고문'이었기 때문이다. 정조가 두려워한 것은 그 '산 고문'이 지닌 잠재적 폭발력이었다. 당나라 때 한유가 옛글 배울 것을 주장했을 때, 제자 가운데 하나가 이렇게 물은 일이 있었다. "선생님! 선생님께서는 늘 옛글을 본받으라 하시는데, 제가 보기에 옛글은 하나도 같은 것이 없습니다. 그렇다면 어떤 옛글을 배워야 합니까?" 한유의 대답은 이렇다. "바로 그 하나도 같지 않은 그것을 배워야지. 내가 하려는 말은 옛사람의 말투를 배우라는 것이 아니야. 바로 옛사람의 정신을 배우라는 것일세." 이것이 바로 그 유명한 '사기의師其意 불사기사不師其辭'의 공안公案이다. 뜻을 본받을 뿐 그 말과 형식은 본받지 않는다. 그 말과 형식은 오히려 제거하기에 힘써야 할 대상일 뿐이다. 그의 '무거진언務去陳言', 즉 진부한 말을 제거하기에 힘쓴다는 말과 '사필기출詞必己出', 곧 표현은 자기만의 것이어야 한다는 화두가 그래서 나왔다. 한유의 '사기의 불사기사'와 연암의 '법고이지변, 창신이능전'은 그 표현은 다르지만 담긴 뜻이 같다.

당나라 때 한유가 변려문에 찌든 문학의 폐단을 미워하여 고문 운동을 제창했던 일, 그렇지만 정작 그 자신은 선진양한 고문과는 전혀 다른 독창적인 자기 시대의 문체를 개발하여 후대 당송 고문의 선하先河를 열었던 것이나, 연암이 당대 과문科文에 절어 있는 속투俗套를 혐오하여 새로운 고문 운동을 제창하고, 그 결과 한 시대의 진정을 담은 살아 숨 쉬는 글을 써낸 것은 동공이곡同工異曲의 합창이었다. 그럴진대 한유가 옛것을 표방하면서 정작 자기 시대의 글을 쓴 것은 후대 고문가의 찬양을 받아 마땅하고, 연암이 새것과 옛것의 조화를 추구하며 자기 시대의 목소리를 담아낸 것은 패관소품으로 지탄을 받아야 하는가? 한유도 그 당대에는 아무도 알아주지 않는 버림받은 이름이었을 뿐이다.

연암은 고문가인가 아닌가? 결론적으로 말해 연암은 고문가가 아니었기에 진정한 의미의 고문가일 수 있었다. 그는 껍데기만의 고문은 가짜일 뿐이라고 했다. 변할 수 있는 것만이 진정으로 변치 않는 가치가 될 수 있다고 그는 믿었다. 문학은 언제나 새로움을 추구해야 함을, 그렇지만 그 새로움은 언제나 예로움에 바탕해야 함을 그는 주장했다. 그는 타고 남은 재가 다시 기름이 되는 이치를, 불변의 옛것이란 어디에도 없음을, 새로울 때만이 예로울 수 있으며 새것과 옛것은 결코 별개일 수 없음을 문학적 실천을 통해 증명해 보였다. 그는 고문가다.

13
———

속
빈
강
정
。

소천암小川菴이 우리나라의 민요와 민속, 방언과 속기俗技를 두루 기록했는데, 심지어 종이연에도 계보가 있고, 아이들 수수께끼에도 풀이를 달아 놓았다. 후미진 뒷골목의 흐드러진 인정과 익숙한 모습들, 문에 기대서거나 칼을 두드리거나, 어깻짓으로 아양 떨고 손바닥을 치며 맹세하는 시정市井 사람들의 모습이 실려 있지 않은 것이 없는 데다 제가끔 조목조목 엮어 놓았다. 입과 혀로는 분변하기 어려운 것도 반드시 드러내었고, 생각이 미치지 못하던 바도 책을 열면 문득 실려 있다. 무릇 닭 울고 개 짖으며 벌레가 날고 좀이 꿈틀대는 것도 모두 그 모습과 소리를 얻었다. 이에 십간十干으로 배열하고는 이름 지어 『순패旬稗』라 하였다.

하루는 소매에서 꺼내 내게 보여 주며 말했다.

"이것은 내가 아이 적에 장난삼아 써 본 것일세. 그대는 홀로 먹을 것에 강정이란 것이 있는 것을 보지 못했는가? 쌀가루를 술에 재웠다가 누에만 하게 잘라 따뜻한 구들에 말려서는 기름에 지져 부풀리면 그 모양이 고치와 같게 되지. 깨끗하고 예쁘지 않은 것은 아니나 그 속이 텅 비어 아무리 먹어도 배가 부르지는 않고, 성질이 잘 부서지는지라 훅 불면 눈처럼 날려 가 버린다네. 그런 까닭에 무릇 사물 가운데 겉모습은 예쁘지만 속이 텅 빈 것을 강정이라고들 말하지. 이제 대저 개암과 밤, 찹쌀과 멥쌀은 사람들이 천하게 여기는 바이나, 실지가

속 빈 강정   243

아름답고 참으로 배를 부르게 한다네. 그래서 하늘에 제사 지 낼 수도 있고, 큰 손님에게 폐백으로 드릴 수도 있지. 대저 문 장의 방법도 또한 이와 같다네. 그런데도 사람들은 개암이나 밤, 찹쌀과 멥쌀을 낮고 더럽게 여기니, 그대가 나를 위해 이 를 변론해 주지 않으려나?"

내가 다 읽고 나서 돌려주며 말하였다.

"장주莊周가 나비로 된 것은 믿지 않을 수가 없지만, 이광李 廣이 바위를 쏜 것은 마침내 의심할 만하거든. 왜 그렇겠는가? 꿈이란 것은 보기가 어렵지만, 실제 일은 징험하기가 쉽기 때 문일세. 이제 자네가 낮고 가까운 데서 말을 살피고, 구석지 고 더러운 데서 일을 주워 모았으나, 어리석은 필부필부匹夫匹 婦들이 천박스레 웃고 일상으로 차 마시는 일은 실제 일이 아 님이 없고 보니, 시도록 보고 질리도록 들은 것이어서 거리의 용렬한 자들도 본시 그러려니 하는 것들일세. 비록 그러나 해 묵은 장도 그릇을 바꾸면 입맛이 새롭고, 일상적인 정리情理도 경계가 달라지매 마음과 눈이 모두 옮겨 가는 법일세.

이 책을 보는 자는 소천암이 도대체 어떤 사람이고, 노래 가 어느 지방의 것인지를 물어볼 필요도 없이 바로 알 수 있 을 걸세. 이에 잇대어 읽어 가락을 이루게 되면 성정性情을 논 할 수도 있을 것이고, 화보畫譜를 붙여 그림을 그린다면 수염 과 눈썹까지도 징험해 낼 수 있을 것이네. 재래도인睟睞道人

244

이 일찍이 논하기를, '석양 무렵 한 조각 돛단배가 잠깐 갈대 숲 사이에 숨어 있으니, 뱃사공과 어부가 비록 모두 텁석부리에 쑥대머리라 해도 물가를 따라가며 바라보노라면, 심지어 고사高士 육노망陸魯望인가 의심하게 된다.'고 한 적이 있네. 아아! 도인道人이 나보다 먼저 그 마음을 얻었도다. 그대는 도인을 스승으로 모셔야겠네. 찾아가서 징험해 보게나!"[10]

—「순패 서문旬稗序」

알맹이는 일상적인 것 속에 있다

『순패旬稗』는 어떤 책인가? 소천암小川菴이란 이가 우리나라의 민요와 민속, 방언과 속기俗技를 적어 놓은 책이다. 종이연의 종류와 아이들의 수수께끼, 민간의 노래와 사투리에서부터, 닭 울고 개 짖는 자질구레한 일들까지 실려 있지 않은 것이 없다. 장사치들이 제 손바닥을 치면서 한 푼도 남지 않는다고 엄살을 떠는 이야기며, 몸 파는 여자가 어깻짓을 하면서 남정네를 유혹하는 모습도 이 책을 펴면 만날 수가 있다. 뜬금없이 이 책을 가져온 소천암은 연암에게 다짜고짜 이렇게 말한다.

"자네, 강정을 먹어 본 적이 있던가? 쌀가루를 술에 재어 구들에 말린 후 기름에 튀겨 내면 누에고치 모양이 된다네. 깨끗하고 예뻐 먹음직스럽긴 해도, 속이 텅 비어 있어 아무리 먹어도 배는 부르질 않지. 그뿐인가? 이게 잘 부서져서 훅 불면 눈가루같이 날아가 버린다네. 그래서 사람들이 겉만 번지르르하고 실속은 없는 것을 두고 '속 빈 강정'이라고 말하지 않던가? 개암이나 밤, 찹쌀과 멥쌀 따위는 흔히 보고 늘 먹는 것이어서 사람들이 우습게 보지만, 이것을 먹으면 배가 부르고, 또 몸에도 이롭단 말일세. 그래서 제사상에도 오르고 폐백 음식도 이걸 쓰지 않던가? 나는 글 쓰는 일도 이것과 다를 바 없다고 생각하네. 겉만 번지르르하고 알맹이는 없는 그런 글보다, 겉보기엔 평범해 보여도 읽고 나면 생각에 잠기게 하고 정신이 번쩍 들게 하는 그런 글이 정말 좋은 글이란 말이지. 정말 중요한 것은 그 안에 담긴 알맹이일 거란 말일세. 그런데 사람들은 속 빈 강정만 예쁘다 하고, 개암이나 밤, 찹쌀과 멥쌀은 낮고 더럽다 하여 거들떠보지도 않으니 어찌하겠나? 자네 생각을 말해 주지 않으려나?"

소천암은 이렇게 연암에게 자신이 지은 책과 함께 화두 하나를 던져 놓고 가 버렸다. 『순패』를 다 읽고 난 연암은 소천암에게 이렇게 대답한다.

"여보게, 소천암! 나는 이렇게 생각하네. 꿈에 장자가 나비로 된 것은 믿지 않을 수가 없다고 보네. 장자의 꿈이야 내가 장자가 아닌 이상에야 어찌 그것이 사실인지 아닌지를 증명해 낼 수 있겠는가? 그런데 한나라 때 장수 이광李廣이 밤길을 가다가 범을 보고 화살을 메겼는데, 이튿날 가서 보니 그게 범이 아니라 바위였더란 이야기, 또 그 화살이 바위에 깊숙이 박혀 있더란 이야기는 도대체 믿을 수가 없단 말이야. 아무리 범인 줄 알고 쏘았다 해도 화살이 바위를 꿰뚫는 이치가 어디에 있단 말인가? 그게 정녕 사실이라면 지금도 그 바위에 화살이 박혔던 자리가 남아 있어야 할 게 아닌가 말이야. 이런 종류의 일은 금세 눈으로 보아 확인할 수 있는 일이기에 사람들이 잘 납득 않는 법이거든.

그런데 자네의 『순패』는 모두 이광의 화살 같은 것일세그려. 실려 있는 내용이란 것이 모두 지금 내 눈앞에서 펼쳐지고 있는 일상의 일들뿐이니, 하나도 신기할 구석이 없는 데다, 옳고 그름이 그 즉시 드러나게 되니 말일세. 비록 그렇기는 해도 이것이 아주 의미 없지는 않다고 보네. 해묵은 장도 새 그릇에 담고 보면 새 장맛이 나고, 평범한 이야기도 장소가 바뀌면 그럴듯한 이야기가 되지 않던가? 나는 자네의 이 책이 바로 새 그릇이요 다른 장소라고 보네. 아무도 거들떠보지 않던 이야기, 누구나 으레 그러려니 하고 여기던 일들을 막상 이렇게 갈래를 나누어 꼼꼼히 기록해놓고 보니, 참으로 보배로운 한 권의 책이 되었군그래.

자네는 앞서 속 빈 강정과 밥 이야기를 했었지? 매일 먹는 밥이고 보니 시큰둥하게 생각하다가 어쩌다 강정을 보면 먹음직스러운 생각이 드는 것은 당연한 일이 아니겠나? 그렇지만 속 빈 강정만 먹고는 살 수가 없으니 문제가 되지. 늘 보는 것들은 관심을 끌지 못하고 새로운 것은 호기심을 일으키지만, 새롭다고 해서 곧 가치 있는 것은 아니란 말일세. 말하자면 자네의 이 책은 속 빈 강정을 내던지고, 개암이나 밤, 쌀밥 따위의 일상적인 것을 취한 것일세. 그래서 사람들은 그저 우습게 보아 넘기겠지만, 나는 그렇게 생각지 않네. 알맹이는 없이 번지르르하게 꾸미기에만 급급한 허황한 글 놀음보다야 백번 낫다고 보네.

이제 이 책을 읽어 보면 소천암 자네가 어떤 사람인지가 마치 눈앞에 서 있는 것처럼 떠오르고, 여기에 실린 노래는 가락까지 흥얼흥얼 따라 부를 수가 있지. 이 책을 곁에 두고서 아끼어 읽는다면 옛적의 민요인『시경詩經』을 오늘에 읽어 성정性情을 바르게 갖게 되는 것과 같은 보람을 얻게 될 걸세. 아예 그림까지 붙인다면 지금 세상의 사람 사는 모습이 그대로 뒷날까지 남을 수 있지 않겠나? 자네 참으로 애썼네."

그러고 나서 연암은 재래도인의 이야기를 꺼낸다. '재睥'는 옥편에 있지도 않은 글자이고 '래睞'는 삐딱하게 흘겨본다는 뜻이니, 재래도인이란 이른바 '삐딱이 도인'인 셈이다. 그런데 이 삐딱이 도인이 누군고 하니, 바로 이덕무다. 글자의 출입은 있지만 이덕무의 『이목구심서耳目口心書』에 보면 연암이 인용한 재래도인의 말이 그대로 실려 있다.

　　콩깍지만 한 배에 고기 그물을 싣고, 석양 무렵 맑은 강에 두
　　폭 돛을 달고서 갈대 우거진 속으로 떨쳐 들어가니, 배 가운데
　　탄 사람이 비록 모두 텁석부리에 쑥대머리일지라도 물가를 따
　　라가며 바라보면 고사高士 육노망陸魯望 선생인가 싶어진다.

고기 그물을 싣고 쌍포 돛을 단 배야 일상에서 흔히 보는 풍경일 것이나, 강물이 맑고 때가 석양인 데다 하필 들어가는 곳이 갈대숲이고 보니, 그 안에 타고 있을 텁석부리에 쑥대머리 어부도 저 당나라 때 고사인 강호산인江湖散人 육구몽陸龜蒙일 것처럼만 여겨진다는 것이다. 이른바 해묵은 장도 그릇을 바꾸고 보니 입맛에 새롭더라는 이야기의 부연이다. 그렇지만 연암이 끝에서 이덕무의 말을 끌어와 그를 스승으로 모시라고 한 것은, 텁석부리 쑥대머리를 고사 육노망 선생으로 여기게끔 만드는 솜씨는 아직도 부족하니 좀 더 노력하라는 주문으로 나는 읽었다.

「순패 서문旬稗序」의 이야기를 다시 간추리면 이렇다. 실속 있는 것은 겉보기에 좋아 보이지 않는다. 알맹이 없는 것일수록 그럴듯해 보인다. 그러나 속 빈 강정으로는 배를 채울 수가 없다. 그러니 실속 없이 겉꾸미기에 연연하지 말아라. 화장만으로는 본바탕의 추함을 가릴 수가 없다. 그럴듯해 보이려고 애쓰지 말아라. 알맹이 없이는 소용이 없다. 문제는 겉모습이 아니라 속 내용이다. 그렇지만 속 내용이 아무리 좋아도 텁석부리 쑥대머리라면 누가 거들떠보겠는가? 그렇기에 문장의 수사는 바로 해묵은 장을 새 맛 나게 하는 '새 그릇'인 셈이다. 일상적인 이야기인데도 듣는 이가 눈을 동그랗게 뜨고 보도록 만드는 '다른 경계'인 셈이다.

다시 한 편의 글을 더 읽어 보자. 「영대정잉묵 자서映帶亭賸墨自序」이다. 당시 척독尺牘, 즉 편지글의 병통에 대해 쓴 글인데, 문집에 이미 앞의 60자가 결락되어 있어 문맥을 소연히 파악하기가 힘들다.

'다음과 같이 삼가 아뢴다'는 이른바 '우근진右謹陳'이란 말은 진실로 속되고 더럽다. 유독 모르겠거니와 세상에 글 짓는 자를 어찌 손꼽아 헤아릴 수 있으리오만, 판에 찍은 듯이 모두 이 말을 먹지도 못할 음식을 주욱 늘어놓듯이 쓰니, 공용 격식의 글머리나 말머리에 으레 쓰는 투식의 말 되기에야 어찌 해가 되겠는가?「요전堯典」의 '옛날을 상고하건대'란 뜻의 '왈약계고曰若稽古'나, 불경佛經의 '나는 이렇게 들었노라'란 뜻의 '여시아문如是我聞'은 바로 지금의 '우근진'일 뿐이다.

홀로 봄 숲에 우는 새는 소리마다 각각 다르고, 해시海市에서 보물을 살펴보면 하나하나가 모두 새롭다. 하주荷珠, 즉 연 잎에 구르는 이슬은 절로 둥글고, 화씨和氏의 구슬은 깎지 않아도 보배롭다. 그럴진대 척독가尺牘家가『논어論語』를 본받아 쓰고 풍아風雅를 거슬러 가며, 그 외교 문서는 정자산鄭子産과 숙향叔向에게서 배우고, 장고掌故는 유향劉向의『신서新序』와 유의경劉義慶의『세설신어世說新語』를 본받는다면, 그 내용이 알차고 꼭 알맞은 것이 홀로 책策에 뛰어났던 가의賈誼나 주의奏議에 능했던 육지陸贄일 뿐이 아닐 것이다. 저가 고문사古文辭로 한번 이름이 나게 되면 단지 서序와 기기가 으뜸이 되는 줄만 알아, 허황된 것을 얼기설기 엮거나 엉뚱한 것을 끌어당겨 와서는, 이러한 것들이 소가小家의 묘품妙品이 됨을 배척하면서, 볕 드는 창 깨끗한 안석에서 졸다가 베개로 고이기나 한다.

대저 공경한다고 하여 예를 갖춰 서서 엄숙하고 위엄 있는 자태로 근엄하게 서 있는 것은 어버이를 모시는 도리가 아니다. 만약 다시금 옷소매를 넓게 펴서 마치 큰 손님을 보듯 하며 간단히 춥고 더운 것만을 묻고 다시 한마디 말도 하지 않는다면 공경스럽기는 공경스러워도 예를 안다고는 못 할 것이다. 즐거운 낯빛과 기쁜 목소리로 어버이를 봉양함에 곳을 가리지 않는다 함이 어찌 있겠는가?* 그런 까닭에 "빙그레 웃으면서, 앞서 한 말은 농담일 뿐일세."라고 한 것을 보면 공자께서도 농담을 잘하신 것이며,** "아내가 닭 울었다 하자, 남편은 날이 밝지 않았다 하네."***는 시인의 척독尺牘일 뿐이다.

우연히 책 상자를 살펴보다가, 때가 마침 추운 겨울인지라 바야흐로 창문을 발랐는데, 예전에 친구들에게 보낸 편지글로 끼적거리다 남은 것을 얻으니, 모두 50여 칙이었다. 어떤

* 『예기』「내칙內則」과 「단궁檀弓」 상上에 나오는 말이다. 어버이를 봉양함에 기운을 차분히 가라앉히고 기쁜 목소리로 덥고 추움을 물으며, 좌우에서 봉양함에 나아감은 곳을 가리지 않는다는 뜻이다.

** 『논어』「양화陽貨」에 나오는 말이다. 자유子游가 무성武城의 원이 되었는데, 공자가 그곳에 갔다가 거문고에 맞추어 노래 부르는 소리를 듣고는 빙그레 웃으며, 닭 잡는 데 어찌 소 잡는 칼을 쓰느냐고 하자, 자유가 "군자가 도를 배우면 사람을 사랑하고, 소인이 도를 배우면 부리기 쉽다."고 한 공자의 말로 대답하니, 공자가 그의 말이 옳다고 하며 앞서 한 말은 농담이었다고 한 것을 두고 한 말.

*** 『시경』「정풍鄭風」「여왈계명女曰雞鳴」에 나온다.

것은 글자가 파리 대가리만 하고, 어떤 것은 종이가 나비 날개처럼 얇다. 어떤 것은 장독 덮개로 쓰기에는 조금 남고, 어떤 것은 대바구니에 바르기에는 부족하였다. 이에 뽑아서 한 권을 베껴 쓰고 방경각放瓊閣의 동루東樓에 보관해 두었다. 임진년(1772) 10월 초순, 연암거사는 쓴다.[11]

—「영대정잉묵 자서映帶亭賸墨自序」

나는 투식을 거부한다

'우근진右謹陳'이란 당시 편지글에서 습관처럼 쓰던 말이다. 편지 쓰는 사람들은 백이면 백 어김없이 약속이나 한 듯이 이 말을 쓴다. 격식을 따지는 공문서라면 그럴 수도 있겠지만 일상 쓰는 편지글에서야 굳이 이 말만은 꼭 써야 하는 까닭을 나는 이해할 수가 없다.『서경書經』「요전堯典」을 보면 글이 시작되는 곳마다 '왈약계고日若稽古'를 되뇌고 있고, 그 많은 불경에는 어김없이 '여시아문如是我聞'이 서두에 적혀 있다. 그 '여시아문' 중에는 부처님이 직접 하지 않은 자기 말도 얼마나 많겠는가 말이다. 그러고 보면 습관처럼 쓰는 투식의 말은 예나 지금이나 있는 것이었구나.

『서경』에서 썼고, 불경에서도 쓰고 있으며, 지금 편지 쓰는 사람들도 한결같이 모두 다 쓰고 있으니, 나도 덩달아 '우근진'을 쓴다 해서 해될 것은 무언가? 그러나 봄날 숲속에 우는 새는 그 소리가 제가끔 모두 다르다. 페르시아의 보물 가게에는 하나도 같은 보석이 없다. 연잎 위로 구르는 이슬은 동글동글 둥글고, 화씨和氏의 구슬은 굳이 가공하지 않더라도 진秦나라의 열다섯 성과 맞바꿀 수가 있다. 세상 사물은 이렇듯 한결같지가 않은데, 유독 글 쓰는 사람들은 한결같은 투식만을 금과옥조로 여긴다. 조금만 낯설거나, 처음 보는 것이 나오면 그들은 도무지 이것을 용납할 수가 없는 것이다.

좋은 편지글을 쓰려면 어떻게 해야 할까? 우선 '우근진'의 투식을 버려야 한다. 편지글의 모범은 한유·구양수를 비롯한 당송 팔대가唐宋八大家의 글에만 있지 않고, 『소황척독蘇黃尺牘』에만 있지도 않다. 그것은 『논어』 속에도 있고 『시경』 속에도 있다. 전혀 관계없어 보이는 정자산鄭子産과 숙향叔向의 외교 문서나, 유향劉向의 『신서新序』와 유의경劉義慶의 『세설신어世說新語』 같은 고사故事 책 속에도 있다. 봄 숲의 새 울음처럼, 페르시아의 보석처럼, 편지글의 내용과 형식은 제가끔 달라야 한다. 꼭 이래야 한다는 법은 없다. 하주荷珠는 하주대로, 초박楚璞은 초박대로의 가치가 있다. 왜 천편일률로 하는가? 왜 각기 다른 개성을 하나의 틀 속에 부어 획일적으로 찍어 내는가?

근엄하고 엄숙한 것이 예禮이기는 하다. 옷소매를 넓게 펴고 말을 하지 않는 것이 예는 예이다. 그러나 자식이 부모를 섬기는 데는 그것이 예가 될 수가 없다. 어버이를 기쁘게 하려고 나이 70에 때때옷을 입고서 재롱을 떨었다는 노래자老萊子의 이야기를 꺼낼 것도 없다. 진정한 효孝는 어버이의 마음을 기쁘게 하는 것일 뿐, 근엄한 것과는 관계가 없다. 다소 경망스레 보이더라도 어버이가 기뻐하신다면 그것이 예인 것이다.

그런데 사람들은 그렇지가 않다. 『예기禮記』에 그렇게 나와 있으니, 우리도 그렇게 해야 한다고 우긴다. 사서四書에 적혀 있으니 어버이에게도 그렇게 하지 않으면 비례非禮가 된다고 우긴다. 그렇지만 그 사서 가운데 『논어』를 보면 공자께서도 농담을 하지 않으셨던가 말이다. 『시경』에도 늦잠 투정하는 남정네의 애

교가 실려 있지 않던가 말이다. 어떻게 모두 융통성 없이 곧이곧
대로만 하는가? 뺄을 자리를 보고 뻗어라. 그것은 결코 아무 때나
휘둘러도 좋을 전가傳家의 보도寶刀가 아니다.

편지글도 이와 다를 것이 없다. 한유韓愈가 쓰고 소동파蘇東
坡가 쓰고, 황산곡黃山谷이 썼다 해서 내가 꼭 써야 할 이유는 없
다. 소동파 이전에, 황산곡 이전에도 '우근진'이 있었던가? 그 이
전에도 편지글은 있었다. 그렇지만 '우근진' 없이도 잘만 썼다. 그
런데 왜 지금만 꼭 '우근진'이 있어야 한다는 말인가? 정작 한유
는 '무거진언務去陳言', 즉 글을 쓸 때 진부한 말을 제거하기에 힘
쓰라고 하였다. 그런데 후인들은 한유가 그렇게 썼으니까, 소동
파가 그렇게 썼으니까 하면서 그 말을 앵무새처럼 되뇐다. 잘못
되어도 한참 잘못되었다.

추운 겨울날 창문을 바르려고 종이를 꺼내다가 함께 옛날 벗
들에게 부치느라 써 둔 편지의 초고 뭉치가 나왔다. 그래서 버리
기 아까워 수습한 것이 바로 『영대정잉묵映帶亭謄墨』이다. 내 편
지글에는 그 흔해 빠진 '우근진' 하나 없으니 사람들은 대단히 잘
못되었다고 나무랄 것이다. 그렇지만 나는 그 말이 추하고 더럽
다고 여길 뿐, 그 말 안 들어간 것이 조금도 부끄럽지가 않다.

이슬처럼 영롱한 목소리를 들려다오

이제 연암의 『영대정잉묵』에 실린 편지글 세 편을 읽으며 이번 글을 마무리하겠다.

> 어린아이들 노래에 이르기를, "도끼를 휘둘러 허공을 치는 것은 바늘 가지고 눈동자 찌름만 같지 못하네."라 하였소. 또 속담에도 있지요. "삼공三公과 사귈 것 없이 네 몸을 삼갈 일이다."라는 말 말입니다. 그대는 잊지 마십시오. 차라리 약한 듯 굳셀지언정 용감한 체하면서 뒤로 물러 터져서는 안 된다는 것을 말이오. 하물며 외세의 믿을 만한 것이 못 됨이겠습니까?[12]

「중일에게 주다與中一」세 번째 편지다. 아마 그가 다른 사람의 힘을 빌려 무슨 일을 해결해 보려고 애쓰는 것을 보고 안쓰러워 보낸 글이지 싶다. 내용인즉슨 이렇다. 어깨에 힘을 잔뜩 주고 도끼를 휘두른대도 목표물을 맞히지 못하면 헛힘만 빠질 뿐이다. 차라리 작은 바늘로 상대의 급소를 찌르는 편이 훨씬 낫다. 굳이 높은 벼슬아치에게 연줄을 대려고 애쓸 것 없다. 내가 내 몸가짐을 바로 해 애초에 그런 일이 없도록 했어야 했다. 겉으로 위세등등하면서 뒤로 무른 것보다는 외유내강이 훨씬 더 낫다. 외세는 결코 믿을 것이 못 된다. 경전의 말을 끌어오는 대신 아이들의 동요와 민간의 속담을 인용해 충고를 던진 것이다. 속 빈 강정이기보다 매일 먹는 밥과 해묵은 장 맛으로 쓴 글이다.

정옹鄭翁은 술이 거나해질수록 붓이 더욱 굳세어졌었지요. 그 큰 점은 마치 공만 했고, 먹물은 날리어 왼쪽 뺨으로 떨어지곤 했더랍니다. '남南' 자를 쓰다가 오른쪽 내리긋는 획이 종이 밖으로 나가 방석을 지나자, 붓을 던지더니만 씩 웃고는 유유히 용호龍湖를 향해 떠나갑디다. 지금은 찾아볼 수가 없군요.[13]

「창애에게 답하다答蒼厓」 아홉 번째 편지다. 전문이래야 42자에 불과한데, 정옹이 술이 거나한 채로 글씨 쓰는 광경이 마치 눈앞에 보이는 것만 같다. 글은 모름지기 이렇게 살아 움직이는 맛이 있어야 한다.

귀에 대고 하는 말은 듣지를 말고, 절대 남에게 말하지 말라고 하며 할 얘기라면 하지를 말 일이오. 남이 알까 염려하면서 어찌 말을 하고 어찌 듣는단 말이오. 이미 말을 해 놓고 다시금 경계한다면 이는 사람을 의심하는 것인데, 사람을 의심하면서 말하는 것은 어리석은 일이라 하겠소.[14]

「중옥에게 답하다答仲玉」 첫 번째 편지다. 원래 세상일이란 것이 그렇다. 귓속말은 대부분 떳떳지 못한 말이다. "이건 절대 비밀인데" 하며 하는 이야기는 으레 그 말까지 함께 옮겨지게 마련이다. 역시 전문이래야 44자에 불과하다. 그러나 간결한 필치 속에 이미 자신이 하고픈 말은 다 담고 있다. 글이란 이렇게 맵짜야 한다.

속 빈 강정 같은 시, '우근진'일 뿐인 문학, 판에 박힌 투식, 나는 이런 것들을 거부한다. 봄 동산의 새인 양, 페르시아의 보석같이, 연잎 위를 구르는 이슬처럼 영롱한 목소리가 듣고 싶다. 눈에 시고 귀에 젖도록 보고 들었으되 전혀 새롭고, 새 그릇에 담은 해묵은 장 맛같이 웅숭깊은 그런 시가 읽고 싶다. 실상은 텁석부리 더벅머리일지라도 고사 육노망처럼 바라보게 만드는 그런 글과 만나고 싶다.

14
———

글쓰기와 병법.

글을 잘하는 자는 병법을 아는 것일까? 글자는 비유컨대 병사이고, 뜻은 비유하면 장수다. 제목이라는 것은 적국이고, 전거와 고사故事는 싸움터의 진지다. 글자를 묶어 구절이 되고, 구절을 엮어 문장을 이루는 것은 부대의 대오隊伍 행진과 같다. 운韻으로 소리를 내고, 사詞로 표현을 빛나게 하는 것은 군대의 나팔이나 북, 깃발과 같다. 조응照應이라는 것은 봉화이고, 비유라는 것은 유격의 기병이다. 억양 반복이라는 것은 끝까지 싸워 남김없이 죽이는 것이고, 제목을 깨뜨리고 나서[破題]* 다시 묶어 주는 것은 성벽을 먼저 기어 올라가 적을 사로잡는 것이다. 함축을 귀하게 여긴다는 것은 반백의 늙은이를 사로잡지 않는 것이고, 여음餘音이 있다는 것은 군대를 떨쳐 개선하는 것이다.

대저 장평長平의 군사가 그 용감하고 비겁함이 지난날과 다름이 없고, 활·창·방패·짧은 창의 예리하고 둔중함이 전날과 변함이 없건만, 염파廉頗가 거느리면 제압하여 이기기에 족하였고, 조괄趙括이 대신하자 스스로를 파묻기에 충분하였다.** 그

---

* 파제破題란 글의 첫머리에 제목의 의미를 분명하게 밝히는 것을 말한다. 명청 시대 과거 시험에서는 팔고문八股文의 처음 두 구절을 파제라고 했는데, 뒤에는 사작寫作의 한 법식으로 자리 잡았다.

** 전국 시대 진秦나라 왕흘王紇이 조나라를 침략하자 노장 염파는 성을 굳게 지키며 저들의 힘이 빠질 때까지 기다렸다. 아무리 도발해도 응전해 올 기미가 없자 진나라는 염파가 겁

런 까닭에 병법을 잘하는 자는 버릴 만한 병졸이 없고, 글을 잘 짓는 자는 가릴 만한 글자가 없는 것이다. 진실로 그 장수를 얻는다면 호미·곰방메·가시랑이·창자루로도 모두 굳세고 사나운 군대가 될 수 있고, 천을 찢어 장대에 매달아도 정채가 문득 새롭다. 진실로 그 이치를 얻는다면 집안사람의 일상 이야기도 오히려 학관學官에 나란히 할 수 있고, 어린아이들의 노래나 마을의 상말도 또한 『이아爾雅』*에 넣을 수 있다. 그런 까닭에 글이 좋지 않은 것은 글자의 잘못이 아니다.

저 글자나 구절의 우아하고 속됨을 평하고, 편篇과 장章의 높고 낮음을 논하는 자는 모두 합하여 변하는 기미[合變之機]**

을 집어먹고 싸우지 않는다면서, 자신들이 정말 두려워하는 것은 그까짓 늙은 염파가 아니라 젊고 유능한 조괄이 장수가 되는 것이라는 유언비어를 퍼뜨렸다. 유언비어에 현혹되어 조나라 왕은 그 어미의 반대에도 불구하고 조괄을 장수로 임명했다. 조괄은 부임 즉시 명령 체계를 바꾸고 중간 지휘관을 교체하여 바로 전쟁에 임했다가, 몰래 명장 백기白起로 장수를 교체한 진나라의 유인에 걸려 조나라 40만 대군을 하루아침에 잃고 말았다. 이후 조나라는 다시 일어서지 못하였다.

* 천문지리에서 초목조수에 이르기까지 고금의 문자를 설명한 고대의 사전.

** 합변合變이란 상황에 따라 그때그때 변화하여 달라짐을 말한다. 『사기』에서 왕이 염파를 대신하여 조괄을 쓰려 하자 인상여藺相如가 조괄은 한갓 제 아비의 글로 전하는 것을 읽어 그저 정해진 것을 붙들고 있는 것과 같을 뿐 합변은 알지 못한다고 한 데서 따온 것이다.

와 제압하여 이기는 저울질[制勝之權]을 알지 못하는 자다. 비유컨대 용감하지도 않은 장수가 마음에 정한 계책도 없이 갑작스레 제목에 임하고 보니, 아마득하기 굳센 성과 같은지라, 눈앞의 붓과 먹은 산 위의 풀과 나무에 먼저 기가 꺾여 버리고,* 가슴속에 외웠던 것들은 벌써 사막 가운데 원숭이와 학이 되고 마는 것과 같다.** 그런 까닭에 글을 잘하는 자는 그 근심이 항상 혼자서 갈 길을 잃고 헤매거나, 요령을 얻지 못하는 데 있다.

대저 갈 길이 분명치 않으면 한 글자도 내려 쓰기가 어려울 뿐 아니라 항상 더디고 껄끄러운 것이 병통이 되고, 요령을 얻지 못하면 두루 헤아림을 비록 꼼꼼히 하더라도 오히려 그 성글고 새는 것을 근심하게 된다. 비유하자면 음릉陰陵에서 길을 잃자 명마인 추騅도 나아가지 않고,*** 굳센 수레로 겹겹이 에워

---

* 진晉나라 때 부견苻堅이 군대를 일으켜 성에 올라 왕사王師를 바라보매 부진部陣이 정제되고 군대는 정예로워 주눅이 들었는데, 또 북으로 팔공산八公山 위의 초목을 바라보니 모두 사람의 모습과 같은지라 군대가 주둔하여 에워싼 것으로 알았다는 고사. 여기서는 글을 쓰기도 전에 기운이 꺾여 쓰고 싶은 마음이 달아나 버리고 만 것을 말한다.
** 주목왕周穆王이 남정南征 가서 군대가 모두 죽어, 군자는 원숭이와 학이 되고, 소인은 벌레와 모래가 되었다는 고사. 여기서는 평소에 써먹으려고 외워 두었던 것이 하나도 생각나지 않아 아무짝에도 쓸모없게 된 것을 뜻한다.
*** 항우가 해하垓下에서 사면초가四面楚歌의 포위를 뚫고 달아

싸도 여섯 마리 노새가 끄는 수레는 이미 달아나 버린 것과 같다.* 진실로 능히 말이 간단하더라도 요령만 잡게 되면 마치 눈 오는 밤에 채蔡 성을 침입하는 것과 같고,** 토막 말이라도 핵심을 놓치지 않는다면 세 번 북을 울리고서 관關을 빼앗는

나다가 음릉에서 농부가 길을 거짓으로 가르쳐 주는 바람에 반대 방향으로 가서 늪에 빠졌다. 한나라 군의 추격을 받자 마침내 자기 목을 찔러 자살하면서, "힘은 산을 뽑았고, 기운은 세상을 덮었네. 때가 불리하매 추雕도 나아가질 않는도다. 추가 가질 않으니 어쩔 수 없네. 우虞여! 우여! 너를 어찌할거나!(力拔山兮氣蓋世, 時不利兮雕不逝. 雕不逝兮可柰何, 虞兮虞兮柰若何!)"라고 노래한 데서 나온 말. 여기서는 쓰려고 하는 내용이 분명치 않고 보니, 어떻게 써야 할지 몰라 막막한 모양을 나타낸다.

* 한무제 때 표기장군驃騎將軍 곽거병霍去病이 무강거武剛車로써 흉노의 선우單于를 겹겹이 포위했으나, 선우가 여섯 마리의 노새가 끄는 수레를 타고 수백 기만을 거느린 채 한군의 포위를 뚫고 달아나 버렸다는 고사. 여기서는 글쓰기에서 입의立意, 즉 주제 의식이 명확지 않아, 비록 글로 쓰더라도 뜻이 성글어 독자를 납득시키지 못함을 말한다.

** 당 헌종 때 오원제吳元濟란 자가 채주蔡州에서 반란을 일으켜 여러 해 웅거하매, 나라에서는 여러 차례 관군을 파견했으나 모두 패하고 말았다. 이에 이소李愬가 자청하여 토벌의 책임을 맡아서는, 싸움할 의사가 없음을 보여 적을 방심시키고, 적장 중에 투항해 오는 자를 극진히 대접하여 적정을 파악한 후, 폭설이 내리던 밤 군사가 열에 한둘이 얼어 죽는 추위를 무릅쓰고 단 한 번의 공격으로 채성蔡城을 함락하여 오원제를 사로잡아 토벌했다는 고사. 여기서는 글쓰기에서 중요한 것은 무조건 쓰는 것이 아니라 글을 펼치는 요령을 얻는 데 있음을 말한 것이다.

것과 같게 된다.* 글을 하는 도가 이와 같다면 지극하다 할 것이다.

나의 벗 이중존李仲存이 우리나라 고금의 과체科體를 모아 엮어 열 권으로 만들고, 이를 이름하여 『소단적치騷壇赤幟』라 했다. 아아! 이것은 모두 승리를 얻은 군대요 백 번 싸워 이긴 나머지다. 비록 그 체재와 격조가 같지 않고, 좋고 나쁨이 뒤섞여 있지만 제가끔 이길 승산이 있어, 쳐서 이기지 못할 굳센 성이 없고, 그 날카로운 칼끝과 예리한 날은 삼엄하기가 마치 무고武庫와 같아, 때에 따라 적을 제압하여 움직임이 군대의 기미에 맞으니, 이를 이어 글하는 자가 이 방법을 따른다면, 정원定遠의 비식飛食**과 연연산燕然山에 공을 적어 새기는

---

* 춘추 시대 노나라 장수 조귀曹劌가 제齊나라와 장작長勺에서 싸울 때 노장공魯莊公이 북을 치려 하자 만류하고는 제나라 사람이 북을 세 번 친 뒤에야 치게 하여 마침내 승리를 거두었다는 고사. 나중에 장공이 연유를 묻자, 그는 "대저 전쟁은 기운을 용감하게 하는 것입니다. 한 번 북을 치면 기세가 올라가나, 두 번 치게 되면 시들해지고, 세 번 치면 다하게 됩니다. 저들은 다했고, 우리는 가득한 까닭에 이긴 것입니다." 라고 대답했다. 여기서는 말이 비록 간단하더라도 핵심이 분명하여 의도가 명확하게 전달됨을 말한다.

** 후한 사람 반초班超가 젊은 시절 관상을 보러 갔더니, "그대는 제비 턱에 범의 목으로, 날아서 고기를 먹을[飛而食肉] 상이니, 만리후萬里侯에 봉해질 사람"이라고 말한 데서 나온 말. 뒤에 그는 서역 50여 나라를 항복시켜 조공을 바치게 하는 공을 세우고 정원후定遠侯에 봉해졌다. 여기서는 용맹으로 나라에 큰 공을 세움을 두고 한 말이다.

것*이 바로 여기에 있을 것이다. 비록 그렇지만 방관房琯의 수레 싸움은 앞사람을 본받았어도 패하고 말았고,** 우후虞詡가 부뚜막을 늘린 것은 옛 법을 반대로 했지만 이겼으니,*** 합하여 변화하는 저울질이란 때에 달린 것이지 법에 달린 것은 아니다.15

—「소단적치 인騷壇赤幟引」

* 후한 효화황제孝和皇帝 때 두헌竇憲과 경병耿秉이 흉노 북선우北單于를 크게 물리치고, 국경에서 3천 리 떨어진 연연산에 올라 반고班固에게 명銘을 짓게 하여, 돌에 한나라의 위덕威德을 새겨 놓고 돌아왔다는 고사에서 나온 말.

** 당나라 숙종 때 방관이 적당賊黨 진도사陳濤斜의 토벌을 자청하여 가서, 춘추 시대의 전법대로 수레 2천 승으로 병영을 에워싸게 하고 기병과 보병을 그 사이에 있게 했는데, 적이 바람을 타고 불을 놓아 4만의 군사를 모두 죽여 대패하였다. 춘추 적의 옛 전범에 따라 했으나, 변화할 줄 몰랐던 까닭에 진 것이다.

*** 제나라 손빈이 위나라 방연을 칠 때, 부뚜막 숫자를 줄여 적을 방심케 하여 이겼는데, 후한 때 우후는 강인羌人을 치면서 반대로 부뚜막 숫자를 날마다 배로 늘려서 크게 이겼다. 어떤 이가 "왜 손빈은 부뚜막을 줄였는데 그대는 늘렸는가?" 하고 묻자, 그는 "오랑캐는 무리가 많고, 우리 군대는 적다. 천천히 행군하면 미치는 바가 되기 쉽고, 빨리 전진하면 저들이 예측하지 못하는 바가 될 것이다. 오랑캐가 우리의 부뚜막 숫자가 날마다 늘어나는 것을 보면 반드시 우리 군대가 와서 맞이하는 것이라고 말할 것이다. 무리가 많은데도 행군이 신속하므로 반드시 우리를 추격하기를 꺼릴 것이다. 손빈은 약함으로 보여 주었지만 나는 이제 강함으로 보여 주었다. 이는 형세가 같지 않음이 있기 때문이다."라고 대답하였다.

12가지 비유로 본 병법과 글쓰기

「소단적치 인騷壇赤幟引」은 처남 이재성李在誠이 우리나라 고금의 과체科體를 모아 열 권으로 묶은 『소단적치騷壇赤幟』란 책에 써 준 글이다. '소단적치'란 '문단의 붉은 깃발'이란 뜻이고 붉은 깃발은 대장군의 상징이다. 지금까지 과거에서 높은 등수로 합격한 모범 답안만을 엮어, 과거를 준비하는 수험생이 참고할 수 있도록 만든 것이다. 그러니까 여기 실린 글을 익혀 과거 시험을 준비한다면 어떤 문제가 출제되더라도 답안 작성에 아무런 문제가 없을 터이다.

그렇지만 과연 그럴까? 해마다 출제되는 문제는 같지가 않고, 채점하는 사람의 기준 또한 서로 다르니, 예전 모범 답안을 외우는 것이 과연 수험 준비에 어떤 도움이 될까? 사실 이러한 문제는 오늘날 논술 고사를 준비하는 수험생에게도 꼭 같이 적용되는 것일 터이다. 아무리 예상 문제를 많이 보고, 모범 답안을 많이 외워도 논술 답안은 영 잘 써지지가 않는다. 막상 문제가 주어지면 하나도 생각이 나질 않고, 게다가 예상 문제가 토씨 하나 바뀌지 않고 출제되는 법은 결코 없으니, 예상 문제를 익히고 외우는 것이 과연 무슨 소용이 있는 걸까? 그럴진대 이 난감한 문제를 어떻게 해결할까?

연암은 대뜸 글쓰기를 장수가 병법을 운용하는 것에 비유하여 말문을 연다. 모두 12가지의 비유를 동원하여 설명했다. 그 비유가 참신할 뿐 아니라 글쓰기의 정법定法과 활법活法을 다 말함으로써, 일정한 법칙으로서의 글쓰기가 아닌 그때그때의 변화에 응하여 법식을 정하고, 주제에 맞춰 형식을 세우는 활물活物로서의 글쓰기를 천명하고 있다. 주제를 뒷받침해 주는 효과적인 예시 속에 글쓰기의 원리를 힘 있고 깊이 있게 천명한 글이다. 먼저 그 각각의 비유를 살펴보기로 한다.

글자는 비유하면 병사이고, 뜻은 비유컨대 장수라 했다. 한 편의 글이 수없이 많은 글자들로 이루어져 있듯, 하나의 부대는 수많은 병사들로 구성된다. 병사가 아무리 씩씩하고 수가 많고 무기가 훌륭해도 지휘관이 우왕좌왕 허둥대고 보면 오합지졸이 되고 만다. 문장력이 제아무리 좋고 알고 있는 지식이 많아도 주제 의식이 분명치 않고 보니 지리멸렬하여 도저히 읽을 수가 없는 글이 되고 만다. 부대에 유능한 지휘관이 없어서는 안 되듯이, 한 편의 글에는 뜻, 즉 주제가 없어서는 안 된다. 주제가 없는 글은 지휘관 없는 군대와 같다.

제목은 공략해야 할 적국이라고 했다. 글 쓰는 이는 쓰기에 앞서 지금 쓰고 있는 글이 무엇을, 왜, 누구에게, 어떤 목적으로 쓰는지를 분명히 생각하지 않으면 안 된다. 적을 알고 나를 알아야 백전백승할 수 있다. 전쟁에 임하는 장수는 먼저 공략해야 할 상대방에 대해 철저히 파악해 두지 않으면 안 된다. 적을 모르는 상태에서 일단 덮어놓고 싸우고 보자는 식은 무모하다. 무엇을 쓸 것인지 가늠도 없이 일단 쓰고 보자는 식으로는 결코 좋은 글

268

을 쓸 수가 없다.

전거와 고사故事는 싸움터의 진지다. 전쟁을 효과적으로 수행하려면 먼저 진지를 구축하여 교두보를 마련해야 한다. 무조건 넓은 벌판에 군사를 풀어놓고 싸우게 할 수는 없는 노릇이다. 적절한 위치에 파 둔 엄호와 진지는 수많은 군대의 힘과 화살의 소모를 덜 수가 있다. 글쓰기에서 적절한 전거를 끌어오거나 알맞은 인용 혹은 예시를 드는 것은 글에 탄력을 붙여 주고 신뢰를 더해 준다.

글자를 묶어 구절을 만들고, 구절을 엮어 문장을 이루는 것은 부대의 대오隊伍 행진과 같다고 했다. 글자가 모여 문장을 이루고, 문장이 모여 단락을 만든다. 단락들은 서로 유기적 연결과 통일성을 추구하며 전체 글을 구성한다. 병사들이 모여 분대 또는 소대를 이루고, 소대가 모여 중대 또는 대대가 된다. 중대나 대대가 모여 전체 부대를 형성한다. 각각의 단위들은 더 큰 단위의 지휘 통제 아래 일사불란한 지휘 체계를 구축해야 한다. 이와 마찬가지로 단락과 단락 사이의 결합과 짜임새도 장수의 명령 아래 빈틈없는 통일성과 유기적 연결성을 유지해야 한다.

운韻으로 소리를 내고, 사詞로 표현을 빛나게 하는 것은 군대의 나팔이나 북, 깃발과 같다고 했다. 별도의 통신 수단이 없던 과거 전쟁에서 명령의 전달은 나팔과 북, 그리고 깃발에 의존할 수밖에 없었다. 진군 나팔은 전진을 명령하고, 북은 퇴각 명령을 전달한다. 나팔과 북 소리로도 혹 부족할까 하여 깃발을 가지고 또 명령을 전달한다. 깃발이 시각의 배려라면, 북소리와 나팔 소리는 청각의 배려다. 멋있는 군악대의 취주吹奏는 군대의 사기를 진작시킨다. 북과 나팔이 적군을 무찌를 수는 없지만, 이것 없이 군대의 사기를 진작시킬 수가 없다. 이와 마찬가지로 같은 주제, 동일한 내용이라도 어휘의 적절한 선택과 효과적인 문장 표현을 갖추게 되면 글에 설득력이 더해진다. 소리를 내어 읽어도 껄끄러움 없이 순순하게 읽히는 글이 좋은 글이다. 넘치는 표현 없이도 제 뜻을 충분히 전달할 수 있는 문장이 좋은 문장이다.

조응照應이라는 것은 봉화다. 적이 쳐들어오면 변경에서 봉화가 오른다. 그 봉화는 잇달아 전하여져서 후방의 본진에까지 도달한다. 직접 적이 쳐들어오는 것을 보지 않고서도 후방에서는 적의 침입 사실을 분명하게 알 수가 있다. 글 쓰는 사람은 할 말을 아껴 둘 줄 알아야 한다. 앞에서 슬쩍 던져 놓고 뒤에서 이를 받는다. 그래서 산단운련山斷雲連이라고 했다. 봉우리만 내민 산을 구름이 끊어 놓았다 해서 구름 아래 산이 없는 것이 아니다. 가려 보이지 않을 뿐이다. 이와 마찬가지로 일일이 다 말하지 않고도 말한 것 이상의 효과를 거두는 법을 익혀야 한다. 이른바 사단의속辭斷意屬, 즉 말은 끊어져도 뜻은 이어진다는 것이다. 이를 달리 호조呼照라고도 한다.

비유라는 것은 유격의 기병이라고 했다. 들판에서 지리멸렬한 백병전이 한창일 때, 그리하여 상대와의 우열이 드러나지 않고 혼전이 거듭되고 있을 때, 전차 부대나 기마 부대가 뛰어들어

적병을 공략하면 우열은 단번에 어느 한편으로 기울고 만다. 글이 지지부진하여 잘 나가지 않을 때 참신하고 적절한 비유는 글에 아연 생기를 불어넣어 준다.

억양 반복은 끝까지 싸워 남김없이 죽이는 것이라고 했다. 억양이란 한 번 높이기 위해 일부러 한 번 낮추거나, 반대로 낮추기 위해 한 번 추켜 주는 것을 말한다. "얼굴은 못생겼는데 마음씨는 착하다."와 같은 따위가 그것이다. 그런데 이 억양은 문장 단위에서뿐 아니라 단락 단위 사이에서도 존재한다. 이러한 억양이 점층되어 마침내 주제가 완전히 피력될 때까지 반복되고 나서 글은 끝난다. 적군과의 전투도 마지막 한 사람까지 다 죽이거나 적이 투항하기 전에는 끝난 것이 아니다.

제목을 깨뜨리고 나서[破題] 다시 묶어 주는 것은 성벽을 먼저 기어 올라가 적을 사로잡는 것이라고 했다. 전투가 소강 국면에 접어들어 진전이 없으면 성벽에 사다리를 걸친다. 일단 어느 한 지점이라도 교두보를 확보함으로써 성을 공략할 거점을 마련할 수가 있다. 적군은 돌을 던지고 화살을 쏘고 끓는 물을 퍼부으며 저항할 것이다. 먼저 성벽을 타고 올라 교두보를 확보하고 나면 성문을 여는 것은 시간문제다. 파제란 원래 글의 첫 서두를 일컫는 말이다. 이 글의 서두는 그런 의미에서 파제의 한 실례를 보여 준다. 글의 첫 부분은 "글을 잘하는 자는 병법을 아는 것일까?"라고 하여 글쓰기와 병법을 연관 짓는 것으로 시작했다. 이 글의 제목은 '소단적치 인騷壇赤幟引'이다. 앞서도 말했듯 '소단'이란

'문단'과 같은 뜻이니 글쓰기와 관련된 말이고, '적치'란 대장군의 '붉은 깃발'이니 군대와 연관된 것이다. 이 글은 '소단적치'란 제목이 붙은 책에 대해 설명하고 있으므로 이를 파제하여 글쓰기와 병법을 한자리에서 나란히 이야기하게 된 것이다.

함축을 귀하게 여긴다는 것은 반백의 늙은이를 사로잡지 않는 것이다. 싸움에 승리를 거두고, 포로를 점검해 보니 반백의 늙은이도 끼어 있다. 중늙은이가 싸워 보았댔자 아군에 무슨 해를 미쳤겠으며, 마지못해 끌려 나온 것이 분명할진대, 오히려 이들을 석방하여 놓아주는 것이 점령군의 금도襟度를 보여 주는 것이 아니겠는가? 또 이는 적중의 민심을 안정시키는 데도 큰 효과가 있다. 이와 마찬가지로 글은 하나하나 곱씹어 시시콜콜히 다 말해야 맛이 아니다. 말할 듯 말하지 않고 함축을 머금는 데서 글쓴이의 의도가 더 생생하게 전달된다.

여음餘音이 있다는 것은 군대를 떨쳐 개선하는 것이다. 장한 승리를 거두었으면 대오를 가다듬어 돌아와야지, 승리감에 도취되어 마냥 그곳에 머물 수만은 없다. 점령지를 정돈하고 후속 조처를 취한 뒤 하루빨리 개선하여 다음 전투에 대비하지 않으면 안 된다. 글을 쓸 때 혹 독자들이 못 알아들을까 봐 시도 때도 없이 중언부언 주제를 되풀이해 말하는 것은 좋은 글쓰기의 태도가 아니다. 독자의 식상을 부른다.

이상 첫 번째 단락에서 제시한, 글쓰기와 병법을 견준 12가지 비유를 설명해 보았다. 이 단락 원문의 구문 변화를 눈여겨보면 연암이 말한 "운韻으로 소리를 내고, 사詞로 표현을 빛나게 하는 것"의 실제를 확인할 수 있다. 같은 단위의 병렬인데도, 처음엔 'A譬則B也'의 구문으로 시작하고서, 곧바로 'A者 B也'의 구문으로 변화시켰다. 그리고 여기서도 B에 해당하는 단위를 두 글자에서 네 글자로 점층시켜 변화를 주었다. 다시 'A猶B也'의 구문으로 바꾼 뒤 금세 'A者 B也'의 구문을 다시 연결시켰다. 이 경우에도 A와 B에 해당하는 부분에 두 글자에서 네 글자로, 다시 다섯 글자로 점층시키는 등의 굴곡을 주어 문장에 끊임없이 변화와 파란을 일으키고 있다.

글쓰기와 병법은 똑같은 원리

이렇게 해서 글쓰기와 병법을 일대일로 대응하여 설명한 연암은, 이어지는 두 번째 단락에서 다시 전고典故와 비유, 억양 반복의 방법을 활용하여 글쓰기와 병법의 관련성을 더욱 긴밀하게 다진다. 여기서 병법의 예로 든 것은 진나라와 조나라의 장평 싸움이다. 조나라의 백전노장 염파는 진나라 왕흘의 군대를 맞이하여 저들을 지치게 할 양으로 성문을 굳게 닫아걸고 아는 체도 하지 않았다. 아무리 약을 올리며 싸움을 걸어도 일체의 반응이 없었다. 양식은 자꾸 떨어져 가고, 군대의 사기도 영 말이 아니었다. 진나라는 하는 수 없어 유언비어를 퍼뜨렸다. 염파는 늙었다. 염파는 겁먹었다. 그래서 안 싸운다. 우리는 젊은 조괄이 장수가 되어 올까 봐 가장 겁난다. 염파 따위는 하나도 두렵지 않다. 이 유언비어에 혹해 조나라는 염파 대신 경험 없는 풋내기 조괄을 장수로 교체했다. 의기양양해서 부임한 즉시 조괄은 뭔가 보여 주려고 그날로 군대의 지휘 체계와 명령 계통을 다 바꾸어 버렸다. 그러고는 준비도 없이 군대를 출정시켰다. 그사이에 진나라는 백전백승의 노장 백기白起를 아무도 몰래 투입하여 만반의 준비를 해 놓고 조나라 군대를 기다렸다. 막강한 조나라의 40만 대군은 진나라 백기의 유인에 걸려 하루아침에 섬멸당하고 말았다. 그 후 강대했던 조나라는 다시는 힘을 떨치지 못하고 패망하고 말았다. 왜 똑같은 군사가 꼭 같은 무기로 싸웠는데, 염파가 이끌면 적과 맞대항할 수 있었고 조괄이 대신하자 힘 한번 써 보지 못하고 한꺼번에 죽고 말았을까? 그럴진대 승리의 관건은 좋은 무기나 병사에 있지 않고, 이를 지휘하는 지휘관의 역량에 있지 않겠는가?

글 쓰는 것도 이와 다를 바 없다. 아무리 훌륭한 주제와 글감이 있고, 뛰어난 문장력을 지녔다 해도 '이치를 얻지 못하면' 아무런 소용이 없다. '이치'란 무엇인가? 그것은 글이 지녀야 할 '결'이다. 물에 물결이 있고, 살에 살결이 있으며, 바람에 바람결이 있듯, 글에도 결이 있어야 한다. 그것은 달리 말해 장수가 적을 격파하는 용병술에 비유할 수 있고, 글 쓰는 이의 재량하고 판단하는 역량에 견줄 수 있다. 그래서 연암은 두 번째 단락의 결론을 "글이 좋지 않은 것은 글자의 잘못이 아니다."로 맺는다. 이는 달리 말해 "전쟁에서 이기지 못하는 것은 병사의 잘못이 아니다."로 쓸 수 있다. 책임은 어디까지나 지휘관에게 있는 것이다. 지휘관이 훌륭하면 호미나 죽창을 가지고도 정예 군대 이상의 위력을 낼 수 있다. 되는대로 천을 쭉 찢어 장대에 매달아도, 술을 달고 융단에 화려한 수를 놓아 장식한 멋진 깃발보다 효과적인 통제력을 발휘할 수 있다. 글을 잘 쓰는 사람이 꼭 고담준론만을 일삼는 것은 아니다. 일상의 평범한 소재, 늘 주고받는 우스갯말도 꼭 놓일 데에 놓이면 참으로 깊은 이치를 담게 된다. 꼭 사람의 눈과 귀를 놀라게 하는 소재, 처음 들어 보는 신기한 이야기, 철학자의 근엄한 경구를 인용하는 것만이 글을 고상하게 하는 것이 아니다.

글쓰기와 병법이 이렇듯 한가지 원리일진대, 훌륭한 장수가 되고자 병법서를 열심히 읽고, 뛰어난 문장가가 되기 위해 글쓰기 이론을 열심히 익히면 되는가? 시론 책을 줄줄 외우면 좋은 시를 쓸 수 있고, 소설 작법대로 따라 쓰면 훌륭한 소설가가 될 수 있는가? 논술 참고서만 열심히 읽고 외우면 논술 시험에 만점을 받을 수 있을까? 사정이 전혀 그렇지 않으니 딱한 노릇이다. 시론을 열심히 읽으면 읽을수록 시는 점점 더 쓰기가 어려워지고, 작문 이론을 배우면 배울수록 이것도 걸리고 저것도 걸려서 한 줄도 더 쓸 수가 없다. 병법을 열심히 익히긴 했지만, 이론에 얽매이다 보니 막상 실전에서는 어쩔 줄을 몰라 우왕좌왕 좌충우돌한다.

왜 이런 현상이 일어날까? 연암은 이를 '합변지기合變之機'와

'제승지권制勝之權'을 모르기 때문이라고 찔러 말한다. 논술 고사 답안지를 채점할 때마다 늘 느끼는 일이지만, 단락 개념도 분명하고 주제 의식도 더할 수 없이 선명한데, 막상 읽고 나면 아무런 느낌도 주지 못하는 글이 대부분이다. 마치 담합이라도 한 것처럼 내용이 천편일률이다. 문제지를 나눠 주고 10분쯤 지나고 나면 수험생으로 가득 찬 교실에서는 일제히 볼펜을 가지고 맨 종이 위에 글씨 쓰는 소리가 흡사 말 달리는 소리처럼 들린다. 그러고 나서 다시 10분쯤 지나고 나면 그 소리가 그치고 여기저기서 볼펜을 굴리다가 땅에 떨어뜨리는 소리가 난다. 작정도 없이 기세 좋게 시작한 글쓰기가 금세 난관에 봉착한 것이다. 연암은 이를, 용감하지도 않은 장수가 마음에 정한 계책도 없이 갑작스레 제목에 임하고 보니 산 위의 풀과 나무만 보고도 늘어선 적병인 것만 같아서 기가 팍 꺾이고 마는 것에 비유했다.

혜경과 요령

글쓰기에 원칙은 있지만 정해진 법칙이란 있을 수 없다. 글의 법도는 상황에 따라 달라진다. 사람마다 달라지고, 때마다 달라진다. 주변 상황의 미묘한 변수에 따라 천변만화의 파란을 일으킨다. 병법도 다를 바 없다. 융통성 없이 정해진 길만 붙들고 있어서는 결코 문제를 해결할 수가 없다. 수학 문제를 잘 풀려면 그 원리를 알아야 한다. 수학 문제를 외워 답을 쓸 수는 없는 노릇이 아닌가? 논술 시험을 잘 보려면 사고력과 창의력을 길러야지, 답안을 외워서 쓸 수는 없다.

그러면 어떻게 해야 할까? 연암은 '혜경蹊徑', 즉 갈 길을 분명히 알고, '요령'을 얻어야 한다고 했다. 갈 길을 분명히 알아야 한다는 것은 무슨 말인가? 글에는 주제가 뚜렷해야 한다. 이 글에서 내가 말하고자 하는 것은 무엇인가? 글 쓰는 이는 글 쓰는 동안 내내 이 물음에서 떠나면 안 된다. 그러므로 갈 길을 잃지 말라는 주문은 '입주뇌立主腦', 즉 주제를 명확히 세우라는 것이다. 명나라 이어李漁는 『한정우기閑情偶記』「입주뇌」에서, "주뇌主腦란 다른 것이 아니다. 작자가 입언立言하는 본의本意를 말한다."고 했다. 주제가 명확지 않고서는 글은 마냥 헛돌고 만다. 힘은 산을 뽑고 기운은 세상을 덮었다던 항우가 힘이 부족해서 패한 것이 아니다. 음릉에서 길을 잃어 늪 속에 빠지고 보니, 천리를 달릴 수 있는 준마도 옴짝달싹할 수가 없었던 것이다.

또 요령만 얻는다면 문제가 없다고 했다. 요령이란 '갈 길'에 대한 선택이다. 주제에 도달하는 길은 여러 갈래가 있다. 어느 길을 따라가는 것이 가장 효율적일까? 요령을 얻어야 한다는 주문은 글의 구성과 관련된다. 기승전합起承轉合의 전개는 불변의 원칙이지만, 그 가운데서도 변화는 백출한다. 내 생각을 읽는 이에게 오해 없이 설득력 있게 논리적으로 납득시키려면 어떤 순서와 어떤 단계로 글을 펼쳐야 할까? 이 미묘한 저울질이 바로 합변

지기合變之機, 제승지권制勝之權이다. 한무제 때 그 겹겹이 포위한 한나라의 군대를 오랑캐의 선우는 여섯 마리 노새가 끄는 수레만으로도 유유히 달아나 버렸다. 제아무리 좋은 글감을 마련하고, 예상되는 반론에 대응할 논리를 준비해도 합변의 요령을 얻지 못하면 겹겹이 에워싸고 자료를 거듭 준비해도 종내 설득력 있는 한 편의 글이 되지는 못한다. 말이 많아야 좋은 글이 아니다. 중언부언하는 글이 친절한 글이 아니다. 말이 간결해도 핵심을 꿰뚫어야 한다.

『소단적치』란 책은 과거에 이미 급제한 모범 답안만 모아 엮은 것이다. 말하자면 '득승지병得勝之兵'인 셈이다. 그렇다면 여기 실린 글을 모범으로 삼아 열심히 익힌다면 글쓰기의 요령을 얻을 수 있지 않을까? 그런데 문제는 합변지권合變之權에 달려 있다고 했다. 이것은 어디까지나 상황에 달린 문제이지, 법에 관한 문제가 아니다. 상황은 언제나 고정됨 없이 변화한다. 설사 같은 주제를 다룬 문제가 나왔다 하더라도 예전 답안지 그대로를 가지고는 급제의 기쁨을 맛볼 수 없다. 그러면 어떻게 해야 할까? 방관은 옛날의 법을 그대로 따랐는데 싸움에서 졌고, 우후는 옛날의 법과 반대로 했는데 전쟁에서 이겼다. 한신은 병법과 반대로 배수진을 쳤지만 이겼고, 임진왜란 때 신립은 한신을 따라 배수진을 쳤건만 무참하게 패배했다. 왜 그랬을까? 요령을 얻지 못했기 때문이다. 갈 길을 알지 못했기 때문이다. 과거의 전범은 고정불변의 진리가 아니다. 과거를 옳게 배우려거든 과거를 맹종치 말

라. 새것을 쓰고 싶거든 옛것에서 배워라. 그러나 시대가 다르고 사람이 다르고 지역이 다를진대, 그러한 차이가 빚어내는 미묘한 변화의 '결'을 읽어 가장 적절한 '새 길'을 내지 않으면 안 된다. 이것이 「소단적치 인」에서 연암이 최종적으로 우리에게 던지는 화두다.

3부

나는 누군가?
여기는 어딘가?

집착을 버려 나를 찾다

15
——
생각의 집、 나를 어디서 찾을까。

송욱宋旭이 취해 자다가 아침에야 술이 깼다. 드러누워 듣자니 솔개가 울고 까치가 우짖으며 수레 끄는 소리와 말발굽 소리가 떠들썩하였다. 울타리 아래서는 방아 찧는 소리, 부엌에서는 설거지하는 소리, 늙은이가 소리치고 아이가 웃는 소리, 계집종이 잔소리하자 사내종이 헛기침하는 소리, 무릇 문밖에서 벌어지는 일은 하나도 모를 것이 없는데, 유독 제 소리만은 없는 것이었다.

이에 그만 멍해져서 말했다. "집안사람들은 모두 있는데, 나만 어째 혼자 없는 걸까?" 눈을 둘러 살펴보니, 저고리는 옷걸이에, 바지는 횃대에 있고, 갓은 벽에 걸려 있으며, 허리띠는 횃대 끝에 매달려 있었다. 책상 위엔 책이 놓여 있고, 거문고는 가로놓이고, 비파는 세워져 있었다. 거미줄은 들보에 얽혀 있고, 파리는 창문에 붙어 있었다. 무릇 방 안의 물건도 모두 그대로 있지 않은 것이 없는데 유독 자기만 보이지 않는 것이었다.

급히 몸을 일으켜 일어나서 그 자던 곳을 살펴보니, 베개를 남쪽으로 놓고 자리를 폈는데 이불은 그 속이 들여다보였다. 이에 송욱이가 발광이 나서 벌거벗은 몸으로 나갔구나 하며 몹시 슬퍼하고 불쌍히 여겨, 나무라고 또 비웃다가 마침내 그 의관을 끌어안고, 가서 옷을 입혀 주려고 길에서 두루 찾아다녔지만 송욱은 보이지 않았다.

드디어 동곽東郭의 소경에게 가서 점을 쳤다. 소경은 점을 치며 말했다. "서산대사西山大師께서 갓끈을 끊어 구슬을 흩으셨구나. 저 올빼미를 불러다가 헤아려 보게 하자꾸나." 둥근 동전이 잘 구르다가 문지방에 부딪쳐 멈추자, 동전을 주머니에 넣으면서 축하하며 말했다. "주인은 놀러 나갔고, 객은 깃들어 쉴 곳이 없구나. 아홉을 잃고 하나만 남았으니, 이레 뒤에는 돌아오겠구나. 이 점괘가 크게 길하니 마땅히 과거에 높이 붙겠구려."

송욱이 크게 기뻐하여, 매번 과거를 베풀어 선비를 시험할 때마다 반드시 유건儒巾을 쓰고 나아가서는, 문득 제 시험 답안에다 스스로 비점批點을 치고 높은 등수를 큰 글씨로 써 놓곤 했다. 그래서 한양 속담에 반드시 이루지 못할 일을 두고 송욱이가 과거에 응시하기라고 말하곤 한다. 군자가 이 말을 듣고 말했다. "미치긴 미쳤지만 선비로구나! 이는 과거에 나가긴 해도 과거에 뜻을 두지는 않은 것이다."

계우季雨는 성품이 소탕하여 술 마시기를 좋아하고 호방하게 노래하면서 주성酒聖이라고 자호自號하였다. 세상에서 겉은 번드레하면서 속이 유약한 사람을 보면 마치 더러워 토할 듯이 하였다. 내가 장난삼아 말했다. "술 취해 성인聖人이라 자칭하는 것은 미친 것을 감추려는 것일세. 자네가 취하지 않고서도 생각이 없게 되면 거의 큰 미치광이의 경지에 가깝게 되지 않겠나?" 계우가 정색을 하고 한동안 있더니, "그대의 말이 옳다." 하고는 드디어 그 집을 염재念齋라 이름 짓고 내게 기記를 부탁하였다. 마침내 송욱의 일을 써서 그를 권면한다. 대저 송욱은 미친 사람이다. 또한 이로써 나 스스로를 권면해 본다.[1]

—「염재기念齋記」

나는 어디로 가 버렸을까?

어느 날 아침 술에서 깨고 보니 세상은 그대로인데 내가 나를 찾을 수가 없다. 나는 어디 있는가? 모든 것은 그대로 남겨 두고 벌거벗은 채 어디로 사라졌는가? 여기서 우리는 자못 심각한 자아분열의 현장을 목도하게 된다. 창밖의 세계, 방 안의 세계는 조금도 달라진 것이 없다. 다만 그 속에 있어야 할 나만이 실종된 것이다.

어느 날 아침 그레고르 잠자가 불안한 꿈에서 깨어났을 때, 그는 자신이 침대 속에 한 마리의 커다란 해충으로 변해 있는 것을 발견했다. …… '어찌 된 일일까?' 그는 생각했다. 결코 꿈은 아니었다. 약간 좁긴 해도 제대로 된 사람 사는 방이라 할 수 있는 그의 방은 낯익은 네 개의 벽으로 둘러싸여 있었다. …… 그레고르는 창 쪽으로 눈길을 돌렸다. 흐린 날씨가—창턱 함석 위로 빗방울 떨어지는 소리가 들렸다—그를 온통 우울하게 만들었다. '좀 더 잠을 청해 이런 어리석은 일을 잊도록 하자.' 그는 생각했다. 그러나 전혀 그럴 수가 없었다.[2]

흡사 위 카프카의 「변신」 첫 대목을 연상시키는 「염재기念齋記」는 자기 정체성을 상실해 버린 한 인간이 절망적 현실 앞에서 급기야 미쳐 버린 이야기다. 그래서 실종된 자아를 찾아 나서는 이야기다.

흥미로운 것은 정작 나는 사라졌는데, 나 자신을 객체화하여 바라보는 의식만은 여전히 존재한다는 것이다. 무력한 현실의 벽 앞에 비대해진 자의식의 과잉으로 읽힌다. 송욱이가 드디어 발광이 났구나. 아! 이 불쌍한 인간! 그것이 벌거벗은 채 나돌아다닐 생각을 하니 애처롭고 민망하여 의관을 품에 안고 온 길거리를 찾아다녔다. 한데 찾아다닌 그 사람은 누구인가? 송욱인가 아닌가? 점쟁이에게 가서 점을 친다. 송욱은 어디 있는가? 그렇다면 점치는 그 사람은 누구인가?

점쟁이는 주인은 놀러 가고 없고, 객만 남아 깃들어 쉴 데도 못 찾고 헤매고 있다고 한다. 그래도 구슬 아홉을 잃었지만 하나는 남았으니 7일 후엔 돌아오리라고 한다. 돌아올 뿐 아니라, 과거에 좋은 등수로 급제할 패라고 축하까지 한다. 아홉 개 구슬에서 하나만 남았다는 것은 무슨 뜻일까? 그것은 점쟁이의 점괘이니 우리는 가늠할 길이 없다. 그렇다면 송욱의 발광은 과거에 붙지 못해 생긴 병인가? 과거에 급제만 하면 깨끗이 나을 병인가?

그래서 마침내 송욱은 다시 우리 곁으로 돌아왔다. 그는 더 이상 자신을 잃는 일도 없이 과거 시험 때마다 자신 있게 유건儒巾을 눌러쓰고 어깨를 쫙 펴고 시험장에 들어가, 제 답안지에 잘 썼다고 비점批點을 찍고는 제가 제 붓으로 등수까지 써 놓고 나왔다. 과연 점괘는 효험이 있었구나.

사람들은 송욱더러 미쳤다 하고, 군자는 그가 미치긴 했어도 선비라고 한다. 또 이건 무슨 소리일까? 과거에 나가면서 과거를 염두에 두지 않으니 미친 것이요, 과거 같지 않은 과거에 응시하면서 급제할 마음을 까맣게 잊었으니 선비인 것이다. 어차피 과거 급제란 요행수가 아닌가? 설사 급제한들 그것은 재앙의 시작일 뿐이다. 그러니 과거 시험장에 들어앉아 희희낙락 제가 제 답안지 채점까지 해 버리니 통쾌하지 아니한가?

미치려거든 완전히 미쳐라

그러고 나서 글은 갑자기 계우季雨의 이야기로 건너뛴다. 이번에는 술 미치광이 이야기다. 술을 오죽 좋아했으면 제 호를 주성酒聖이라 했을까. 성聖이란 말을 함부로 입에 올리니 그도 정신이 온전한 사람은 아닌 게다. 그런 그를 보고 이번에 연암이 정수리에 일침을 놓는다. "술에 취해 잊으려 말고, 맨정신으로 잊어 보게. 이왕지사 미치광이가 되려거든 큰 미치광이가 되어 보게." 무엇을 생각지 말라는 것인가? 무슨 생각을 걷어 내라 함인가? 기껏 겉만 번드레한 자들을 향해 혐오감을 비치는 것은 미치광이가 아니다. 그것은 미치광이가 아니라 오히려 아직 그가 제정신을 지녔다는 징표다. 큰 미치광이는 그 안에 들어가 그들과 한통속이 되어 노닌다. 송욱이 과거 시험장에 들어가 제 답안지에 제가 점수를 매기듯이 말이다. 그리고 보면 술 먹고 세상을 삐딱하게만 바라보는 자네는 아직 미치광이가 아닐세. 정말 미치광이가 되어 보게. 어쭙잖게 미치지 말고 말일세. 정말이지 나도 미치고만 싶네그려.

그리하여 계우는 제집의 이름을 '염재念齋'라 하였다. 그렇다면 염재는 '생각하는 집'인가? 아니면 '생각을 잊는 집'인가? 이 집의 화두는 바로 '생각'이다. 그놈의 생각만 없어도 한세상 편히 지낼 수 있을 것이 아닌가. 바깥세상의 소리도, 방 안의 물건도 모두 제자리에 놓여 있듯, 송욱은 여태도 술 덜 깬 표정으로 그 이불 속에 팔자 좋게 누워 있었을 터인데, 그놈의 생각 때문에 극심한 자아분열을 일으켰던 것이다. 그렇다면 '염재'란 '생각에 대해 생각하는 집'이겠구나.

연암은 이렇게 말하며 글을 끝맺는다. "대저 송욱은 미친 사람이다. 또한 이로써 나 스스로를 권면해 본다." 송욱의 미친 짓으로 스스로를 권면하겠다니, 자신도 송욱과 같은 미치광이가 되었으면 싶다는 뜻이다. 그도 아직은 계우처럼 맨정신으로는 미칠 수가 없었던 게다. 이 세상을 버텨 내려면 아예 송욱처럼 신나게 미쳐 보든지, 아니면 마음속에서 그 미치겠다는 '생각'마저 걷어 내 버리든지 할 일이다. 어정쩡하게 술에 취해 세상을 삐딱하게 바라보는 것만으로는 결코 해결될 문제가 아니다. 미치자! 그것도 완전히 미치자! 그렇지 않으면 아무 생각 없는 멍청이가 되자! 그것만이 이 흐린 세상을 건너가는 방법이 될 테니까. 나는 연암의 이 글에서 그 이면에 묻어나는 안타까운 한숨을 읽는다.

함께 떠오르는 현대시 한 수. 김윤성金潤成 시인의 작품으로
제목은 「추억에서」이다. 『한국전후대표시집』에 실려 있다.

낮잠에서 깨어 보니

방안엔 어느새 전등불이

켜져 있고,

아무도 보이지 않는데

어딘지 먼 곳에서 단란한

웃음소리 들려온다.

눈을 비비고

소리 나는 쪽을 찾아보니

집안 식구들은 저만치서

식탁을 둘러앉아 있는데

그것은 마치도 이승과 저승의

거리만치나 멀다.

아무리 소리질러도

누구 한 사람 돌아다보지 않는다.

그들과 나 사이에는 무슨 벽이 가로놓여 있는가

안타까이 어머니를 부르나

내 목소리는 산울림처럼

헛되이 되돌아올 뿐

갑자기 두려움과 설움에 젖어
뿌연 전등불만 지켜보다
어머니 어머니
비로소 인생의 설움을 안
울음이 눈물과 더불어 한없이 쏟아진다.

아마도 가위눌린 꿈 한 자락을 노래한 것임 직하다. 그러나 세상을 살다가 문득 부딪치는 벽, 두려움과 설움들, 단란한 웃음소리는 언제나 어딘지도 모를 먼 곳에서만 들려오고, 뿌연 전등불 아래서 누구 한 사람 돌아다보지 않는 희미한 시계視界, 정작 나는 어디 있는가 하는 존재 증명을 위해 내쏟는 한없는 눈물과 울음들은 또 그것대로 전후戰後의 안쓰러운 내면 풍경을 보여 주고 있다. 그러나 그것이 송욱처럼 심각한 자기 실종으로까지 이어질 것 같지는 않다.

합격 축하의 속뜻

다시 연암으로 돌아가서, 과거에 합격한 이웃 사람에게 보낸 축하 편지 한 통을 읽어 보자. 과거 시험에 대한 연암의 평소 생각이 잘 드러나 있다. 제목은 「북쪽 이웃의 과거 합격을 축하하며賀北隣科」이다.

무릇 요행을 말할 때는 '만에 하나'라고들 하지요. 어제 과거에 응시한 사람은 수만 명도 더 되는데, 이름이 불린 사람은 겨우 스무 명뿐이니 참으로 만분의 일이라 할 만합니다. 문에 들어설 때에는 서로 짓밟느라 죽고 다치는 자를 헤아릴 수도 없고, 형과 아우가 서로를 불러 대며 찾아 헤매다가 서로 손을 잡게 되면 마치 다시 살아온 사람을 만난 듯이 하니, 그 죽어 나간 것이 '열에 아홉'이라고 할 만합니다. 이제 그대는 능히 열에 아홉의 죽음을 면하고 만에 하나의 이름을 얻었구려. 나는 무리 가운데에서 만분의 일에 영예롭게 뽑힌 것을 축하하지 않고, 다시는 열에 아홉이 죽는 위태로운 판에 들어가지 않게 된 것만 가만히 경사롭게 여깁니다. 즉시 몸소 축하해야 마땅하겠으나, 나 또한 열에 아홉의 나머지인지라, 바야흐로 드러누워 끙끙 앓으면서 용태가 조금 나아지기를 기다리고 있다오.[3]

과거에 급제했다고 이웃에서 한바탕 잔치가 벌어졌던 모양이다. 모두冒頭에서 과거 급제는 요행수일 뿐이라고 말을 걸쳐 놓고, 이른바 국가가 필요로 하는 인재를 선발한다는 과거 시험, 열이 들어가면 아홉이 죽어 나오는 그 시험에 급제한 것에 대해서는 조금도 축하하고 싶은 마음이 없고, 이제 다시는 그 난장판에 끼지 않아도 된 것만을 축하한다고 했다. 본문 중에 열에 아홉이 죽어 나간다는 이야기에서 우리는 퍼뜩 앞서 「염재기」에서 무슨 말인지 종잡을 수 없던, 점쟁이가 아홉을 잃고 하나만 남았으니 좋은 징조라고 하던 점괘 풀이를 확연히 이해할 수 있게 된다. 정작은 연암 자신도 그 시험장에서 만신창이가 되어 여태도 앓아 드러누워 있노라고 했다.

그가 보기에 당시 조선의 사회는 썩어 문드러질 대로 문드러져 제정신을 지닌 지식인이라면 아예 미쳐 버리거나 끙끙 앓아 드러누울 수밖에 없는 구제 불능의 상태라고 생각했던 것이다. 박종채朴宗采는 『과정록過庭錄』에서 이렇게 적고 있다.

당시 선군의 문장은 명성이 이미 온 세상을 떠들썩하게 울리었다. 매번 과거 시험이 있을 때마다 시험을 주관하는 자가 반드시 끌어당기려 하였으나, 선군은 그를 간파하고 혹은 응시하지 않거나 혹은 응시는 하되 시권試券을 제출하지 않으셨다. 하루는 과장科場에 있으면서 고송古松과 노석老石을 그리니, 세상에서는 서투르고 물정을 모른다고들 비웃었다. 그러나 이는 대개 달갑게 여기지 않는 뜻을 보이신 것이었다. ……
선군은 회시에 응시하지 않으려 하였으나 친우들이 억지로 권하는 자가 많아 드디어 마지못해 과장에 들어갔다가 시권을 제출하지 않고 나오셨다. 식견이 있는 사람들은 이를 듣고 모두들, 나아감에 구차하지 않으니 옛사람의 풍모가 있다 하였다. 장인인 유안옹遺安翁은 이때 고향집에 계셨다. 그 아들 이재성李在誠에게, "아무개가 회시에 응시하는 것은 나로서는 그다지 기쁘지 않다. 그 사람 역시 어찌 생각이 없겠는가." 하셨다. 시권을 제출하지 않았다는 소식을 듣고 몹시 기쁘게 여기셨다.[4]

그는 왜 모든 선비들이 목숨을 걸고 벌 떼같이 달려드는 과거 시험장에서 백지를 제출하거나, 한가롭게 고송古松 따위를 그리며 앉아 있었던 걸까? 과거 시험이란 그에게 어떤 의미였을까? 송욱처럼 미치지 않고는 견딜 길 없던 세상, 나라를 잘 다스려 세상을 구제하리라는 경국제세經國濟世의 포부를 실현하겠다고 익힌 공부가 국가 사회를 위해 쓰일 수 없고, 고작 권문權門에 빌붙어 일신의 영달을 구하는 데만 쓸모 있게 된 세상, 달아 삼켜 놓고는 쓰다고 뱉는 그런 세상에 대한 절망 때문은 아니었을까? 그때의 그 세상은 눈앞의 지금과도 별로 달라진 것이 없다.

그러니 차라리 저 장주莊周의 훨훨 나는 호접몽胡蝶夢의 자유경自由境을 부러워도 해 볼 일이다. 그런데 청나라 장조張潮는 『유몽영幽夢影』에서 "장주가 꿈에 나비가 되니 장주의 행운이었고, 나비가 꿈에 장주가 되니 나비의 불행이었다.(莊周夢爲胡蝶, 莊周之幸也. 胡蝶夢爲莊周, 胡蝶之不幸也.)"고 그나마도 툭 쏘았다. 그렇지만 장주와 나비의 행불행幸不幸이란 것도 따지고 보면 꿈속 꿈의 잠

294

박지원, 〈국죽도菊竹圖〉

연암은 왜 과거 시험장에서 백지를 제출하거나, 한가롭게 고송古松 따위를 그리며 앉아 있었던 걸까? 나라를 잘 다스려 세상을 구제하리라는 포부를 실현하겠다고 익힌 공부가 고작 일신의 영달을 구하는 데만 쓸모 있게 된 세상에 대한 절망 때문은 아니었을까?

꼬대 같은 소리일 뿐이다. 그럴진대 과연 발가벗고 방을 뛰쳐나
간 나는 여태 어디서 헤매 돌고 있는 걸까? 지금 이 글을 쓰고 있
는 나는 정말 나일까?

16

——

스님! 무엇을 봅니까.

을유년 가을, 나는 팔담八潭에서부터 거슬러 가서 마하연摩訶衍으로 들어가 치준대사緇俊大師를 방문하였다. 대사는 손가락을 깍지 껴서 인상印相을 만들고는 눈은 코끝을 바라보고 있었다. 작은 동자童子가 화로를 뒤적이며 향에 불을 붙이는데, 연기가 동글동글한 것이 마치 헝클어진 머리털을 비끄러매어 놓은 것도 같고, 자욱한 것은 지초芝草가 무성히 돋아나는 듯도 하여, 그대로 곧게 오르다가는 바람도 없는데 절로 물결쳐서 너울너울 춤추듯 흔들려 마치 가누지 못하는 것 같았다.

동자가 홀연히 묘오妙悟를 발하여 웃으며 말했다.

"공덕功德이 이미 원만하다가 지나는 바람에도 움직여 도는구나. 내가 부처를 이룸도 한낱 무지개를 일으킴이로다."

대사가 눈을 뜨며 말했다.

"얘야! 너는 그 향을 맡은 게로구나. 나는 그 재를 볼 뿐이니라. 너는 그 연기를 기뻐하나, 나는 그 공空을 바라보나니. 움직이고 고요함이 이미 적막할진대 공덕은 어디에다 베풀어야 할꼬?"

동자가 말했다.

"감히 여쭙겠습니다. 무슨 말씀이신지요?"

대사가 말했다.

"너는 시험 삼아 그 재의 냄새를 맡아 보아라. 다시 무슨 냄새가 나더냐? 너는 그 텅 빈 것을 보거라. 또 무엇이 있더냐?"

동자가 눈물을 줄줄 흘리며 말했다.

"옛날에 스승님께서 제 정수리를 문지르시며 제게 다섯 가지 계율을 내리시고 제게 법명法名을 주셨습니다. 이제 스승님께서 말씀하시길, 이름은 내가 아니요, 나는 곧 공空이라 하십니다. 공은 형체가 없는 것이니 이름은 장차 어데다 쓴답니까? 청컨대 그 이름을 돌려드리렵니다."

대사가 말했다.

"너는 순순히 받아서 이를 보내도록 해라. 내가 예순 해 동안 세상을 살펴보았으되, 사물은 한자리에 머무는 법 없이 도도히 모두 가 버리는 것이더구나. 해와 달도 흘러가 잠시도 쉬지 않으니, 내일의 해는 오늘이 아닌 것이다. 그럴진대 맞이한다는 것은 거스르는 것이요, 끌어당기는 것은 애만 쓰는 것이니라. 보내는 것을 순리대로 하면, 너는 마음에 머무는 것도 없게 되고, 기운이 막히는 것도 없게 되겠지. 명命에 따라 순응하여 명命으로써 아我를 보고, 이理로써 떠나보내 이理로써 물物을 보면, 흐르는 물이 손가락에 있고 흰 구름이 피어날 것이니라."

내가 이때 턱을 받치고 곁에 앉아 이를 듣고 있었는데 참으로 아마득하였다.

백오伯五 서상수徐常修가 그 집을 관재觀齋라고 이름 짓고서 내게 서문을 부탁하였다. 대저 백오가 어찌 치준 스님의 설법을 들었단 말인가? 드디어 그 말을 써서 기記로 삼는다.[5]

―「관재기觀齋記」

손가락 끝에서 흰 구름이 피어나리

담배가 방생한 연기는 지금
어디쯤 자유로이 날아가고 있을까

우리들 삶을 연기와 같다고 말하지만
흔적도 없이 사라진다고 말하지만

담배연기,
담배연기를 보며
허무와 자유는 같은 의미를 지니고 있다는 사실을 깨닫는다.

박상천의 「방생放生·5」란 작품이다. 시인은 삶이란 흔적도 없이 허공으로 날아가 버린 담배 연기와 같은 거라고 말한다. 그것은 자유롭지만 그렇기에 허무한 거라고 말한다. 내 입에서 뿜어져 나간 담배 연기, 허공으로 사라져 버린 담배 연기, 분명히 있었지만 찾을 길 없는 담배 연기. 그는 왜 담배 연기를 보며 허무와 자유를 같이 떠올렸을까? 자취도 없이 사라졌으니 허무하고, 얽매임 없이 제멋대로 날아가고 있기에 자유롭다고 했다. 그런데 허무는 자유로운가? 자유는 과연 허무한 것인가? 담배 연기는 허무한가? 우리네 인생은 자유로운가? 인생이 허무한 줄은 알아도, 그 속에 자유가 있는 줄은 알지 못하기에 삶의 번민은 늘어만 가는 것이다.

앞에서 「염재기念齋記」를 읽었으니 이번에는 「관재기觀齋記」를 읽어 보기로 한다. 염재念齋가 생각하는 집이라면 관재觀齋는 바라보는 집이다. 무엇을 생각하고 무엇을 바라본단 말인가? 눈앞에 보이는 것은 우리에게 생각을 일으키고, 그 생각의 덩어리들에 둘러싸여 사는 것이 우리네 인생이니, 어떻게 바라보고 어떻게 생각하느냐 하는 것은 참으로 심각한 문제가 아닐 수 없다.

스승은 가부좌를 틀고 인상印相을 엮은 채 좌선삼매坐禪三昧에 빠져 있다. 곁에서 동자승은 향에 불을 붙이려고 화로를 뒤적인다. 이윽고 불이 붙자 연기가 모락모락 피어난다. 둥글둥글 묶은 머리 모습도 같고 무성히 돋아나는 지초의 모양인가도 싶다. 연기는 아무 방해 받는 것 없이 곧장 뭉게뭉게 피어오른다. 그러더니 어디서 바람이 불어온 것도 아닌데 갑자기 요동을 치더니만 너울너울 흔들려 사라지고 마는 것이다.

허공에 흩어지는 연기를 바라보던 동자는 마음에 문득 스치는 생각이 있었겠지. 그렇다! 온 방에 가득히 피어오르던 연기가 곧장 하늘로 닿을 듯하더니 보이지 않는 바람에도 견뎌 내지 못하고 흩어져 버렸구나. 내가 부처를 이루려고 용맹 정진하면서 원만한 공덕을 쌓는 것은 허공으로 연기가 모락모락 피어오르던 것과 같다. 그런데 그 연기는 바람에 움직여 흔들리다가 어느 순간 종적도 없이 사라져 버렸다. 나의 피나는 수행으로 얻은 원만한 공덕도 어느 순간 아무것도 아닌 무無로 화해 버리고 마는 것이 아닐까? 그럴진대 내가 공덕을 쌓아 부처를 이루겠다는 소망은 비 온 뒤 잠시 섰다가는 이내 사라져 버리고 마는 무지개와 같은 허망한 꿈이 아닐까? 큰스님! 그리고 보면 모든 것이 저 연기와 같이 허망한 것이로군요. 모든 집착을 버려야 하는 것이로군요. 부처가 되겠다는 생각도, 번뇌를 끊겠다는 마음도 저 연기처럼 허공에 던져 버려야 하는 것이로군요.

스님은 그제야 조용히 눈을 뜨며 말한다. 애야! 너의 코는 아직도 향기에만 빠져 있구나. 나는 그것이 타고 남은 재를 볼 뿐이니라. 향기는 아름답고 재는 쓸모없다는 그 분별의 마음을 네 속에서 걷어 내거라. 향기에 도취되지 말고 타고 남은 재가 다시 기름이 되는 그 이치를 헤아려야지. 네 눈은 왜 허공 위로 모락모락 피어나는 연기만을 기뻐하지? 그러기에 바람에 흔들려 연기가 사라지면 슬픔이 생기는 것이 아니냐. 연기가 사라지면 향기도 스러지고, 다만 재와 허공이 남을 뿐이다. 그렇다면 연기는 허공이요 향기는 재인 것을. 무엇이 기쁘고 무엇이 슬플 일이라더냐? 태어남은 한 조각 뜬구름이 일어남이요(生也一片浮雲起), 죽음 또한 한 조각 뜬구름이 스러지는 것(死也一片浮雲滅)인 것을. 연기에 눈을 뺏기고 향기에 코를 뺏기고서 무지개의 허망한 아름다움만을 뒤쫓는다면 공덕이 있다 한들 무엇에다 베풀겠느냐? 너는 지금 무엇을 깨달았다는 것이냐? 어서 그것을 내놓아 보아라.

스님! 무슨 말씀이신지요. 제자는 심히 헤아리기 어렵습니다. 애야! 저기 타고 남은 재가 있지? 너 거기에 코를 대고 냄새를 맡아 보아라. 향기가 남아 있느냐? 너 저 허공을 살펴보거라. 무슨 연기가 남아 있더냐? 아까는 분명히 있었으되 이제는 맡을 수 없고, 좀 전에 또렷이 있었지만 어느새 찾을 길이 없다. 향香이라는 이름, 연기라는 허상을 좀체 놓지 못하니 미망迷妄이 생기고 집착이 생기는 게야. 그것을 놓아 버릴 줄 알아야지.

스님! 그럼 저더러 어찌하란 말씀이신가요? 예전 제게 법명法名을 내리시며, 살생하지 말고 도적질하지 말며, 간음하지 말고 망령된 언동을 하지 말며, 술을 마시지 말라는 계율을 주셨지요. 그래 놓고 이제 와서 향이 곧 재이고 연기는 곧 공空이라 하시며, 이름은 내가 아니요 나는 곧 공空이요 무無일 뿐이라고 하십니다 그려. 제자는 심히 의혹하나이다. 그렇다면 제게 이름이 무슨 소용이랍니까? 제게 주신 그 이름 다시 돌려드리렵니다, 스님!

집착을 끊어라

제자야! 너는 아직도 이름에 집착하고 있구나. 집착을 끊겠다고 이름마저 버린다면 너는 과연 누구냐? 또 이름을 버릴진대 과연 집착도 끊어지게 되는 것일까? 이름만 버려서 집착을 끊을 수 있다면 무에 어려울 것이 있겠느냐? 향을 사르면 연기가 피어오르고, 연기는 허공에 사라져 버린다. 타고 남은 재에는 향기가 없고 사라진 연기는 찾을 길이 없으니, 그 향기와 연기는 분명히 있었으되 어디에도 없는 것을. 내 육십 평생을 살다 보니 만물이 소장消長하는 이치가 꼭 이와 같더구나. 사물은 어느 것 하나 그 자리에 머무는 법이 없이 끊임없이 변화하고 생성 소멸하는 것일 뿐이니라. 우리네 인생도 저와 같아서 무엇을 이룬다 함도 허망할 뿐이고, 무엇을 남긴다 함도 덧없을 따름이다. 그저 왔다가 바람결에 사라져 버리는 연기와 같은 것을. 그것이 비록 한때는 아름다운 향기였다 할지라도 지나고 나면 싸늘히 식은 재에 불과한 것을. 제자야! 명심하도록 해라. 내일은 오늘이 아니요, 오늘은 어제가 아니니라. 그러니 아직 오지 않은 내일을 오늘로 끌어올 수가 없고, 가 버린 어제를 오늘에 붙들어 둘 수는 없는 것이야. 그저 해와 달이 쉬지 않고 운행을 계속하듯, 오는 인연 마다않고 가는 인연 연연치 말아야지. 순리로 받아들여 순리대로 보내면 되는 것을. 네 마음에 아무것도 들이지 않고, 네 생각에 엉킨 집착도 없이 천명天命에 순응하여 천명으로 '아我'를 바라보고 이理로써 떠나보내 '물物'을 살핀다면, 네 손가락 끝에서 강물이 흘러가고 흰 구름이 뭉게뭉게 일어날 것이니라. 그저 이름만 버린다고 될 일이 아니니라. 네가 이 이치를 알겠느냐? 깨달을 수 있겠느냐?

바람도 없는 공중에 수직의 파문을 내며 고요히 떨어지는 오동잎은 누구의 발자취입니까?

지리한 장마 끝에 서풍에 몰려가는 무서운 검은 구름의 터진

틈으로, 언뜻언뜻 보이는 푸른 하늘은 누구의 얼굴입니까?

꽃도 없는 깊은 나무에 푸른 이끼를 거쳐서, 옛 탑 위에 고요한 하늘을 스치는 알 수 없는 향기는 누구의 입김입니까?

근원은 알지도 못할 곳에서 나서 돌부리를 울리고 가늘게 흐르는 작은 시내는 굽이굽이 누구의 노래입니까?

연꽃 같은 발꿈치로 가이 없는 바다를 밟고, 옥 같은 손으로 끝없는 하늘을 만지면서, 떨어지는 해를 곱게 단장하는 저녁놀은 누구의 시입니까?

타고 남은 재가 다시 기름이 됩니다. 그칠 줄을 모르고 타는 나의 가슴은 누구의 밤을 지키는 약한 등불입니까?

만해 한용운의 「알 수 없어요」 전문이다. 향은 타고 나면 재가 남지만, 만해는 그 타고 남은 재가 다시 기름이 된다고 썼다. 타고 남은 재에서 단지 허무虛無와 공적空寂만을 본다면 그것은 깨달음이랄 수도 없다. 그처럼 그칠 줄 모르며 타는 나의 가슴이 있어, 재가 되고 허공이 된 뒤에도 허무적멸虛無寂滅로 스러지지 않고 알 수 없는 향기가 되고 작은 시내의 노래가 되며, 오동잎의 파문이 되어 온 우주를 껴안을 수 있게 되는 것이다.

내 친구 서상수徐常修가 제집 이름을 '관재觀齋'라고 지었다. 여보게, 백오伯五! 자네는 관재에서 도대체 무엇을 보겠다는 것인가? 타고 남은 재를 보는가? 허공으로 흩어지는 연기를 보는가? 허망한 이름을 보는가? 부질없는 공덕을 보는가? 마음에 머물리는 집착을 걷어 내고, 명命을 따라 아我를 보고, 이理에 실어 물物을 보게. 그것이야말로 실답게 '보는' 것이 아니겠는가?

탁탁톡톡 탁탁톡톡

짤막한 편지글 두 편을 함께 더 읽어 본다. 두 편 모두 벗을 향한 애틋한 그리움을 내용으로 하고 있다.

이별의 말이 간절해도, 이른바 천리 길에 그댈 보내매 마침내는 한 번 이별일 뿐이라는 것이니 어찌하겠소. 다만 한 가닥 가녀린 정서情緖가 이리저리 감겨 면면이 끊어지지 않으니, 마치 허공 속의 허깨비 꽃과도 같구려. 와도 어디서 좇아오는지 모르겠고, 떠나가도 다시금 애틋할 뿐이라오.
접때 백화암百華菴에 앉았노라니, 암주菴主인 처화處華가 먼 마을에서 바람결에 들려오는 다듬이 소리를 듣고는 그 비구인 영탁靈托에게 게偈를 내려 말하더군요.
"탁탁톡톡 하는 소리 어디 먼저 떨어질꼬?"

그러자 영탁이 손을 맞잡고 말합디다.

"먼저도 아니요 나중도 아니거니, 어디에서 이 소리를 듣겠습니까?"

어제 그대가 정자 위에서 난간을 돌며 서성거릴 때 저는 또 다리 어귀에서 말을 세우고 있었는데, 그 사이의 거리가 하마 1리 남짓 되더군요. 그때 우리 두 사람이 서로 바라보던 곳은 또 어디쯤이었을까요?⁶

「경지에게 답하다答京之」 첫 번째 편지다. 벗과 헤어진 뒤 그 연연하고 애틋한 정서를 절묘하게 포착한 소품이다. 잘 가시게, 잘 있게. 이별의 말을 나누자 어느새 가슴 한구석이 메어 온다. 무어라 꼭 꼬집어 말할 수는 없지만, 가녀린 명주실이 온몸을 이리저리 감싼 듯 떨칠 길 없는 면면한 정서가 내 마음 위로 흐른다. 그것은 분명히 있되 볼 수가 없으니 허공 속의 환화幻花가 아니겠는가? 이런 정서는 어디서 와서 어디로 사라지는 것일까?

그리고 나서 연암은 뜬딴지같은 선문답禪問答을 늘어놓는다. 깊은 밤 먼 데 마을에서 겨울옷을 다듬이질하는 소리가 들려온다. 탁탁톡톡, 탁탁톡톡. 리듬을 타고 쉴 새 없이 들려오는 그 소리를 듣다가 문득 백화암百華菴의 주지인 처화處華 스님이 상좌에게 질문을 던진다. "저 다듬이 소리가 허공으로 올라갔다가 가장 먼저 떨어지는 곳이 어디쯤인고?" 영탁靈托은 조금의 망설임도 없이 이렇게 대답한다. "스님! 앞에도 없고 뒤에도 없으니 소리는 무슨 소리를 듣는답니까?" 소리가 떨어지는 지점을 묻는데, 아예 소리조차 듣지 못했다고 한다. 동문東問에 서답西畓으로 사제 간의 선문답은 싱겁게 끝이 나고 말았다. 사실 앞인지 뒤인지를 군이 따져 헤아리는 분별지分別知를 마음에서 걷어 내고 보면, 소리의 집착을 넘어서는 대자유의 경계가 펼쳐지는 법이다.

어제 내가 그대와 헤어진 뒤 그대는 마음을 가누지 못하고 정자 난간을 세며 돌고, 나도 차마 걸음이 떨어지지 않아 다리 어귀에서 말을 세우고 그대가 서성이는 그 모습을 바라보았소. 그때 우리 두 사람이 바라보던 그 지점은 어디였을까요? 허공의 환화와 같은 그리움이 만나던 지점은 앞이었던가요, 뒤였던가요? 아니, 우리의 마음은 애초에 떨어짐이 없이 하나였는데, 만나기는 어디서 만난답니까?

> 저물녘 용수산龍首山에 올라 그댈 기다렸지만 오시질 않더군
> 요. 강물만 동편에서 흘러와서는 어디로 가는지 보이지 않더
> 이다. 밤이 이슥하여 달이 떠오길래 정자 아래로 돌아왔지요.
> 늙은 나무가 희뿌연데 사람이 서 있길래, 나는 또 그대가 나보
> 다 먼저 그사이에 와 있는가 생각했었다오.[7]

「창애에게 답하다答蒼厓」 다섯 번째 편지다. 오기로 한 벗은 기다려도 오지 않고, 강물만 멀리서 흘러와서는 또 어둠 속으로 흘러가 버린다. 밤 깊어 달이 둥실 떠오길래 만나기로 한 정자 아

래로 돌아오는데 희뿌연 나무 밑을 보니 사람이 하나 우두커니 서 있다. 반가운 마음에 그대가 나를 놀래 주려고 그사이에 먼저 와 있는가 했더라는 사연이다. 마음에 긴 여운을 남긴다.

뭐 연기처럼 왔다가 티끌로 스러지고 마는 허무한 인생이라고는 하지만, 이런 따뜻한 편지라도 한 통 주고받으며 산다면 세상 사는 재미가 그 얼마나 푸근할 것이랴. 옛글을 읽다 보면 참 우리가 멋도 없이 사는구나 싶을 때가 많다. 앞서 본 치준 스님에 대한 이야기는 연암의 「풍악당집 서문楓嶽堂集序」에도 다른 삽화로 실려 있다.

17

—

지황탕地黃湯 위의 거품.

주공塵公 스님이 입적한 지 엿새 되던 날 적조암寂照菴 동대東臺에서 다비를 하였다. 그곳은 온숙천溫宿泉 노송나무 아래에서 열 걸음 거리도 되지 않았다. 밤마다 항상 빛이 있었는데, 벌레의 등에서 나는 초록빛이나 물고기 비늘의 흰빛, 썩은 버드나무의 검은빛과도 같았다. 대비구大比丘 현랑玄郞이 대중들을 이끌고서 마당을 돌다가 재계하고 두려워 떨며 마음으로 공덕 쌓기를 맹세했다. 나흘 밤이 지나서야 스님의 사리 세 매를 얻어, 장차 부도浮圖를 세우려고 글과 폐백을 갖추어 나에게 명銘을 청하였다.

내가 평소에 불가佛家의 말을 잘 알지 못하지만 애써 부탁하는지라, 이에 시험 삼아 물어보았다.

"여보시게 현랑! 내가 옛날에 병으로 지황탕地黃湯을 복용할 적에 즙을 걸러 그릇에 따르는데 자잘한 거품이 부글부글 일지 뭔가. 금싸라기나 은별도 같고, 물고기 아가미에서 나오는 공기 방울 같기도 하고 벌집인가도 싶더군. 거기에 내 모습이 찍혀 있는데, 마치 눈동자에 부처가 깃들어 있기나 한 듯이 제가끔 상相을 드러내고, 영락없이 성性을 머금었더란 말일세. 그런데 열이 식고 거품이 잦아들어 마셔 버리자 그릇은 그만 텅 비고 말더란 말이야. 앞서는 또렷하고 분명했는데 누가 자네에게 그것을 증명해 보일 수 있겠나?"

현랑은 머리를 조아리며 말했다.

"아我로써 아我를 증명할 뿐, 저 상相이란 것은 상관할 것 없겠습지요."

내가 크게 웃으며 말했다.

"마음으로 마음을 본다고 하니, 마음이란 게 몇 개나 있더란 말인고?"

이에 시로 잇대어 말하였다. 乃爲係詩曰

구월이라 하늘엔 서리 내리니 九月天雨霜

온갖 나무 시들어 잎이 지누나. 萬樹皆枯落

꼭대기의 가지를 언뜻 보니까 瞥見上頭枝

벌레 먹은 잎 사이로 열매가 하나. 一果隱蠹葉

위쪽은 붉은데 아래쪽은 누릇푸릇 上丹下黃靑

굼벵이가 반쯤 먹어 씨가 드러났구나. 核露蟠半蝕

아이들 올려다보고 섰다가 群童仰面立

손을 모아 앞다퉈 따려고 하네. 攢手爭欲摘

돌멩일 던져 봐도 멀어 안 맞고 擲礫遠難中

장대를 잇대지만 높아 안 닿네. 續竿高未及

갑자기 바람 맞아 흔들려 떨어지매 忽被風搖落

온 숲을 뒤져 봐도 찾을 수 없네. 遍林索不得

아이들 나무 돌며 잉잉 울면서 兒來繞樹啼

애꿎게 까마귀와 까칠 욕하네. 空罵烏與鵲

내 이제 아이들로 비유하노니　　　　　我乃比諸兒

네 눈엔 마땅히 나무 있으리.　　　　　爾目應生木

우러러보다가 이를 놓쳐도　　　　　　爾旣失之仰

굽어보아 주울 줄은 모르는도다.　　　不知俯而拾

열매야 떨어지면 땅에 있는 법　　　　果落必在地

발밑에서 응당 밟힐 터인데,　　　　　脚底應踐踏

어이해 허공에서 이를 찾는가　　　　　何必求諸空

실다운 이치는 씨 속에 있는 것을.　　實理猶存核

씨를 일러 ‘인仁’ 또는 ‘자子’라고 하니　謂核仁與子

생생불식生生不息 그 이치를 말한 것이라.　爲生生不息

마음으로 마음을 전한다면은　　　　　以心若傳心

주공탑에 나아가서 증명해 보게.　　　去證塵公塔[8]

　　　　　　　　　　　　　—「주공탑명塵公塔銘」

좀 전엔 있었지만 지금은 없다

주공塵公의 부도탑浮圖塔에 새긴 글 「주공탑명塵公塔銘」은 윤광
심尹光心이 엮은 『병세집幷世集』과 이규경李圭景의 『시가점등詩家
點燈』에 연암의 대표작 가운데 하나로 수록되었을 만큼 당대 문
인들에게서 그 예술성을 인정받았던 작품이다. 행간이 미묘할 뿐
아니라, 전체 글이 중층의 비유로 이루어져 있어 의미 파악이 쉽
지 않다.

첫 단락은 명銘을 쓰게 된 전후 사실을 적고 있다. 주공 스님
의 입적 사실과 다비식을 거행하는 과정에서 생긴 이상한 일들,
그리고 사리 수습 및 부도탑을 세우려고 탑명塔銘을 자신에게 청
탁해 온 일 등을 기술하였다.

주공 스님이 입적한 지 엿새 만에 다비식을 거행하는데, 그곳
은 적조암寂照菴의 동대東臺였다. 회회檜나무 그늘 아래 동대에선
이후 밤마다 이상한 빛이 떠돌았다. 반딧불 같기도 하고, 희뜩한
물고기 비늘 빛인가도 싶고, 또 어찌 보면 썩은 버드나무의 거무
스레한 빛인 것도 같았다.

밤마다 나타난 이 녹綠·백白·현玄의 세 가지 빛은 대체 어떤
의미를 나타내고 있을까? 연암이 즐겨 빌려 읽었다는 이덕무李德
懋의 『이목구심서耳目口心書』에 이와 관련된 언급이 보인다.

물고기의 부레나 밤버섯은 모두 밤중에 빛을 낸다. 썩은 버드

나무는 한밤중에는 마치 인불[燐火] 같다. 고양이가 캄캄한 밤에 등을 털면 불빛이 번쩍번쩍한다. 이 네 가지 것들은 음陰의 종류이지만 음이 지극하게 되면 밝음과 통하게 된다.

이 인용에 따르면 본문에서 말하고 있는 "벌레의 등에서 나는 초록빛이나 물고기 비늘의 흰빛, 썩은 버드나무의 검은빛"이란 다름 아닌 '지음至陰'한 기운이 뿜어내는 '밝음'을 나타낸다. 무리와 함께 마당을 돌다가 스승의 시신을 안치한 대좌臺座 위로 밤마다 떠돌던 음산한 빛을 보고 그것을 스승의 남은 넋에서 뿜어져 나오는 신령스러운 기운으로 알았던 현랑玄郎 등은, 돌아가신 스승의 정신이 아직도 여기 머물러 자신들을 질책하는가 싶어, 놀라 두려워 떨며 공덕功德 쌓기를 다짐했던 것이다. 다시 그렇게 나흘이 지난 뒤에야 거기에 답하기라도 하듯 주공 스님은 세 과顆의 사리를 남겨 응험하였다. 감격한 제자들은 이 일을 자세히 적어 연암을 찾아와 사리탑에 명문銘文 써 줄 것을 간청하기에 이르렀던 것이다.

다시 여기에 두 번째 단락이 이어진다. 연암은 현랑의 요청에 불교를 잘 모른다며 사양한다. 통상적으로 이 대목은 주공의 일생 사적事跡이 기술되어야 할 장면인데, 연암은 정작 독자들이 궁금해하는 주공 스님에 대해서는 한마디도 하지 않은 채 엉뚱한 이야기를 꺼내 든다. 그것은 지황탕의 비유다.

이 비유를 풀어 설명하면 다음과 같다. 지황탕을 복용할 때,

약탕관에 끓여 건巾으로 받쳐 내어 막대를 엇걸어 즙을 짜내면, 부글부글 거품이 일어 그릇 위를 덮는다. 그 모양은 꼭 물고기가 뱉어 내는 물방울 같고 벌집 모양인가도 싶다. 그런데 그 거품 방울 하나하나마다 신기하게도 내 모습이 모두 찍혀 있다. 현상함성現相含性이란 말 그대로 내가 어떻게 백이 되고 천이 되어 헤아릴 수 없는 상相 속에 제가끔 성性을 드러낼 수 있을까? 그런데 약이 식어 거품이 잦아들어 다 마셔 버리자, 거품 위에 떠 있던 수백 수천의 나는 그만 간 곳도 없이 사라져 버렸다. 그 많던 나는 어디로 갔을까? 좀 전엔 분명히 있었는데 금세 찾을 길이 없는 나, 좀 전에 내가 보았던 것은 허깨비였을까? 그렇지 않다. 그러나 거품이 사라지고 난 지금, 금방 내 두 눈으로 똑똑히 보았던 그 많던 나의 실체를 증명해 보일 방법이 없다.

무슨 얘길까? 주공이 며칠 밤을 이상한 빛으로 떠돌다가 세 개의 사리를 남기고 떠났듯이, 인간이 이 세상에 왔다가 가는 것은 지황탕 위에 부글부글 일던 거품이 어느 순간 사라져 버리는 것과 한가지다. 밤마다 허공을 떠돌던 이상한 빛을 누가 증명해 보일 수 있을까? 주공이 남긴 단 세 개의 사리가 그 증명이 될 수 있을까? 그 사리를 담은 부도를 세워 거기에 내 글을 적어 새기면 주공이 이 세상에 왔다 간 존재 증명이 될 수 있을까? 주공은 분명히 이 세상에 존재했었다. 그가 죽은 뒤에는 밤마다 이상한 빛이 떠돌았었다. 이 사리탑이, 또 거기에 새긴 탑명이 그것을 증언할 수 있을까? 그것은 마치도 분명히 있었지만 있지 않은 지황탕 위의 거품, 또 거기에 비쳐 보이던 나의 모습과도 같은 것은 아닐까?

탑 세우는 일은 왜 허망한가?

이쯤에서 우리는 앞서 「관재기觀齋記」에서 살펴본 바 있는 치준緇俊 스님과 동자童子의 문답을 떠올리게 된다. 향을 피우자 몽글몽글 피어오르던 연기가 마침내 허공으로 사라져 버리고 재만 남은 것을 두고 묘오妙悟를 발한 동자에게, 향을 맡지 말고 재를 보며 연기를 기뻐하지 말고 공空을 바라보라고 하던 치준 스님의 일갈과 이 대목은 매우 유사하다.

그러자 현랑은 공손한 태도로 대답한다. "선생님! 저 외물의 상相으로써야 무엇을 증명할 수 있겠습니까? 단지 마음으로 보아 마음으로 느껴 깨달을 따름입지요. 거품 같은 외물이야 상관할 것이 있겠습니까?" 이에 연암은 크게 웃는다. "상相과는 무관하다? 마음으로 마음을 본다? 그럴진대 그대는 어찌하여 스승이 남긴 사리라는 상相에 집착하여 탑을 세우려 하는가? 마음으로 마음을 본다니, 마음을 증명하는 그 마음은 또 어떤 마음이란 말인가? 본래 아무것도 없으니 어찌 아我로써 아我를 증명할 수 있으랴! 아我는 본시 허무虛無이고 적멸寂滅인 것을. 그대의 그 말이 심히 허탄하지 않은가?"

이렇게 윗글의 비유와 문답을 풀어 보면, 대개 연암이 「주공탑명」을 통해 하려 했던 이야기의 맥락이 짚인다. 요컨대 스승의 시신 위로 떠돌던 이상한 빛과 스승이 남기고 간 세 과의 사리, 어쩌면 지황탕 위의 거품과도 같을 뿐인 그것을 스승의 전부인 양 여겨 사리탑을 세우겠다고 수선을 떠는 현랑 등이 마땅치 않다는 것이다.

연암의 지황탕 비유를 통한 힐난에 현랑은 "아我로써 아我를 증명할 뿐, 저 상相이란 것은 상관할 것 없겠습지요."라는 자못 현학적인 수사로 대답을 비껴가려 했다. 그러면서도 저는 정작 '피상彼相'에서 전혀 자유롭지 못하고 거기에 얽매여 조금도 벗어나지 못하고 있는 것이다. 존재로서의 '아我'와 그것이 '아'임을 증명하는 '아'는 별개의 '아'일 수가 없다. 그렇다고 그것이 '아'와 무관한 '상相'일 수도 없다. 현랑은 아로써 아를 증명할 뿐이기에 저 바깥의 상과는 무관하다고 주장했지만, 정작 그는 아로써 상을 보고, 상으로써 아를 증명하려 든 셈이다. 그렇다면 어찌해야 마음으로 입증하여 비추는 깨달음을 얻을 수 있을까?

그러고 나서도 연암은 주공의 생애에 대해서는 조금의 관심도 보이지 않고 선문답처럼 시 한 수를 현랑에게 던진다. 지황탕의 비유가 이번에는 높은 나뭇가지에 걸린 열매의 비유로 전개된다. 정상적인 글이라면 이른바 탑명塔銘이 들어설 자리다. 그런데 그는 비슷한 성격의 다른 글에서 예외 없이 그랬던 것처럼 분명하게 '명왈銘曰'이라 하지 않고, 단지 '내위계시왈乃爲係詩曰'이라고만 말하여 아예 명을 쓰지 않을 작정임을 슬며시 내비쳤다. 아니 명銘뿐 아니라 명에 앞서 기술되었어야 마땅할 주공의 생애마저도 완전히 외면해 버리고 있다.

서리 맞은 나뭇잎은 죄 떨어지고, 벌레 먹은 잎새 사이로 미처 덜 익은 감 하나가 내걸려 있다. 열매에는 벌레가 갉아 먹어 드러난 씨앗이 보인다. 그 아래엔 군침을 흘리며 그 과일을 올려다보는 꼬맹이들이 있다. 돌멩이도 던져 보고, 장대를 이어도 보지만 종내 어찌해 볼 도리가 없다. 그러다 느닷없이 불어온 바람에 그 열매는 땅에 떨어지고 말았다. 그러나 아이들은 여전히 허공만 바라보며, 군침을 삼키면서 바라보던 그 감을 까마귀와 까치가 먹어 버린 줄로만 생각한다는 것이다.

이것은 또 무슨 얘길까? 서리 맞아 잎을 다 떨군 나무에 걸린 열매 하나, 혹은 벌레가 먹어 드러난 씨앗은 바로 세상을 뜬 주공의 시신 위로 떠돌던 이상한 빛이거나, 시신을 태우고 난 재에서 추슬러 낸 세 알의 사리와 대응된다. 그것만 군침 흘리며 바라보던 꼬맹이들은 마당을 돌며 그 빛을 보고 두려워 떨던 현량의 무리다. 어느덧 땅에 떨어져 찾을 길 없게 된 열매는 다비 끝에 한 줌 재로 화해 버린 주공의 육신이다. 발을 동동 구르는 아이들은 안타까워 부도라도 세우겠다고 다짐하는 현량 등이다. 그러나 정작 열매는 땅 위에 떨어져 있는 것을 그들은 모른다. 정작 주공의 정신은 다 타 버린 한 줌 재 속에 살아 숨 쉬고 있음을 현량은 알지 못한다. 열매를 열매 되게 하는 이치가 씨 속에 담겨 있다. 그러나 주공을 주공 되게 하는 이치는 과연 세 알의 사리 속에 담겨 있는 것일까? 한 개의 작은 씨 속에 한 그루 커다란 나무의 살아 숨 쉬는 생생불식生生不息의 이치가 담기어 있듯, 주공이 남기고 간 세 알의 사리 속에서 우리는 주공의 진면목과 만날 수 있을까? 어쩌면 그것은 지황탕 위에 잠시 끓어오르다 스러져 버린 거품 방울 같은 것은 아닐까? 현랑이여! 그대는 지금 마음으로 마음을 전할 수 있다고 했던가? 그렇다면 주공탑 앞으로 나아가서 주공의 사리를 보며 자네의 그 마음을 주공께 전하여 그것을 증명해 보여 주게나.

인仁이 곧 천지만물의 생생불식의 이치라고 말한 것은 정자程子다. 씨는 곧 인仁이니 거기에도 생생불식의 이치가 담겨 있다. 정작 아이들은 허공만 보며 열매를 찾는다. 현상의 세계에 존재하던 주공은 세 개의 사리만을 남기고 사라졌다. 현랑 등은 스승이 남긴 정신은 잊은 채 사리만 받들고 있다. 땅에 떨어진 씨 속에 담긴 생생불식의 실리實理, 그것은 만물 위에 구현되어 있지 않은 곳이 없다. 그렇기에 그것은 마음에서 마음으로 전해지는 이심전심以心傳心의 미묘한 법문이 아니며, 문자와 언어를 넘어서서 전해지는 깨달음일 수도 없다. 그것은 천하가 천하 되게 하고 사물이 사물 되게 하는 공변된 이치일 뿐이다. 스승의 육신은 사라졌다. 남은 것은 사리뿐이다. 그러나 스승의 정신은 한낱 사리 속에는 없다. 그러니 사리에 집착함은 이심전심의 논법과도 배치되고 더욱이 생생불식의 이치와는 거리가 멀다. 그럴진대 탑은 무엇때문에 세우려 하는가? 대개 이것이 연암이 이 글을 통해 말하고

자 한 본뜻이 아닌가 한다.

깨달음의 눈으로 보아라

이렇게 해서 주공의 사리를 수습해서 스승이 남기고 가신 '마음'을 길이 전해 보겠다는 현랑의 '마음'이 허망한 줄을 알았다. 그것은 지황탕 위 거품에 비친 상相을 돌에다 새기려는 것이나 진배없다. 그러니 연암은 애초부터 탑명을 쓸 생각이 조금도 없었던 셈이다. 그래서 제목을 '주공탑명塵公塔銘'이라 해 놓고도 짐짓 딴전을 부려 시 한 수를 적고 말았던 것이다.

　박영철본 『연암집燕巖集』에서는 이것으로 글이 끝난다. 그런데 『병세집』과 『시가점등』에는 다음과 같은 게송이 본문에 길게 덧붙어 있다.

지황탕의 비유를 부연하여	地黃湯喩
게송偈頌으로 말해 보리라.	演而說偈曰
내가 지황탕을 마시려는데	我服地黃湯
거품은 솟아나고 방울도 부글부글	泡騰沫漲
그 속에 내 얼굴을 찍어 놓았네.	印我顴頰
거품 하나마다 한 사람의 내가 있고	一泡一我
방울 하나에도 한 사람의 내가 있네.	一沫一吾

거품이 크고 보니 내 모습도 커다랗고	大泡大我
방울이 작아지자 내 모습도 조그맣다.	小沫小吾
내게는 각각 눈동자가 박혀 있고	我各有瞳
눈동자 속에는 거품이 담겼구나.	泡在瞳中
거품 속에도 내 모습이 들었는데	泡中有我
내가 또 눈동자를 지녀 있구나.	我又有瞳
시험 삼아 얼굴을 찡그려 보니	我試嚬焉
일제히 눈썹을 찌푸리누나.	一齊蹙眉
어쩌나 보려고 웃어 봤더니	我試笑焉
모두들 웃음을 터뜨려 댄다.	一齊解頤
내가 짐짓 성난 체해 보았더니	我試怒焉
한꺼번에 팔뚝을 부르걷는다.	一齊搤腕
장난으로 잠자는 시늉 했더니	我試眠焉
모두들 두 눈을 질끈 감는다.	一齊闔眼
그 모습을 진흙으로 빚는다면은	謂厥塑身
흰 흙으로 어떻게 모양 만들까.	安施堊泥
수틀에다 그 모습 수놓는다면	謂厥繡面
바늘과 실 어디에 베풀 것인가.	安施鍼絲
붓으로 그림을 그린다 하면	謂畫筆描
빛깔을 어떻게 펼쳐 볼거나.	安施彩色
박달나무 위에다 새긴다면은	謂檀木鐫
어떻게 아로새겨 조각을 하나.	安施彫刻

지황탕地黃湯 위의 거품

쇠를 부어 주물을 뜬다 하면은	謂金銅鑄
풀무질을 어떻게 하여야 하나.	安施鼓橐
내가 그 거품을 터뜨리려고	我欲撥泡
거품의 중간을 눌러도 보고,	欲按其腰
내가 그 방울에 구멍을 내려	我欲穿沫
머리털 끝으로 찔러도 봤지.	欲持其髮
이윽고 그릇이 깨끗해지자	斯須器清
향기도 사라지고 빛도 스러져,	香歇光定
백 명의 나와 천 명의 나는	百我千吾
마침내 어디에도 자취가 없네.	了無聲影
아아! 저 주공塵公은	咦彼塵公
지나간 과거의 포말인 게고,	過去泡沫
이 비석을 만들어 세우는 자는	爲此碑者
현재의 포말에 불과한 거라.	現在泡沫
이제부터 아마득한 후세에까지	伊今以往
백천百千의 기나긴 세월 뒤에,	百千歲月
이 글을 읽게 될 모든 사람은	讀此文者
오지 않은 미래의 포말인 것을.	未來泡沫
내가 거품에 비친 것이 아니요	匪我映泡
거품이 거품에 비친 것이며,	以泡照泡
내가 방울에 비친 것이 아니라	匪我映沫
방울 위에 방울이 비친 것일세.	以沫照沫

포말은 적멸寂滅을 비춘 것이니   泡沫映滅
무엇을 기뻐하며 무엇을 슬퍼하랴.   何歡何怛

　사실 이 글은 연암이 쓴 것이 아니라, 이덕무가 연암의 글을 읽고 감상평으로 부연한 내용이다. 지황탕의 비유를 부연하여 설명하겠다는 말로 시작했다. 승려의 탑명이기에 게송의 형식을 빌려 왔다. 이덕무의 이 게송으로 인해 지황탕의 비유는 다시금 생생하게 의미를 드러내게 된다.

　이덕무의 게송 부분은 다시 세 개의 의미 단락을 이룬다. 첫 부분은 지황탕 위 거품의 현상함성現相舍性하는 실상實相을 구체적으로 보여 준다. 나는 거품 속의 나를 바라보고, 거품 속의 나는 또 나를 바라본다. 내 눈동자 속에 거품이 있고, 거품 속에는 내 눈동자가 있다. 거품 속의 나와 내 눈 속의 거품은 같은가 다른가? 어느 것이 실상이고 어느 것이 허상인가? 내가 웃으면 거품 속의 나도 웃고, 내가 눈을 감으면 저도 따라 눈을 감는다. 그러니 나는 거품이고 거품은 곧 나가 아닌가?

　이어지는 두 번째 부분은 분명히 존재하는 그 상相을 형상으로 나타내는 일이 불가능하며, 직접 파악하려 들면 자취도 없이 사라지더라는 이야기를 적었다. 거품 위의 상을 어떻게 그려 내고, 조각하고, 아로새길 수 있으랴! 분명히 존재하던 거품이 잠깐 사이에 스러져 자취를 감추자, 거품 속에 깃들어 있던 천백의 나도 동시에 사라져 버렸다. 나는 어디로 갔는가? 좀 전의 나는 내가 아니었던가? 며칠 전까지만 해도 우리 곁에 있던 주공은 이제 세 알의 사리만 남겨 놓고 사라져 버렸다. 과연 주공은 어디로 갔는가? 우리 곁에 있던 주공은 주공이 아니었던가?

세 번째 부분은 앞부분에 대한 이덕무의 총평이다. 요컨대 과거·현재·미래의 모든 자취는 포말에 불과하다는 것이다. 내가 증명하려 들고 증거 삼고 싶어 하는 모든 것들이 포말에 지나지 않는다. 그럴진대 인생이란 하나의 포말일 뿐이 아닌가. 이미 스러진 과거의 포말이 있고, 눈앞에서 영롱한 모습을 비춰 내는 현재의 포말이 있으며, 아직 오지 않은 미래의 포말도 있다. 주공은 이미 스러진 과거의 포말이요, 이 글을 돌에 새기려는 현랑은 현재의 포말에 지나지 않는다. 또 천백 년 뒤에 이 비석을 읽을 그 어떤 이들 역시 미래의 포말에 지나지 않는다. 그렇다면 앞서 그 거품 위에 비쳤던 내 모습은 내가 아니라 거품일 뿐이 아닌가? 그렇다면 거품 위에 거품이 비쳐진 것일 뿐이 아니겠는가? 거품은 허무요, 거품은 적멸이니, 거기에 내 모습이 비춰졌다 해서 기뻐할 것도 없고, 그 모습이 사라졌다 하여 슬퍼할 것도 없는 것이 아닌가? 주공이 이상한 빛으로 떠돌다가 세 알의 사리를 남겼다 하여 감격할 것도 없고, 다시 볼 수 없는 스승을 그려 슬퍼할 것도 없지 않겠는가?

이렇게 해서 「주공탑명」을 의미 단락으로 나누어 살펴보았다. 처음에는 탑명을 쓰게 된 경과를 말하고, 이어 지황탕의 비유로 탑명을 써 달라는 요청이 마땅찮음을 밝혔다. 그리고 다시 명

銘 대신 계시係詩로 나무에 달린 열매와 씨앗이라는 새로운 화제를 꺼냈다. 이 글 끝에 이덕무는 다시 게송偈頌의 형식을 빌려 지황탕의 비유를 자기식으로 새롭게 부연했다.

하지만 전체 글 어디에도 「주공탑명」에 담겼어야 마땅할 주공에 대한 기술은 찾아볼 수가 없다. 주공에 대한 기술이 없기에 결국 탑명도 있을 수 없다. 그러므로 본문에 이어 계시를 장황하게 부연한 것은 주공의 탑명이면서도 주공도 탑명도 없는 이 기형적인 글에 대한 글쓴이의 입장 표명인 셈이다.

연암은 이 글을 통해 궁극적으로 무엇을 이야기하고 싶었던 것일까? 단순히 현랑 같은 대비구조차도 미처 깨닫지 못하고 있던 존재와 무無의 문제를 정면으로 지적하여 그의 미망迷妄을 깨우쳐 주려 했던 것일까? 아니면 깨달음의 눈으로만 볼 수 있는 색즉시공色卽是空 공즉시색空卽是色의 세계, 허무적멸虛無寂滅이면서 동시에 생생불식生生不息한 천지만물의 오묘한 이치를 우리에게 열어 보이려 했던 것일까? 그것은 아마도 이 두 가지를 포괄하는 지점에 놓여 있을 것이다.

다음은 신동집 시인의 「오렌지」란 작품이다. '포들한' 껍질을 벗길 수도 있고, '참잘한' 속살을 깔 수도 있지만 결국 '아무도' 손을 댈 수 없는 것이 있다. 시를 읽다가 그때 「주공탑명」을 쓰던 연암의 심정도 시인의 그것과 비슷하지 않았을까 하는 생각을 해보았다.

오렌지에 아무도 손을 댈 순 없다.

오렌지는 여기 있는 이대로의 오렌지다.

더도 덜도 할 수 없는 오렌지다.

내가 보는 오렌지가 나를 보고 있다.

마음만 낸다면 나는

오렌지의 포들한 껍질을 벗길 수도 있다.

마땅히 그런 오렌지

만이 문제가 된다.

마음만 낸다면 나는

오렌지의 찹찰한 속살을 깔 수도 있다.

마땅히 그런 오렌지

만이 문제가 된다.

그러나 오렌지에 아무도 손을 댈 순 없다.

대는 순간

오렌지는 이미 오렌지가 아니고 만다.

내가 보는 오렌지가 나를 보고 있다.

나는 지금 위험한 상태에 있다.

오렌지도 마찬가지 위험한 상태에 있다.

시간이 똘똘
배암의 또아리를 틀고 있다.

그러나 다음 순간,
오렌지의 포들한 거죽엔
한없이 어진 그림자가 비치고 있다.
오 누구인지 잘은 몰라도.

18

———

돌에 새긴 이름.

연옥連玉 유련柳璉은 도장을 잘 새긴다. 돌을 쥐어 무릎에 얹고, 어깨를 한쪽으로 기울여 턱을 숙이고서, 눈을 끔뻑이고 입으로 불며 그 먹글씨를 파먹어 들어가는데 실낱처럼 끊어지지 않는다. 입술을 삐죽 모아 칼을 내밀고 눈썹에 힘을 주더니만 이윽고 허리를 펴고 하늘을 올려 보며 길게 숨을 내쉰다.

무관懋官 이덕무李德懋가 지나다가 그를 위로하며 말했다.

"그대가 단단한 것을 파서는 장차 무얼 하려는 겐가?"

연옥이 말했다.

"대저 천하의 물건은 제각기 주인이 있게 마련일세. 주인이 있고 보면 신표가 있어야 하지. 그래서 열 집 사는 고을이나 백 명 사내의 우두머리도 또한 인장이 있는 것일세. 주인이 없으면 흩어지게 되고, 신표가 없으면 어지럽게 되네. 내가 무늬진 돌을 얻었는데, 돌결이 반질반질하고 기름진 데다 크기가 사방 한 치가량인데 옥처럼 맑네그려. 그 꼭대기에는 사자를 걸터앉혔는데, 젖먹이 새끼를 보듬고서 사납게 으르렁거리는 모양을 새겨 놓았네. 내 문방文房에 눌러 두면 사우四友를 꾸며 줄 것이네. 내 조상은 헌원씨軒轅氏이고, 성은 유柳요 이름은 련璉이라, 문채 있고 우아하게 종정鐘鼎과 석고石鼓에 새겨진 옛 서체書體로 조문鳥紋·운문雲紋의 모양으로 된 글자를 새겨, 내 책에 찍어서 내 자손에게 남겨 주면 흩어져 잃어버릴 염려도 없이 책을 온전히 보전할 수 있을 것이네."

무관이 웃으며 말했다.

"자네 화씨和氏의 구슬을 어찌 생각하는가?"

"천하의 지극한 보배일세."

"그렇지. 옛날 진시황이 여섯 나라를 제 손에 넣게 되자, 옥돌을 깨어 옥새로 만들었지. 위로는 푸른 용을 서려 두었고, 옆에는 붉은 이무기를 틀어 놓아 천자의 신표로 삼았다네. 천하의 고을은 몽염蒙恬으로 하여금 만리장성을 쌓아 이를 지키게 하였지. 그의 말이 '2세, 3세에서 만세까지 무궁토록 이를 전하라.' 하지 않았던가?"

연옥은 고개를 숙이고 가만있더니만, 무릎에서 그 어린 아들을 밀어내면서 말했다.

"어찌 네 아비의 머리를 희게 만든단 말이냐?"

하루는 그 전에 모은 고금의 인장을 가지고 엮어 한 권으로 만들어 가지고 와서는, 내게 서문을 부탁하였다. 공자께서 "나도 오히려 사관史官이 빠뜨린 글을 보았었는데, 지금은 없어졌다."고 하신 것은 대개 이를 상심하신 것이다. 이에 나란히 이를 써서 책을 빌려주지 않는 자의 깊은 경계로 삼는다.⁹

—「유씨도서보 서문柳氏圖書譜序」

책을 빌려주지 않는 자에게 건네는 경계

「유씨도서보 서문柳氏圖書譜序」은 유련柳璉이 자신이 수집한 고금의 인장印章을 찍어 한 권의 인보집으로 만든 『유씨도서보柳氏圖書譜』의 서문으로 써 준 글이다. 그는 전각篆刻에 취미가 있어 옥돌 위에 쓴 글씨가 끊어지는 법 없이 잘도 파 나간다. 그래서 아예 자字조차 제 이름을 파자破字하여 연옥連玉이라 했다. 왼손에는 돌을 꽉 움켜쥐고, 칼을 든 오른쪽 어깨를 약간 높게 쳐들고는, 턱을 바짝 아래로 숙여 눈을 끔뻑이고 입으로 돌가루를 연신 불어가며, 도장 위에 써 놓은 글씨를 파 들어가기 시작한다. 칼이 움직이고 돌가루가 튈 때마다 실낱같은 글자의 모양이 점점 또렷해진다. 섬세한 손길이 필요한 마무리에서는 내미는 칼끝 따라 저도 모르게 입술이 삐죽 나오고, 눈썹을 찡그려 돌을 한동안 살펴보더니만, 이윽고 어깨에 힘을 빼더니 뻣뻣해진 고개를 쳐들며 긴장을 푸는 것이다.

동갑내기 친구인 이덕무가 지나가다가 그 고심하는 모습을 보더니만 자못 딱하다는 듯 이렇게 말한다.

"이 사람아! 돌에 이름은 새겨 무얼 하겠다는 게야!"

그러자 연옥은 눈을 동그랗게 뜨고 그게 무슨 말이냐는 표정을 짓는다.

"자네 몰라서 묻는 겐가? 도장이 필요한 것은 물건에 주인이 있다는 것을 표시하기 위해서라네. 주인의 표시가 없으면 물건은 쉬 흩어지고 말지. 어렵사리 모은 것이 허망하게 흩어지고 만대서야 어디 될 말인가. 자네 이 돌을 좀 보게. 이 아롱진 무늬하며 반질반질하고 기름진 결이 마치 옥처럼 맑은 느낌을 주는 돌일세. 꼭대기에는 젖먹이 새끼를 보듬은 사자가 으르렁대는 모습을 새겨 놓았지. 이것을 내 책상머리에 얹어 두고서 장서에 찍으면 좀 보기 좋겠는가? 도장에는 '오조헌원吾祖軒轅, 씨류명련氏柳名璉'이란 여덟 글자를 새겼다네. 우아한 전서체篆書體로 조문鳥紋과 운문雲紋으로 새겨 넣었지. 내 장서마다 이 도장을 찍어서 내 자손에게 물려줄 참일세. 도장이 찍혀 있으니 잃어버릴 염려도 없고, 흩어질 걱정도 없이 잘 보전할 수 있을 것일세. 그렇지 않은가?"

이덕무는 씩 웃고 이렇게 말한다.

"예끼 이 사람, 그깟 도장 하나 눌러 둔다고 해서, 그 책이 언제고 흩어지지 않고 보전될 거라고 믿는단 말인가? 자네 화씨和氏의 구슬을 생각해 보게. 한때 진나라가 열다섯 성과 그것을 맞바꾸자고 했어도 조나라는 응하지 않았었네. 그러다 진시황이 천하를 통일하매, 거기에 '하늘에서 명을 받았으니 그 수壽가 길이 창대하리라.(受命于天, 旣壽永昌.)'고 새겨 천자를 상징하는 옥새로 만들었다네. 그뿐인가. 그 나라를 길이 보전하자고 몽염蒙恬을 시켜 만리장성을 쌓게 하고는, 임금의 이름도 따로 짓지 않고 2세 황제, 3세 황제라 하여 만세토록 그 영화를 누리리라 했었지 않나? 그러나 만세토록 누리자던 그 영화는 만리장성을 쌓은 보람도 없이 제 아들 대에까지도 제대로 전해지지 못하고 진나라는 그만 망하고 말았네. 화씨의 구슬이야 그대로 있었겠지만, 나라가 망하고 보면 그깟 옥새가 무슨 소용이 있더란 말인가? 그런가, 안 그런가?"

머쓱해진 연옥은 말문이 막혀 가만히 있더니만, 무릎 위에 앉아 재롱을 떨던 애꿎은 어린 아들을 "저리 가!" 하며 밀어내 버린다. 아비의 뜻이 제아무리 고상해도 아들 녀석이 변변찮으면 아무 소용이 없다기에 하는 행동이다.

나눌수록 많아진다

그런 그가 하루는 자신이 그동안 모은 고금의 인장을 찍어 한 권의 책으로 만들어 가지고 와서 연암에게 서문을 청하는 것이다. 그런데 끝부분에 가서 공자의 인용과, 책을 빌려주지 않는 사람을 경계한다고 운운한 대목이 평지돌출 격으로 나오면서 글이 끝나고 있어 문맥을 소연히 잡기가 어렵다.

인용된 공자의 말뜻은 이렇다. 예전에는 사관史官이 사서를 편찬하면서, 뜻이 분명치 않아서 쓰지 못하고 남겨 둔 사료를 공자 자신도 볼 수가 있었다. 이것을 사관은 왜 남겨 두었던가? 자신은 분명히 알 수 없어도 혹 훗날에라도 알 수 있을까 싶어 없애 버리지 않았던 것이다. 또 말이 있는 사람은 남에게 제 말을 빌려

주어 그것을 타게 했다. 그런데 지금은 그런 순후한 풍습을 볼 수가 없다. 내가 모르는 것은 남들도 알아서는 안 되겠기에, 그런 사료는 남김없이 없애 버린다. 내 아끼는 말을 남이 타도록 빌려주는 것도 안 될 일이다. 그래서 세상인심은 날로 야박해지고, 인정은 나날이 각박해지고 말았다는 것이다.

연암은 왜 이 말을 「유씨도서보 서문」 말미에다 썼을까? 또 책을 빌려주지 않는 자에게 깊은 경계로 삼는다는 말의 뜻은 무엇일까? 아마도 연옥은 제집의 장서를 남에게 빌려주지 않기로 유명했던 모양이다. 그런 그가 무슨 자랑이라도 하려는 듯이 그간 모은 온갖 희귀한 인장을 찍은 인보를 가지고 와서 서문을 청하니 연암은 그만 기분이 상하고 말았던 것이다. 더욱이 연암은 일찍이 이덕무에게서 그가 도장을 파서 책마다 장서인을 찍어 두면 자손 대대로 흩어지지 않고 온전히 전해질 수 있을 거라 했던 이야기를 들었던 터였다.

연암은 유련이 그저 도장을 새겨 소장한 책마다 찍어, 남에게는 보여 주지 않고 자기 자손에게만 길이길이 전하려 하는 그런 욕심을 나무랐다. 지식이란 공변된 것이니 서로 돌려 보아 숨통이 트이게 해야 한다. 그런데도 그는 그것이 어디로 흩어질까 염려하여 도장까지 손수 파서 찍어 두고, 남에게는 보여 주지도 않다가 이제 와 서문을 부탁하노라며 슬며시 인보집을 내놓는 것이 얄미웠던 것이다.

『연암집』의 척독 중에 「어떤 이에게 주다與人」란 편지글이 있다. 말하자면 수취인이 분명치 않은 편지인데, 윗글과 관련지어 읽을 때 유련에게 보낸 글이 분명하다.

그대가 고서古書를 많이 쌓아 두고도 절대로 남에게는 빌려주지 않으니, 어찌 그다지도 딱하십니까? 그대가 장차 이것을 대대로 전하려 하는 것입니까? 대저 천하의 물건은 대대로 전할 수 없게 된 지가 오래입니다. 요순이 전하지 않은 바이고 삼대三代가 지킬 수 없던 것인데도, 옥새를 새겨 만세에 전하려 했으니 진시황을 어리석다고 여기는 까닭입니다. 그런데도 그대는 오히려 몇 질의 책을 대대로 지켜 내겠다고 하니 어찌 잘못이 아니겠습니까? 책은 정해진 주인이 없고, 선善을 즐거워하고 배움을 좋아하는 자가 이를 소유할 뿐입니다.

만약 후손이 어질어 선을 즐거워하고 배우기를 좋아한다면, 벽 사이에 간직해 두었거나 무덤 속에 비장해 둔 귀한 책이나 여러 차례 번역해야만 알아들을 수 있는 외국의 책도 장차 남양南陽의 세가世家로 돌아가게 될 것입니다. 만약 후세가 어질지 않아 교만 방일하고 나태하게 되면 천하도 또한 지킬 수가 없거늘 하물며 책이겠습니까? 말을 남이 타도록 빌려주지 않는 것은 공자께서도 오히려 장차 상심하셨거니와, 책을 지닌 사람이 남이 읽도록 빌려주지 않는다면 장차 어떠하겠습니까?

그대가 만약 자손이 어질든 어리석든 모두 대대로 지켜 낼 수 있다고 말한다면 이는 더더욱 큰 잘못입니다. 군자가 창업하여 실마리를 드리움은 계승할 만한 것이 되는 까닭에 법으로 이를 분명하게 하고, 덕德으로 이를 이끌며, 모습으로 이를 보여 주지 않음이 없는데도, 후세가 오히려 혹 이를 실추하여 계승함이 있지 못하는 것입니다. 도량형의 기준이 된 관석關石과 화균和鈞을 하夏나라의 자손들이 진실로 대대로 지킬 수 있었다면 하나라가 구정九鼎을 어찌 옮겼겠으며, 밝은 덕과 좋은 향기를 은殷나라의 자손들이 진실로 대대로 지킬 수 있었더라면 수도인 박亳 땅에 있던 사직을 어찌 고쳤겠습니까? 천자를 공경함을 주周나라의 자손들이 진실로 대대로 지킬 수 있었다고 한다면 명당明堂을 어찌 헐었겠습니까?

이로 말미암아 보건대, 법을 밝게 하여 후세에 드리우고, 용모를 덕스럽게 하여 보여 주더라도 오히려 지키기가 어렵거늘, 이제 천하의 고서古書를 사사로이 하여 남과 더불어 선하게 되려 아니 하면서 교만하고 인색하게 책을 끼고서 후세에 건네주려 하니, 불가하지 않겠습니까? 군자는 글로써 벗을 모으고, 벗을 가지고 어짊을 보태나니, 그대가 만약 어짊을 구한다면 천 상자에 가득한 책을 벗들에게 주어 함께 닳아 없어지게 함이 옳을 것입니다. 이제 높은 누각에다 묶어 두고서 구차하게 후세의 계획을 세우려 한단 말입니까?[10]

이 편지로 보아 유련은 천 상자에 달하는 책을 소장했던 엄청난 장서가였고, 그 가운데에는 구해 보기 힘든 책도 많았으되 남에게는 절대로 빌려주지 않았던 모양이다. 그러면서 그는 그 책마다 도장을 찍어 소유주를 밝히고, 그것으로 대대로 물려 전하는 데 아무 문제가 없으리라 여겼던 것이다. 그런 그가 『유씨도서보』라는 인보집을 가져와 연암에게 서문을 부탁했던 것이다. 아마 당초 그의 마음은, 귀한 인장을 이리도 많이 모아 마침내 한 권의 책으로 묶기에 이르렀으니 참으로 장한 일이라는 식의 덕담을 연암의 서문에 기대했을 법하다.

그러나 정작 중요한 것은 책 위에 찍힌 도장이 아니다. 그것들을 흩지 않고 대대로 잘 보존하는 것이 아니다. 세상에 3대만 거슬러 올라가면 부자가 아니었던 집안이 없다. 결코 오래갈 수 없는 물질에 집착하는 것은 어리석은 일이다. 진시황이 화씨의 구슬을 부수어 옥새를 만들었지만 만세는커녕 제 아들 대까지도 가지 못했다. 중요한 것은 도장이 아니다. 자손에게 물려주는 것이 아니다. 책은 정해진 주인이 있을 수 없다. 그 책을 읽어 제 삶의 자양을 삼을 수 있는 낙선호학樂善好學의 사람만이 책 주인이 될 자격이 있다. 후손이 어질어 배우기를 좋아한다면 아무리 귀하고 구하기 어려운 책이 있다 하더라도 그는 그것을 구해 볼 것이다. 그렇지 않고 교만 방일한 데다 게으르기까지 하다면 그에게는 천하를 가져다주어도 보전하지 못할 터이니 하물며 책 따위이겠는가? 귀한 책이 있다 해도 아무짝에 소용없이 좀먹고 말거나, 하룻밤 술값에 쉬 팔아넘기고 말 것이다.

이 편지글에 보이는 연암의 어조는 상당히 격앙되어 있다. 그 사이에는 우리가 짐작할 수 없는 어떤 사연이 끼어 있을 법도 하다. 『과정록』에 보면 "선군의 문장 가운데에는 세상 유자儒者 가운데 거짓 꾸미고 명성을 훔치는 자를 나무라고 꾸짖는 것이 꽤 있다."고 했는데, 「유씨도서보 서문」이나 「어떤 이에게 주다」 같은 글이 바로 여기에 해당할 것이다. 이 글을 받아 든 유련은 당연히 몹시 불쾌했겠는데, 연암의 서문은 결국 자신의 『연암집』에만 실린 글이 되고 말았을 터이다.

돌 다듬는 사람이 새기는 사람에게 말했다.

"대저 천하의 물건은 돌보다 단단한 것이 없지. 그 단단한 것을 쪼개다가 끊어서 깎고는, 용틀임을 머리에 얹고 바닥에는 거북을 받쳐, 무덤 길목에 세워 영원히 없어지지 않도록 하는 것은 바로 나의 공로라네."

새기는 사람이 말했다.

"오래되어도 닳아 없어지지 않기로는 새기는 것보다 오래가는 것이 없네. 훌륭한 사람이 업적이 있어 군자가 묘갈명墓碣銘을 짓는다 해도 내가 다듬어 새기지 않는다면 어찌 비석을 세울 수 있겠는가?"

마침내 함께 무덤에 가서 다투었으나 무덤은 적막하니 소리가 없고, 세 번을 불렀지만 세 번 다 응답하지 않았다. 이때 돌 사람이 기가 막히다는 듯 웃으며 말했다.

"그대들이 천하에서 가장 단단한 것으로는 돌보다 굳은 것이 없고, 오래되어도 닳지 않는 것은 새기는 것처럼 오래가는 것이 없다고 말하네그려. 비록 그러나 돌이 과연 단단하다면 어떻게 깎아서 비석으로 만든단 말인가? 만약 닳지 않을 수 있다면 어찌 능히 새긴단 말인가? 하마 깎아서 이를 새겼으니, 또 어찌 구들장 놓는 자가 이를 가져다가 가마솥 얹는 머릿돌로 만들지 않을 줄 알겠는가?"

양자운揚子雲은 옛것을 좋아하는 선비로 기이한 글자를 많이 알았다. 그때 마침 『태현경太玄經』의 초고를 쓰고 있다가 정색을 하고 얼굴빛을 고치더니만 개연히 크게 탄식하며 말했다.

"아! 어찌 알리오? 돌 사람의 허풍을 들은 자는 장차 나의 『태현경』을 가지고 장독대 덮개로 쓰겠구나!"

듣던 사람이 모두 크게 웃었다. 봄날 『영재집泠齋集』에다 쓴다.[11]

—「영재집 서문泠齋集序」

석수장이와 조각장이의 말다툼

역시 돌에 이름을 새기는 일을 가지고 쓴 「영재집 서문冷齋集序」
이다. 영재冷齋는 유득공柳得恭의 호인데, 앞서 본 유련이 그에게
는 숙부가 된다.

글은 돌 다듬는 석수장이와 비석에 글자를 새기는 조각장이
의 말다툼으로 시작된다. 석수장이는 이렇게 말한다. 사람이 아
무리 훌륭한 공적을 세웠다 해도, 비석을 세우지 않는다면 아무
소용이 없다. 그러니 그 사람의 훌륭함보다도 오히려 나의 공이
더 크다고 할 수 있다. 천하에 가장 단단한 물건인 돌을 쪼개어 비
석으로 세우는 나야말로 가장 위대하다. 그러자 조각장이가 즉각
반발한다. 웃기지 마라! 돌만 세운다고 무슨 소용이 있는가? 아무
리 훌륭한 문장이 있다 해도 내가 글씨를 새기지 않고는 쓸데가
없는 것을. 돌이 오래가지만, 글자를 새겨야만 의미를 갖게 된다.
내가 더 위대하다.

이렇게 싸움을 거듭하며 그들은 종내 물러서지 않았다. 좋
다! 그렇다면 누가 더 훌륭한지 무덤 주인에게 가서 물어보기로
하자. 당신은 누가 더 고맙습니까? 돌을 세운 나요, 아니면 글자
를 새긴 저 사람이오? 그러나 무덤은 종내 말이 없다. 그때 갑자
기 무덤 앞에 서 있던 석장승이 끼어든다. "자네들 참 대단하구먼.
가장 단단한 것이 돌이라 하고, 가장 오래가는 것이 새기는 것이
라고 했지? 정말 그렇게 단단하다면 어떻게 깎아 비석을 만든단

말인가? 정말로 닳지 않는다 한다면 어떻게 끌로 쪼아 새길 수 있단 말인가? 단단한 것도 깎을 수 있고 닳지 않는 것도 새길 수 있다면, 그것을 가져다 구들장 얹는 데 쓸 수도 있겠네그려." 여기까지 읽고 나니 대뜸, 자네의 그 창으로 자네의 방패를 찌르면 어찌 되겠느냐던 '모순矛盾' 이야기가 떠오른다. 정작 고마워해야 할 무덤 주인은 적막히 아무 대답이 없다. 비석은 이미 그와는 아무 상관이 없는 것이다. 거기 적힌 내용이 그렇기도 하려니와, 설사 사실을 적었더라도 사후의 기림이 그에게 무슨 소용이 있으랴? 가장 단단하다는 돌도 쪼개어 다듬고, 가장 오래간다는 새김도 결국은 칼을 가지고 한다. 그럴진대 단단할 것은 무엇이고 오래갈 것은 무엇이랴? 마침내 아궁이와 구들장이 되고 말지 어찌 알겠는가?

그러고 나서 글은 한나라 때 양웅揚雄의 이야기로 불쑥 건너뛴다. 그 옛날 양웅이 난해하기 그지없는 『태현경太玄經』의 저술에 몰두하고 있을 때, 친구 하나가 와서 그 모습을 보고는 혀를 찬 일이 있었다. "여보게, 이 사람아! 요즘 세상은 『주역周易』조차도 어렵다며 보려고들 하지 않는데, 자네의 이 책을 이해하고 읽을 사람이 몇이나 되겠나? 훗날 장독대 덮개로나 쓰면 다행일세그려." 과연 아무도 알아주지 않는 가운데 양웅은 그렇게 세상을 떴다. 그런데 사후에 그의 『태현경』은 베스트셀러가 되어 낙양의 지가紙價를 올렸다. 다만 양웅은 살아서 그 영예를 누리지 못했다. 연암은 왜 뚱딴지같이 이 이야기를 『영재집泠齋集』의 서문 말미에 끌어왔을까? 안목이 없는 세상 사람들은 영재의 이 책을 장독대의 덮개로나 쓰면 다행이라고 생각하겠지만, 나는 이 책이 먼 훗날 낙양의 지가를 올릴 만큼 훌륭한 저작이 될 것을 잘 안다. 이름이란 이렇게 허망한 것이니 집착하지 말아라. 돌에 새긴다 해도 그것은 종당에는 부뚜막의 고임돌이 될 뿐이다. 비록 당장에 장독대의 덮개로 구를지라도 훗날 세상이 아끼는 고전으로 남는 것이 길이 남는 것 아니겠는가? 연암의 의중은 아마 이런 것이 아니었을까?

돌에 이름을 새긴다 해서 그것이 오래가는 것이 아니다. 도장에 새겨 찍어 둔다고 해서 그 책이 흩어지지 않는 것이 아니다. 정말 없어지지 않을 이름은 칼로는 새길 수 없다. 이름에 집착하지 말아라. 잿밥에 마음 팔지 말아라. 잊히는 것은 조금도 무섭지가 않다. 정작 나 자신 앞에 내가 떳떳하지 못한 것이 부끄러울 뿐이다. 아! 그런데 세상은 반대로만 간다. 비석의 크기와 비문의 내용만을 가지고 난리를 친다. 정작 무덤 주인은 말이 없는데, 석수장이와 조각장이의 다투는 소리만 시끄럽구나.

19

———

요동벌의 한 울음.

초팔일 갑신 맑음. 정사正使와 가마를 같이 타고 삼류하三流河를 건너, 냉정冷井에서 아침밥을 먹었다. 십여 리를 가서 한 줄기 산자락을 돌아 나오자, 태복泰卜이가 갑자기 몸을 굽히고 종종걸음으로 말 머리를 지나더니 땅에 엎디어 큰 소리로 말한다.

"백탑白塔 현신現身을 아뢰오."

태복이는 정진사鄭進士의 말구종꾼이다. 산자락이 아직도 가리고 있어 백탑은 보이지 않았다. 채찍질로 서둘러 수십 보도 못 가서 겨우 산자락을 벗어나자, 눈빛이 아슴아슴해지면서 갑자기 한 무리의 검은 공들이 오르락내리락하고 있었다. 내가 오늘에야 비로소, 인간이란 것이 본시 아무 데도 기댈 곳 없이 단지 하늘을 이고 땅을 밟고서야 걸어 다닐 수 있음을 알았다.

말을 세우고 사방을 돌아보다가 나도 모르게 손을 들어 이마에 얹고서 말했다.

"좋은 울음터로다. 울 만하구나."

정진사가 말했다.

"이런 하늘과 땅 사이의 큰 안계眼界를 만나서 갑자기 다시금 울기를 생각함은 어찌 된 것이오?"

내가 말했다.

"그렇기도 하고 그렇지 않기도 하오. 천고에 영웅은 울기를 잘하고 미인은 눈물이 많다 하나, 몇 줄 소리 없는 눈물이 옷소매로 굴러떨어진 것에 지나지 않는다네. 소리가 천지에 가득 차 마치 금석金石에서 나오는 것 같은 울음은 아직 들어 보지 못하였네. 사람들은 단지 칠정七情 가운데서 오직 슬퍼야 울음이 나오는 줄 알 뿐 칠정이 모두 울게 할 수 있는 줄은 모르거든.

기쁨이 지극해도 울 수가 있고, 분노가 사무쳐도 울 수가 있네. 즐거움이 넘쳐도 울 수가 있고, 사랑함이 지극해도 울 수가 있지. 미워함이 극에 달해도 울 수가 있고, 욕심이 가득해도 울 수가 있다네. 가슴속에 답답한 것을 풀어 버림은 소리보다 더 빠른 것이 없거니와, 울음은 천지에 있어서 우레와 천둥에 견줄 만하다 하겠소. 지극한 정이 펴는 바인지라 펴면 능히 이치에 맞게 되니, 웃음과 더불어 무엇이 다르리오?

사람의 정이란 것이 일찍이 이러한 지극한 경지는 겪어 보지 못하고서, 교묘히 칠정을 늘어놓고는 울음을 슬픔에다 안배하였다네. 그래서 죽어 초상을 치를 때나 비로소 억지로 목청을 쥐어짜 '아이고' 등의 말을 부르짖곤 하지. 그러나 진정으로 칠정이 느끼는 바 지극하고 참된 소리는 참고 눌러 하늘과 땅 사이에 쌓이고 막혀서 감히 펼치지 못하게 되네. 저 가생賈生이란 자는 그 울 곳을 얻지 못해 참고 참다 견디지 못해 갑자기 선실宣室을 향하여 큰 소리로 길게 외치니, 어찌 사람들이 놀라 괴이히 여기지 않을 수 있었겠소.”*

정진사가 말했다.

“이제 이 울음터가 넓기가 저와 같으니, 나 또한 마땅히 그대를 좇아 한번 크게 울려 하나, 우는 까닭을 칠정이 느끼는 바에서 찾는다면 어디에 속할지 모르겠구려.”

내가 말했다.

“갓난아기에게 물어보시게. 갓난아기가 갓 태어나 느끼는 바가 무슨 정인가를 말이오. 처음에는 해와 달을 보고, 그다음 엔 부모를 보며, 친척들이 앞에 가득하니 기쁘지 않을 수가 없을 것이오. 이같이 기쁘고 즐거운 일은 늙도록 다시는 없을 터라 슬퍼하거나 성낼 까닭은 없고 그 정은 마땅히 즐거워 웃어야 할 터인데도 분노와 한스러움이 가슴속에 미어터지는 듯하다오. 이를 두고 장차 사람이란 거룩하거나 어리석거나 한결같이 죽게 마련이고, 그 중간에는 남을 허물하며 온갖 근심속에 살아가는지라 갓난아기가 그 태어난 것을 후회하여 먼

* 한나라 때 가의賈誼가 문제文帝에게 올린 「치안책治安策」에 당시 천하의 형세를 이야기하며, 통곡할 만한 것이 한 가지, 눈물을 흘릴 만한 것이 두 가지, 길게 탄식할 만한 것이 여섯 가지라 한 것을 빗대어 한 말. 선실宣室은 미앙전未央殿 앞에 있던 천자의 정실正室로 문제가 이곳에서 제사를 지내다 가의에게 귀신의 일에 대해 물어본 일이 있다. 가의는 유능했으나 다른 신하들의 시기로 장사왕長沙王의 태보太傅로 쫓겨나 있다가 포부를 펴지 못하고 젊은 나이에 울울하게 죽었다.

저 스스로를 조상하여 곡하는 것이라고들 한단 말이지. 그러나 이는 갓난아기의 본마음이 절대로 아닐 것일세.

아이가 태 속에 있을 때는 캄캄하고 막힌 데다 에워싸여 답답하다가, 하루아침에 넓은 곳으로 빠져나와 손과 발을 주욱 펼 수 있고 마음이 시원스레 환하게 되니 어찌 참된 소리로 정을 다해서 한바탕 울음을 터뜨리지 않을 수 있겠소? 그런 까닭에 마땅히 어린아이를 본받아야만 소리에 거짓으로 짓는 것이 없게 될 것일세. 금강산 비로봉 꼭대기에 올라 동해를 바라보는 것이 한바탕 울 만한 곳이 될 만하고, 황해도 장연長淵의 금사산金沙山이 한바탕 울 만한 곳이 될 만하오. 이제 요동벌에 임하매, 여기서부터 산해관山海關까지 일천이백 리 길에 사방에는 모두 한 점의 산도 없어 하늘가와 땅끝은 마치 아교풀로 붙이고 실로 꿰매 놓은 것만 같아 예나 지금이나 비와 구름이 다만 창창할 뿐이니 한바탕 울 만한 곳이 될 만하오."

한낮은 너무나 더웠다. 말을 재촉하여 고려총高麗叢과 아미장阿彌庄을 지나 길을 나누었다. 주부主簿 조달동趙達東 및 변래원卞來源, 정진사, 하인 이학령李鶴齡과 더불어 구요양舊遼陽에 들어가니, 그 번화하고 장려함은 봉황성鳳凰城의 열 배나 된다. 별도로 「요동기遼東記」가 있다.[12]

─「호곡장론好哭場論」

갓난아이가 우는 이유

「호곡장론好哭場論」은 『열하일기』의 한 부분으로, 압록강을 건너 드넓은 요동벌과 상면하는 감격을 적은 글이다. 본래 제목이 없으나 학계에게 일반적으로 쓰는 이름을 따랐다. 1939년 경성제국대학 대륙문화연구회가 북경과 열하 일대를 답사하고 펴낸 보고서 『북경·열하의 역사적 관견北京熱河の史的管見』에서 결론 대신 이 글을 적고 있을 정도로 유명한 문장이다.

새벽 먼동이 트기 전 출발한 행차는 아침부터 삼류하三流河를 건너 냉정冷井에 이르러서야 늦은 아침 식사를 했다. 그리고 다시 십여 리를 가서 산기슭을 돌아 나오려는데, 중국 길에 익숙한 하인 녀석이 갑자기 종종걸음을 하고 말 앞으로 가더니 머리를 조아리며, "백탑 현신이오!" 하는 것이다. 이제 곧 백탑이 눈앞에 그 장대한 자태를 드러내 보이리란 뜻이다. 그러나 정작 백탑은 아직도 보이지 않는다. 마음이 급해진다. 말을 채찍질하는 수고를 많이 할 것도 없이 수십 보를 지나자 그만 눈앞이 아찔해진다. 망망한 시계視界, 눈 끝 간 데를 모르게 펼쳐진 아득한 벌판, 그리고 지평선. 백 리의 넓은 벌도 보기 힘든 조선에서는 상상조차 할 수 없던 광경이다. 그냥 멍하니 서 있을 수밖에 다른 도리가 없다.

백탑은 그 벌판 저편에 홀로 우뚝 서 있다. 내 눈에는 마치 검은 공이 허공 중에서 오르락내리락하는 것처럼만 보인다. 홍대용

洪大容이 자신의 『연기燕記』에서 "하늘과 벌판은 서로 이어져 아마득히 드넓다. 오직 요양遼陽의 백탑만이 우뚝 자욱한 구름 가운데 서 있으니 북행北行에 으뜸가는 장관"이라고 적은 곳이다. 이덕무도 『입연기入燕記』에서 "큰 벌판은 평평하여 눈 끝 간 데까지 가이없고 일행의 인마人馬는 마치 개미 떼가 땅을 기어가는 것만 같았다."고 적고 있다. 아! 그렇구나. 나는 아무 데도 의지할 곳이 없이 그저 하늘을 머리에 이고, 땅을 밟고서야 걸어갈 수 있는 너무도 미약한 존재로구나. 통쾌하게 뚫린 시야, 한 번도 본 적이 없는 이 넓은 요동벌과 상면한 감격은 이렇게 시작된다.

"아! 참으로 훌륭한 울음터로다." 연암의 제일성은 이렇듯 뚱딴지같다. 그러고는 예의 도도한 궤변이 이어진다. 울음에도 여러 종류가 있다. 어린아이가 갓 태어나 내지르는 고고한 울음이 있고, 천고 영웅이 비분강개에 젖어 울부짖는 울음이 있다. 고개를 숙인 미인의 옷섶으로 눈물만 뚝뚝 떨어지는 말 없는 울음도 있다. 그러나 마치 쇠나 돌을 두드려 나오는 듯한, 천지에 꽉 차서 듣는 이를 압도하는 그런 울음은 아직도 나는 들어 본 적이 없다.

울음은 슬픔에서만 나오지 않는다. 기쁨과 분노, 즐거움, 그리고 사랑과 미움과 욕심 때문에도 인간은 운다. 가슴속에 가득 차 있는 답답한 응어리를 한꺼번에 풀어 버리는 데는 울음만큼 빠른 것이 없다. 그것은 마치 우레와 번개처럼 즉각적이다. 지극한 정리情理에서 나오는 울음은 주체할 수 없어 터져 나오는 웃음처럼 거짓이 없다. 그 울음은 그닥 슬프지도 않으면서 짐짓 목청으로만 쥐어짜는 초상집의 곡哭소리와는 사뭇 다르다. 가슴으로 느끼는 진정眞情을 견디다 못해 내지르게 되면 그것은 마치 금석金石에서 울려 나오는 듯한 지성진음至聲眞音이 되어 듣는 이를 압도하리라.

한나라 때 가의賈誼는 젊은 그의 능력을 시기한 신하들의 모함으로 뜻을 펴 보지 못한 채 쫓겨나 실의의 나날을 보냈다. 뒤늦게 다시 임금의 부름을 받은 그는 그간 그 낙담의 시간 속에서 가슴속에 차곡차곡 쌓아 두었던 말들을 마치 포효하며 울부짖듯 거침없이 토해 내었다. 그때 그의 목소리는 마치 금석에서 울려 나오는 듯한 지성진음이 아니었을까? 사람들은 뜻하지 않은 그의 목소리를 듣고 모두 놀라 눈이 휘둥그레졌으리라.

아, 여보게 정진사! 비좁은 조선 땅에서 숨 막히듯 답답하게만 살다가 이 드넓은 요동벌로 통쾌하게 나서려니, 나는 그만 한바탕 목을 놓아 울고만 싶네그려. 마치 그 옛날 가의의 그 통곡처럼 나도 내 폐부 깊은 곳에서 주체할 수 없이 터져 나오는, 금석이 광광 울리는 듯한 그런 울음을 울고 싶네그려.

정진사는 되묻는다. 자네의 말이 그와 같으니, 나도 자네와 함께 한바탕 시원스러운 울음을 터뜨려 보고 싶네. 그러나 나는 아직 모르겠네. 자네의 울음은 그간의 협소한 나를 돌아보는 연민에서 나온 것인가? 아니면 조롱에 든 새가 새장을 벗어나는 통쾌함에서 나온 것인가? 기쁨에서인가? 아니면 분노에서이던가?

자네, 저 갓난아이에게 물어보게. 저가 갓 태어나 고고한 울음을 터뜨릴 때 그 심정이 어떠한가를 말일세. 사람들은 곧잘 이렇게 말하곤 하지. 아이가 갓 태어나 울음을 터뜨리는 것은 그가 앞으로 지고 가야 할 인생의 고통을 생각할 때에 하도 기가 막혀서 우는 것이라고 말일세. 그러나 자네 한번 생각해 보게. 태중에서 손과 발을 마음껏 펴 볼 수도 없고, 광명한 세상을 바라다볼 수도 없이 답답하게 열 달을 지내다가, 어느 날 갑자기 눈앞에 환한 빛줄기가 쏟아져 들어오고, 손과 발에 더 이상 아무 걸리는 것이 없음을 깨달았을 때, 갓난아이가 느꼈을 통쾌함을 말일세. 그 통쾌함이 한꺼번에 소리가 되어 터져 나온 것이 바로 그 울음일 것이네.

갑갑한 조선 땅에서 나는 지난 몇십 년을 답답하게 살아왔네. 색목色目으로 갈리고 당파로 나뉘어 싸움질만 해 대는 나라, 백성들은 도탄에 빠져도 그저 제 한 몸의 보신保身과 영달에만 급급할 뿐인 벼슬아치들, 학문을 수기치인修己治人의 도리 아닌 출세를 위한 방편으로만 여기는 지식인들, 손발을 마음껏 펴 볼 수도 없게 옥죄는 제도와 이념, 한 치 앞을 내다볼 수조차 없는 암담한 시계視界, 이런 것들에 둘러싸여 비명조차 지를 수 없었네. 그런데 이제 그 복닥대며 아웅다웅하던 협소한 조선 땅을 벗어나 일망무제一望無際로 탁 트인 이 요동벌 앞에 서니, 나는 저 갓난아이의 통쾌한 울음을 떠올리지 않을 수 없는 심정이란 말일세.

이제 이곳부터 산해관까지 일천이백 리의 길은 사방에 한 점 산도 없어, 보이느니 지평선뿐이요, 아득한 옛날의 그 비는 지금

354

도 내리고, 그 구름이 지금도 창창히 떠가고 있지 않은가? 하늘가와 땅끝은 마치 아교풀로 붙이고 실로 꿰매 놓은 것만 같단 말일세. 이 광막한 벌판을 지나며 나는 내 존재의 미약함과, 내 안목의 협소함과, 살아온 날들의 부끄러움을 울어 볼 참일세. 새로운 문명 세계를 만나는 설렘과 어제의 나를 과감히 버리는 두근거림을 울어 볼 참일세. 그 뼈저린 자각을 울어 볼 참일세.

나도 울고 싶다

『연암집』에는 이 요동벌에서의 도저한 감회를 노래한 시 한 수가 실려 있다.

요동벌 그 언제나 끝이 나려나	遼野何時盡
열흘 가도 산이라곤 뵈이질 않네.	一旬不見山
새벽별 말 머리로 날리더니만	曉星飛馬首
아침 해 밭 사이서 떠올라오네.	朝日出田間

제목은 「요동벌의 새벽길遼野曉行」이다. 열흘을 가도록 요동벌은 단지 지평선만을 보여 줄 뿐이다. 가도 가도 도무지 끝이 보이지를 않는 것이다. 산 하나 보이지 않는 벌판, 크게 지르는 소리는 메아리만 남기고 지평선 끝으로 사라진다. 말 머리 위론 새벽

별이 떨어지고, 밭두둑 너머로 아침 해가 누리를 비추며 떠오른다. 물상物象의 모습이 그 햇빛에 하나둘씩 제 모습을 드러낸다. 아! 대지 위의 내 모습은 너무도 미소微小하구나.

한편 연암은 글의 마지막에서 이 밖에 조선 땅에서 한바탕 울음을 울 만한 곳을 두 군데 소개한다. 하나는 금강산 비로봉 꼭대기에서 동해 바다를 바라볼 때이고, 다른 하나는 황해도 장연長淵 바닷가 금사산金沙山이다. 금강산 비로봉 꼭대기에서 동해를 바라볼 때의 흥취는 역시 요동벌과 마주 선 것 이상의 감격을 부르기에 충분하겠으되, 장연 금사산의 경우는 저간의 사정을 이해하기 위해 따로 읽어야 할 한 편의 글이 있다.

매탕梅宕 이덕무李德懋가 필시 미친 병이 난 듯한데 그대는 이를 아는가? 그가 황해도 장연長淵에 있을 적에 일찍이 금사산金沙山에 올랐더라네. 한 바다가 하늘을 치매, 스스로 너무나 미소微小한 것을 깨닫고는 아마득히 근심에 젖어 탄식하며 말했더라지.

"가령 탄환만 한 작은 섬에 기근이 해마다 들고, 바람과 파도가 하늘과 맞닿아 구휼로 꾸어 오는 곡식조차 통하지 못하게 되면 어떻게 하지? 해구海寇가 몰래 쳐들어와 바람을 타고 돛을 올려도 달아나 숨을 땅이 없을 테니 어찌한다지? 용과 고래, 악어와 이무기가 뭍을 에워 알을 낳고서 사탕수수처럼 사람을 짓씹어 먹는다면 어쩌지? 넘실대는 파도가 마을 집을

덮쳐 버리면 어떻게 하나? 바닷물이 멀리로 옮겨 가 하루아
침에 물길이 끊어져 외로운 뿌리가 우뚝 솟아 아마득히 바닥
을 드러낸다면 어찌하나? 파도가 섬의 밑동을 갉아 먹어 오래
도록 물에 잠겨 흙과 돌이 견디지 못하고 물결을 따라 무너져
버리면 어떻게 할까?"

그 의심하고 걱정하는 것이 이와 같으니 미치지 않고 어쩌겠
는가? 밤에 그 말을 듣고는 나도 모르게 포복절도하고서 붓을
들어 적어 두었더라오.[13]

연암이 처남 이재성李在誠에게 보낸 편지글 「중존에게 주다
與仲存」이다. 이덕무가 장연 바닷가의 모래산인 금사산에 올랐는
데, 그 역시 연암이 요동벌을 앞에 두고 그랬던 것처럼 눈앞에 펼
쳐진 광막한 시계視界에 그만 압도되고 말았다. 그래서 너무도 하
잘것없는 존재의 나약함을 깨달음은 물론, 아울러 앞바다에 떠
있는 섬조차도 탄알만 하게만 여겨져 공연히 그 섬에 사는 사람
들을 걱정하느라 노심초사했더라는 이야기다. 연암이 「호곡장
론」의 말미에서 금사산을 거론한 것은 바로 이 때문이다.

중간에 인용된 이덕무의 글은 황해도 지역을 다녀오며 쓴
「서해여언西海旅言」이란 기행문에서 따온 것이다. 전문은 너무 길
어 실을 수가 없고, 일부분만 읽어 보기로 한다.

사봉沙峰의 꼭대기에 우뚝 서서 서쪽으로 큰 바다를 바라보

니, 바다 뒤편은 아마득하여 그 끝이 보이지 않는데, 용과 악어가 파도를 뿜어 하늘과 맞닿은 곳을 알지 못하겠다. 한 뜨락 가운데다 울타리로 경계를 지어, 울타리 가에서 서로 바라보는 것을 이웃이라 부른다. 이제 나는 두 사람과 함께 이편 언덕에 서 있고, 중국 등주登州와 내주萊州의 사람은 저편 언덕에 서 있으니, 서로 바라보아 말을 할 수도 있되, 하나의 바다가 넘실거려 보지도 못하고 듣지도 못하니, 이웃 사람의 얼굴을 서로 알지 못하는 것이다. 귀로 듣지 못하고 눈으로 보지 못하며 발로 이르지 못하는 곳이라 해도, 오직 마음이 내달리는 바는 아무리 멀어도 다다르지 못할 곳이 없다. 이편에서는 이미 저편이 있는 줄 알고, 저편 또한 이편이 있는 줄을 알진대, 바다는 하나의 울타리일 뿐이니, 보고 또 듣는다고 말하더라도 괜찮을 것이다. 그렇지만 무언가를 붙잡고서 흔들흔들 구만리 상공에 올라가 이편 언덕과 저편 언덕을 한눈에 다 본다면 한집안 사람일 뿐일 터이니, 또한 어찌 일찍이 울타리로 막혀 있는 이웃이라 말하겠는가?

높이 올라 멀리를 바라보니, 더더욱 잗단 존재임을 깨달아 아마득히 근심이 일어, 스스로를 슬퍼할 겨를도 없이 저 섬에 사는 사람들을 슬퍼하였다. 가령 탄환만 한 작은 섬에 기근이 해마다 들고, 바람과 파도가 하늘과 맞닿아 구휼하는 곡식조차 통하지 못하게 되면 어떻게 하지? 해구海寇가 몰래 쳐들어와 바람을 타고 돛을 올려도 달아나 숨을 땅이 없어 전부 도륙을 당하게 되면 어찌한다지? 용과 고래, 악어와 이무기가 물을 에워 알을 낳고서 사나운 이빨과 독한 꼬리로 사탕수수처럼 사람을 짓씹어 먹는다면 어찌하지? 해신海神이 크게 성을 내어 파도가 솟구쳐서 마을 집을 덮쳐 남김없이 쓸어 가 버리면 어떻게 하나? 바닷물이 멀리로 옮겨 가 하루아침에 물길이 끊어져 외로운 뿌리가 우뚝 솟아 아마득히 바닥을 드러낸다면 어찌하나? 파도가 섬의 밑동을 갈아 먹어 오래도록 물에 잠겨 흙과 돌이 견디지 못하고 물결을 따라 무너져 버리면 어떻게 할까?

객이 말했다.

"섬사람들은 아무렇지도 않은데 그대가 먼저 위태롭게 여기네그려."

바람에 부딪히자 산이 장차 옮겨 가려 하는지라, 나는 이에 내려와 평지에 서서 소요하다가 돌아왔다. 내가 동쪽으로 불태산佛胎山과 장산長山 등 여러 바다에 둘러싸인 산을 바라보다가 탄식하며 말했다.

"이것은 바닷속의 흙일세그려."

객이 말했다.

"무슨 말인가?"

"자네 시험 삼아 도랑을 파 보게. 그 흙이 언덕처럼 쌓이겠지. 하늘이 큰 물길을 열면서 찌꺼기를 모은 것이 산이 된 것일세."

그러고는 두 사람과 함께 뒤쫓아온 막사로 들어가 큰 술잔 하나를 내와 바다에서 노닐던 가슴을 축이었다.[14]

금사산은 황해도 장연 땅 장산곶의 백사장을 말하니, 바람이 실어 온 금모래가 산을 이룬 곳이다. 바람을 따라 산의 모습은 백변百變의 장관을 연출한다. 툭 터진 시야로 서해 바다가 한눈에 들어온다.

육지의 산들은 바닷속의 흙일 뿐이다. 모래산 위에 올라 가없는 바다를 바라보다 이덕무가 뜬금없이 던지는 말이다. 드넓은 허공에 날아올라서 본다면, 저 바다란 것도 한 국자의 물에 불과하고, 산이란 것은 개미집이나 한 줌 흙더미에 지나지 않을 뿐이다. 이러니 이편 언덕에서 저편 언덕을 바라보면 바닷물이 막히어 서로 볼 수도 없고, 들을 수도 없고, 알려야 알 수도 없지만, 높은 하늘에서 바라본다면 중국이니 조선이니 하는 울타리는 아무 의미가 없고 기실은 한집안 사람일 뿐이다. 말 그대로 사해동포四海同胞인 것이다. 그러니 중국과 조선으로 가르고, 노론老論과 남인南人으로 싸우며, 또 양반과 서얼로 울타리를 세우는 분별은 얼마나 허망한 것이냐. 그런 울타리 없는 세상은 어디에 있는가? 그것은 오직 마음속으로만 다다를 수 있는 그런 곳이란 말인가? 그리하여 한층 거나해진 홍취를 못 이겨, 숙소로 돌아와서도 그들은 큰 사발에다 술을 듬뿍 따라서 답답했던 가슴을 축였던 것이다.

진정에서 나오는 울음은 뼛속으로 스며든다

이덕무는 일찍이 그의 『이목구심서耳目口心書』에서 이렇게 적은
바 있다.

> 진정眞情을 폄은 마치 고철古鐵이 못에서 활발히 뛰고, 봄날
> 죽순이 성난 듯 땅을 내밀고 나오는 것과 같다. 거짓 정을 꾸
> 미는 것은 먹을 반반하고 매끄러운 돌에 바르는 것이나, 기름
> 이 맑은 물에 뜨는 것과 같다. 칠정 가운데서도 슬픔은 더더
> 욱 곧장 발로되어 속이기가 어려운 것이다. 슬픔이 심하여 곡
> 하기에 이르면 그 지극한 정성을 막을 수가 없다. 이런 까닭에
> 진정에서 나오는 울음은 뼛속으로 스며들고, 거짓 울음은 터
> 럭 위로 떠다니게 되니, 온갖 일의 참과 거짓을 이로 미루어
> 짐작할 수가 있다.

살아가는 일은 답답하고 속 터지는 일이다. 봄날 죽순이 땅을
밀고 솟아나듯, 내 존재의 깊은 곳에서부터 걷잡을 수 없이 터져
나오는 울음과 만날 수 있는 곳은 어디인가? 진정에서 나와 뼛속
까지 스며드는 그런 울음은 어디에 있는가? 갓난아이가 세상에
태어나 터뜨리는 첫 소리 같은 울음을 어떻게 울 수 있을까? 나의
시, 나의 노래는 그러한 울음이었던가? 슬프지도 않으면서 짐짓
슬픈 체 우는 거짓소리는 아니었던가? 물에 뜬 기름처럼, 반반한

돌 위에 쓴 먹글씨처럼 스미지는 못하고 겉돌기만 하는 그런 울음은 아니었던가? 아! 그곳은 어디에 있는가? 요동의 벌판에 있는가, 금강산 비로봉의 꼭대기에 있는가? 아니면 장연의 바닷가에 있는가? 나도 그런 곳에 서서 큰 소리로 한번 울어 보고 싶구나.

한편 추사 김정희는 「요동벌遼野」이란 작품에서 연암의 「호곡장론」을 읽은 흥취를 이렇게 노래했다.

천추의 커다란 울음터라니	千秋大哭場
재미난 그 비유 신묘도 해라.	戲喩仍妙詮
갓 태어난 핏덩이 어린아이가	譬之初生兒
세상 나와 우는 것에 비유하였네.	出世而啼先

4부

벗은 제2의 나다

사람의 가치

20

———

제2의 나를 찾아서.

옛날에 벗을 말하는 자는 벗을 두고 혹 '제2의 나[第二吾]'라 하기도 하고, '주선인周旋人'이라고도 하였다. 이런 까닭에 글자를 만든 자가 '우羽' 자에서 빌려 와 '붕朋' 자를 만들고, '수手' 자와 '우又' 자로 '우友' 자를 만들었으니, 새에게 두 날개가 있고 사람에게 양손이 있는 것과 같음을 말한 것이다. 그러나 말하는 자는 "천고千古의 옛날을 벗 삼는다."고 한다. 답답하구나, 이 말이여! 천고의 사람은 이미 화하여 흩날리는 티끌이나 서늘한 바람이 되었는데, 그 장차 누가 나를 위해 제2의 나가 되며, 누가 나를 위해 주선한단 말인가?

양자운揚子雲이 당시 세상에서 지기知己를 얻지 못하자, 개연히 천세千歲 뒤의 자운子雲을 기다리고자 했다. 우리나라의 조보여趙寶汝가 이를 비웃어 말했다.

"내가 나의 『태현경太玄經』을 읽어, 눈으로 이를 보면 눈이 양자운이 되고, 귀를 기울이면 귀가 양자운이 되며, 손으로 춤추고 발로 뛰는 것이 각각 하나의 양자운이거늘, 어찌 반드시 아득한 천세를 기다린단 말인가?"

내가 다시 답답해져서, 이 말에 곧장 발광해 버릴 것만 같아 말했다.

"눈은 보지 못할 때가 있고, 귀는 듣지 못할 때가 있다. 그럴진대 이른바 춤추고 뛰는 양자운은 장차 누구로 하여금 듣게 하고, 누구로 하여금 보게 한단 말인가? 아아! 귀와 눈, 손과 발은 한 몸에서 나란히 난 것이므로 내게 이보다 가까운 것은 없다. 그런데도 오히려 장차 믿을 수 없는 것이 이와 같으니, 누가 능히 답답하게 위로 천고의 앞으로 거슬러 가고, 답답하게 천세의 뒤를 더디 기다린단 말인가?"

이로 말미암아 보건대 벗은 반드시 지금의 당시 세상에서 구해야 함이 분명하다 하겠다.

아아! 내가 『회성원집繪聲園集』을 읽고는, 나도 모르게 심골心骨이 끓어올라 눈물과 콧물을 줄줄 흘리며 말했다.

"내가 봉규씨封圭氏와 더불어 태어남이 이미 이 세상에 나란하니, 이른바 나이도 서로 같고 도道도 서로 비슷하다는 것이다. 홀로 서로 벗하지 않을 수 있으랴? 진실로 장차 벗 삼으려 할진대, 어찌 서로 만나 보지 않을 수 있겠는가? 땅이 서로 떨어짐이 만리라 한들 그 땅을 멀다 하겠는가?"

그런 것이 아니다. 아아, 슬프다! 이미 서로 볼 수 없다면 진실로 벗이라 말할 수 있겠는가? 나는 봉규씨의 신장이 몇 자나 되고 수염이나 눈썹이 어떻게 생겼는지 알지 못한다. 알 수 없다면 내가 같은 세상의 사람이라 한들 무슨 소용이리오. 그렇다면 내가 장차 어찌해야만 할까? 내 장차 천고를 벗 삼는 방법을 가지고 그를 벗 삼아야 할까?

봉규씨의 시詩는 훌륭하다. 그 대편大篇은 순임금의 음악을 펴는 듯하고, 단장短章은 옥구슬이 쟁그랑 울리는 것만 같다.

그 음전하고 온아함은 마치 낙수洛水의 놀란 기러기를 보는 것 같고, 드넓고도 소슬함은 마치 동정호에 떨어지는 낙엽 소리가 들려오는 것만 같다. 나는 또 알지 못하겠구나, 이를 지은 자가 양자운인지, 아니면 이를 읽는 자가 양자운인지를. 아아! 말은 비록 달라도 글의 법도는 같으니, 다만 그 기뻐 웃고 슬퍼 우는 것은 번역하지 않고도 통한다. 왜 그런가? 정情이란 겉꾸미지 못하고, 소리는 마음속에서 우러나오는 것이기 때문이다. 내 장차 봉규씨와 더불어 한편으로 후세의 양자운을 기다림을 비웃고, 한편으로는 천고를 벗 삼는다는 말을 조문하련다.[1]

—「회성원집 발문繪聲園集跋」

답답한 상우천고란 말

벗은 '제2의 나'다. 나를 위해 온갖 일을 다 나서서 '주선해 주는 사람'이다. '붕朋'이란 글자는 '우羽' 자의 모양을 본떴고, '우友' 자는 '수手' 자에 '우又' 자를 포개 놓은 모양이다. 진정한 벗이란 새의 양 날개나 사람의 두 손과 같이 어느 하나가 없어서는 안 될 만큼 서로에게 소중한 존재임을 나타낸 것이다. 그러나 이 한쪽 날개나 다른 편 손과 같은 벗을 두고, 사람들은 턱도 없이 '상우천고尙友千古'를 말하곤 한다. 상우천고라니, 그것은 아득한 천고의 고인을 벗으로 삼겠다는 것이 아닌가? 그것이 어떻게 내 오른팔이 되고, 내 왼편 날개가 되며, '제2의 나'가 되고, 나를 위해 '주선해 주는 사람'이 될 수 있단 말인가? 벗이란 지금 내 곁에 있을 때 의미가 있을 뿐이다. 곁에 마음 나눌 벗이 없고 보니 답답한 나머지 나온 말이라고는 하지만, 안타깝구나 상우천고의 그 말이여!

양웅揚雄이『태현경太玄經』을 지을 때, 곁에서 그 어려운 책을 누가 읽겠느냐고 통을 주자, "나는 천년 뒤의 양자운을 기다릴 뿐일세."라고 대답했다. 이를테면, 아득한 훗날에라도 나를 알아줄 단 한 사람만 있으면 그뿐이라는 것이니, 이번에는 천고 앞의 고인이 아니라 천고 뒤의 후인後人을 벗 삼겠다는 것이다. 그 황당함은 '상우천고'하겠단 말보다 훨씬 더 심하지 않은가?

양웅의 이 말을 듣고 난 조보여趙寶汝는 자못 딱하다는 투로 이렇게 말한다. "내가 내 지은 글을 소리 내어 읽으면 내 입이 바로 나의 양자운이 되고, 그 소리를 들으면 내 귀가 바로 나의 양자운이 될 것이다. 그 글을 읽고 즐거워 나도 몰래 덩실덩실 춤을 추면 내 손과 발이 바로 나의 양자운일 뿐이다. 내가 나를 알아주면 그뿐이지, 굳이 아득한 천년 뒤를 기다릴 것이 무에란 말인가?"

내가 이 말을 듣고서, 앞서 '상우천고'하겠다던 사람의 말을 들을 때보다 더 답답해져서, 곧장 미쳐 길길이 날뛸 지경이 되고 말았다. "자네는 지금 눈으로 보고, 귀로 듣고, 손과 발로 춤추며 뛰는 것을 말하는가? 눈은 자주 보지 못하고, 귀도 소리를 듣지 못할 때가 있네. 이제 자네가 자네의 글과 만나 기뻐 덩실덩실 춤을 추었다 하세. 그것을 증명해 줄 단 한 사람이 어디에 있단 말인가? 내 눈과 내 귀와 내 입과 내 손과 내 발조차 내가 믿을 수 없거늘, 있었는지도 모를 천고의 앞이나, 있지도 않은 천고의 뒤를 벗삼겠다고 하니, 답답해서 가슴이 터질 것만 같네그려. 내가 나를 믿지 못하는데, 천고를 믿고 기대겠다니 원 어디 당키나 한 일인가?"

벗은 '제2의 나'다. 내 마음의 눈과 귀가 되고, 손발이 되어 줄 '주선인'이다. 그가 없이는 나는 보아도 보지 못하고, 들어도 듣지 못한다. 그가 없으면 나는 장님이 되고, 벙어리가 되고, 귀머거리가 된다. 일어나 춤출 수도 없고 옴짝달싹할 수도 없다. 그가 있기에 비로소 내 눈도 눈 구실을 하고, 내 귀도 귀 구실을 하며, 손발은 비로소 신명이 올라 한바탕 덩실덩실 춤을 추게 된다.

가슴이 터질 것 같다

나는 중국 사람 곽집환郭執桓이 지은 『회성원집繪聲園集』을 읽었다. 그의 글을 읽자 나도 몰래 눈물과 콧물이 줄줄 흘러내렸다. 그는 나와 같은 세상을 살고 있는 자다. 나이도 비슷하고 품은 생각도 비슷하다. 아아! 그도 나와 꼭 같은 울분을 품고 있었구나. 내가 지닌 마음을 그도 꼭 같이 지니고 있었구나! 내 마음과 그의 생각 사이에 다른 점이 없는지라, 나는 마치 '제2의 나'를 만난 듯이 반가워 나도 몰래 눈물과 콧물을 줄줄 흘리지 않을 수 없었다. 그렇다면 나는 그를 친구로 삼아야 하리라. 그렇다면 나는 그를 만나 보지 않으면 안 되리라.

그러나 나는 결코 그를 만날 수가 없다. 분명 그와 나는 같은 시대를 살아가고 있건만, 그는 중국의 산서山西에 있고 나는 해동海東의 구석에 살고 있으니 무슨 수로 만나 본단 말인가? 생각이 여기에 미치자, 나는 천고를 벗 삼겠단 말을 들었을 때의 답답함보다, 천년 뒤의 양자운을 기다리겠단 그 말을 들었을 때의 발광하고 싶은 마음보다 더 큰 답답함과 터질 듯한 안타까움을 지니지 않을 수가 없다. 글로 만날 때 그는 분명 '제2의 나'처럼 친숙한데, 정작 나는 그의 얼굴을 알지 못하고, 수염은 어떻게 났는지, 태도는 어떠한지를 알 수가 없다. 막막하고 아득하기가 마치 천년 앞뒤의 사람과 다름이 없구나. 나는 그를 벗으로 삼고 싶은데, 어찌하면 좋을까? 나도 결국 옛사람을 '상우천고'하듯 그를 사귀어 볼밖에 다른 수가 없는 걸까? 아아! 답답하구나. 가슴이 터질 것만 같구나.

　이제 그의 글을 읽으면 그의 내면 풍경이 다 떠오른다. 장편의 거작은 마치 요순堯舜의 음악이 울려 퍼지는 것만 같고, 짤막한 작품도 쟁반에 구르는 옥구슬처럼 영롱하다. 낙수洛水의 놀란 기러기의 날갯짓도 있고, 동정호로 떨어지는 구슬픈 낙엽 소리도 담겨 있다. 나는 그의 글을 읽으면서, 내가 그가 되고, 그가 나인 것 같은 착각에 깜짝 놀라곤 한다. 사는 땅이 다르고 쓰는 언어가 달라도 그의 글을 읽으면 그의 내면과 동화될 수가 있다. 어째서 그럴까? 그의 글에는 참된 정이 실려 있기 때문이다. 그의 소리는 폐부 깊은 곳에서 우러나온 것이기 때문이다. 아아! 그는 천만리 밖에 있어 결코 대면하여 볼 수 없지만 '제2의 나'임에 틀림없다. 후세의 양자운을 기다릴 것도, 아득한 천고의 고인을 찾아 헤맬 것도 없다. 그는 나다.

　글의 본지에만 충실하게 읽는다면, 이 글은 연암이 『회성원집』을 읽고서, 마치 가까이에서 익히 알던 벗과 같은 지기의 심정을 느꼈음을 말한 것일 뿐이다. 그러나 그에 앞서 천고의 아득한 옛날에서나 벗을 찾고, 천세의 아득한 뒷날에서나 자기를 알아줄 사람을 찾는다는 말 속에 담긴 '깊은 슬픔'을 헤아려 볼 일이다. 연암 또한 천고의 위에서나 천세의 뒤에서 벗을 찾을 수밖에 없는 처연한 심정을 반어적으로 드러내고 있는 것이다. 당대에 정말 제2의 나와 같은 사람을 만나는가 싶어 기뻐했더니, 결국 그는 아무리 만나려 해도 만날 길이 없는 아득한 천만리 밖의 사람이 아닌가 말이다. 글의 끝에서 자신이 봉규씨와 함께 후세의 양자운과 천고의 벗을 웃고 조문한다 함은, 연암 자신이 봉규씨의 글에서 느낀 진한 교감을 알게 해 준다. 결국 진정한 붕우, '제2의 나'는 이 세상 어디에도 존재치 않는다. 그럴진대 사람들이 천고를 벗 삼고, 천세 뒤를 기다림은 또 당연한 것이 아닌가?

이 글에서 연암이 제기하고 있는 '붕우'의 문제는 소설 「마장전馬駔傳」에서 말하고 있는 우정의 문제와 크게 다르지 않다. 붕우의 사귐이 권세와 명예나 이익의 획득을 위한 수단으로 전락해 버리고 만 세상에서, 진정한 우정의 소재는 어디에서도 찾아볼 수 없다는 것이다. 「회성원집 발문繪聲園集跋」에서 연암은 지식인들이 현세에서 벗을 구하지 않고 천고나 천세 후의 지기를 말하는 것에 대해 처음에는 비웃는 듯한 어조로 말문을 열고 있다. 당시 세상에서도 벗을 구하지 못하는 주제에 이미 썩어 흙먼지가 되어 버린 고인이나, 눈앞에 있지도 않은 천고 뒤의 후인을 벗 삼겠다는 것이 무슨 소리냐고 나무랐다. 그러나 정작 끝에 가서는 결국 자신도 회심의 벗과 직접 대면하지 못하고 상우천고하듯 할 수밖에 없는 안타까움으로 마무리 지음으로써, 진정한 붕우는 눈을 씻고 찾아봐도 찾을 수 없는 세상에 대한 절망을 다른 층위에서 다시 한번 확인하고 있는 것이다.

한창 무더운 중에 그간 두루 편안하신가? 성흠聖欽은 근래 어찌 지내고 있는가? 늘 마음에 걸려 더욱 잊을 수가 없네. 중존仲存과는 이따금 서로 만나 술잔을 나누겠지만, 백선伯善은 청파교靑坡橋를 떠나고 성위聖緯도 운니동雲泥洞에 없다 하니, 이 같은 긴 여름날에 무엇 하며 지내는지 모르겠구려. 듣자니 재선在先은 벼슬을 하마 그만두었다던데, 돌아온 뒤로 몇 번이나 서로 만나 보았는가 궁금하이. 저가 조강지처를 잃은 데 더하여 무관懋官 같은 좋은 친구마저 잃었으니, 아득한 이 세상에서 외롭고 쓸쓸해할 그 모습과 언어는 보지 않고도 가늠할 만하네그려. 또한 하늘과 땅 사이의 궁한 백성이라 말할 만할 것이오.

아아! 슬프다. 나는 일찍이 벗 잃은 슬픔이 아내 잃은 아픔보다 심하다고 말한 적이 있다. 아내를 잃은 자는 오히려 두 번, 세 번 장가들어 아내의 성씨를 몇 가지로 하더라도 안 될 바가 없다. 이는 마치 옷이 터지고 찢어지면 깁거나 꿰매고, 그릇과 세간이 깨지거나 부서지면 새것으로 바꾸는 것과 같다. 혹 뒤에 얻은 아내가 앞서의 아내보다 나은 경우도 있고, 혹 나는 비록 늙었어도 저는 어려, 그 편안한 즐거움은 새사람과 옛사람 사이의 차이가 없다.

벗을 잃는 아픔 같은 것에 이르러서는, 다행히 내게 눈이 있다 해도 누구와 더불어 내가 보는 것을 함께하며, 귀가 있다 해도 누구와 더불어 듣는 것을 함께하며, 입이 있더라도 누구와 함께 맛보는 것을 같이하며, 코가 있어도 누구와 더불어 냄새 맡는 것을 함께하며, 다행히 내게 마음이 있다 해도 장차 누구와 더불어 나의 지혜와 깨달음을 나눌 수 있겠는가?

종자기鍾子期가 죽으매, 백아伯牙가 석 자의 마른 거문고를 끌어안고 장차 누구를 향해 연주하며 장차 누구더러 들으라 했겠는가? 그 기세가 부득불 찼던 칼을 뽑아 들고 단칼에 다섯 줄을 끊어 버리지 않을 수 없었으리라. 그 소리가 투두둑 하더니, 급기야 자르고, 끊고, 집어던지고, 부수고, 깨뜨리고, 짓밟고, 죄다 아궁이에 쓸어 넣어 단번에 그것을 불살라 버린 후에야 겨우 성에 찼으리라. 그러고는 제 자신에게 물었을 테지.

"너는 통쾌하냐?"

"나는 통쾌하다."

"너는 울고 싶지?"

"그래, 울고 싶다."

소리는 천지를 가득 메워 마치 금석金石이 울리는 것 같고, 눈물은 솟아나 앞섶에 뚝뚝 떨어져 옥구슬이 구르는 것만 같았겠지. 눈물을 떨구다가 눈을 들어 보면 텅 빈 산엔 사람 없고 물은 흘러가고 꽃은 피어 있다.

"너는 백아를 보았니?"

"나는 보았다."2

—「어떤 이에게 주다與人」

울고 싶니? 울고 싶다

「어떤 이에게 주다與人」는 벗에게 보낸 편지글이다. 편지에 나오는 성흠聖欽은 이희명李喜明의 자이고, 중존仲存은 연암의 처남 이재성李在誠이다. 백선伯善은 누구의 자인지 분명치 않다. 성위聖緯는 이희명의 형인 이희경李喜經이고, 재선在先은 박제가朴齊家, 무관懋官은 이덕무李德懋를 말한다. 젊은 시절 함께 어울려 즐거운 시간을 나누었던 벗들이자 제자들이다.

박제가는 1793년 이동직李東稷이 올린 문체 관련 상소로 인해 왕의 지적을 받아 자송문自訟文, 즉 반성문을 지어 올린다. 그 전해인 1792년 9월에는 조강지처인 덕수 이씨가 세상을 떴다. 당시 박제가는 부여 현감으로 재직 중이었다. 또 편지에서 1793년 1월 25일에 세상을 뜬 이덕무의 죽음을 언급하고 있는 것으로 보아, 이 편지는 1793년 6월쯤 안의安義 현감으로 있을 당시 안의에서 서울로 보낸 것임을 알 수 있다. 구체적으로 누구에게 보낸 것인지는 분명치 않다.

편지는 먼저 이희명의 근황을 묻는 것으로 시작된다. 애틋한 무슨 사연이 있었던 듯하다. 처남인 이재성과는 이따금 만나 술잔을 기울이겠지만, 백선은 이사 가고 없고 이희경도 운니동 집에 있지 않다 하니, 길고 긴 여름날에 무슨 재미로 나날을 보내시는가? 문체 파동으로 자송문을 쓴 뒤 박제가는 벼슬을 그만두고 서울로 올라가 지낸다던데, 그래 그새 몇 번이나 만나 보았던가?

그가 조강지처를 잃은 데다 절친한 벗 이덕무마저 먼저 떠나보냈으니, 내 이 먼 시골에서도 이즈음 그의 표정과 언어를 짐작할 만하네그려. 아! 슬프고 슬픈 일일세.

박제가가 사랑하던 조강지처를 잃은 슬픔이 채 가시기도 전에 지음知音의 벗 이덕무마저 잃었으니, 그 슬픔을 어이 헤아릴 수 있겠나? 그러나 생각해 보세. 아내를 잃은 슬픔이야 다시 장가들어 새 부인을 맞이하면 잊힐 수도 있고, 또 나중 얻은 아내가 먼젓번 아내보다 내게 더 잘해 주면 편안히 즐거워질 수도 있을 것이니, 벗 잃은 슬픔을 어찌 여기에 견줄 수 있겠는가?

지음의 벗을 잃고 보니, 좋은 것이 있어도 함께 볼 사람이 없고, 귀가 열려 있어도 함께 듣지 못하며, 맛진 음식을 앞에 두고도 같이 먹자 권할 수가 없고, 좋은 내음을 앞에 두고 같이 맡아 보지도 못할 것일세. 함께할 벗이 곁에 없고 보니 전날에 그 좋던 모든 것들이 하나도 흥이 나지 않게 되고 말 것일세그려. 내게 어떤 깨달음이 이르러도 그것을 기뻐하며 함께 나누질 못하니, 나는 살아도 산 것이 아닌 셈일세. 그러니 천지간의 한 '궁한 백성'이 아니고 무엇이겠나?

예전 백아伯牙가 제 친구 종자기鍾子期를 잃고 나서의 심정을 나는 지금 이해할 수 있을 것만 같네. 제 거문고 소리를 알아주던 유일한 벗이 훌쩍 세상을 버렸을 때, 그리하여 저 혼자 남아 거문고 앞에 마주 섰을 때, 이제는 거문고를 연주해 보았자 그 소리를 알아들을 단 한 사람이 없음을 절실히 깨닫게 되었을 때, 백아의 그 심정이 어떠했겠나? 그는 주머니에서 칼을 꺼내 들었겠지. 그러고는 조금의 망설임 없이 거문고 줄을 부욱 그어 끊어 버렸을 테지. 투두둑 줄이 끊어지자, 그 아끼던 거문고를 끌어내어 도끼로 찍어 부수고, 바닥에 내동댕이치고, 발로 짓밟아 빠개고, 마침내 아궁이 속에 털어 넣어 불태워 버리고 말았겠지. 그래서 마침내 제 분신 같던 거문고가 사라져 버린 친구처럼 한 줌 재로 화해 버리자, 그제야 그는 아까의 그 기막혔던 심정이 조금 풀렸으리라.

비로소 그는 저 자신에게 이렇게 물었을 것이다. "그래, 거문고를 다 때려 부숴 불태워 버리고 나니 속이 후련한가? 그래도 소리 내어 울고 싶은가? 그렇다면 숨기지 말고 엉엉 소리 내어 실컷 울어 보게나." 그리하여 마침내 터져 나온 그 울음소리는 금석金石이 울리듯 천지를 가득 메우고, 옥구슬 같은 눈물은 옷섶으로 뚝뚝 떨어졌겠지. 한참을 그렇게 울다가 문득 고개를 들어 둘러보면 텅 빈 산엔 아무도 없고, 물은 흘러가고 꽃은 피어 있었을 것이네. 여보게 자네! 그때 그 백아의 심정을 알겠는가, 모르겠는가? 나는 알 것만 같네. 그 심정 그 표정이 역력히 떠오르네그려. 지금 박제가의 이덕무 잃은 슬픔도 꼭 이렇지 않겠나? 아니 이덕무를 잃은 내 마음도 꼭 종자기 잃은 백아의 심정이라네. 아아! 큰 소리로 한번 엉엉 소리쳐 울고 싶다네.

원문으로 보면 백아가 제 거문고를 때려 부수는 장면의 "단지斷之, 절지絶之, 촉지觸之, 쇄지碎之, 파지破之, 답지踏之"는 그 동작이 눈에 선하게 그려지거니와, 끝에 나오는 "텅 빈 산엔 사람 없고, 물은 흘러가고 꽃은 피어 있다.(空山無人, 水流花開.)"란 말은 본래 소동파蘇東坡가 「십팔대아라한송十八大阿羅漢頌」에서 한 말이다. 텅 빈 산에는 사람이 없는데 물은 그대로 흘러가고 꽃은 가만히 피어 있다. 그 물 그 꽃이건만 텅 빈 산에 홀로 앉아 바라보자니, 마음속에 일어나는 묘용妙用이 있다. 그래서 추사秋史도 "고요히 앉은 곳 차를 반쯤 마시고 향 사르고, 묘용이 일어날 때 물 흐르고 꽃이 피네.(靜坐處茶半香初, 妙用時水流花開.)"라고 노래한 바 있다. 말하자면 이것은 물物과 아我 사이에 아무런 간극이 없는 회심일여會心一如의 경지를 말한 것이다. 그러나 이 글의 문맥에서는 백아의 고산高山 유수流水의 노래를 떠올릴 때, 산과 물은 전과 같건만 그 곁에 함께 있어 줄 한 사람의 지기가 없는 허탈을 압축적으로 표현한 것으로 봄이 온당할 터이다.

만약 한 사람의 지기를 얻는다면

앞서 세상을 떴다던 이덕무는 일찍이 한 사람의 지기, 단 한 사람의 '제2의 나'를 그려 다음과 같은 아름다운 글을 남겼다.

만약 한 사람의 지기를 얻게 된다면 나는 마땅히 10년간 뽕나무를 심고, 1년간 누에를 쳐서 손수 오색실로 물을 들이리라.

열흘에 한 빛깔을 이룬다면, 50일 만에 다섯 가지 빛깔을 이루게 될 것이다. 이를 따뜻한 봄볕에 쬐어 말린 뒤, 여린 아내를 시켜 백 번 단련한 금침을 가지고서 내 친구의 얼굴을 수놓게 하여 귀한 비단으로 장식하고 고옥古玉으로 축을 만들어 아마득히 높은 산과 양양히 흘러가는 강물, 그 사이에다 이를 펼쳐 놓고 서로 마주 보며 말없이 있다가, 날이 뉘엿해지면 품에 안고서 돌아오리라.

뽕나무를 10년 길러 제법 무성해지면, 그제야 누에를 먹이겠다. 누에가 실을 뱉으면 오색으로 곱게 물을 들여야지. 열흘에 한 가지씩 50일 만에 물을 들여 봄볕에 쬐어 말려야지. 오색실이 뽀송뽀송하게 마르거든 아내에게 부탁하여 내 친구의 얼굴을 그 실로 수놓게 하겠다. 그것도 한 반년은 걸리겠지. 그런 뒤에 귀한 비단으로 배접하고 표구해서 고옥古玉으로는 괘를 달아야지. 그것을 들고서, 저 백아가 종자기를 앞에 앉혀 두고 연주하던 드높은 산과 양양히 흐르는 강물로 나아가 이것을 걸어 놓고 마주 보며 말없이 앉아 있겠다. 날이 다 저물도록 그렇게 있다가 오겠다. 단 한 사람의 지기를 얻을 수만 있다면, 그를 위해 나는 기꺼이 이렇게 하겠다. 단 한 사람의 지기를 얻을 수만 있다면.

그네들이 그토록 찾아 헤매었어도 결국 만날 수 없었던 그 한 사람의 지기, 단 한 사람의 '제2의 나'란, 결국 시대의 어두운 동굴을 헤매며 느꼈던 푸른 고독과 절망의 다른 이름일 뿐일 것이

380

다. 나는 이들 글에서 그네들의 뿌리 깊은 슬픔을 넉넉히 읽을 수 있다. "너는 백아를 보았니?" "나는 백아를 보았다."

21

갈림길의 뒤표정.

영숙永叔은 장수 집안의 자손이다. 그 선대에 충성으로 나라를 위해 죽은 이가 있으니, 지금까지 사대부들이 이를 슬퍼한다. 영숙은 전서篆書와 예서隸書에 능하고 장고掌故에 밝다. 젊어서 말타기와 활쏘기에 뛰어나 무과에 뽑히었다. 비록 벼슬은 시명時命에 매인 바 되었으나, 임금에게 충성하고 나라를 위해 죽으려는 뜻만은 선조의 공덕을 잇기에 족함이 있었으니 사대부에게도 부끄럽지가 않다.

아아! 그런 영숙이 어찌하여 식솔을 이끌고서 예맥濊貊의 고장으로 들어가는가? 영숙이 일찍이 나를 위해 금천金川의 연암협燕巖峽에 거처를 잡아 준 일이 있었다. 산이 깊고 길이 막혀 종일을 가도 사람 하나 만날 수 없었다. 서로 더불어 갈대숲 가운데에 말을 세우고 채찍으로 높은 언덕배기를 구획 지으면서 말했다.

"저기라면 울타리를 치고 뽕나무를 심을 수 있겠군. 갈대에 불을 질러 밭을 갈면, 한 해에 조를 천 석은 거둘 수 있겠네."

시험 삼아 쇠를 쳐서 바람을 타고 불을 놓으니, 꿩이 깍깍대며 놀라 날고, 새끼 노루가 앞으로 달아났다. 팔뚝을 부르걷고 이를 쫓다가 시내에 막혀 돌아왔다. 서로 보고 웃으며 말했다.

"백 년도 못 되는 인생이 어찌 답답하게 목석같이 살면서, 조나 꿩, 토끼를 먹으며 지낼 수 있겠는가?"

이제 영숙은 기린협에서 살겠다고 한다. 송아지를 지고 들어가 키워서 밭을 갈게 하겠다고 한다. 소금도 된장도 없는지라 산아가위와 돌배로 장을 담그리라고 한다. 그 험하고 가로막혀 궁벽한 품이 연암협보다도 훨씬 심하니, 어찌 견주어 같이 볼 수 있겠는가?

그러나 나는 갈림길 사이를 서성이면서 여태도 거취를 결정하지 못하고 있으니, 하물며 감히 영숙이 떠나는 것을 막을 수 있겠는가. 나는 그 뜻을 장히 여길지언정 그 궁함을 슬퍼하지 않으련다.[3]

—「기린협으로 들어가는 백영숙에게

주는 서문贈白永叔入麒麟峽序」

어찌 이렇게 살겠습니까?

현실에 좌절하고 가난을 못 이겨 식솔들을 이끌고 강원도 두메산
골로 들어가는 벗 백영숙白永叔을 전송하며 써 준 글이다. 친구를
전송하면서도 글을 써 주느냐고 물을 수 있겠는데, 예전에는 그
랬다. 그의 이름은 백동수白東脩이니 영숙永叔은 그의 자다. 호는
인재靭齋 또는 야뇌당野餒堂이라 하였고 점재漸齋라고도 했다.

백영숙은 장수 집안의 후예로서 선열을 이어 나라를 위해 목
숨을 바치려는 장한 뜻을 품었던 인물이었다. 그는 여러 서체書體
에 두루 능했고, 장고掌故에도 밝았으며, 젊어서부터 말타기와 활
쏘기에 뛰어나 당당히 무과에 급제하였다. 다만 시명時命이 그를
얽어매 벼슬길이 열리지 않았고, 그럼에도 임금에게 충성하고 나
라를 위해 죽으려는 마음만은 사대부에게 부끄럽지 않다고 했다.
뛰어난 역량을 지녔고, 나라 위한 붉은 마음을 지녔으되, 세상은
그를 크게 쓰지 않았다는 것이다. 그를 얽어맸던 시명이란 과연
무엇이었을까? 나는 그것이 궁금하다.

두 번째 단락에서 연암은 문맥을 확 틀어, 임금에게 충성하고
나라를 위해 죽으려는 뜻을 품었던 그가 어찌하여 식솔을 이끌고
서 예맥의 고장, 즉 강원도 두메산골로 들어가는가 하며 의문을
나타냈다. 그러고는 치고 빠지는 식으로 다시금 딴전을 부렸다.

백영숙은 일찍이 내가 황해도 금천의 연암협에 은거하려 할
때, 나를 위해 거처를 잡아 준 적이 있었다. 그곳은 산은 깊고 길

은 막혀 종일 가도 사람 하나 만날 수 없는 궁벽한 곳이었다. 뒤덮인 갈대숲에 불을 놓자 꿩이 깍깍대며 날아가고 새끼 노루가 놀라 달아나는 그런 곳이었다. 내가 그곳에 은거하려 하자, 그는 내게 이렇게 말했었다. "사람이 산대야 백 년을 못 사는데, 품은 뜻을 마음껏 펼쳐 보지도 못한 채 이 궁벽진 곳에서 나무토막이나 돌덩이처럼 답답하게 지내면서 조나 꿩, 토끼를 먹으며 한세월을 보내겠다니 이것이 어디 차마 할 일이란 말인가?"

아! 그때까지만 해도 아직 그는 세상을 등질 생각이 없었다. 오히려 현실을 등지려는 나의 처지를 안타까워했었다. 그런 그가 이제는 기린협으로 들어간다고 한다. 기린협은 지금의 춘천 땅이다. 송아지를 지고 들어가 그놈을 키워 밭을 갈게 하겠다 한다. 소금도 된장도 없는지라 산아가위와 돌배로 장을 담그겠다고 한다. 다시는 더러운 세상에 발도 들이지 않겠다고 한다.

한때 그에게도 청춘의 야망에 불타던 시절이 있었다. 나라를 위해 죽으려는 장한 기개를 품었던 때도 있었다. 그러나 이제는 그 야망, 그 기개를 다 접어 두고 세상을 등져 자취를 감추겠다고 한다. 나더러 이런 궁벽한 곳에서 어찌 살려 하느냐고, 답답하지도 않느냐고 안타까워하던 그가, 나 살던 연암협보다 훨씬 더 궁벽한 두메산골로 들어가겠다 한다. 누가 그를 이렇게 만들었는가? 누가 그에게 이런 결심을 강요했는가? 그러나 나는 그의 뜻을 장하게 여길지언정, 그의 궁함을 슬퍼하지 않겠다. 티끌세상의 그물에 얽혀 현실에 발을 들여놓지도, 그렇다고 현실을 등져

숨지도 못한 채, 갈림길에서 이리저리 서성이는 나의 망설임에 비긴다면, 그의 이번 결행은 오히려 장하지 아니한가?

백영숙의 증조부는 백시구白時耇로 평안도 병마절도사를 지 낸 인물이다. 경종景宗 때 왕세제王世弟 책봉을 둘러싸고 노론과 소론 간에 벌어진 신임사화辛壬士禍에서 영의정 김창집의 편에 섰다가 모함에 걸려 옥사했고, 뒤에 영조 즉위 후 호조판서로 추 증된 일이 있다. 그런데 백영숙의 조부 상화尙華는 바로 백시구의 서자였다. 위에서 시명에 얽매인 바 되었다 함은 곧 그가 서얼의 신분임을 두고 한 말이다. 할아버지가 서출이니 그 손자도 서얼 이 된다. 서얼은 능력이 제아무리 뛰어나도 문과文科는 꿈조차 꾸 지 못하고 무과武科에만 겨우 응시할 수 있으며, 벼슬을 주더라도 한직閑職만 제수한다는 것이 조선 시대 서얼들을 옥죄던 이른바 서얼금고법庶孼禁錮法이다. 무슨 이런 끔찍한 법이 있는가? 선대 先代가 서출이면 그 후손은 천형天刑처럼 서얼의 낙인을 찍고 살 아야 한다. 이것이 백영숙이 견디다 못해 식솔들을 이끌고 강원 도 두메산골로 들어갈 수밖에 없었던 진짜 이유다. 요컨대 그는 절망하고 있었던 것이다.

그는 28세 때 무과에 당당히 급제하였다. 그도 청운의 꿈을 품어 본 적이 있었다. 그러나 뜻을 굽히는 비굴한 굴종이 아니고 서는 입에 풀칠하기조차 힘겨운 나날의 연속이었다. 생각해 보면 백영숙과 같은 사람이 어디 한둘이겠는가. 세상을 위해 유용하게 쓰일 수 있는 유위有爲한 인재들이 제 스스로 세상을 버리게끔 만드는 현실, 이러한 현실을 향한 울분을 연암은 이 글을 통해 토로하고 있는 것이다. 글 전체를 통해 볼 때 극적인 반전을 통한 비장미가 잘 구현되어 있는 작품이다.

마음 맞기가 어찌 이다지도 어려운가?

한때 백영숙은 버려진 야인野人의 삶과 굶주리는 뇌인餒人의 생활을 자조하며 자신의 당호堂號를 아예 '야뇌당野餒堂'이라 짓기도 했다. 이덕무는 그를 위해 「야뇌당기野餒堂記」를 지어 주었는데, 그 일부를 읽어 보기로 하자.

> 야뇌野餒는 누구의 호인가? 내 친구 백영숙의 자호自號다. 내가 영숙을 보건대는 기위奇偉한 선비인데, 무슨 까닭으로 스스로 낮고 더러운 곳에 처한단 말인가? 나는 이를 알고 있다. 보통 사람들은 세속을 벗어나 무리와 어울리지 않는 선비를 보면 반드시 이를 조소하고 비웃어 말하기를,
> "저 사람은 생김새가 고박古樸하고 의복이 세속을 따르지 않으니 야인野人이로구나. 말이 실질實質이 있고 행동거지가 시속時俗을 좇지 않으니 뇌인餒人이로다."
> 라고 하며 마침내 더불어 어울리지 않는다.
> 온 세상이 모두 그러한지라, 이른바 야뇌한 사람은 홀로 외롭

게 그 길을 가다가도 세상 사람이 나와 함께하지 않음을 탄식하여, 혹 후회하여 그 순박함을 버리거나, 혹 부끄러워하여 그 질박함을 버려, 점차 각박한 데로 나아가게 되니, 이 어찌 참으로 야너한 것이라 하겠는가? 야너한 사람을 또한 볼 수가 없게 되었다.

백영숙은 고박하면서도 실질이 있는 사람이다. 차마 도타움을 가지고 세상의 화려함을 사모하거나, 절박함을 가지고 세상의 속임수 쓰는 것을 뒤쫓지 아니하고, 굳세게 스스로를 세워 마치 방외方外에서 노니는 사람과 같음이 있다. 세상 사람들이 무리로 모여 헐뜯고 비방하여도 야野함을 뉘우치지 아니하고, 뇌餒함을 부끄러워하지 아니하니, 이 사람이야말로 진실로 야너한 사람이라고 할 만하다.[4]

이룬 것 없는 야인의 삶과 굶주림조차 해결하지 못하는 뇌인의 생활을 자조하면서도, 질박하고 도타운 삶의 자세를 흐트리지 않으려는 마음가짐이 이 야너당이란 이름 속에 담겨 있음을 본다. 요컨대 백영숙은 그런 사람이다.

그런데 기린협으로 떠나가는 백영숙을 글로써 전송한 사람은 연암만이 아니었다. 박제가의 문집에서도 「백영숙을 기린협으로 전송하는 서문送白永叔基麟峽序」이란 비슷한 제목의 글과 만날 수 있다. 삭막하기 그지없는 우리네 삶에서 우정의 참 의미를 되새기자는 데 이 글의 주된 뜻을 두었으므로 좀 길지만 함께 읽어 보기로 한다.

천하에서 가장 지극한 우정은 궁할 때의 사귐이라 하고, 벗의 도리에 대한 지극한 말은 가난을 논하는 것이라고 한다. 아아! 지체 높은 선비가 혹 굽히어 초가집에 수레 타고 찾아오기도 하고, 베옷 입은 선비가 혹 권세가의 붉은 대문에 소맷자락을 끌기도 하니, 어이하여 서로 간절히 구하는데도 서로 마음 맞기가 이다지 어렵단 말인가?

대저 이른바 벗이란 것은 반드시 술잔을 머금고 은근히 대접하여 손을 잡고 무릎을 맞대는 것만은 아니다. 말하고 싶은 것을 말하지 않는 것과, 말하고 싶지 않은 것을 절로 말하게 되는 것, 이 두 가지에서 그 사귐의 깊고 얕음을 알 수 있을 뿐이다.

대저 사람은 인색하지 않음이 없어 아끼는 것에 재물보다 심한 것이 없고, 또한 추구하는 것이 없을 수 없으매 꺼리는 바가 재물보다 심한 것이 없는데도, 그 아껴 꺼리지 않음만을 논하니 하물며 다른 것에 있어서이겠는가! 『시경』에 이르기를, "마침내 구차하고 가난한데도 내 어려움을 알아주는 이 없네."라고 했다. 대저 내가 어렵게 여기는 바에 대해 남들은 반드시 털끝 하나도 움직이지 않는 까닭에 천하의 은혜와 원망이 이로부터 일어나게 된다.

저 가난함을 감추고서 말하지 않는 사람인들 어찌 남에게 구할 것이 전혀 없기야 하겠는가? 그러나 문을 나서 억지로 웃으면서 좋게 말을 해 보지만 능히 오늘 밥을 먹었는지 죽을 먹었는지를 하나하나 들어 말할 수야 있겠는가? 평생의 일을 두루 말하면서도 오히려 감히 지척에 있는 빗장의 자물쇠에 대해 묻지 못하는 것은, 기미를 살피는 사이에 지극히 말하기 어려운 것이 있는 까닭이다. 반드시 어쩔 수 없게 되어 슬쩍 구해 보려 하여 잘 이끌어 나가다가 그 요점을 말했는데도 막연히 상대방의 눈썹 사이에서 반응이 없게 되면, 앞서 이른바 말을 하려 하다가도 말하지 않는 것이 되고 마니, 이제 비록 이를 말했어도 그 실지로는 말하지 않은 것과 같은 셈이 되는 것이다.

그래서 재물이 많은 사람은 남이 요구할까 근심하여 먼저 그 없는 것을 일컬어 남의 바람을 끊어 버리는 까닭에 말을 꺼내지도 못하는 바가 있게 된다. 그렇다면 이른바 술잔을 머금고서 은근히 대접하여 손을 맞잡고 무릎을 맞대던 자도 모두 그 서글피 머뭇거림을 이기지 못한 채 구슬프게 낙심하여 돌아가지 않는 자가 드물 것이다. 나는 이에 있어 가난을 논의함이 쉬 얻을 수 없으며, 앞서의 말이 대개 격동됨이 있어 그렇게 말한 것임을 알게 되었다.

대저 곤궁할 때의 사귐을 지극한 벗이라 함이 어찌 자질구레하고 비루하다 하여 그런 것이겠는가? 또한 어찌 반드시 요행으로 얻을 수 있기에 말하는 것이겠는가? 처한 바가 같고 보니 자취를 돌아볼 것이 없고, 근심하는 바가 한가지인지라 그 어렵고 힘든 사정을 아는 것일 뿐이다. 손을 잡고 괴로움을 위로할 때엔 반드시 그 굶주리고 배부르며 춥고 따뜻한지를 먼저 묻고, 그 집안사람의 생산을 묻는다. 말하고 싶지 않았는데도 절로 말하게 되는 것은 진정으로 슬퍼함에 감격하여 그렇게 되는 것이다. 어찌하여 지난날에 지극히 말하기 어렵던 것이 지금은 입을 따라 곧장 거침없이 쏟아져 능히 막을 수 없게 된단 말인가? 때로는 문으로 들어가 길게 읍을 하고는 하루 종일 말없이 있으면서 베개를 찾아 한숨 자고서 떠나가도 오히려 다른 사람과 십 년 이야기한 것보다 더 낫지 않겠는가? 이는 다른 것이 아니다. 사귐에 있어 마음이 맞지 않으면 말을 하더라도 말하지 않은 것과 같고, 그 사귐에 간격이 없다면 비록 묵묵히 둘이 서로 말을 잊더라도 괜찮은 것이다. 옛말에 "머리가 흰데도 낯설고, 길에서 잠깐 만나 사귀었는데도 오랜 친구와 같다."고 한 것이 바로 이를 이름이 아니겠는가? 내 친구 백영숙은 재기才氣를 자부하며 이 세상에서 노닌 지 30년인데도 마침내 곤궁하여 세상과 만나지 못했다. 이제 장차 그 양친을 모시고 끼니를 해결하러 깊은 골짜기로 들어가려 한다. 아아! 그 사귐은 곤궁함을 가지고서였고, 그 대화는 가난을 가지고서였으니, 나는 이를 몹시 슬퍼한다. 그러나 대저 내가 영숙에게 있어 어찌 다만 곤궁한 때의 친구일 뿐이겠는가? 그 집에 반드시 이틀의 땔거리가 있지 않았는데도, 서로 만나면 오히려 능히 차고 있던 칼을 끌러 술집에 전당 잡히고서 술을 마셨고, 술이 거나해지면 큰 소리로 노래하며 업신여겨 꾸짖고 장난치며 웃어 버리니, 천지의 비환悲歡과 세태世態의 염량炎凉, 마음 맞음의 달고 씀이 일찍이 그 가운데 있지 않음이 없었다.

아아! 영숙이 어찌 곤궁할 때의 벗이겠는가? 만약 그렇다면 어찌 그렇게 자주 나와 어울리기를 마다하지 않았더란 말인가? 영숙은 진작부터 당시에 이름이 알려져, 사귐을 맺은 벗이 온 나라에 두루 퍼져 있었다. 위로는 정승과 판서, 목사와 관찰사에서, 그다음으로 현달한 사람과 이름난 선비들이 또한 이따금 서로 밀어 허락하였다. 그 친척과 마을 사람, 그리고 혼인으로 교의交誼를 맺은 이가 또 한둘이 아니었다. 말 달리고 활 쏘며 칼로 치고 주먹을 뽐내는 부류와 서화書畫와 인장印章, 바둑 장기, 거문고와 의술醫術, 지리地理, 방기方技의 무리로부터 저잣거리의 교두꾼과 농부, 어부, 백정, 장사치 등의 천한 사내에 이르기까지 하루도 길에서 만나 정을 나누지 않은 날이 없었다. 또 집으로 연신 찾아오는 사람도 접대하였다. 영숙은 또 능히 그 사람에 따라 얼굴빛을 달리하여 각기 그 환심을 얻었다. 또 산천의 노래하는 풍속과 이름난 물건, 옛 자취 및 관리의 다스림과 백성들의 고충, 군정軍政과 수리水利를 잘 말하였는데, 모두 그의 뛰어난 바였다. 이것으로 여러 수많은 사귀는 사람과 노닌다면 또한 어찌 뜻을 얻어 마음껏 질탕하게 따를 한 사람이 없겠는가? 그러나 홀로 때때로 내 집 문을 두드리는데, 물어보면 달리 갈 데가 없다는 것이다. 영숙은 나보다 일곱 살 위인데, 나와 더불어 한마을에 살던 것을 돌이켜 보면, 나는 그때 아직 동자였는데 이제는 이미 수염이 나 있다. 십 년을 손꼽아 보는 사이에 모습의 성쇠가 이와 같건만, 우리 두 사람에게는 오히려 하루와 같으니, 그 사귐을 알 수 있을 따름이다.

아아! 영숙은 평생 의기意氣를 중하게 여겼다. 일찍이 손수 천금을 흩어 남을 도운 것이 여러 번이었으나, 마침내 곤궁하여 세상과 만나는 바가 없어, 사방에서 그 입에 풀칠함을 얻지 못하게 되었다. 비록 활을 잘 쏘아 과거에 급제했으나, 그 뜻이 또 녹록하게 남을 따라 오르내리며 공명을 취하기를 즐기지 않았다. 이제 또 집안 식구들을 이끌고서 기린협 가운데로 들어가는데, 내 듣기에 기린협은 옛날 예맥의 땅으로 험준하기가 동해에서 으뜸이라고 한다. 그 땅 수백 리가 모두 큰 고개와 깊은 골짝으로 나뭇가지를 더위잡고서야 건너고, 그 백성은 화전을 일구고 너와를 얹어 집 짓고 살고 사대부가 살지 않는다 하니, 소식은 일 년에 겨우 한 차례나 서울에 이를 것이다. 낮에 나가면 오직 손가락 끝이 무지러진 나무꾼과 쑥대머리를 한 숯쟁이들이 서로 더불어 화로에 빙 둘러앉아 있을 뿐이리라. 밤이면 솔바람 소리가 쏴아 하며 일어나 집 둘레를 흔들고 지나가고, 궁한 산새와 슬픈 짐승들은 울부짖으며 그 소리에 응답할 것이다. 옷을 떨쳐 일어나 방황하며 사방을 둘러보면 눈물이 흘러 옷깃을 적시면서 구슬피 서울 모습을 떠올리지 않을 수 있겠는가?

아아! 영숙은 또 어찌 이런 일을 한단 말인가? 한 해가 저물어 싸라기눈이 흩뿌리면, 산이 깊어 여우와 토끼는 살쪄 있으리니, 활을 당기고 말을 달려 한 발에 이를 잡고 안장에 걸터앉아 웃으며, 또한 아웅다웅하던 뜻을 통쾌히 하여 적막한 바닷가임을 잊기에 충분할 것이 아닌가? 또 어찌 반드시 거취의 갈림길에 연연하며 이별의 즈음에 근심할 것이랴? 또 어찌 반드시 서울 안에서 먹다 남긴 밥을 찾아다니다 다른 사람의 싸늘한 눈초리나 만나고, 남과 말 못 할 처지에 있으면서 말하고 싶어도 말하지 못하는 형상을 짓는단 말인가? 영숙이여! 떠날지어다. 나는 지난날 곤궁 속에서 벗의 도리를 얻었었소. 비록 그러나 영숙에게 있어 내가 어찌 다만 가난한 때의 사귐일 뿐이겠는가?[5]

무언가 아쉬운 일이 있어도 차마 입이 떨어지지 않는 친구가 있고, 말하지 않으려 했는데 저도 모르게 어려운 형편을 다 털어놓게 되는 친구가 있다. 사귐의 깊고 얕음은 이것만 보아도 알 수가 있다. 술잔을 따르며 손을 잡고 무릎을 맞대는 것만이 참된 우정이 아닌 것이다.

또한 슬프지 않겠는가?

청나라 김성탄金聖嘆의 「통쾌한 이야기快說」에 보면 이런 얘기가
나온다.

가난한 선비가 돈을 꾸러 와서는 좀체 입을 열지 못하고서 묻
는 말에 예예 대꾸하며 딴소리만 한다. 내가 가만히 그 난처한
뜻을 헤아리고는 사람 없는 곳으로 데려가 얼마나 필요한지
묻고 급히 내실로 들어가 필요하다는 대로 주었다. 그런 뒤에
그 일이 반드시 지금 당장 속히 돌아가서 처리해야 할 일인가,
혹 조금 더 머물면서 함께 술이나 마실 수는 없는가 물었다.
또한 통쾌하지 아니한가!

그러자 황균재黃鈞宰란 이가 이를 패러디하여 「슬픔을 적다
述哀情」란 글을 지으면서 이렇게 고쳐 놓았다.

빈한한 선비가 이틀이나 땔거리가 떨어져 어쩔 수 없이 달려
가 친구에게 부탁이나 해 보려고 머뭇머뭇 문에 들어가 말을
꺼내려다가는 하지 못하고 있을 때, 주인이 벌써 그 뜻을 알아
차리고 먼저 자기 어려운 사정을 호소하니, 어찌 슬프지 않겠
는가!

이 두 가지 사이의 엇갈림에서 우리는 참된 우정의 소재를 다시금 생각하게 된다. 마음 나누는 우정이 없는 인생은 삭막한 사막이다. 길 떠나는 벗을 전송해 지어 준 고인의 두 편 글이 우리네 삶을 부끄럽게 한다.

『과정록』을 보면 백영숙은 박지원을 마치 부하 장수가 주장主將을 섬기듯 대했는데, 이덕무나 박제가 등에게 "내가 연암을 섬기는 것은 마치 주창周倉이 관운장關雲長을 모시는 것과 같다."고 했다 한다. 한번은 울분을 못 이겨 술이 엉망으로 취해 연암을 찾아와 술주정을 해 대자, 연암은 곧장 그를 엎어 놓고 종이 자르는 판으로 볼기 열 대를 때려 그 무례를 꾸짖은 일도 있었다. 서울을 떠나 기린협에 들었던 백영숙은 뒷날 다시 기린협을 나와 궁궐에서 임금의 경호를 맡은 장용영壯勇營의 장관將官이 되었다. 박제가 등과 함께 전통 무예지인 『무예도보통지武藝圖譜通志』의 편찬에도 관여하였고, 외직에 나가 비인庇仁 현감과 박천博川 군수를 지냈다. 이 모두 마음에서 우러난 벗들의 주선이 있었기에 가능한 일이었다.

22

—

한여름 밤 이야기.

22일, 국옹麴翁과 함께 걸어서 담헌湛軒 홍대용洪大容에게 갔다. 풍무風舞 김억金檍은 밤에야 도착하였다. 담헌이 슬瑟을 타자, 풍무는 금琴으로 화답하고, 국옹은 갓을 벗고 노래한다. 밤 깊어 구름이 사방에서 몰려들자 더운 기운이 잠시 가시고, 현絃의 소리는 더욱 맑아진다. 좌우에 있는 사람은 모두 고요히 묵묵하다. 마치 내단內丹 수련하는 이가 내관장신內觀臟神하는 것 같고, 입정入定에 든 스님이 돈오전생頓悟前生하는 듯하다. 대저 스스로를 돌아보아 곧으매 삼군이 막아선다 해도 반드시 나아갈 기세다. 국옹이 노래할 때를 보면 옷을 죄 벗어부치고 곁에 사람이 없는 듯 방약무인하다.

매탕梅宕 이덕무李德懋가 한번은 처마 사이에 늙은 거미가 거미줄 치는 것을 보다가 기뻐하며 내게 말했다.

"묘하구나! 때로 머뭇머뭇할 때는 생각에 잠긴 것만 같고, 잽싸게 빨리 움직일 때는 득의함이 있는 듯하다. 발뒤꿈치로 질끈 밟아 보리 모종하는 것도 같고, 거문고 줄을 고르는 손가락 같기도 하구나."

이제 담헌과 풍무가 서로 화답함을 보며 나도 거미에 대한 깨달음을 얻게 되었다.

지난해 여름, 내가 담헌에게 갔더니 담헌은 마침 악사 연익성延益成과 더불어 거문고를 논하고 있었다. 그때 하늘은 비를 잔뜩 머금어, 동녘 하늘가엔 구름장이 먹빛이었다. 우레가 한

번 치기만 하면 비가 쏟아질 것 같았다. 잠시 후 긴 우레가 하늘로 지나갔다. 담헌이 연에게 말했다.

"이 우렛소리는 무슨 소리에 속할까?"

그러고는 마침내 거문고를 당겨 소리를 맞춰 보는 것이었다. 나도 마침내 「천뢰조天雷操」를 지었다.[6]

—「여름밤의 잔치 이야기夏夜讌記」

우렛소리의 음계

이번에 읽을 두 편 글은 연암과 그 벗들이 격의 없이 만나 예술을 논하고 인생을 논하는 장면을 묘사한 것들이다. 암울한 시대를 건너기가 답답해 가슴 터지기야 그들이 우리보다 덜하지 않았겠지만, 이런 풍류와 여유가 있었기에 그들은 발광發狂에는 이르지 않을 수 있었다.

「여름밤의 잔치 이야기夏夜讌記」 첫머리에 등장하는 풍무風舞는 당대에 서양 칠현금의 명연주자로 이름났던 김억金檍이다. 담헌은 비파를 타고, 풍무가 칠현금으로 여기에 가세하자, 곁에 있던 국옹은 아예 갓을 벗어부치고 맨상투로 노래를 부른다. 그렇게 무더운 여름밤이 깊어만 가는가 싶더니, 구름조차 그 소리에 무슨 느낌이 있었던가 사방에서 집 지붕 위로 몰려든다. 방 안에 가득하던 후덥지근한 기운이 조금 가신다. 갑자기 연주하는 비파와 칠현금의 소리가 더욱 청아하게 들린다.

곁에 앉아 구경하는 사람들은 침도 못 삼킨 채 비파와 칠현금의 연주에 곁들여진 국옹의 노래에 숨을 죽이고 있다. 소리만 없다면 그들은 마치 내단 수련의 삼매경에 빠진 사람들인가 싶고, 입정入定에 든 스님이 깨달음의 한 소식을 깨칠 것만 같은 표정들이다. 관객들의 눈빛은 마치 연주자의 손끝 하나, 숨소리 하나까지도 집어삼킬 것만 같다. 국옹의 노래는 이제 제 흥에 겨워, 갓을 벗는 차원을 넘어 웃통을 죄 걷어붙이고 곁에 있는 사람은 자못 안중에도 없다는 기세다.

　그러고는 둘째 단락에 가서 이야기가 돌연 이덕무의 늙은 거미 이야기로 건너뛴다. 어떤 때 거미는 꼼짝도 않고서 마치 무슨 망설임이라도 있는 듯 갈 듯 말 듯 머뭇거린다. 그것을 보고 있자니 그놈의 속내가 궁금해진다. 거미줄 위를 잽싸게 내달릴 때는 그 의기양양한 기운이 내게도 느껴진다. 틀어 눌러 꾹 주저앉아 있을 때에는 보리 모종을 파종한 뒤 발뒤꿈치로 질끈 밟는 농부의 발놀림이 떠오르고, 여러 개 발을 경중거리며 줄 위를 미끄러지듯 지날 때는 마치 거문고를 연주하는 연주자의 손놀림을 연상시킨다. 이제 나는 이덕무가 전날 내게 들려준 이야기처럼, 홍대용과 김억의 연주하는 손가락을 보며 거미줄 위를 제멋대로 왔다 갔다 하는 거미의 능수능란한 움직임을 생각하고 있었다.

　다시 늙은 거미의 연상은 지난해 여름의 기억으로 이어진다. 한낮의 여름 하늘은 먹장구름에 뒤덮여 툭 건드리면 비가 쏟아질 형국이었다. 아니나 다를까 하늘 위로 마른번개가 번쩍하는가 싶더니 우르릉 꽈광 하고 우렛소리가 허공을 핥고 지나간다. 악사 연익성과 거문고 토론에 한창이던 홍대용은 기껏 한다는 생각이, "여보게, 자네! 저 우렛소리를 악보로 옮기면 무슨 음에 속하겠는가?" 하는 것이다. 그러고는 하던 토론을 밀어 두고, 둘이 머리를 맞대고는 연신 거문고 소리로 조금 전 우렛소리와 맞춰 보는 것이 아닌가? 어이가 없어진 나는 그 옆에 앉아서 그 우렛소리를 한 편 시로 옮겨 본 기억이 있다.

7월 13일 밤, 성언聖彦 박제도朴齊道가 성위聖緯 이희경李喜經과 아우 성흠聖欽 이희명李喜明, 약허若虛 원유진元有鎭, 여생과 정생, 그리고 동자 견룡이와 더불어 무관懋官 이덕무李德懋에게 들러 그를 데리고 왔다. 그때 마침 참판 원덕元德 서유린徐有麟이 먼저 와서 자리에 있었다. 성언은 책상다리를 한 채 팔꿈치를 기대고 앉아, 자주 밤이 깊었는가를 보면서 입으로 가겠노라고 말하면서도 부러 오래 앉아 있었다. 좌우를 돌아봐도 선뜻 먼저 일어서려는 사람이 없었다. 원덕도 또한 애초에 갈 뜻이 없는지라, 성언은 마침내 여러 사람을 이끌고 함께 가 버리고 말았다.

한참 뒤 동자가 돌아와 말하기를, 손님은 이미 가셨을 테고 여러 분들이 거리 위를 산보하면서 나를 기다려 술을 마시려고 한다고 했다.

원덕이 웃으며 말했다.

"진秦나라 사람이 아니면 내쫓는구먼"

마침내 일어나 함께 거리 위로 걸어 나섰다. 성언이 나무라며 말했다.

"달이 밝아 어른이 문에 찾아왔거든 술을 차려 내와 즐겁게 해 주는 것이 아니라, 단지 귀한 사람만 머물려 두고 이야기하면서, 어이해 어른으로 하여금 오래 바깥에 서 있게 한단 말이야?"

내가 불민함을 사과하자, 성언은 주머니에서 50전을 꺼내서는 술을 사 오게 했다.

조금 술이 취하자 그 김에 운종가로 나와 달빛을 밟으며 종각鐘閣 아래를 거닐었다. 이때 밤은 이미 삼경하고도 사점을 지났으되 달빛은 더욱 환했다. 사람 그림자의 길이가 모두 열 길이나 되고 보니, 자기가 돌아보아도 흠칫하여 무서워할 만했다. 거리 위에선 개 떼가 어지러이 짖어 대고 있었다. 오견獒犬이 동쪽으로부터 왔는데 흰빛에다 비쩍 말라 있었다. 여럿이 둘러싸 쓰다듬자, 좋아서 꼬리를 흔들며 고개를 숙이고서 한참을 서 있었다.

일찍이 들으니 오견은 몽고에서 나는데, 큰 놈은 말만 한 데다 사나워서 길들이기가 어렵다고 한다. 중국에서 들어온 것은 다만 작은 놈이어서 길들이기가 쉽고, 우리나라로 나온 것은 더욱 작은 놈인데, 우리나라 개와 비교해 보면 훨씬 크다. 낯선 것을 보고도 짖지 않는데, 한번 성이 났다 하면 으르렁거리면서 위세를 피우곤 한다. 시속時俗에선 '호백胡白'이라고 부른다. 특히 작은 놈은 '발바리'라고 부르니, 운남雲南에서 나는 종자다. 모두 고기를 좋아하는데, 비록 아무리 배고파도 불결한 음식은 먹지 않는다. 능히 사람 뜻을 잘 알아, 목에다 붉은 띠로 편지를 매달아 주면 비록 멀어도 반드시 전한다. 혹 주인을 만나지 못하게 되더라도 반드시 주인 집 물건을 물고서 돌아와 신표로 삼는다고 한다. 해마다 늘 사신을 따라서 우리나라에 오지만, 대부분은 굶어 죽는 수가 많다. 늘 혼자 다니며 활개 치지 못한다.

무관이 술에 취해 '호백豪伯'이라고 이름 붙여 주었다. 잠시 후 어디 갔는지 알 수 없게 되자, 무관은 구슬프게 동쪽을 향해 서서 마치 친구라도 되는 듯이 "호백아!" 하고 이름을 부른 것이 세 차례였다. 사람들이 모두 크게 웃었다. 시끄러운 거리의 개 떼가 어지러이 내달리며 더욱 짖어 댔다. 마침내 현현玄玄의 집에 들러 문을 두드려 더욱 마셔 크게 취하고는 운종교를 밟고서 다리 난간에 기대어 이야기했다.

지난날 대보름 밤에 연옥連玉 유련柳璉은 이 다리 위에서 춤을 추고, 백석白石 이홍유李弘儒의 집에서 차를 마셨다. 혜풍惠風 유득공柳得恭은 장난으로 거위 모가지를 끌고 몇 바퀴 돌면서 마치 하인에게 분부라도 내리는 시늉을 지어서 웃고 즐거워들 했다. 이제 하마 여섯 해가 지났다. 혜풍은 남쪽으로 금강錦江에 놀러 갔고, 연옥은 서쪽으로 관서關西 땅에 나가 있으니, 모두들 별고나 없는지?

다시 수표교에 이르러 늘어 앉았자니, 다리 위 달은 바야흐로 서편에 기울어 덩달아 한창 붉고, 별빛은 더욱 흔들려 둥글고 큰 것이 얼굴 위로 떨어질 것만 같았다. 이슬은 무거워 옷과 갓이 죄 젖었다. 흰 구름이 동편에서 일어나 가로로 끌며

둥실둥실 북쪽으로 떠가자, 성 동편은 짙푸른 빛이 더욱 짙게 보였다. 개구리 소리는 마치도 멍청한 원님에게 어지러운 백성들이 몰려들어 송사하는 것만 같고, 매미 울음은 흡사 공부가 엄한 서당에서 강송講誦하는 날짜가 닥친 듯하며, 닭 울음 소리는 마치 한 선비가 똑바로 서서 간쟁함을 제 임무로 삼는 것만 같았다.[7]

—「술 취해 운종교를 걸은 이야기醉踏雲從橋記」

수표교 위 호백이

두 번째 이야기 「술 취해 운종교를 걸은 이야기醉踏雲從橋記」는 지금의 종로 3가 파고다 공원 뒤편에 있던 연암의 집으로 박제가朴齊家의 적형嫡兄 박제도朴齊道와 이희경李喜經, 이희명李喜明 형제 등이 이덕무李德懋를 비롯한 여러 사람과 함께 찾아온 때의 일을 적은 것이다. 그때 연암에게는 먼저 온 손님 서유린徐有麟이 있었다. 대화 중에 끼어든 것이 멋쩍었던 성언은 책상다리를 한 채 팔꿈치를 비스듬히 기대고 앉아 무료한 기색을 나타낸다. 그러고는 공연히 밖을 내다보면서 시간을 묻고, 입으로는 건성 이만 가야겠군을 연발하면서도 일어서지는 않은 채 앉아 있었다. 이쯤 되면 먼저 온 손님더러 이제는 우리에게 연암을 양보하라는 시위인 게다. 간다 간다 하면서도 막상 자리를 털고 일어서려는 사람은 하나도 없고 먼저 온 손님 또한 작심을 한 듯 이편의 눈치를 모른 체하고 있으니, 삐뚜름하게 앉아 있던 성언이 결국 제 급한 성질을 못 이기고 사람들을 이끌고 나가고 말았다. 그렇게 연암의 집을 나선 그들은 조금은 김이 빠져서 거리를 배회했던 모양이다. 다시 연암 집 대문을 두드린 동자 녀석은 제 주인이 시키는 대로 이렇게 이야기한다. "나으리! 아까 계신 손님은 하마 돌아가셨겠지요? 지금 저희 주인 나으리께서는 다른 분들과 함께 거리를 산보하시면서, 나으리께서 빨리 나오셔서 함께 술잔이나 나누시길 기다리고 계십니다요." 뻔히 방 안에 손님이 그대로 있음을 알면서 하는 수작이다.

엉덩이 무거운 원덕도 이쯤 되면 더 배겨날 도리가 없다. 어이없어 그가 하는 말은 "나 이것 참! 내가 진秦나라 사람이 아니래서 축객逐客을 당하네그려."이다. 옛날 전국戰國 적 진나라에서 축객의 명을 내리자, 꼼짝없이 쫓겨나게 된 이사李斯가 「간축객서諫逐客書」를 써서 항의했던 고사로 뼈 있게 농친 것이다. 한마디로 말하면 "그래, 너희들끼리 잘 놀아라."가 된다. 물론 악의는 담지 않은 농담이다.

아직도 뿔이 난 성언은 손님을 내쫓다시피 해서 밖으로 나온 연암을 보고도 입을 삐죽거린다. "그래! 그 사람이 벼슬이 높대서 날 이렇게 푸대접하긴가?" "그게 아닐세, 이 사람아! 그렇다고 안 가겠단 손님을 어찌 내쫓는단 말인가? 미안하이, 미안해." 그제야 분이 풀렸는지, 성언은 주머니를 뒤져 50전을 내어 동자에게 술을 받아 오게 한다.

목마르던 끝에 급하게 마셔 댄 술에 취기가 조금 오르자, 그들은 달빛을 밟으며 종각 아래로 진출하였다. 밤은 어느새 깊어 12시를 넘겼으되, 달빛은 한잔 술에 푸근해진 그네들의 마음처럼 더욱 환하기만 했다. 달빛 아래 그림자를 길게 드리운 채 어깨를 나란히 하고 그들은 걷고 있다. 개들도 달빛에 취해 이리저리 몰려다니며 어지러이 짖어 대고 있다.

바로 그때 덩치 큰 오견獒犬 한 마리가 동편에서 어슬렁거리며 걸어왔다. 털빛은 희고, 몸은 비쩍 마른 녀석이었다. 일행이 녀석을 에워싸 쓰다듬어 주자 녀석은 경계하거나 으르렁거리는 기색도 없이 꼬리를 흔들며 고개를 숙인 채 그 손길을 말없이 받았다. 저를 알아주는 드문 손길이 고마웠던 것이다.

오견은 몽고산으로 큰 놈은 말만 하고 사나워 길들일 수가 없는 짐승이라 했다. 중국에는 그 가운데서 작은 놈들이 들어왔고, 우리나라에는 그 가운데서도 다시 작은 놈들이 들어왔는데도 우리나라 토종개보다는 덩치가 훨씬 크니, 원래 몽고의 오견은 크고 사납기가 어떠할지 보지 않고서도 짐작이 간다. 이놈은 처음 보는 괴상한 것과 만나도 전혀 감정의 동요를 보이지 않는다. 그러나 업신여김을 당해 성이 나면 으르렁거리며 제 성질을 보인다. 고기를 좋아하지만 배고파 죽게 되더라도 더러운 음식은 입에 대지 않는다. 총명하여 편지 심부름도 잘한다. 늘 혼자 다니며, 무리 짓지 않는다. 그래서 늘 구석을 떠돌다 배가 곯아 죽는 수가 많다. 오랑캐 땅에서 온 흰 개라 해서 세상 사람들은 이 개를 '호백胡白이'라고 부른다. 발바리는 그 가운데서도 아주 작은 놈만 따로 부르는 별칭이다.

굶어 죽을지언정 굴종과 타협의 더러운 음식은 먹지 않는다. 떼거리 짓지 않고 혼자 지낸다. 총명한 지혜를 지녔으되, 그 뜻을 펼칠 기회를 얻지 못했다. 그러다 대부분 굶어 죽는다. 이것은 북방에서 온 개 '호백이'의 이야기인가, 아니면 시대의 아웃사이더로 떠돌던 연암을 비롯한 일행들의 이야기인가? 술 취한 이덕무가 '호백胡白이'를 '호백豪伯이'라 부르며, 어둠 속 왔던 곳으로 사라진 호백이를 반복해서 부르는 장면은 그래서 더 슬프게 들린다. 찾는 것은 호백이인데 짖어 대는 것은 거리의 개 떼다. 호백이는 어디로 갔는가? 저를 알아주는 일행의 손길에 잠시 행복해하던 북방에서 온 개 호백이는 어디로 갔는가? 주려 죽을망정 불의와는 타협지 않고, 뜻을 꺾는 굴종은 거부하던 정신은 어디로 갔는가? 총명한 지혜와 고고한 정신이 득의 대신 비참한 아사餓死나 비굴한 굴종의 강요로 돌아오던 시대에 그들과 호백이는 살고 있었던 것이다.

운종교 위의 달빛

여섯 해 전 대보름 밤에도 연암은 벗들과 함께 운종교 위에서 달빛을 밟으며 노닌 적이 있었다. 술 취한 연옥은 다리 위에서 달빛 춤을 덩실덩실 추었고, 그래도 취기가 가시지 않자 백석의 집으로 몰려가 차를 마셨었다. 혜풍이 그 집 마당에서 거위의 모가지를 비틀어 쥐고서 "네 이놈! 네 죄를 알렷다. 어서 이실직고以實直告하지 못할까?" 하는 시답잖은 장난으로 웃고 떠들며 밤을 지새운 날도 있었다. 그러나 그 벗들 이제는 모두 뿔뿔이 흩어져 안부조차 알 길이 없구나. 그리운 날이 그렇게 가 버리듯, 오늘의 이 즐거운 자리도 얼마 후엔 추억 속의 그림이 되고 말겠구나.

그리하여 그들은 처음 놀던 수표교로 다시 돌아왔다. 이제 달빛은 완연히 서편에 기울어 마지막 빛을 사르고 있다. 새벽 별빛은 오히려 휘황하여 흔들흔들 얼굴 위로 떨어질 것만 같다. 이슬은 또 옷과 갓을 다 적시고 말았다. 호백이가 어슬렁거리며 나났던 동편에서 이번엔 흰 구름이 일어나더니 둥실둥실 다리를 가로질러 북쪽으로 떠간다. 호백이도 저 구름처럼 저 있던 북쪽 몽고 땅으로 갈 수 있다면 얼마나 좋을까? 구름 사라진 동쪽 숲은 어느새 미명의 새벽빛을 받아 짙은 푸르름을 뽐내고 있다.

개굴개굴 개구리의 울음소리는 시끄럽기가 마치 말귀를 못 알아듣는 멍청한 원님에게 백성들이 몰려들어 제가끔 악다구니 소리를 하는 듯하고, 매미의 매앰매앰 하는 소음은 무서운 훈장님의 서당에서 시험 보는 날 학생들이 다투어 암송 공부를 하는 것만 같다. 그 와중에 그 소음을 압도하며 닭은 먼동을 홰친다. 교앙驕昂하게 고개를 빳빳이 쳐들고 아침이 왔음을 선포하는 그 당당함에서 연암은 마치 뜻 높은 선비가 자세를 꼿꼿이 하고 서서 시대를 향해 바른말을 외치는 모습을 본다. 아! 이 얼마나 청신한 비유인가? 그렇게 운종교와 수표교를 오가던 밤놀이는 밤을 꼬박 지새우고도 먼동이 터 오도록 그 진진한 흥취가 다하지 않았던 것이다. 그러나 나는 그들의 그 떠들썩한 웃음 뒤에서 자꾸만 슬픈 그 시대의 뒤표정을 읽게 된다.

23

뒷골목의 등불.

5월 그믐에 동편 이웃으로부터 걸어 연암 어른 댁을 찾았다. 때마침 희미한 구름은 하늘에 걸렸고, 숲속에 걸린 달은 푸르스름했다. 종소리가 울렸다. 처음엔 은은하더니 나중엔 둥둥 점차 커지는 것이 마치 물방울이 사방으로 흩어지는 것만 같았다. 이 어른이 댁에 계실까 생각하면서 그 골목으로 접어들었다. 먼저 그 집 들창을 살펴보았다. 등불이 비치고 있었다. 그 문으로 들어섰다. 어른께서는 벌써 사흘째 끼니를 거르고 계셨다. 마침 맨발에 맨상투로 창턱 위에 다리를 걸치고서 행랑채의 아랫것과 서로 문답하고 계셨다. 내가 온 것을 보시더니 옷을 고쳐 입고 앉으시고는, 고금古今의 치란흥망治亂興亡의 자취와 당대의 문장과 명분의 계파별 차이를 자세히 말씀하시는 것이었다. 내가 듣고 몹시 기이하게 여겼다.

그때 밤은 하마 삼경으로 내려왔다. 우러러 창밖을 보았다. 하늘빛이 갑자기 열릴 듯 모여들어 은하수가 환해지는가 싶더니만 더욱 멀리로 날리어 이리저리 흔들렸다. 내가 놀라 말했다. "저건 어찌 된 건가요?" 어른께서는 웃으며 말씀하셨다. "자네 그 옆을 좀 살펴보게." 대개 등촉 불이 막 꺼지려 하여 불꽃이 더 크게 흔들린 것이었다. 그제야 좀 전에 보았던 것이 이것과 서로 비치어서 그런 것임을 알았다.

잠시 후 등불이 꺼졌다. 두 사람은 캄캄한 방 가운데 앉아 웃고 얘기하며 즐거워했다. 내가 말했다. "예전에 말이죠, 어르신께서 저와 한마을에 사실 때 한번은 눈 오는 밤에 어르신을 찾아뵈었었지요. 어르신께서는 절 위해 손수 술을 덥혀 주셨구요. 저도 손으로 떡을 집어 흙난로에다 구웠는데, 불기운이 올라와 손이 너무 뜨거워 자꾸만 떡을 재 속으로 떨어뜨리는 바람에 서로 보면서 몹시 즐거워했었지요. 이제 몇 해 사이에 어르신께선 머리가 벌써 하얗게 세시고, 저 또한 수염과 머리털이 희끗해졌군요." 이 말 때문에 서로 한참 동안 슬퍼하며 탄식하였다. 이날 밤으로부터 13일이 지난 뒤에 이 글을 쓴다.[8]

등불이 비치고 있었다

윗글은 제자 이서구李書九가 연암 댁을 방문했던 일을 적은 「여름밤에 연암 어른을 방문한 이야기夏夜訪燕巖丈人記」란 소품 산문이다. 여기에는 연암이 사흘 굶던 이야기가 나온다. 아무리 가난이 선비의 다반사라지만, 그 높은 뜻에 안쓰러운 궁핍이 읽는 이의 마음을 슬프게 한다.

그럼에도 이 글의 첫 단락은 알 수 없는 흥취와 절묘한 리듬에 이끌리고 있다. 그믐날 저녁 무렵이다. 희미한 열구름은 하늘 위로 한가로이 떠가고, 아직 숲을 벗어나지 못한 으스름 달빛은 푸르스름한 제 빛을 흐는히 흘리고 있다. 한낮의 더위도 한소끔 물러나 제법 선선해진 시간이다. 이 양반이 서울에 올라오셨다는

데 정말 댁에 계실까? 걸음걸이가 저도 몰래 바빠진다. 그때 마침 멀리 종각에서 종소리가 울린다. 은은하게 멀리서 한차례 울리는가 싶더니만, 연거푸 둥둥 울리자 종소리는 점점 긴 여운을 남긴다. 마치 물방울이 수면 아래서부터 보글보글 퍼지면서 올라오는 것만 같다. 청각 이미지를 시각 이미지로 그려 낸 절묘한 포착이다.

종소리의 간격이 잦아들수록 그의 걸음걸이도 자꾸 더 빨라진다. 혹 이 어른이 댁에 안 계시면 어찌하나? 그믐밤의 어두운 길을 혼자 터덜거리며 되돌아오기는 싫다. 바쁜 걸음이 골목으로 접어든다. 선생 집 들창 쪽으로 눈길이 먼저 달려간다. 불이 켜져 있다. 아! 계셨구나. '등조언燈照焉', '불이 켜져 있다!' 그 한마디 표현 속에 담긴 그의 반가움과 안도를 나는 느낄 수가 있다.

그러고는 선생이 사흘째 굶고 계셨다는 이야기, 맨발 맨상투로 창턱에 다리를 척 걸쳐 얹고서 곁방 아랫것과 말씀을 나누고 있더란 이야기, 그러더니 마치 좀 전의 그와는 전혀 다른 사람처럼 의관을 정제하고 앉아 고금의 치란흥망의 자취와 당대의 문장과 명분에 대한 유파에 따른 차이를 꿰뚫어 말씀하시더란 이야기를 적었다. 앞쪽의 사흘 굶은 가난과 맨발 맨상투의 풀어진 자세 때문에 뒤쪽의 해박한 경륜이 더 낙차 있게 다가온다. 요컨대 그는 그 해박한 경륜을 어디에도 펼 곳이 없었던 것이다.

이윽고 밤은 깊어 자정 무렵이 되었다. 창밖으로는 은하수가 길게 꼬리를 늘이며 중천에 가로걸려 있다. 그러더니 문득 은하

수 아래로 한 줄기 빛이 희게 열리더니만 길게 흔들리며 요동을 치는 것이 아닌가? "선생님! 저 불빛이 뭐지요?" 그러자 선생은 웃으며 "에이, 이 사람! 옆을 좀 보게. 그게 다름 아니라 꺼져 가는 등불 빛일세그려." 한다. 기름을 다 태운 심지는 꺼지기 직전 마지막 안간힘을 쓰느라 불빛을 흔들었고, 그 불빛이 때마침 하늘에 가로걸려 있던 은하수 아래를 헤집고 들었던 모양이다. 그러고는 이내 불빛은 꺼져 버리고 방 안에는 암흑이 찾아왔다.

아! 시대의 여명은 아직도 멀었는데, 선생의 창에 흔들리던 불빛을 이서구 그는 한 줄기 서광이 비쳐 오는 것으로 착각했던 것이다. 그러나 정작 그 불빛에 연이어 찾아온 것은 환한 광명의 세상이 아니라 칠흑 같은 그믐밤의 암흑뿐이었다. 이 어찌 슬프지 않으랴! 따지고 보면 선생이 사흘을 내리 굶으며 흐트러진 나날을 보내는 것도 어찌 그 시대의 암담함과 무관할 것이랴.

머쓱해진 제자는 화제를 딴 곳으로 돌리고 만다. "선생님! 예전 눈 오던 밤, 흙난로에 떡 구워 먹던 그때를 기억하시지요? 술을 덥혀 놓고, 안주 대신 꽁꽁 언 떡을 구워 먹겠다고 하다가 손이 뜨거워 재로 떡고물을 묻히던 그 밤 말씀입니다. 그땐 선생님도 참 젊으셨는데요." 끝의 말은 공연히 해서 안 될 말을 했나 싶어 대화는 여기서 다시 끊기고 만다. 캄캄한 방 안에서 두 사람은 이런저런 이야기를 나누며 웃다가 침묵하다가 마침내는 비감에 젖고 말았던 것이다.

이 글을 읽은 뒤 박지원도 여기에 답장하는 글을 지었다.

416

6월 어느 날, 낙서洛瑞 이서구李書九가 밤중에 나를 찾아왔다가 돌아가 기문記文을 지었는데, 거기에 이렇게 말했다. "내가 연암 어른을 찾아가니 어른은 사흘이나 굶고 계셨다. 탕건도 벗고 맨발로 방 창턱에 발을 걸치고 누워 행랑채의 아랫것과 서로 문답하고 계셨다." 소위 연암燕巖이라는 것은 바로 내가 금천협金川峽에 살므로 사람들이 인하여 이를 호로 삼은 것이다. 내 집 식구들은 이때 광릉廣陵에 있었다. 나는 평소에 살이 쪄서 더위를 괴로워하는 데다 또 푸나무가 울창해서 여름밤이면 모기와 파리가 걱정되고, 논에서는 개구리가 밤낮 쉴 새 없이 울어 대는 까닭에, 매번 여름만 되면 항상 서울 집으로 피서를 오곤 했다. 서울 집은 비록 몹시 습하고 좁지만 모기나 개구리, 푸나무의 괴로움은 없었다.

홀로 계집종 하나가 집을 지키다가 갑자기 눈병이 나서 미쳐 소리 지르며 주인을 버리고 떠나가 버려 밥 지어 줄 사람이 없었다. 마침내 행랑채에 밥을 부쳐 먹다 보니 자연히 가까이 지내게 되었고, 저도 또한 일 시키는 것을 꺼리지 않는지라 노비와 같았다. 고요히 앉아 한 생각도 뜻 속에 두지 않았다. 때로 시골 편지를 받으면, 단지 평안하단 글자나 살펴보고 말았다. 그러다 보니 더욱 성글고 게으른 것이 몸에 배어 경조사慶弔事도 폐하여 끊었다. 혹 여러 날을 세수도 하지 않고, 열흘이나 두건을 하지 않기도 했다. 손님이 이르면 말없이 가만히 앉아 있기나 하고, 혹 땔감이나 참외 파는 자가 지나가면 불러다가 더불어 효제충신孝悌忠信과 예의염치禮義廉恥를 이야기하며 정성스레 수백 마디의 말을 나누곤 했다. 남들이 그 우활하여 마땅함이 없고 지루하여 싫어할 만함을 책망해도 또한 그 만둠을 알지 못했다. 또 제집에 있으면서 객처럼 지내고 아내가 있으면서 중처럼 사는 것을 나무람이 있어도, 더욱 편안하여 바야흐로 한 가지 일도 없음을 가지고 자득自得하며 지내었다.

새끼 까치가 다리 하나가 부러져 절룩거리는 것이 우스웠다. 밥알을 던져 주어 더욱 길이 들자 날마다 찾아와서 서로 친하게 되었다. 마침내 이놈과 더불어 장난하며 말하기를, "맹상군孟嘗君은 완전히 하나도 없고, 오로지 평원군平原君의 식객만 있네."라 했다. 우리나라 시속時俗에 돈을 '문'이라 말하므로 맹상군이라 일컬었던 것이다.* 자다가 깨면 책을 보고, 책을 보다간 또 잠을 잤다. 아무도 깨우는 이가 없고 보니,

* 맹상군은 전국 시대 제나라의 귀족이니, 그의 이름이 전문田文이다. 평원군은 조나라 사람인데, 그 식객 중에 다리 저는 자가 있었다. 그의 애첩이 이를 비웃자 식객이 평원군에게 항의하여 애첩을 벨줄 것을 청했는데, 평원군이 약속하고 이를 지키지 않자 식객들이 그를 떠나갔다. 이에 평원군이 그 애첩을 죽였다. 맹상군이 없다 함은 시속에서 돈을 '문'이라 하므로 주머니에 돈이 한 푼도 없음을 말함이고, 평원군의 식객만 있다는 것은 다리 저는 까치만이 자신의 손님임을 자조한 것이다.

어떤 때는 하루 종일 쿨쿨 잠자기도 하고, 때로 간혹 글을 지어 뜻을 보이기도 했다. 새로 철현금鐵絃琴을 배워, 지루할 때는 몇 곡조 뜯기도 했다. 혹 술을 보내 주는 벗이라도 있으면 문득 기쁘게 따라 마셨다.

취한 뒤에는 스스로를 찬미하여 말했다.

"저만을 위함은 양주楊朱와 비슷하고, 남을 같이 사랑하기는 묵적墨翟과 같구나. 뒤주가 자주 비기는 안연顔淵과 같고, 꼼짝 않고 지내기는 노자老子와 한가질세. 광달曠達함은 장자莊子인가 싶고, 참선參禪하기는 석가釋迦인 듯하다. 공손치 않기는 유하혜柳下惠와 진배없고, 술 마심은 유령劉伶과 흡사해라. 밥을 빌어먹기는 한신韓信과 비슷하고, 잠을 잘 자기는 진박陳搏*과 같은 것을. 거문고를 연주함은 자상호子桑戶**와 방불하고, 책을 저술함은 양웅揚雄과 한가지라. 스스로를 견주기는 제갈량諸葛亮과 비슷하니, 내가 거의 성인인 게로구나. 다만 키는 조교曹交***만 못하고, 청렴함은 오릉중자於陵仲子****에게 양

---

*   송나라 때 도사로 한번 잠들면 백여 일을 깨지 않고 잠만 잤다는 인물.

**   『장자』「대종사」에 나오는, 맹자 반자反子 등과 더불어 거문고로 막역의 사귐을 나누었다는 인물.

***   『맹자』「고자告子」 하下에 나오는 인물로, 키가 9척 4촌이나 된다고 했다.

****『맹자』「등문공」 하下에 나오는 진중자陳仲子로, 오릉 땅에 살았으므로 오릉중자라 했다. 사흘을 굶어 귀에 들리는 것이 없고 눈에 보이는 것이 없었는데, 우물가에 굼벵이가 파먹은

보해야 하니 부끄럽구나! 부끄럽구나!"

이 때문에 홀로 크게 웃었다.

이때 내가 과연 사흘 아침을 굶고 있었다. 행랑채의 아랫것이 남을 위해 지붕을 얹어 주고 품삯을 받아다가 밤에야 비로소 밥을 지었다. 어린것이 밥투정을 해 울며 먹으려 들지 않자, 행랑채의 아랫것이 화가 나서 밥주발을 엎어 개에게 던져 주며 나쁜 말로 나가 뒈지라고 욕을 해 댔다. 이때 나는 막 식사를 마치고 곤하여 누웠다가, 장괴애張乖崖가 촉蜀 땅을 다스릴 때 어린아이를 목 벤 일*을 들어 비유하며 일깨워 주고, 또 "평소에 가르치지 않고 도리어 욕만 하면 자라서 더욱 은공을 저버리게 되네."라고 타일러 주었다.

그러다가 우러러보니 은하수는 집에 드리워 있고, 별똥별이 서편으로 날아가며 흰 금을 허공에 남기고 있었다. 말이 채 마치지 않아 낙서가 와서는 "어르신은 혼자 누워 누구와 말씀하십니까?" 하고 묻는 것이었다. 이른바 행랑채 사람과 더불어 문답하더란 것은 이를 말함이다. 낙서는 또 눈 오던 날 떡 구워 먹을 때 일을 적었다. 그 당시는 내 옛집이 낙서의 집과 문을 마주하고 있었으므로 아이 적부터 이따금씩 보았는데, 나

오얏을 먹고 굶어 죽기를 면했다.

* 예전 장괴애가 촉중蜀中을 지킬 적에 어린아이가 아비의 볼을 때리는 것을 보고 노하여 "아무리 어린 것이라도 버릇을 그대로 둘 수 없다."고 하여 마침내 죽인 일을 말한다.

는 손님이 날마다 많았고 당시 세상에 대해 의욕도 있었다. 그러나 금년에 마흔도 못 되었는데 이미 터럭이 허옇게 세었으므로 자못 그 감개함을 말한 것이다. 그러나 나는 이미 병들고 지쳐서 기백이 쇠락하여 담담히 세상에 뜻이 없으니, 그때로 돌아가지는 못할 것이다. 이에 그를 위해 기문記文을 써서 수답酬答한다.[9]

——「소완정 이서구가 여름밤에 벗을 찾아간 이야기에 화답하다酬素玩亭夏夜訪友記」

어르신의 혼잣말

읽기에 따라 씁쓸하기도 했을 제자의 글을 받아 본 뒤 막상 연암
은 머쓱했던 모양이다. 그래서 똑같은 형식으로 답장을 했다. 오
늘의 눈에는 무의미한 장난 글로 비치겠으나, 그 글 한 줄 한 줄에
살가운 정이 담겨 있고, 인생을 살아가는 멋이 깃든 줄을 알겠다.

당시 연암은 황해도 금천의 연암협燕巖峽에 살고 있었는데,
한여름에는 물것들과 더위를 피해 서울 집으로 혼자 와 있곤 했
다. 당시 가족들은 광릉에 있고, 자신만 혼자 서울 집에 머물던 사
정을 길게 이야기한 후, 그나마 집을 지키던 계집종마저 눈병 끝
에 발광하여 집을 나가 버리고, 정거무념靜居無念의 상태로 세상
일은 거들떠보지도 않고 지내던 이런저런 정황을 장황하게 늘어
놓았다. 찾아온 사람 무안하게 침묵으로 어깃장을 놓다가도, 말
귀도 못 알아들을 참외 장수, 땔감 장수 앞에서는 효제충신孝悌忠
信과 예의염치禮義廉恥에 대해 일장 강의를 늘어놓기도 했다. 어
차피 효제충신이니 예의염치니 하는 것은 이미 사대부에게서는
빛을 잃은 것들이거니와 더불어 얘기해 본들 무슨 소용이 있겠
는가?

연암이 서울 집에서 홀로 지내며 마음을 나눈 유일한 벗은 우
습게도 사람 아닌 다리 부러진 새끼 까치였다. 새끼 까치만이 저
를 위해 베푸는 사람의 후의를 마음으로 받을 줄 알았던 까닭이
다. 졸리면 잠을 자고, 잠을 깨면 책을 읽고, 피곤하면 다시 잠을

자는 나날이었다. 정 지루하면 새로 배운 양금洋琴을 뜯으며 시간을 죽였다. 호주머니에 돈 한 푼 없고 보니, 목이 컬컬해도 벗이 그 사정을 알아 술을 보내 주기 전에는 목구멍을 축이지도 못했다. 그래도 마음 한편엔 도연陶然한 흥취가 남아 있어 양주楊朱와 묵적墨翟에서부터 노장老莊과 석가釋迦까지 끌어들이는 호기를 부렸다. 그러고는 다시 이서구가 찾아오던 날, 과연 사흘을 굶고 있었던 일과 행랑채에서 벌어진 일들을 해명 삼아 적어 놓았다.

정작 마음에 걸리는 것은 끝 대목이다. 이서구가 어릴 적 길 하나를 사이에 두고 살 적에 연암에게는 찾아오는 손님도 많았고, 그 자신 또한 세상에 대한 의욕으로 충천해 있었다. 그러나 마흔도 채 못 된 젊은 나이에 그는 이미 병들고 지쳤고, 기백은 시들어 버려 세상을 향한 뜻마저 재처럼 싸늘히 식어 버렸다고 했다. 다시는 그 시절로 돌아갈 수 없으리라고 했다. 너무 일찍 식어 버린 세상을 향한 열정이 나는 새삼 안쓰럽다. 충천하던 의욕이 매몰찬 방관으로 돌아서기까지 그가 겪었을 거듭된 절망들을 나는 슬퍼한다.

『맹자』를 지으래도 지을 겁니다

풍석楓石 서유구徐有榘 봉조하奉朝賀가 연암의 문장을 몹시 좋아하였다. 일찍이 스스로 말하기를, 그 젊을 적에 자주 더불어 왕래했는데 글을 지으면 반드시 연암에게 보여 그 허가를 받은 뒤에야 썼다고 했다. 또 말하였다.

"이 어른이 말솜씨가 뛰어나 이따금 글보다도 나았지. 한번은 내가 가서 여쭈었네. '공께서 자꾸 남들의 이러쿵저러쿵하는 말을 받는 것은 무슨 까닭이라도 있나요?' 연암은 웃으며 말했지. '자네가 그걸 알고 싶은가? 내가 일찍이 여름 장마 때 여러 날을 먹지를 못했었네. 하루는 비가 조금 그치길래 베개를 고이고 하늘가의 무지개와 노을을 보고 있었겠지. 붉은빛이 비치며 쏟아지는데, 희미하게 번갯불이 그 가운데 있더군. 배가 몹시 고프다는 걸 알았지만 아무리 돌아봐도 먹을 것을 찾을 도리가 없질 않겠나. 그래서 걸어 안채로 들어가 그릇 나부랭이 가운데서 팔아먹을 만한 것을 찾아보았지만 하나도 없는 걸세. 다락방 속에는 대대로 전해 오던 오래된 시렁 상자가 있었는데, 속명으로 각기소리라는 것이었네. 부서지고 지저분하여 쓰기에 마땅치 않아 내버려 둔 것이어서 후한 값을 받기엔 부족하더군. 그래도 생각해 보니 굶어 죽는 것을 구할 방법이 없더란 말일세. 그래서 몸소 그 앞으로 갔지. 그러다 잠깐 다락 창틈으로 음산한 구름이 사방에 잔뜩 흐린 것을 보았네. 다만 아까 비치며 쏟아지던 빛은 더욱 빛나 눈이 어지럽더군. 그래서 넋 놓고 구경하다가 두 손을 뻗어 시렁 상자를 맞들고서 겨우 땅에서 들어 올리는데, 갑자기 우렛소리가 한바탕 울리더니 집이 온통 흔들리는 게야. 마치 번갯불이 곧장 내

머리통에 떨어지는 것 같지 뭔가. 깜짝 놀라 시렁 상자가 땅에 떨어지는 것도 몰랐다네. 내가 평소 비방을 듣는 것이 대략 모두 이 같을 뿐일세그려.' 이에 서로 더불어 크게 웃었다네."[10]

연암이 그 여름에 굶기를 다반사로 한 것은 위 기록을 통해서도 알 수 있다. 홍길주洪吉周의 『수여난필睡餘瀾筆』에 실려 있다. "공을 두고 사람들이 이러쿵저러쿵 말이 많은데 왜 그렇습니까?" 서유구가 이렇게 따져 묻자, 연암은 씩 웃으며 천연스럽게 여름 장마철에 며칠을 굶고 있을 적 이야기를 한다. 그런데 그 이야기가 재미있다. 가만히 따져 읽어 보면, 여기에도 기승전결의 구성이 있고 기복이 있다.

며칠 굶었다 하고는, 그래서 못 견디게 배가 고팠다는 이야기로 바로 연결 짓지 않고, 뚱딴지같이 어느 날 비가 잠시 개었을 때 하늘가에 걸린 빛나던 무지개 이야기와 그 사이에 번개가 번쩍번쩍하더란 말을 끼워 넣었다. 그러고는 다시 배가 고팠다는 이야기, 그래도 끼니를 때울 방법이 없더란 이야기, 안채로 들어가 팔아먹을 만한 그릇 나부랭이를 찾아보았지만 없더란 이야기, 다락방에 올라가 각기소리라고 하는 종이를 발라 만든 서랍장이라도 팔까 싶어 꺼내 들었다는 이야기를 장황하게 늘어놓았다. 그러다가 잠깐 창틈을 보니 시커먼 구름이 사방으로 몰려들어 앞서 빛나던 무지개가 더욱 황홀하길래 넋 놓고 바라보다가 생각 없이 각기소리를 시렁 위에서 꺼내 드는 순간 갑자기 일성벽력이 우르릉 꽝 하고 쳐서 정수리에 꽂히는 것만 같아 나도 몰래 각기소리를 땅에 떨궈 그나마 낡은 그것을 아예 망가뜨리고 말았다는 것이다.

세상 사람들의 이런저런 비방은 며칠을 굶다가 목숨이나 부지할까 싶어 각기소리를 꺼내 드는 순간 우르릉하고 떨어진 벼락과 같다는 것이다. 무슨 특별한 이유가 있을 수 없다. 창밖 아름다운 광경에 도취되어 넋 놓고 바라본 잘못밖에는. 그러다가 난데없는 벼락에 그나마 한 끼 때워 보려던 바람마저 허망하게 된 잘못밖에는.

풍고楓皐 김조순金祖淳 충문공忠文公은 연암의 문장을 몹시 싫어했다. 일찍이 내각에 있을 때, 풍석楓石과 더불어 의론이 맞지 않자, 풍고가 불끈하여 말했다.

"박 아무개는 『맹자』 한 장을 읽게 하면 반드시 구절도 떼지 못할 걸세."

그러자 풍석 또한 기운을 돋워 대답하였다.

"박 어른은 반드시 『맹자』 한 장을 지을 수도 있을 겝니다."

풍고가

"그대가 문장을 모르는 것이 이 지경이냐고 말하지는 않겠네. 내가 있는 동안에 그대는 문원文苑의 관직은 바라지도 말게."

하자, 풍석은

"내 진실로 문원의 직책은 바라지도 않을 뿐이오."

하였다. 이때 정승을 지낸 심두실沈斗室 공이 호남 지방에 있었는데, 태학사 이극원李展園이 편지를 보내 두 사람이 논쟁한 일을 알려 주었다. 내각 제공의 한때에 성대함을 그려 볼수가 있다. 이제 다만 풍석만이 우뚝함이 있는데, 날 위해 크게 탄식하며 그 일을 말해 주었다.[11]

이 역시 홍길주의 전언傳言이다. 한 사람 연암을 두고 이쪽에서는 『맹자』의 구두조차 떼지 못할 인간이라고 매도하고, 다른 편에서는 『맹자』를 넉넉히 짓고도 남을 분이라고 높였다. 이런 극단적 평가의 엇갈림 속에서 시대의 우울과 연암의 절망은 깊어만 갔던 것이다.

24

———

혼
자
하
는 쌍
륙 놀
이
。

옛날에 고기古器를 팔려 했으나 3년이 지나도록 팔지 못한 사람이 있었다. 그 바탕은 딱딱한 것이 돌이었는데, 술잔으로나마 쓰려 해도 밖은 낮고 안이 말려 있는 데다, 기름때가 그 빛을 가리고 있었다. 나라 안을 두루 다녀 보아도 거들떠보는 자가 있지 않자, 다시금 부귀한 집을 돌았지만 값은 갈수록 더 떨어져 수백 전에 이르게 되었다. 하루는 그것을 가지고 서여오徐汝五에게 보여 준 사람이 있었다. 여오가, "이것은 붓씻개이다. 돌은 복주福州 수산壽山의 오화석갱五花石坑에서 나온 것으로 옥 다음으로 쳐주니 민옥珉玉과 같은 것이다." 하고는 값의 고하를 묻지 않고 그 자리에서 8천을 주었다. 그 때를 벗겨 내자 앞서 딱딱하던 것은 바로 돌의 무늬결이었고, 쑥색을 띤 초록빛이었다. 형상이 낮고 또 말려 있던 것은 마치 가을 연잎이 시들어 그 잎새가 말린 것과 같았다. 마침내 나라 안의 명기名器가 되었다.

여오는, "천하의 물건이 그릇으로 하지 못할 것이 어디 있겠는가? 생각건대 그 마땅함을 얻어야 쓰이는 것일 뿐이다. 대저 붓털이 먹을 머금어 아교가 굳어지면 끝이 쉬 무지러지므로 늘 그 먹을 씻어 내어 부드럽게 해 주는데, 이것은 붓을 씻기 위해 만든 그릇이다."라고 한다. 대저 서화書畵와 골동은 수장하는 자와 감상하는 자 두 종류가 있다. 감상하는 안목은 없으면서 한갓 수장만 하는 자는 돈만 많아 단지 그 듣는 대로 믿는 자이고, 감상하는 안목은 뛰어나지만 능히 수장하지 못하는 자는 가난해도 그 눈을 저버리지는 않는 자이다. 우리나라에 비록 간혹 수장가가 있긴 하지만, 책이란 것은 중국 복건성 건양建陽에서 찍어 낸 방각본이요, 서화는 강소성 금창金閶에서 만든 가짜일 뿐이다. 밤껍질 빛깔의 청동화로에 곰팡이가 피었다고 갈아 버리려고 하고, 장경藏經의 종이가 더럽다고 씻어 내려 한다. 엉터리 나쁜 물건을 만나서는 그 값을 높게 주고, 보배로운 물건은 버려두어 수장할 줄 모르니 그 또한 슬퍼할 만할 따름이다.

신라의 선비는 당나라로 가서 국학國學에 입학하였고, 고려 사람은 원나라에 유학하여 천자가 직접 베푼 과거인 제과制科에 급제하였으니, 안목을 열고 흉금을 틔울 수가 있었다. 그 감상의 배움에 있어서도 대개 또한 당시 세상에서 환하게 빛났었다. 조선 시대 이래로 3, 4백 년 동안 풍속이 날로 비루해져서 비록 해마다 연경과 교통한다고는 해도 썩어 버린 한약재나 거칠고 성근 비단 따위뿐이다. 하우夏虞·은주殷周 적의 고기古器나 종요鍾繇·왕희지王羲之·고개지顧愷之·오도자吳道子의 진품이 어찌 일찍이 단 한 번이라도 압록강을 건너왔겠는가?

근세의 감상가로는 상고당尙古堂의 김씨를 일컫곤 한다. 그러나 재사才思가 없고 보면 아름다움을 다하지는 못하는 법이다. 대개 김씨가 개창한 공은 있지만 여오는 꿰뚫어 보는 오묘한 식견이 있어 무슨 물건이든지 눈을 거치기만 하면 진짜와 가짜를 구별해 낸다. 여기에 재사까지 아울렀으니 감상을 잘하는 자라 하겠다. 여오는 성품이 총명하고 지혜로운 데다 문장에 능하고 소해小楷를 잘 쓴다. 아울러 미불米芾의 발묵법潑墨法에 뛰어나고 한편으로 음악에도 정통하였다.

봄가을 한가한 날에는 마당에 물을 뿌려 쓸고는 향을 살라 놓고 차를 끓여 감상하였으나, 늘 집이 가난하여 수장할 수 없음을 한탄하였다. 또 세속에서 이를 가지고 시끄럽게 떠들어 댈까 염려하여 답답해하며 내게 말하였다.

"나를 완물상지玩物喪志로 비웃는 자들이야 어찌 참으로 나를 아는 것이겠는가? 대저 감상이란 것은 『시경』의 가르침일세. 곡부曲阜의 신발을 보고서 어찌 느낌이 일어나지 않는 자가 있겠으며, 점대漸臺의 북두성을 보고서 어찌 경계하지 않는 자가 있겠는가?"

내가 이에 그를 위로하여 말했다.

"감상이라는 것은 구품중정九品中正, 즉 품계 매김을 바르고 공정하게 하는 학문일세. 옛날에 허소許劭가 착하고 간특함을 판별함이 몹시 분명하였다고 하나, 당시 세상에서 능히 허소를 알아준 자가 있단 말은 듣지 못하였네. 이제 여오가 감상에 뛰어나 뭇사람이 버린 가운데서 이 그릇을 능히 알아보

고 찾아내었으니, 아아, 여오를 알아줄 사람은 그 누구란 말인
가?"¹²

—「붓 씻는 그릇 이야기筆洗說」

버린 그릇을 누가 알아줄까?

진귀한 골동품도 그 위에 세월의 때가 켜켜이 앉고 보니 쓸데없는 물건이 되고 말았다. 술잔으로 쓰자니 너무 평평하여 도무지 쓸모가 없어 보여 겉보기로는 여느 막돌과 다름이 없었다. 그러다가 그것이 제 임자를 만나 묵은 때를 벗겨 내자, 저 유명한 복주수산석, 그 가운데서도 가장 상품으로 치는 오화석갱에서 파낸 돌로 만든 붓씻개였다. 마른 연잎 모양으로 끝을 살짝 안으로 오므려 그 가운데로 물을 흘리게 만든, 엷은 쑥색을 띤 진귀한 물건이었다. 먹은 아교로 뭉친 것이라 글씨를 쓰고 나서 그때마다 씻어 두지 않으면 굳어져 붓을 버리고 만다. 이 붓씻개로 붓을 씻어 간수해 두면 붓끝이 금세 모지라질 염려가 없으니 문방文房에 없어서는 안 될 소중한 물건이다.

돌은 돌이되 돌이 아니니, 옥 다음가는 민옥珉玉과 같다고 했다. 그날로 그 돌은 모든 사람이 탐내는 골동품이 되었다. 3년간 그렇게 사라고 할 때는 아무도 거들떠보지 않던 돌이었다. 팔려는 사람도 그것이 무엇에 쓰는 물건인지 알지 못했고, 사려는 사람도 그것을 알아볼 안목이 없었다. 3년이 지나는 동안에 값이 5백 전까지 내려간 것도 괴상한 일이 아니다. "천하에 그릇으로 하지 못할 것은 하나도 없다. 다만 사람들이 그것을 어디에 써야 할지 모를 뿐이다." 이것은 여오汝五 서상수徐常修의 말이다. 모든 것은 임자를 만나 적재적소에 쓰임을 얻을 때만 그 본래의 빛을 발한다. 안목이 없으면 진귀한 옥돌도 길가에 굴러다니는 막돌 대접을 받는다.

세상에는 골동품을 볼 줄 아는 안목이 있는 사람이 있고, 그것을 살 수 있는 경제력이 있는 사람이 있다. 안목 갖춘 사람에게 재력까지 뒤따라 준다면 좀 좋으랴만 이 두 가지는 항상 서로 따로 노니 그것을 슬퍼한다. 안목은 없이 그저 제 호사 취미를 뽐내려고 골동을 수집하는 사람은 그저 장사꾼이 말하는 대로 믿고, 달라는 대로 돈을 준다. 그 값이 얼마나 비싼지가 그들의 관심사일 뿐, 그것이 가짜인지 진짜인지는 전혀 중요한 문제가 아니다. 애초부터 감식할 안목은 없으니 그것을 기대할 터수는 못 되고, 그들은 얼마짜리 골동품이 우리 집에 있다는 사실만으로 충분히 만족할 수 있는 자들이다. 그들은 청동화로에 세월이 앉아 푸른 꽃이 피어나면 그것이 보기 싫다고 갈아 없애려는 인간들이다. 해묵은 고서에 때가 많이 묻었다고 백반을 풀어 새 책처럼 만들어야 직성이 풀릴 사람들이다. 진짜 같은 가짜를 보면 혹해서 물건값을 따지지 않고 서로 차지하겠다며 경쟁을 하고, 정작 허름해 보이는 진짜는 거들떠도 보지 않는다. 소 여물통을 응접실에 갖다 놓고 자랑하고, 흰 요강을 들고서 백자라고 우긴다. 옛것이면 무조건 좋은가? 오래된 것이면 무조건 보배로운가? 카펫 대신 거친 멍석 돗자리를 깔면 그 삶이 그만큼 고풍스러워지는가? 알지 못할 일이다.

사정이 이렇고 보니 세상에는 진짜는 없고 진짜보다 더 진짜 같은 가짜만이 판치게 되었다. 막돌 같은 진짜는 켜켜이 앉은 때에 절어 이집 저집 돌아다녀 봐도 아무도 거들떠보지 않는 천덕꾸러기 신세가 되었다. 그림이라고 사 모은 것이 전부 근래에 그려진 가짜뿐이고, 도자기도 전부 요새 만들어 그럴듯하게 약품 처리한 것들뿐이다. 웬 놈의 추사 글씨는 그렇게도 많으며, 단원과 혜원의 그림은 어찌 그리 흔한 것이냐. 나는 우리 동네 허름한 슈퍼마켓에서도 이른바 추사의 글씨를 본 일이 있다. 그들은 제 것을 자랑하기에 바빠 도무지 때와 장소를 가리지 않는다.

완물상지라는 말에 담긴 뜻

진정한 감상자가 되려면 오랜 경험에서 우러나온 안목 외에 갖추어야 할 것이 또 한 가지 있다. 그것은 재사才思다. 이것이 없으면 그는 그저 보통의 골동품 거간꾼에 머물 뿐이다. 진짜와 가짜를 금세 판별해 내고 값을 매기는 것은 경험과 안목만으로도 충분하겠지만, 재사가 없으면 마침내 이류에 머물고 만다. 여기서 연암이 말한 재사란 무엇일까? 그것은 안목을 넘어 삶 속에서 즐길 줄 아는 마음가짐이다. 물건을 보면 그것을 만들 때의 정경이 떠오르고, 그것을 매만지며 아끼던 옛 주인들의 마음자리가 떠올라야 한다. 여오는 문장도 잘하고 글씨도 잘 쓰며, 미불의 발묵법도 체득하여 그림도 잘 그린다. 그뿐인가. 음악에도 상당한 조예가 있다. 그러니 책을 보면 그 글을 보고서 그 가치를 판단하고, 글씨와 그림을 보면 그 필세와 붓질과 채색 베푼 것을 보고 그 솜씨의 높고 낮음을 일별해 낸다. 그는 음악을 알기에 묵은 악기를 보더라도 금세 그 가치를 알아본다. 그것이 얼마나 오래되고 무슨 나무로 만든 것인지는 경험 있는 거간꾼이라면 누구나 알 수 있다. 그러나 그것이 어떤 사람이 어떤 마음으로 매만지던 악기인 것까지 짐작할 수 있으려면 바로 이 재사가 필요하다.

그러나 안타깝다. 세상 사람들은 골동품에 취미가 있다고 하면, 금세 호사 취미라고 나무라고, 완물상지玩物喪志라고 야단친다. 완물상지, 기물器物로 희롱하여 노는 것에 빠지면 본래의 바른 뜻을 잃게 된다는 뜻이다. 그러니 군자는 이런 것에 힘써서는 안 된다. 이것은 『서경』에 나오는 성현의 말씀이다. 물건에 뜻을 빼앗기면 학문에서 멀어진다. 도를 멀리하는 사람은 군자라 할 수 없다. 여오는 자신의 골동 취미를 세상 사람들이 이렇듯이 완물상지로 비웃을까 봐 걱정이라고 했다. 더욱이 안목과 재사를 갖추고서도 정작 그것을 사서 제 소유로 할 경제적 능력조차 없으니 그것이 안타깝다고 했다.

세상 사람 아무도 거들떠보지 않던 것들에 입김을 불어넣어 가치로운 제 빛깔을 드러내 주는 일이 완물상지인가? 그것을 매만지던 옛 고인의 체취를 그리워하며, 나도 그들과 같이 살아야지 하며 마음을 다잡는 것이 완물상지인가? 먹물로 검어진 붓을 정성스레 씻으면서 그들은 무슨 생각을 했을까? 그릇 위로 물을 흘려서 검은 먹물이 씻겨 내려가고, 마침내 깨끗해진 붓의 물기를 수습해서 다시 필가筆架에 걸 때 그들은 무슨 생각을 했을까? 이제 내가 그 위로 물을 흘리고, 또 먼 훗날에 어떤 사람이 그 위로 물을 흘려 붓을 씻고 마음을 씻겠구나 생각하면 나도 몰래 흐뭇해지는 마음이 있다. 이것이 완물상지인가?

"여보게, 연암! 자네 한번 생각해 보게. 무엇을 감상한다는 것은 그 마음을 읽는 것이 아니던가?『시경』에 실려 있는 필부필부匹夫匹婦들의 이야기야 무에 대수로울 게 있겠나? 그러나 그 한 편 한 편의 행간에 담긴 마음을 읽을 때, 내 마음에 문득 느껴 감발感發되는 것이 있고, 저래서는 안 되지 하며 징창懲創되는 바가 있지 않겠는가? 그저『시경』을 처음부터 끝까지 외우고, 그 많은 주석을 줄줄 꿴다고 해서『시경』을 제대로 읽은 것은 결코 아니라고 보네. 그 마음을 읽어야지. 그것을 내 삶과 관련지을 수 있어야지. 그저 지식으로만 읽는『시경』에서 어찌 '사무사思無邪'의 보람을 기대할 수 있겠는가? 마찬가지로 단지 이 물건이 얼마나 오래되었고, 그래서 값이 얼마인 줄만 잘 안다고 진정한 감상가라 할 수 있겠는가? 그는 골동품을 사고팔아 그것으로 밥 먹고 사는 거간꾼에 지나지 않을 거란 말일세. 곡부에서 공자께서 예전 신으셨다는 다 썩은 신발을 보면 그때 당시 천하를 주유하시던 그 안타까운 마음이 떠올라 눈물이 날 터이고, 후한 때 점대漸臺의 쇠로 만든 북두성을 보면 왕망이 신나라를 세운 후 온갖 참람한 짓을 하다가 그곳에서 군사들의 칼에 찔려 비참한 최후를 맞은 일이 떠올라 절로 외람됨을 경계하는 마음이 들 것이 아닌가. 우리가 골동품을 애완하면서 갖는 마음이 이러할진대 그것을 어찌 완물상지라 할 것인가? 나는 사람들이 실속도 없이 헛된 명성이나 좇고, 그저 물건값의 높고 낮음으로 가치를 평가하며, 벼슬이 높으면 우러러 존경하고, 지위가 낮으면 업수이여겨 깔보는 그런 부박한 풍조를 슬퍼한다네."

연암은 대답한다.

"여보게, 여오! 그건 그리 낙심할 일이 아니라고 보네. 내가 옛사람의 물건을 통해 옛사람의 그 풍도를 그리워하고, 내 삶의 자세를 가다듬을 수 있다면 남이 알아주고 알아주지 않고가 무슨 대수란 말인가? 아무도 거들떠보지 않던 이 붓씻개가 자네의 눈을 거치자 갑자기 보배로운 물건이 되었듯이, 남들이 매일 보면서도 그저 지나쳐 버리는 사물들 속에서 이전에 그 누구도 발견하지 못했던 감춰진 의미를 읽을 줄 아는 따뜻한 시선을 지녔다면 그것으로 내 삶이 그만큼 더 넉넉해질 터이니, 남이 알아주고 알아주지 않고가 무슨 상관이란 말인가? 그저 그 붓씻개로 붓을 씻고 내 마음을 씻고, 그때마다 내 삶의 자리를 한 번씩 되돌아보면 오히려 넉넉지 않겠는가? 가짜들이 더 진짜처럼 행세하는 세상에서 가끔씩 그것이 기실은 가짜이고 진짜는 이렇게 아무렇지도 않게 때에 절어 묻혀 있음을 밝혀 보여 주는 것만으로도 족하지 않은가? 세상은 언제나 가짜들이 득세하게 마련이 아니던가? 그렇지만 정말 지혜로운 안목 앞에서 가짜들은 결코 제 몸을 숨

길 수가 없네. 가짜로는 단지 가짜들을 속여 먹을 수 있을 뿐이지. 진짜는 언제까지 진짜일 뿐일세. 진짜가 가짜 되는 법이 있던가? 단지 사람들이 알아보지 못할 뿐이지. 너무 마음 쓰지 마시게."

아무도 거들떠보지 않는 버린 물건

하루는 비가 오는데 마루를 배회하시다가 갑자기 쌍륙을 끌어당겨 왼손 오른손으로 주사위를 던져 갑·을 양편으로 삼아 대국을 하셨다. 그때 손님이 곁에 없었던 것도 아니었지만 혼자 놀이를 하셨다. 이윽고 웃으며 일어나서서 붓을 당겨 남의 편지에 답장을 쓰시기를, "사흘 주야로 비가 내려 사랑스러운 한창 핀 살구꽃이 녹아서 붉은 진흙으로 되었습니다. 긴긴 날 애를 태우며 앉아서 혼자 쌍륙을 가지고 논답니다. 오른손은 갑이 되고 왼손은 을이 되지요. '다섯이야!' '여섯이야!' 부르짖다 보니 오히려 상대편과 나라는 사이가 생겨나서, 승부에 마음이 쓰여 적수가 뒤집어지더군요. 나는 저를 모르겠답니다. 꼭 같은 내 양손에 대해서도 사사롭게 여기는 바가 있는 것일까요? 저 나의 양손이 이미 이쪽저쪽으로 편이 갈리고 보면 상대편이라 이를 수 있는 것이지요. 그리고 나는 저 양손에 대해서는 역시 조물주와 같은 존재라 할 것입니다. 그럼에도 사사로움을 이기지 못하고 한쪽은 부추기고 한쪽은 억누르기

를 이같이 하다니요. 이제 비에 살구꽃이야 비록 쇠락해 떨어
졌겠으나 복사꽃은 선명하게 곱겠지요. 나는 여기서 또 모르
겠습니다. 저 조물주가 복사꽃을 부추기고 살구꽃을 억누르
는 것 역시 사사로운 바가 있어서일까요?" 하셨다. 손님은 웃
으면서, "나는 본디부터, 선생께서 쌍륙에 뜻이 있으신 것이
아니라 일단의 글을 구상해 내시려는 것임을 알고 있었습니
다." 하였다.[13]

아들 박종채가 아버지를 회억하며 쓴 글의 한 대목이다. 편
지글에 답장을 쓰다가도 막힌 생각을 뚫기 위해 연암은 혼자 쌍
륙을 놀았다. 그의 글은 한 편 한 편이 모두 이러한 고심참담 끝에
나왔다. 읽다 보면 늘 행간을 가늠키 어려워 허우적거리기 일쑤
지만, 그래서 오늘날 그것은 켜켜이 때가 앉은 붓씻개 같은 것이
되어 버렸지만, 그의 글은 진짜다. 지금까지도 시퍼렇게 날이 선
진짜다.

서구의 담론만이 진짜인 양 행세하는 동안, 정작 우리 것은
기름때에 절어 아무도 거들떠보지 않는 버린 물건이 되고 말았
다. 이제 서여오가 그랬듯이 뭇사람이 버린 가운데서 그 그릇의
값어치를 알아보고 묵은 때를 벗겨 낼 그 사람은 어디에 있는가?

25

강물빛은 거울 같았네.

유인孺人의 이름은 아무이니, 반남 박씨이다. 그 동생 지원趾源 중미仲美는 묘지명을 쓴다. 유인은 열여섯에 덕수德水 이택모李宅模 백규伯揆에게 시집가서 딸 하나 아들 둘이 있었는데, 신묘년 9월 1일에 세상을 뜨니 얻은 해가 마흔셋이었다. 지아비의 선산이 아곡鵶谷인지라, 장차 서향의 언덕에 장사 지내려 한다.

백규가 그 어진 아내를 잃고 나서 가난하여 살길이 막막하여, 어린것들과 계집종 하나, 솥과 그릇, 옷상자와 짐 궤짝을 이끌고 강물에 띄워 산골로 들어가려고 상여와 더불어 함께 떠나가니, 내가 새벽에 두포斗浦의 배 가운데서 이를 전송하고 통곡하며 돌아왔다.

아아! 누님이 시집가던 날 새벽 화장하던 것이 어제 일만 같구나. 나는 그때 갓 여덟 살이었다. 장난치며 누워 발을 동동 구르며 새신랑의 말투를 흉내 내어 말을 더듬거리며 점잔을 빼니, 누님은 그만 부끄러워 빗을 떨구어 내 이마를 맞히었다. 나는 성나 울면서 먹으로 분에 뒤섞고, 침으로 거울을 더럽혔다. 그러자 누님은 옥오리 금벌 따위의 패물을 꺼내 내게 뇌물로 주면서 울음을 그치게 했었다. 지금에 스물여덟 해 전의 일이다.

말을 세워 강 위를 멀리 바라보니, 붉은 명정은 바람에 펄럭거리고 돛대 그림자는 물 위에 꿈틀거렸다. 언덕에 이르러 나무를 돌아가더니 가려져 다시는 볼 수가 없었다. 그런데 강 위 먼 산은 검푸른 것이 마치 누님의 쪽찐 머리 같고, 강물빛은 누님의 화장 거울 같고, 새벽달은 누님의 눈썹 같았다. 그래서 울면서 빗을 떨구던 일을 생각하였다. 유독 어릴 적 일은 또렷하고 또 즐거운 기억이 많은데, 세월은 길어 그 사이에는 언제나 이별의 근심을 괴로워하고 가난과 곤궁을 근심하였으니, 덧없기 마치 꿈속과도 같구나. 형제로 지낸 날들은 또 어찌 이다지 짧았더란 말인가.

떠나는 이 정녕코 뒷기약을 남기지만	去者丁寧留後期
보내는 사람 눈물로 옷깃 적시게 하네.	猶令送者淚沾衣
조각배 이제 가면 언제나 돌아올꼬	扁舟從此何時返
보내는 이 하릴없이 언덕 위로 돌아가네.	送者徒然岸上歸[14]

　　　　　―「맏누이 정부인 박씨의 묘지명 伯姉贈貞夫人朴氏墓誌銘」

덧없기 마치 꿈속과 같다

죽은 누님을 그리며 지은 묘지명이다. 번역만으로는 원문의 곡진한 느낌을 십분 전할 수 없는 아쉬움이 있지만, 이것만으로도 애잔하고 가슴 뭉클한 한 편의 명문이다.

연암과 죽은 누님은 여덟 살의 터울이 있었다. 어려서 그는 누님에게 업혀 자랐을 터이다. 열여섯에 시집간 누이가 고생만 하다가 마흔셋의 젊은 나이에 병을 얻어 세상을 떴다. 아내를 잃자 살 도리가 막막해졌다고 했으니, 그나마 그간의 생계도 누님이 삯바느질 등으로 꾸려 왔음이 분명하다. 자형 백규는 선산 아래 땅뙈기라도 부치고 살아 볼 요량으로 상여가 나가는 길에 아예 이삿짐을 꾸려 길을 떠나고 있다. 그런데 그 세간이라는 것이 겨우 솥 하나, 그릇 몇 개, 옷상자와 짐 궤짝 두어 개가 전부라니, 그 궁상이야 꼭 말해 무엇 하겠는가.

그런데도 연암은 그 비통함을 말하는 대신, 전혀 엉뚱하게도 누님이 시집가던 날 새벽에 자신과의 사이에 있었던, 절로 미소를 자아내는 한 에피소드를 떠올리고 있다. 신부 화장을 하고 있던 누님 곁에서, 허공에 대고 발을 동동거리며 새신랑 흉내로 누이를 놀리던 여덟 살짜리 철없던 동생. 누이는 부끄러움을 못 이겨 "아이! 몰라." 하며 머리 빗던 빗을 던졌고, 그 빗에 이마를 맞은 동생은 "때렸어!" 하며 악을 쓰고 울었다. 그래도 누이는 "흥!" 하며 야단하는 대신, 패물 노리개를 꺼내 주며 동생을 달래었다.

아! 착하고 유순하기만 한 누이여.

이제 누님의 상여를 실은 배가 떠나가고 있다. 자형, 그리고 조카아이들과 하직의 인사를 나누고, 배는 새벽 강물 위로 미끄러져 간다. 바람에 펄럭거리는 붉은 명정, 돛대의 그림자를 흔드는 푸른 물결, 그나마도 언덕을 돌아가서는 다시는 볼 수 없게 되었다.

"처남! 세월이 좋아지면 내 수이 돌아옴세." 하며 떠나던 자형의 말이 귀 끝에 맴돈다. 다시는 돌아올 수 없음을 알기에 그 허망한 기약은 외려 가슴 아프다. 이제 누님의 모습은 다시는 볼 수 없는가. 그러나 보라. 강물의 원경으로 빙 둘러선 새벽 산의 짙은 그림자는 마치 시집가던 날 누님의 쪽찐 머리 같고, 배 떠난 뒤 잔잔해진 수면은 내가 침을 뱉어 더럽혔던 그 거울 같지 아니한가. 또 저 너머 초승달은 화장하던 누님의 눈썹만 같다. 그리고 보면 누님은 떠난 것이 아니라, 강물로 달빛으로 먼 산으로 되살아나 나의 아픈 마음을 어루만져 주는 것만 같다.

절절한 슬픔에 젖다

필자는 이 글을 강독할 때마다 나도 모르게 눈자위가 촉촉해짐을 느끼곤 한다. 지난번 강의에서는 연신 눈물을 훔치다 못해 흐느끼는 한 학생 때문에 강의실 전체가 우울해지고 말았다. 학생들에게는 반드시 감상문을 요구하였다. 다음은 그 가운데서 몇 대목을 추린 것이다. "오히려 절제된 문장에 누이를 잃은 슬픔이 절절히 배어 있는 듯하다. 몇백 년을 뛰어넘어 글로써 지금 사람의 마음을 흔들 수 있다면 가히 대단한 문장가라 아니 할 수 없다." "무능한 매형에 대한 원망, 어린 조카들에 대한 연민, 행복했던 어린 시절이 이제는 더 이상 돌아올 수 없음을 깨닫는 아쉬움, 이런 감정들이 너무도 진하게 문장 전체에 녹아들어 있어 누님을 애도하는 박지원의 마음을 더욱 절절하게 표현해 주고 있다." "진정으로 사랑한다는 것이 무엇인지를 잘 보여 주는 글이다. 내 눈앞에 글의 내용이 영화처럼 지나가는 것도 같았다. 좋은 영화를 보고 난 후에 한참 동안 자리에서 일어설 줄 모르는 것처럼, 글이 끝났는데도 눈을 뗄 수가 없었다. 이별은 슬프지만 너무도 아름다운 것이다." "처음에는 묘지명이라는 제목이 으스스하고 메말라 보이는 인상을 풍겨, 그냥 수업의 일부로서 읽지 않으면 안 되는 글이라는 선입견을 이 글은 무참히도 박살 내 버렸다. 아름다운 글은 정직한 글이라는 것을 새삼 느끼게 된다." "신토불이身土不二라더니, 역시 우리나라 글이 우리 정서에 잘 맞는 것 같다." "떠나는 이의 뒷기약을 믿을 수 없는 보내는 이의 하릴없는 마음, 돌아볼수록 새록새록 다가드는 옛 기억의 처량함을 등 뒤로 업고, 말 머리를 돌려 언덕으로 올라서는 연암의 뒷모습이 보이는 듯하다." 또 어떤 학생은 김지하 시인의 시 「호랑이 장가가는 날」의 "누님 / 누님 / 누님 / 부름은 마음속에서만 울다 그치고 / 빗방울은 얼굴 위에 눈물로 그저 흐르고"를 적었고, 다음과 같은 글로 필자를 감동시키기도 했다.

죽은 누이에 대한 너무나 애절하고 정이 넘치는 글이다. 사실, 하마터면 울어 버릴 뻔했다. 국민학교 3학년 때 큰누나가 시집을 갔다. 그동안 내 연필을 깎아 주던 누나가 시집간다 하니 걱정이 되어 어느 날, "누나! 누나가 시집가면 내 연필은?" 며칠 뒤 매형 될 분이 연필깎이를 사다 주었다. 그때만 해도 그런 것은 가진 아이가 극히 드물었다. 결국 누나와 연필깎이를 맞바꾸게 된 셈이다. 그런 뒤 나는 예쁘게 깎여 나오는 연필깎이가 좋다는 생각보다는 연필 깎는 누나의 손이 보고 싶어 누나 집을 찾아 나섰다가 길을 잃어버린 적이 있다. 이제 누나도 마흔 살이 넘었다. 건강하시길 빈다.

예전부터 묘지명이나 비문은 유묘지문諛墓之文, 즉 귀신에게 아첨하는 글이라 하여 포褒는 있어도 폄貶은 없는, 다시 말해 좋은 말만 잔뜩 늘어놓는 것이 상례다. 그리고 글의 짜임새 또한 규격화되어 있어, 심지어 한유韓愈가 지은 여러 묘지명을 놓고는 사람 이름만 바꿔 넣으면 아무라도 괜찮다는 '중인동제지문衆人同祭之文'의 비난까지 있어 왔다. 그런데 연암의 위 묘지명은 그 구상이나 내용이 파격적이다. 오늘날도 누님의 묘지명에다 동생이 자형의 궁상과 거울에 침 뱉으며 장난치던 내용을 써서 새긴다고 한다면 모두 펄펄 뛸 것이다. 실제 연암의 글은 당대는 물론 후대에까지 금서로 낙인찍혀 드러내 놓고 읽히지 못했다. 하물며 연암의 손자로, 초기 개화파의 선구였던 박규수朴珪壽조차도 그가 평안도 관찰사로 있을 때『연암집』을 간행하자는 동생의 말에 공연히 문제 일으킬 것 없다고 묵살했을 정도였다.

보자기에 싸서 비밀로 하라

연암의 처남이자 벗이었던 이재성李在誠은 이 묘지명을 읽고 다음과 같은 평문을 남겼다.

마음의 정리에 따르는 것이야말로 지극한 예라 할 것이요, 의경을 묘사함이 참 문장이 된다. 글에 어찌 정해진 법식이 있으랴! 이 작품은 옛사람의 글로 읽으면 마땅히 다른 말이 없을 것이나, 지금 사람의 글로 읽는다면 의심이 없을 수 없으리라. 원컨대 보자기에 싸서 비밀로 간직할진저.

장의葬儀 절차를 성대히 함이 지극한 예가 아니다. 망자를 떠나보내는 곡진한 마음이 담길 때 그것이 지극한 예가 된다. 있지도 않았던 일을 만들어 적고, 상투적 치레로 가득한 글이 참 문장이 아니다. 가슴 아픈 사랑의 마음이 실릴 때라야 읽는 이의 마음을 울리는 참 문장이 된다. 그렇다. 묘지명에 무슨 정해진 법식이 있으랴! 그런데도 사람들은 자꾸만 정해진 법식만을 가지고, 무슨 묘지명을 이따위로 쓰느냐고 욕을 해 댈 터이니 혼자만 읽고 다른 사람에게는 보이지 말라고 했다. 이 말이 또 한 번 읽는 이를 슬프게 한다.

다음은 연암이 지은 「연암에서 돌아가신 형님을 생각하며燕巖憶先兄」란 시다.

형님의 모습이 누구와 닮았던고	我兄顏髮曾誰似
아버님 생각날 젠 우리 형님 보았었네.	每憶先君看我兄
오늘 형님 그립지만 어데서 본단 말가	今日思兄何處見
의관을 갖춰 입고 시냇가로 가는도다.	自將巾袂映溪行

돌아가신 아버님을 꼭 닮아, 마치 아버님을 보는 듯한 착각마저 들게 하던 형님, 그 형님조차 이제는 세상에 안 계시다. 그리운 형님의 모습을 이제 어디에서 찾을 것인가. 쓸쓸한 마음에 시냇가로 가서 그 물에 내 얼굴을 비춰 볼밖에. 연암은 이렇듯 덤덤한 듯 감정의 미묘한 구석을 꼭 꼬집어 내는 마술사다.

그의 글이 바로 지금의 나

이제 전체 글을 마무리하면서 연암 뒷세대의 고문가인 홍길주洪
吉周가 『연암집』을 읽고 느낀 소감을 피력한 글 한 편을 읽어 보
기로 하자. 제목은 「연암집을 읽고讀燕巖集」이다.

새벽에 일어나 세수하고 머리 빗고 상투를 짜고, 이마에 건巾
을 앉히고는 거울을 가져다가 비춰 보아 그 기울거나 잘못된
것을 단정히 하는 것은 사람마다 꼭 같이 그렇게 하는 바다.
내가 성인이 되어 건을 쓸 때, 눈썹 위로 손가락 두 개를 얹어,
이것으로 가늠하매 거울에 비춰 볼 필요가 없었다. 이로부터
혹 열흘이나 한 달을 거울을 보지 않았으므로, 젊었을 때 내
얼굴은 이제 이미 잊고 말았다.

벗 삼을 만한 사람이 있어 한마을에 여러 해를 같이 살다가
얼굴도 알지 못한 채 떠나가도 한스럽게 생각되는데, 나와 나
는 그 가까움이 어찌 다만 한마을에 사는 것일 뿐이겠는가. 그
런데도 이제 내가 내 젊을 적 얼굴을 알지 못하는 것을 한스
럽게 여기지 않음은 어째서인가? 천년 전에 사람이 있어, 그
도덕이 스승으로 삼을 만하고 그 문장이 본받을 만하면 나는
그와 한때에 살지 못한 것을 한스러워한다. 백년 전에 사람
이 있어, 뜻과 기운과 의론이 볼만하여도 나는 그와 한때에 살
지 못한 것을 한스러워한다. 수십 년 전에 사람이 있어, 기운

은 족히 육합六合을 가로지를 만하고, 재주는 천고를 능가할 만하며, 글은 온갖 부류를 거꾸러뜨릴 만하였다. 그가 세상에 살아 있을 때 내가 이미 인사를 통하였으나 미처 만나 보지는 못하였고, 미처 더불어 함께 이야기를 나눠 보지도 못하였다. 그런데도 내가 한스럽게 생각하지 않음은 무엇 때문인가? 내가 이미 수십 년 전의 나를 알지 못하는데 하물며 수십 년 전의 다른 사람을 알겠는가?

이제 내가 거울을 꺼내 지금의 나를 살펴보다가 책을 들춰 그 사람의 글을 읽으니, 그 사람의 글은 바로 지금의 나였다. 이튿날 또 거울을 가져다 보다가 책을 펼쳐 읽어 보니, 그 글은 다름 아닌 이튿날의 나였다. 이듬해 또 거울을 가져다 보다가, 책을 펴서 읽어 보니 그 글은 바로 이듬해의 나였다. 내 얼굴은 늙어 가면서 자꾸 변해 가고, 변하여도 그 까닭을 잊었건만, 그 글만은 변하지 않았다. 그러나 또한 읽으면 읽을수록 더욱더 기이하니, 내 얼굴을 따라 닮았을 뿐이다.[15]

묘한 여운을 남기는 글이다. 어찌하여 그 사람을 만나 보지 않았건만 그것을 유감으로 생각지 않는단 말인가? 그것은 그의 글이 남아 있기 때문이다. 그의 글을 읽노라면 그의 우렁우렁한 목소리가 울려 나오고, 그의 입김이 끼쳐 나오기 때문이다. 내 얼굴은 하루하루가 다르게 변해 가는데, 그의 글은 언제 읽어도 늘 새로운 감동이 살아 있다. 마치 하루도 같지 않은 내 모습처럼 그

박주수, 〈박지원 초상〉

나는 그를 만나 본 적이 없지만 그것을 유감으로 생각지 않는다. 그의 글이 남아 있기 때문이다. 그의 글을 읽노라면 그의 우렁우렁한 목소리가 울려 나오고, 그의 입김이 끼쳐 나오기 때문이다. 내 얼굴은 하루하루가 다르게 변해 가는데, 그의 글은 언제 읽어도 늘 새로운 감동이 살아 있다.

의 글은 언제나 한 모습으로 남아 있지 않다.

제목은 '연암집을 읽고'인데 한 편 전체를 통틀어도 연암이라는 글자가 단 한 번도 나오지 않는다. 수십 년 전에 있었던 어떤 사람, 마음만 먹었으면 인사를 나눌 수도 있었던 그 사람의 이야기만 나온다. 내가 읽은 글은 수십 년 전 그의 글인데, 거기에 비친 모습은 영락없이 내 모습이니 이상하지 않은가? 이것은 그의 생각과 지금의 내 생각이 같은 데서 오는 동류의식만을 말하지 않는다. 내 생각은 내 얼굴이 변하듯 수시로 변하는데, 어째서 그의 글은 변하지 않는가? 이때 변하지 않는다는 말은 단순히 그 글이 지닌 바 의미가 퇴색되지 않는다는 뜻이 아니다. 그의 글에서 변하지 않는 요소란, 언제 어떤 상황에서 읽어도 가슴을 뛰게 하고, 태초의 그 감동을 그대로 지녀 있다는 바로 그 점일 뿐이다. 언제 읽어도 새로운 글, 읽으면 읽을수록 낯설어지는 글, 그는 어떻게 그런 글을 쓸 수 있었을까?

홍길주는『연암집』을 읽고 느낀 감동을 담담한 어조 속에 뭉클하게 담아내었다. 그는 장광설로 연암 문장의 위대함을 찬양하는 대신, 거울에 비치는 자신의 얼굴을 화두 삼아 미묘하고 맛깔스럽게 자신의 느낌을 표현하고 있다.

연암! 내게 수십 년 전 내 모습을 기억할 필요를 느끼지 못하게 한 사람. 어제의 나는 이미 내가 아님을, 우리는 언제나 새롭게 시작해야 함을, 정말 위대한 정신은 시간 속에서 빛이 바래지 않음을 알려 준 이름.

미주: 원문 및 출처

1　박지원,「코끼리 이야기象記」:

將爲怪特譎詭恢奇鉅偉之觀, 先之宣武門內, 觀于象房可也. 余於皇城, 見象十六, 而皆鐵鎖繫足, 未見其行動. 今見兩象於熱河行宮西, 一身蠕動, 行如風雨.

余嘗曉行東海上, 見波上馬立者無數. 皆穹然如屋, 弗知是魚是獸, 欲俟日出, 暢見之, 日方浴海, 而波上馬立者, 已匿海中矣. 今見象於十步之外, 而猶作東海想.

其爲物也, 牛身驢尾, 駝膝虎蹄. 淺毛灰色, 仁形悲聲. 耳若垂雲, 眼如初月. 兩牙之大二圍, 其長丈餘. 鼻長於牙, 屈伸如蠖, 卷曲如蠐. 其端如蠶尾, 挾物如鑷, 卷而納之口.

或有認鼻爲喙者, 復覓象鼻所在, 蓋不意其鼻之至斯也. 或有謂象五脚者, 或謂象目如鼠, 蓋情窮於鼻牙之間, 就其通體之最少者, 有此比擬之不倫. 蓋象眼甚細, 如姦人獻媚, 其眼先笑. 然其仁性在眼.

康熙時, 南海子有二惡虎. 久而不能馴, 帝怒命驅虎, 納之象房. 象大恐, 一揮其鼻, 而兩虎立斃. 象非有意殺虎也, 惡生臭而揮鼻誤觸也.

噫! 世間事物之微, 僅若毫末, 莫非稱天, 天何嘗一一命之哉. 以形體謂之天, 以性情謂之乾, 以主宰謂之帝, 以妙用謂之神, 號名多方, 稱謂太褻. 乃以理氣爲爐鞴, 播賦爲造物, 是視天爲巧工, 而椎鑿斧斤, 不少間歇也.

故易曰: "天造草昧", 草昧者其色皂而其形也霾, 譬如將曉未曉之時, 人物莫辨, 吾未知天於皂霾之中所造者, 果何物也. 麵家磨麥, 細大精粗, 雜然撒地. 夫磨之功, 轉而已, 初何嘗有意於精粗哉?

然而說者曰: "角者不與之齒." 有若爲造物缺然者, 此妄也. 敢問: "齒與之者誰也?" 人將曰: "天與之." 復問曰: "天之所以與齒者, 將以何爲?" 人將曰: "天使之齧物也." 復問曰: "使之齧物, 何也?" 人將曰: "此天理也. 禽獸之無手也, 必令嘴喙, 俛而至地以求食. 故鶴脛旣高, 則不得不脛長, 然猶慮其或不至地, 則又長其嘴矣. 苟令鷄脚效鶴, 則餓死庭間."

余大笑曰: "子之所言理者, 乃牛馬鷄犬耳. 天與之齒者, 必令俛而齧物也. 今夫象也, 樹無用之牙, 將欲俛地, 牙已先距, 所謂齧物者, 不其自妨乎?" 或曰: "賴有鼻耳." 余曰: "與其牙長而賴鼻, 無寧去牙而短鼻?" 於是乎, 說者不能堅守初說, 稍屈所學.

是情量所及, 惟在乎馬牛鷄犬, 而不及於龍鳳龜麟也. 象遇虎, 則鼻擊而斃之, 其鼻也, 天下無敵也. 遇鼠, 則置鼻無地, 仰天而立. 將謂鼠嚴於虎, 則非向所謂理也.

夫象猶目見, 而其理之不可知者如此, 則又況天下之物, 萬倍於象者乎? 故聖人作易, 取象而著之者, 所以窮萬物之變也歟.

2 움베르토 에코, 이윤기 옮김, 『장미의 이름』 하, 열린책들, 1992, 483쪽.

3 박지원, 「능양시집 서문菱洋詩集序」:

達士無所怪, 俗人多所疑. 所謂少所見而多所怪也. 夫豈達士者, 逐物而目覩哉. 聞一則形十於目, 見十則設百於心, 千怪萬奇, 還寄於物, 而己無與焉. 故心閒有餘, 應酬無窮. 所見少者, 以鷺嗤烏, 以鳧危鶴. 物自無怪, 己迺生嗔, 一事不同, 都誣萬物.

噫! 瞻彼烏矣, 莫黑其羽. 忽暈乳金, 復耀石綠, 日映之而騰紫, 目閃閃而轉翠. 然則吾雖謂之蒼烏, 可也, 復謂之赤烏, 亦可也. 彼旣本無定色, 而我乃以目先定. 奚特定於其目? 不覩而先定於其心.

噫! 錮烏於黑足矣, 迺復以烏錮天下之衆色. 烏果黑矣, 誰復知所謂蒼赤乃色中之光耶? 謂黑爲闇者, 非但不識烏, 並黑而不知也. 何則? 水玄故能照, 漆黑故能鑑. 是故有色者莫不有光, 有形者莫不有態.

觀乎美人, 可以知詩矣. 彼低頭, 見其羞也; 支頤, 見其恨也; 獨立, 見其思也; 顰眉, 見其愁也; 有所待也, 見其立欄干下; 有所望也, 見其立芭蕉下. 若復責其立不如齋, 坐不如塑, 則是罵楊妃之病齒, 而禁樊姬之擁髻也, 譏蓮步之妖妙, 而叱掌舞之輕儇也.

余佞宗善字繼之, 工於詩, 不纏一法, 百體俱該, 蔚然爲東方大家. 視爲盛唐, 則忽焉漢魏, 而忽焉宋明. 纔謂宋明, 復有盛唐. 嗚呼! 世人之嗤烏危鶴, 亦已甚矣. 而繼之之圈, 烏忽紫忽翠. 世人之欲齋塑美人, 而掌舞蓮步, 日益輕妙, 擁髻病齒, 俱各有態. 無惑乎其嗔怒之日滋也. 世之達士少而俗人衆, 則黙而不言, 可也. 然言之不休, 何也? 噫! 燕岩老人書于烟湘閣.

4 박지원, 「낭환집 서문蜋丸集序」:

子務子惠出遊, 見瞽者衣錦. 子惠喟然歎曰: "嗟乎! 有諸己而莫之見也." 子務曰: "夫何與衣繡而夜行者?" 遂相與辨之於聽虛先生, 先生搖手曰: "吾不知, 吾不知."

昔黃政丞自公而歸, 其女迎謂曰: "大人知蝨乎? 蝨奚生? 生於衣歟?" 曰: "然." 女笑曰: "我固勝矣." 婦請曰: "蝨生於肌歟?" 曰: "是也." 婦笑曰: "舅氏是我." 夫人怒曰: "孰謂大監智訟而兩是?" 政丞莞爾而笑曰: "女與婦來. 夫蝨非肌不化, 非衣不傅. 故兩言皆是也. 雖然衣在籠中, 亦有蝨焉, 使汝裸裎, 猶將癢焉. 汗氣蒸蒸, 糊氣蟲蟲, 不離不襯, 衣膚之間."

林白湖將乘馬, 僕夫進曰: "夫子醉矣. 隻履鞾鞋." 白湖叱曰: "由道而右者,謂我履韄, 由道而左者, 謂我履鞋, 我何病哉!"

由是論之, 天下之易見者, 莫如足, 而所見者不同, 則韄鞋難辨矣. 故眞正之見, 固在於是非之中. 如汗之化蝨, 至微而難審. 衣膚之間, 自有其空, 不離不襯, 不右不左, 孰得其中?

蜣蜋自愛滾丸, 不羨驪龍之珠. 驪龍亦不以其珠, 笑彼蜋丸. 子珮聞而喜之曰: "是可以名吾詩." 遂名其集曰蜋丸, 屬余序之.

余謂子珮曰: "昔丁令威化鶴而歸, 人無知者. 斯豈非衣繡而夜行乎? 太玄大行, 而子雲不見, 斯豈非聾者之衣錦乎? 覽斯集, 一以爲龍珠, 則見子之鞋矣, 一以爲蜋丸, 則見子之韄矣. 人不知猶爲令威之羽毛, 不自見猶爲子雲之太玄. 珠丸之辨, 唯聽虛先生. 在吾何云乎?"

5 박지원, 「공작관문고 자서孔雀館文稿自序」:

文以寫意, 則止而已矣. 彼臨題操毫, 忽思古語, 强覓經旨, 假意謹嚴, 逐字矜莊, 譬如招工寫眞, 更容貌而前也. 目視不轉, 衣紋如拭, 失其常度, 雖良畵史, 難得其眞. 爲文者, 亦何異於是哉. 語不必大, 道分毫釐, 所可道也, 瓦礫何棄? 故檮杌惡獸, 楚史取名, 椎埋劇盜, 遷固是敍. 爲文者, 惟其眞而已矣.

以是觀之, 得失在我, 毁譽在人. 譬如耳鳴而鼻鼾. 小兒嬉庭, 其耳忽鳴, 啞然而喜, 潛謂隣兒曰: "爾聽此聲. 我耳其嚶. 奏鞞吹笙, 其團如星." 隣兒傾耳相接, 竟無所聽, 悶然叫號, 恨人之不知也.

嘗與鄕人宿, 鼾息磊磊, 如哇如嘯, 如嘆如嘘, 如吹火, 如鼎之沸, 如空車之頓轍, 引者鋸, 吼噴者豕狗, 被人提醒, 勃然而怒曰: "我無是矣."

嗟乎! 己所獨知者, 常患人之不知, 己所未悟者, 惡人先覺. 豈獨鼻耳有是病哉! 文章亦有甚焉耳. 耳鳴病也, 閔人之不知, 況其不病者乎! 鼻鼾非病也, 怒人之提醒, 況其病者乎! 故覽斯卷者, 不棄瓦礫, 則畵史之渲墨, 可得劇盜之突鬢. 毋聽耳鳴, 醒我鼻鼾, 則庶乎作者之意也.

6 박지원, 「하룻밤에 강을 아홉 번 건넌 이야기一夜九渡河記」:

河出兩山間, 觸石鬪狠, 其驚濤駭浪憤瀾怒波沄湍怨瀨, 犇衝卷倒, 嘶哮號喊, 常有摧破長城之勢. 戰車萬乘, 戰騎萬隊, 戰砲萬架, 戰鼓萬坐, 未足論其崩塌潰壓之聲. 沙上巨石, 屹然離立, 河堤柳樹, 窅冥鴻濛, 如水祇河神, 爭出驕人, 而左右蛟螭, 試其挐攫也. 或曰此古戰場故河鳴然也, 此非爲其然也. 河聲在聽之如何爾.

余家山中, 門前有大溪, 每夏月急雨一過, 溪水暴漲, 常聞車騎砲鼓之聲, 遂爲耳崇焉. 余嘗閉戶而臥, 比類而聽之. 深松發籟此聽雅也, 裂山崩崖此聽奮也, 群蛙爭吹此聽驕也, 萬筑迭響此聽怒也, 飛霆急雷此聽驚也, 茶沸文武此聽趣也, 琴諧宮羽此聽哀也, 紙牕風鳴此聽疑也. 皆聽不得其正, 特胸中所意設而耳爲之聲焉爾.

今吾夜中一河九渡. 河出塞外, 穿長城, 會楡河潮河黃花鎭川諸水, 經密雲城下爲白河. 余昨舟渡白河, 乃此下流. 余未入遼時, 方盛夏行烈陽中, 而忽有大河當前, 赤濤山立, 不見涯涘, 蓋千里外暴雨也.

渡水之際, 人皆仰首視天, 余意諸人者, 仰首黙禱于天. 久乃知渡水者, 視水洄駛洶蕩, 身若逆溯, 目若沿流, 輒致眩轉墮溺. 其仰首者非禱天也, 乃避水不見爾. 亦奚暇黙祈其須臾之命也哉.

其危如此而不聞河聲, 皆曰遼野平廣, 故水不怒鳴, 此非知河也. 遼河未嘗不鳴, 特未夜渡爾. 晝能視水故, 目專於危, 方惴揣焉, 反憂其有目, 得安有所聽乎? 今吾夜中渡河, 目不視危, 則危專於聽. 而耳方惴揣焉, 不勝其憂.

吾乃今知夫道矣. 冥心者, 耳目不爲之累, 信耳目者, 視聽彌審而彌爲之病焉. 今吾控夫足爲馬所踐, 則載之後車, 遂縱鞚浮河, 攣膝聚足於鞍上, 一墜則河也. 以河爲地, 以河爲衣, 以河爲身, 以河爲性情, 於是心判一墜, 吾耳中遂無河聲. 凡九渡無虞, 如坐臥起居於几席之上.

昔禹渡河, 黃龍負舟, 至危也. 然而死生之辨, 先明於心, 則龍與蝘蜓不足大小於前也. 聲與色外物也, 外物常爲累於耳目, 令人失其視聽之正, 如此. 而況人生涉世, 其險且危, 有甚於河, 而視與聽, 輒爲之病乎! 吾且歸吾之山中, 復聽前溪而驗之. 且以警巧於濟身, 而自信其聰明者.

7 박지원, 「환희기 후지幻戲記後識」:

是日鴻臚寺少卿趙光連, 聯倚觀幻. 余謂趙卿曰: "目不能辨是非察眞僞, 則雖謂之無目可也. 然常爲幻者所眩, 則是目未嘗非妄, 而視之明, 反爲之崇也." 趙卿曰: "雖有善幻, 難眩瞽者, 目果常乎哉." 余曰: "弊邦有徐花潭先生. 出遇泣于道者, 曰: '爾奚泣?' 對曰: '我三歲而盲, 今四十年矣. 前日, 行則寄視於足, 執則寄視於手, 聽聲音而辨誰某, 則寄視於耳, 嗅臭香而察何物, 則寄視於鼻. 人有兩目, 而吾手足鼻耳無非目也. 亦奚特手足鼻耳? 日之早晏, 晝以倦視, 物之形色, 夜以夢視, 無所障碍, 未嘗疑亂. 今行道中, 兩目忽淸, 瞖膜自開, 天地廖廓, 山川紛鬱, 萬物礙目. 群疑塞胸, 手足鼻耳, 顚倒錯謬, 皆失故常, 渺然忘家, 無以自還, 是以泣爾.' 先生曰: '爾問爾相, 相應自知.' 曰: '我眼旣明, 用相何地?' 先生曰: '還閉爾眼, 立地汝家.' 由是論之, 目之不可恃其明也如此. 今日觀幻, 非幻者能眩之, 實觀者自眩耳."

8 박지원, 「경지에게 답하다答京之」세 번째 편지:

足下讀太史公, 讀其書, 未嘗讀其心耳. 何也? 讀項羽, 思壁上觀戰; 讀刺客, 思漸離擊筑, 此老生陳談, 亦何異於廚下拾匙? 見小兒捕蝶, 可以得馬遷之心矣. 前股半跪, 後脚斜翹, 丫指以前, 手猶然疑, 蝶則去矣. 四顧無人, 哦然而笑, 將羞將怒, 此馬遷著書時也.

9 박지원,「소완정기素玩亭記」:

完山李洛瑞, 扁其貯書之室, 曰素玩. 而請記於余, 余詰之曰:"夫魚游水中, 目不見水者, 何也? 所見者皆水, 則猶無水也. 今洛瑞之書, 盈棟而充架, 前後左右, 無非書也, 猶魚之游水. 雖效專於董生, 助記於張君, 借誦於東方, 將無以自得矣, 其可乎?"

洛瑞驚曰:"然則將奈何?"余曰:"子未見夫索物者乎? 瞻前則失後, 顧左則遺右, 何則? 坐在室中, 身與物相掩, 眼與空相逼故爾. 莫若身處室外, 穴牖而窺之, 一目之專, 盡擧室中之物矣."洛瑞謝曰:"是夫子挈我以約也."

余又曰:"子旣已知約之道矣. 又吾敎子以不以目視之, 以心照之, 可乎? 夫日者太陽也. 衣被四海, 化育萬物. 濕照之而成燥, 闇受之而生明. 然而不能熱木而鎔金者, 何也? 光遍而精散故爾. 若夫收萬里之遍照, 聚片隙之容光, 承玻璃之圓珠, 規精光以如豆, 初亭毒而晶晶, 倏騰焰而熊熊者, 何也? 光專而不散, 精聚而爲一故爾."洛瑞謝曰:"是夫子警我以悟也."

余又曰:"夫散在天地之間者, 皆此書之精, 則固非逼礙之觀, 而所可求之於一室之中也. 故包犧氏之觀文也曰,'仰而觀乎天, 俯而察乎地.'孔子大其觀文而係之曰:'居則玩其辭.'夫玩者, 豈目視而審之哉? 口以味之, 則得其旨矣, 耳而聽之, 則得其音矣, 心以會之, 則得其精矣. 今子穴牖而專之於目, 承珠而悟之於心矣. 雖然, 室牖非虛, 則不能受明, 晶珠非虛, 則不能聚精. 夫明志之道, 固在於虛, 而受物澹而無私. 此其所以素玩也歟."洛瑞曰:"吾將付諸壁, 子其書之."遂爲之書.

10 박지원,「아무개에게 답하다答某」:

偶頌野性, 自況於麋, 所以近人則驚, 非敢自大也. 今承明敎, 自比於驥尾之蠅, 又何其小也? 苟足下求爲小也, 蠅猶大也. 不有蟻乎?

僕嘗登藥山, 俯其都邑, 其人物之若馳若鶩者, 撲地蠕蠕, 若屯垤之蟻, 可能一噓而散也. 然復使邑人而望吾, 則攀崖循巖, 捫蘿緣樹, 旣躋絶頂, 妄自高大者, 亦何異乎頭蝨之緣髮耶?

今乃大言自況曰麋, 何其愚也? 宜其見笑於大方之家也. 若復較其形之大小, 辨所見之遠近, 足下與僕, 皆妄也. 麋果大於蠅矣, 不有象乎? 蠅果小於麋矣, 若視諸蟻, 則象之於麋矣.

今夫象立如室屋, 行若風雨, 耳若垂雲, 眼如初月, 趾間有泥, 墳若邱壟, 蟻穴其中. 占雨出陣, 瞠雙眼而不見象, 何也? 所見者遠故耳. 象瞠一目而不見蟻, 此無他. 所見者近故耳. 若使稍大眼目者, 復自百里之遠而望之, 則窅窅玄玄, 都無所見矣. 安有所謂麋蠅蟻象之足辨哉.

11 박지원,「종북소선 자서鍾北小選自序」:

嗟乎! 庖犧氏歿, 其文章散久矣. 然而, 蟲鬚花蘂·石綠羽翠, 其文心不變; 鼎足壺腰·日環月弦, 字體猶全. 其風雲雷電·雨雪霜露, 與夫飛潛走躍, 笑啼鳴嘯, 而聲色情境, 至今自在.

故不讀易則不知畫, 不知畫則不知文矣. 何則? 庖犧氏作易, 不過仰觀俯察, 奇偶加倍, 如是而畫矣. 蒼頡氏造字, 亦不過曲情盡形, 轉借象義, 如是而文矣.

然則文有聲乎? 曰: 伊尹之大臣, 周公之叔父, 吾未聞其語也, 想其音則款款耳. 伯奇之孤子, 杞梁之寡妻, 吾未見其容也, 思其聲則懇懇耳. 文有色乎? 曰: 詩固有之.「衣錦褧衣, 裳錦褧裳.」「鬒髮如雲, 不屑髢也.」何如是情? 曰: 鳥啼花開, 水綠山靑. 何如是境? 曰: 遠水不波, 遠山不樹, 遠人不目. 其語在指, 其聽在拱.

故不識老臣之告幼主, 孤子寡婦之思慕者, 不可與論聲矣. 文而無詩思, 不可與知乎國風之色矣. 人無別離, 畫無遠意, 不可與論乎文章之情境矣. 不屑於蟲鬚花蘂者, 都無文心矣. 不味乎器用之象者, 雖謂之不識一字可也.

12 옥타비오 파스, 김홍근·김은중 편역,『활과 리라』, 솔출판사, 1998, 338쪽.

13 박지원,「경지에게 답하다答京之」두 번째 편지:

讀書精勤, 孰與庖犧? 其神精意態, 佈羅六合, 散在萬物, 是特不字不書之文耳. 後世號勤讀書者, 以麤心淺識, 蒿目於枯墨爛楮之間, 討掇其蟬溺鼠渤, 是所謂哺糟醨而醉欲死. 豈不哀哉! 彼空裡飛鳴, 何等生意? 而寂寞以一鳥字抹摋, 沒却彩色, 遺落容聲, 奚異乎赴社邨翁杖頭之物耶? 或復嫌其道常, 思變輕淸, 換箇禽字, 此讀書作文者之過也. 朝起, 綠樹蔭庭, 時鳥鳴嚶. 擧扇拍案胡叫曰:"是吾飛去飛來之字, 相鳴相和之書. 五朶之謂文章, 則文章莫過於此. 今日僕讀書矣."

14 박종채, 김윤조 역주,『역주 과정록』, 태학사, 1997, 63쪽.

15 박지원,「불이당기不移堂記」:

士涵自號竹園翁, 而扁其所居之堂曰不移, 請余序之. 余嘗登其軒, 而涉其園, 則不見一挺之竹. 余顧而笑曰:"是所謂無何鄕烏有先生之家耶? 名者實之賓, 吾將爲實乎?"士涵憮然爲間曰:"聊自寓意耳."

余笑曰:"無傷也. 吾將爲子實之也. 曩李學士功甫, 閒居爲梅花詩, 得沈董玄墨梅以弁軸. 因笑謂余曰:'甚矣! 沈之爲畫也. 能肖物而已矣.' 余惑之曰:'爲畫而肖, 良工也. 學士何笑爲?'

曰:'有之矣. 吾初與李元靈遊, 嘗遺絹一本, 請畫孔明廟柏. 元靈良久, 以古篆書雪賦以還. 吾得篆且喜, 益促其畫, 元靈笑曰:「子未喩耶? 昔已往矣.」余驚曰:「昔者來, 乃篆書雪賦耳. 子豈忘之耶?」元靈笑曰:「柏在其中矣. 夫風霜刻厲, 而其有能不變者耶? 子欲見柏, 則求之於雪矣.」余乃笑應曰:「求畫而爲篆,見雪而思不變, 則於柏遠矣. 子之爲道也, 不已離乎?」

旣而, 余言事得罪, 圍籬黑山島中, 嘗一日一夜, 疾馳七百里, 道路傳言, 金吾郞且至, 有後命. 僮僕驚怖啼泣. 時天寒雨雪, 其落木崩崖, 嵯砑虧蔽, 一望無垠. 而岩前老樹倒垂枝, 若枯竹. 余方立馬披蓑, 遙指稱奇曰:「此豈元靈古篆樹耶?」

旣在籬中, 瘴霧昏昏, 蝮蛇蜈蚣, 糾結枕茵, 爲害不測. 一夜大風振海, 如作霹靂, 從人皆奪魄嘔眩. 余作歌曰:「南海珊瑚折奈何, 秖恐今宵玉樓寒.」

元靈書報,「近得珊瑚曲, 婉而不傷, 無怨悔之意, 庶幾其能處患也. 曩時足下嘗求畫柏, 而足下亦可謂善爲畫耳. 足下去後, 柏數十本, 留在京師, 皆曺史輩, 禿筆傳寫. 然其勁榦直氣, 凜然不可犯. 而枝葉扶疎, 何其盛也?」余不覺失笑曰:「元靈可謂沒骨圖.」由是觀之, 善畫不在骨其物而已.' 余亦笑.

旣而, 學士歿, 余爲編其詩文, 得其在謫中所與兄書, 以爲'近接某人書, 欲爲吾求解於當塗者, 何待我薄也. 雖腐死海中, 吾不爲也.' 吾持書傷歎曰: '李學士眞雪中柏耳. 士窮然後見素志. 患害憸厄, 而不改其操, 高孤特立, 而不屈其志者, 豈非可見於歲寒者耶?'」

今吾士涵, 性愛竹. 嗚呼, 士涵其眞知竹者耶? 歲寒然後, 吾且登君之軒, 而涉君之園, 看竹於雪中, 可乎?

2부 같지만 달라야─옛것 사용법

1 박지원,「녹천관집 서문綠天館集序」:
倣古爲文, 如鏡之照形, 可謂似也歟? 曰左右相反, 惡得而似也; 如水之寫形, 可謂似也歟? 曰本末倒見, 惡得而似也; 如影之隨形, 可謂似也歟? 曰午陽則侏儒僬僥, 斜日則龍伯防風, 惡得而似也; 如畫之描形, 可謂似也歟? 曰行者不動, 語者無聲, 惡得而似也.

曰然則終不可得而似歟? 曰夫何求乎似也? 求似者, 非眞. 天下之所謂相同者, 必稱酷肖, 難辨者, 亦曰逼眞. 夫語眞語肖之際, 假與異, 在其中矣. 故天下有難解而可學, 絶異而相似者. 鞮象寄譯, 可以通意, 篆籒隷楷, 皆能成文. 何則? 所異者形, 所同者心故耳. 繇是觀之, 心似者, 志意也, 形似者, 皮毛也.

李氏子洛瑞, 年十六, 從不佞學, 有年矣. 心靈夙開, 慧識如珠. 嘗携其綠天之稿, 質于不佞曰: "嗟乎! 余之爲文, 纔數歲矣, 其犯人之怒多矣. 片言稍新, 隻字涉奇, 則輒問古有是否, 否則怫然於色曰: '安敢乃爾?' 噫! 於古有之, 我何更爲? 願夫子有以定之也." 不佞攢手加額, 三拜以跪曰: "此言甚正. 可興絶學. 蒼頡造字, 倣於何古, 顏淵好學, 獨無著書, 苟使好古者, 思蒼頡造字之時, 著顏子未發之旨, 文始正矣. 吾子年少, 耳逢人之怒, 敬而謝之曰: '不能博學, 未攷於古矣.'

462

問猶不止, 怒猶未解, 曉曉然答曰: ‘殷誥周雅, 三代之時文, 丞相右軍, 秦晋之俗筆.’”

2 박지원,「창애에게 답하다答蒼厓」세 번째 편지:

里中孺子, 爲授千字文, 呵其厭讀, 曰: “視天蒼蒼, 天字不碧, 是以厭耳.” 此我聰明, 餒煞蒼頡.

3 박지원,「창애에게 답하다答蒼厓」첫 번째 편지:

寄示文編, 漱口洗手, 莊讀以跪曰: “文章儘奇矣. 然名物多借, 引據未襯, 是爲圭瑕.” 請爲老兄復之也.

文章有道, 如訟者之有證, 如販夫之唱貨. 雖辭理明直, 若無他證, 何以取勝? 故爲文者, 雜引經傳, 以明己意. 聖作而賢述, 信莫信焉, 其猶曰: “康誥曰: ‘明明德.’” 其猶曰: “帝典曰: ‘克明峻德.’”

官號地名, 不可相借, 擔柴而唱鹽, 雖終日行道, 不販一薪. 苟使皇居帝都, 皆稱長安, 歷代三公, 盡號丞相, 名實混淆, 還爲俚穢. 是卽驚座之陳公, 效顰之西施. 故爲文者, 穢不諱名, 俚不沒迹. 孟子曰: “姓所同也, 名所獨也.” 亦唯曰: “字所同而文所獨也.”

4 박지원,「창애에게 답하다答蒼厓」네 번째 편지:

昨日令胤來, 問爲文. 告之曰: “非禮勿視, 非禮勿聽, 非禮勿動, 非禮勿言.” 頗不悅而去. 不審, 定省之際, 言告否.

5 박지원,「영처고 서문嬰處稿序」:

子佩曰: “陋哉! 懋官之爲詩也. 學古人而不見其似也. 曾毫髮之不類, 詎髣髴乎音聲? 安野人之鄙鄙, 樂時俗之瑣瑣, 乃今之詩也, 非古之詩也.”

余聞而大喜曰: “此可以觀. 由古視今, 今誠卑矣. 古人自視, 未必自古. 當時觀者, 亦一今耳. 故日月滔滔, 風謠屢變, 朝而飲酒者, 夕去其帷, 千秋萬世, 從此以古矣. 然則今者對古之謂也, 似者方彼之辭也. 夫云似也似也, 彼則彼也. 方則非彼也, 吾未見其爲彼也. 紙旣白矣, 墨不可以從白, 像雖肖矣, 畫不可以爲語.

雩祀壇之下, 桃渚之術, 靑蒙之廟, 貌之渥丹而鬚, 儼然關公也. 士女患瘧, 納其牀下, 慴神褫魄, 遁寒崇也. 孺子不嚴, 瀆冒威尊, 爬瞳不瞬, 觸鼻不嚔, 塊然泥塑也. 由是觀之, 外舐水匏, 全吞胡椒者, 不可與語味也, 羨隣人之貂裘, 借衣於盛夏者, 不可與語時也. 假像衣冠, 不足以欺孺子之眞率矣.

夫愍時病俗者, 莫如屈原, 而楚俗尙鬼, 九歌是歌. 按秦之舊, 帝其土宇, 都其城邑, 民其黔首, 三章之約, 不襲其法. 今懋官朝鮮人也. 山川風氣, 地異中華, 言語謠俗, 世非漢唐. 若乃效法於中華, 襲體於漢唐, 則吾徒見其法益高而意實卑, 體益似而言益僞耳.

左海雖僻, 國亦千乘, 羅麗雖儉, 民多美俗, 則字其方言, 韻其民謠, 自然成章, 眞機發現. 不事沿襲, 無相假貸, 從容現在, 卽事森羅. 惟此詩爲然.

嗚呼! 三百之篇, 無非鳥獸草木之名, 不過閭巷男女之語. 則邶檜之間, 地不同風, 江漢之上, 民各其俗, 故采詩者以爲列國之風, 攷其性情, 驗其謠俗也. 復何疑乎此詩之不古耶? 若使聖人者, 作於諸夏, 而觀風於列國也, 攷諸嬰處之稿, 而三韓之鳥獸草木, 多識其名矣; 貊男濟婦之性情, 可以觀矣, 雖謂朝鮮之風, 可也."

6 이지李贄,「동심설童心說」:

龍洞山農敍西廂, 末語云:"知者勿謂我尙有童心可也."夫童心者, 眞心也. 若以童心爲不可, 是以眞心爲不可也. 夫童心者, 絶假純眞, 最初一念之本心也. 若失却童心, 便失却眞心; 失却眞心, 便失却眞人. 人而非眞, 全不復有初矣.

童子者, 人之初也; 童心者, 心之初也. 夫心之初, 曷可失也, 然童心胡然而遽失也? 蓋方其始也, 有聞見從耳目而入, 而以爲主于其內而童心失. 其長也, 有道理從聞見而入, 而以爲主于其內而童心失. 其久也, 道理聞見日以益多, 則所知所覺日以益廣, 于是焉又知美名之可好也, 而務欲以揚之而童心失; 知不美之名之可醜也, 而務欲以掩之而童心失.

夫道理聞見, 皆自多讀書識義理而來也. 古之聖人, 曷嘗不讀書哉! 然縱不讀書, 童心固自在也, 縱多讀書, 亦以護此童心而使之勿失焉耳, 非若學者反以多讀書識義理而反障之也. 夫學者旣以多讀書識義理障其童心矣, 聖人又何用多著書立言以障學人爲耶? 童心旣障, 于是發而爲言語, 則言語不由衷; 見而爲政事, 則政事無根柢; 著而爲文辭, 則文辭不能達. 非內含以章美也, 非篤實生輝光也, 欲求一句有德之言, 卒不可得. 所以者何? 以童心旣障, 而以從外入者聞見道理爲之心也.

夫旣以聞見道理爲心矣, 則所言者皆聞見道理之言, 非童心自出之言也. 言雖工, 于我何與? 豈非以假人言假言, 而事假事, 文假文乎? 蓋其人旣假, 則無所不假矣. 由是而以假言與假人言, 則假人喜; 以假事與假人道, 則假人喜; 以假文與假人談, 則假人喜. 無所不假, 則無所不喜. 滿場是假, 矮人何辯也?

然則雖有天下之至文, 其湮滅於假人而不盡見於後世者, 又豈少哉! 何也? 天下之至文, 未有不出于童心焉者也. 苟童心常存, 則道理不行, 聞見不立, 無時不文, 無人不文, 無一樣創制體格文字而非文者. 詩何必古選, 文何必先秦. 降而爲六朝, 變而爲近體, 又變而爲傳奇; 變而爲院本, 爲雜劇, 爲西廂曲, 爲水滸傳, 爲今之擧子業, 大賢言聖人之道皆古今至文, 不可得而時勢先後論也. 故吾因是而有感于童心者之自文也, 更說甚麼六經, 更說甚麼語孟乎?

夫六經語孟, 非其史官過爲褒崇之詞, 則其臣子極爲贊美之語. 又不然, 則其迂闊門徒, 懵懂弟子, 記憶師說, 有頭無尾, 得後遺前, 隨其所見, 筆之於書. 後

學不察, 便謂出自聖人之口也, 決定目之爲經矣, 孰知其大半非聖人之言乎? 縱
出自聖人, 要亦有爲而發, 不過因病發藥, 隨時處方, 以救此一等懵懂弟子, 迂闊
門徒云耳. 藥醫假病, 方難定執, 是豈可遽以爲萬世之至論乎? 然則六經語孟, 乃
道學之口實, 假人之淵藪也, 斷斷乎其不可以語於童心之言明矣. 嗚呼! 吾又安
得眞正大聖人童心未曾失者, 而與之一言文哉!

7 박종채, 김윤조 역주, 『역주 과정록』, 279쪽.

8 박지원, 「자소집 서문自笑集序」:

嗟乎! 禮失而求諸野, 其信矣乎. 今天下薙髮左袵, 則不識漢官之威儀者, 已
百有餘年矣. 獨於演戲之場, 像其烏帽團領玉帶象笏, 以爲戲笑. 嗟乎! 中原之遺
老盡矣, 其有不掩面而不忍視之者歟. 亦有樂觀諸此, 而想像其遺制也歟.

歲价之入燕也, 與吳人語, 吳人曰: "吾鄕有剃頭店, 榜之曰盛世樂事." 因相
視大噱, 已而潸然欲涕云. 吾聞而悲之曰: "習久則成性, 俗之習矣, 其可變乎哉?
東方婦人之服, 頗與此事相類. 舊制有帶, 而皆闊袖長裙, 及勝國末, 多尙元公
主, 宮中髻服, 皆蒙古胡制, 于時士大夫爭慕宮樣, 遂以成風, 至今三四百載, 不
變其制. 衫纔覆肩, 袖窄如纏, 妖佻猖披, 足爲寒心. 而列邑妓服, 反存雅制. 束釵
爲髻, 圓衫有純. 今觀其廣袖容與, 長紳委蛇, 褎然可喜. 今雖有知禮之家, 欲變
其妖佻之習, 以復其舊制, 而俗習久矣. 廣袖長紳, 爲其似妓服也. 則其有不決
裂, 而罵其夫子者耶?

李君弘載, 自其弱冠, 學於不佞. 及旣長, 肄漢譯, 乃其家世舌官. 余不復勉其
文學. 李君旣肄其業, 冠帶仕本院. 余亦意謂李君前所讀書, 頗聰明, 能知文章之
道, 今幾盡忘之, 乾沒可歎. 一日李君稱其所自爲者, 而題之曰自笑集, 以示余.
論辨若序記書說百餘篇, 皆宏博辯肆, 勒成一家. 余初訝之曰: "棄其本業而從事
乎無用, 何哉?" 李君謝曰: "是乃本業, 而果有用. 則蓋其事大交隣之際, 莫善乎
辭令, 莫嫺乎掌故, 故本院之士, 其日夜所肄者, 皆古文辭. 而命題試才, 皆取乎
此."

余於是改容而歎曰: "士大夫生而幼能讀書, 長而學功令, 習爲騈儷藻繪之
文. 旣得之也, 則爲弁髦筌蹄, 其未得之也, 則白頭碌碌, 豈復知有所謂古文辭
哉. 鞮象之業, 士大夫之所鄙夷也. 吾恐千載之間, 反以著書立言之實, 視爲胥役
之末技, 則其不爲戲場之烏帽邑妓之長裙者, 幾希矣."

吾故爲之懼焉, 特書此集而序之曰: "嗟乎! 禮失而求諸野, 欲觀中原之遺
制, 當於戲子而求之矣, 欲求女服之古雅, 當於邑妓而觀之矣, 欲知文章之盛, 則
吾實慚於鞮象之賤士."

9 박지원, 「초정집 서문楚亭集序」:

爲文章如之何? 論者曰: "必法古." 世遂有擬摹倣像, 而不之恥者. 是王莽之

周官, 足以制禮樂; 陽貨之貌類, 可爲萬世師耳, 法古寧可爲也. 然則, 創新可乎? 世遂有怪誕淫僻, 而不知懼者, 是三丈之木, 賢於關石, 而延年之聲, 可登淸廟矣. 創新寧可爲也. 夫然則如之何, 其可也? 吾將奈何! 無其已乎! 噫! 法古者病泥跡, 創新者患不經, 苟能法古而知變, 創新而能典, 今之文猶古之文也.

古之人, 有善讀書者, 公明宣是已. 古之人, 有善爲文者, 淮陰侯是已. 何者? 公明宣學於曾子三年, 不讀書, 曾子問之, 對曰: "宣見夫子之居庭, 見夫子應賓客, 見夫子之居朝廷也, 學而未能, 宣安敢不學而處夫子之門乎?" 背水置陣, 不見於法, 諸將之不服, 固也. 乃淮陰侯則曰: "此在兵法, 顧諸君不察. 兵法不曰: '置之死地而後生'乎?" 故不學以爲善學, 魯男子之獨居也; 增竈述於減竈, 虞升卿之知變也.

由是觀之, 天地雖久, 不斷生生; 日月雖久, 光輝日新; 載籍雖博, 旨意各殊. 故飛潛走躍, 或未著名; 山川草木, 必有秘靈. 朽壤蒸芝, 腐草化螢, 禮有訟, 樂有議, 書不盡言, 圖不盡意. 仁者見之謂之仁, 智者見之謂之智, 故俟百世聖人而不惑者, 前聖志也; 舜禹復起, 不易吾言者, 後賢述也. 禹稷顔回, 其揆一也, 隘與不恭, 君子不由也.

朴氏子齊雲, 年二十三, 能文章, 號曰楚亭, 從余學有年矣. 其爲文, 慕先秦兩漢之作, 而不泥於跡. 然陳言之務祛, 則或失于無稽; 立論之過高, 則或近乎不經, 此有則諸家於法古創新, 互相訾謷, 而俱不得其正, 同之幷墮于季世之瑣屑, 無裨乎翼道, 而徒歸于病俗而傷化也. 吾是之懼焉. 與其創新而巧也, 無寧法古而陋也. 吾今讀其楚亭集, 而並論公明宣魯男子之篤學, 以見夫淮陰虞詡之出奇, 無不學古之法而善變者也. 夜與楚亭, 言如此, 遂書其卷首而勉之.

10 박지원,「騷壇 西門旬稗序」:

小川菴雜記域內風謠民彝方言俗技, 至於紙鳶有譜, 竹謎著解. 曲巷窮閭, 爛情熟態, 倚門鼓刀, 肩媚掌謷, 靡不蒐載, 各有條貫. 口舌之所難辨, 而筆則形之; 志意之所未到, 而開卷輒有. 凡鷄鳴狗嘷, 虫翹蠡蠢, 盡得其容聲. 於是配以十干, 名爲旬稗.

一日袖以示余曰: "此吾童子時手戲也. 子獨不見食之有粔籹乎? 粉米漬酒, 截以蚕大, 煖熩焙之, 煮油漲之, 其形如繭. 非不潔且美也, 其中空空, 啖而難飽, 其質易碎, 吹則雪飛. 故凡物之外美而中空者, 謂之粔籹. 今夫榛栗稻秔, 卽人所賤. 然實美而眞飽, 則可以事上帝, 亦可以賛盛賓. 夫文章之道, 亦如是, 而人以其榛栗稻秔, 而鄙夷之. 則子盍爲我辨之?"

余旣卒業而復之曰: "莊周之化蝶, 不得不信, 李廣之射石, 終涉可疑. 何則? 夢寐難見, 卽事易驗也. 今吾子察言於鄙邇, 摭事於側陋, 愚夫愚婦, 淺笑常茶, 無非卽事, 則目酸耳飫, 城朝庸奴, 固其然也. 雖然宿醬換器, 口齒生新, 恒情殊境, 心目俱遷.

覽斯卷者, 不必問小川菴之爲何人, 風謠之何方, 方可以得之. 於是焉, 聯讀成韻, 則性情可論, 接譜爲畵, 則鬚眉可徵, 睟睞道人嘗論: '夕陽片帆, 乍隱蘆葦, 舟人漁子, 雖皆拳鬚突鬢, 遵渚而望, 甚疑其高士陸魯望先生.' 嗟呼! 道人先獲矣. 子於道人師之也, 往徵也哉!"

11 박지원, 「영대정잉묵 자서映帶亭賸墨自序」:

[缺六十字] 所謂右謹陳, 誠俚且穢. 獨不知世間操觚者何限, 印板總是餖飣餕餘, 則何傷於公格之頭辭, 發語之例套乎? 堯典之'曰若稽古', 佛經之'如是我聞', 迺今時之右謹陳爾.

獨其聽禽春林, 聲聲各異, 閱寶海市, 件件皆新. 荷珠自圓, 楚璞不劚, 則此尺牘家之祖述論語, 泝源風雅, 其辭令則子産叔向, 掌故則新序世說, 其核實剴切, 不獨長策之賈傅, 執事之宣公爾. 彼一號古文辭, 則但知序記之爲宗, 架鑿虛謡, 挐挹浮濫. 指斥此等爲小家妙品, 明牕淨几, 睡餘支枕.

夫敬以禮立, 而嚴威儼恪, 非所以事親也. 若復廣張衣袖, 如見大賓, 略敍寒暄, 更無一語, 敬則敬矣, 知禮則未也. 安在其婾色怡聲, 左右無方也? 故曰: "莞爾而笑, 前言戲耳." 夫子之善謔. "女曰鷄鳴, 士曰昧朝." 詩人之尺牘爾.

偶閱巾笥, 時當寒天, 方塗窓眼, 舊與知舊書疏, 得其副墨賸毫, 共五十餘則. 或字如蠅頭, 或紙如蝶翅, 或覆瓿則有餘, 或糊籠則不足. 於是抄寫一卷, 藏弆于放瓊閣之東樓. 歲壬辰孟冬上瀚. 燕巖居士書.

12 박지원, 「중일에게 주다與中一」 세 번째 편지:

孺子謠曰: "揮斧擊空, 不如持鍼擬瞳." 且里諺有之: "无交三公, 淑愼爾躬." 足下其志之. 寧爲弱固, 不可勇脆. 而況外勢之不可恃者乎?

13 박지원, 「창애에게 답하다答蒼厓」 아홉 번째 편지:

鄭翁飮逾豪而筆逾健. 其大點如毬, 墨沫飛落左頰. 南字右脚, 過紙歷席, 擲筆笑, 悠然向龍湖去. 今不可尋矣.

14 박지원, 「중옥에게 답하다答仲玉」 첫 번째 편지:

附耳之言勿聽焉, 戒洩之談勿言焉. 猶恐人知, 奈何言之, 奈何聽之? 旣言而復戒, 是疑人也, 疑人而言之, 是不智也.

15 박지원, 「소단적치 인騷壇赤幟引」:

善爲文者, 其知兵乎? 字譬則士也; 意譬則將也; 題目者, 敵國也; 掌故者, 戰場墟壘也; 束字爲句, 團句成章, 猶隊伍行陣也; 韻以聲之, 詞以耀之, 猶金鼓旌旗也; 照應者, 烽埈也; 譬喩者, 遊騎也; 抑揚反復者, 鏖戰撕殺也; 破題而結束者, 先登而擒敵也; 貴含蓄者, 不禽二毛也; 有餘音者, 振旅而凱旋也.

夫長平之卒, 其勇怮非異於昔時也, 弓矛戈鋋, 其利鈍非變於前日也, 然而廉頗將之, 則足以制勝, 趙括代之, 則足以自坑. 故善爲兵者, 無可棄之卒, 善爲文者, 無可擇之字. 苟得其將, 則鉏櫌棘矜, 盡化勁悍, 而裂幅揭竿, 頓新精彩矣. 苟得其理, 則家人常談, 猶列學官, 而童謳里諺, 亦屬爾雅矣. 故文之不工, 非字之罪也.

彼評字句之雅俗, 論篇章之高下者, 皆不識合變之機, 而制勝之權者也. 譬如不勇之將, 心無定策, 猝然臨題, 屹如堅城, 眼前之筆墨, 先挫於山上之草木, 而胸裏之記誦, 已化爲沙中之猿鶴矣. 故爲文者, 其患常在乎自迷蹊逕, 未得要領.

夫蹊逕之不明, 則一字難下, 而常病其遲澁; 要領之未得, 則周匝雖密, 而猶患其疏漏, 譬如陰陵失道, 而名騅不逝, 剛車重圍, 而六騾已遁矣. 苟能單辭而挈領, 如雪夜之入蔡, 片言而抽緊, 如三鼓而奪關. 則爲文之道, 如此而至矣.

友人李仲存, 集東人古今科軆, 彙爲十卷, 名之曰騷壇赤幟. 嗚呼! 此皆得勝之兵, 而百戰之餘也. 雖其軆格不同, 精粗雜進, 而各有勝籌, 攻無堅城. 其銛鋒利刃, 森如武庫, 趨時制敵, 動合兵機. 繼此而爲文者, 率此道也, 定遠之飛食, 燕然之勒銘, 其在是歟, 其在是歟! 雖然房琯之車戰, 效跡於前人而敗, 虞詡之增竈, 反機於古法而勝, 則所以合變之權, 其又在時, 而不在法也.

3부 나는 누군가? 여기는 어딘가? ─ 집착을 버려 나를 찾다

1 박지원,「염재기念齋記」:

宋旭醉宿, 朝日乃醒. 臥而聽之, 鳶嘶鵲吠, 車馬喧囂, 杵鳴籬下, 滌器廚中. 老幼叫笑, 婢僕叱咳. 凡戶外之事, 莫不辨之, 獨無其聲.

乃語矇矓曰: "家人俱在, 我何獨無?" 周目而視, 上衣在楎, 下衣在椸, 笠掛其壁, 帶懸椸頭. 書帙在案, 琴橫瑟立, 蛛絲縈樑, 蒼蠅附牖. 凡室中之物, 莫不俱在, 獨不自見.

急起而立, 視其寢處, 南枕自席, 衾見其裡. 於是謂旭發狂, 裸體而去, 甚悲憐之, 且罵且笑, 遂抱其衣冠, 欲往衣之, 遍求諸道, 不見宋旭.

遂占之東郭之瞽者, 瞽者占之曰: "西山大師, 斷纓散珠, 招彼訓狐, 爰計算之." 圓者善走, 遇閾則止. 囊錢而賀曰: "主人出遊, 客無旅依. 遺九存一, 七日乃歸. 此辭大吉, 當占上科."

旭大喜, 每設科試士, 旭必儒巾而赴之, 輒自批其券, 大書高等. 故漢陽諺, 事之必無成者, 稱宋旭應試. 君子聞之曰: "狂則狂矣, 士乎哉. 是赴擧而不志乎擧者也."

季雨性疎宕, 嗜飮豪歌, 自號酒聖. 視世之色莊而內荏者, 若浼而哇之. 余戲之曰: "醉而稱聖, 諱狂也. 若乃不醉而罔念, 則不幾近於大狂乎?"季雨愀然爲間曰: "子之言是也."遂名其堂曰念齋, 屬余記之. 遂書宋旭之事以勉之. 夫旭狂者也. 亦以自勉焉.

2 프란츠 카프카, 이주동 옮김, 『변신』, 솔출판사, 1997, 109쪽.

3 박지원, 「북쪽 이웃의 과거 합격을 축하하며賀北隣科」:

凡言僥倖, 謂之萬一. 昨日擧人, 不下數萬, 而唱名纔二十. 則可謂萬分之一. 入門時, 相蹂躪, 死傷無數, 兄弟相呼喚搜索, 及相得握手, 如逢再生之人. 其去死也, 可謂十分之九. 今足下能免十九之死, 而乃得萬一之名. 僕於衆中, 未及賀萬分之一榮擢, 而暗慶其不復入十分九之危場也. 宜卽躬賀, 而僕亦十分九之餘也, 見方委臥呻楚, 容候少間.

4 박종채, 김윤조 역주, 『역주 과정록』, 31, 37쪽.

5 박지원, 「관재기觀齋記」:

歲乙酉秋, 余溯自八潭, 入摩訶衍, 訪緇俊大師. 師指連坎中, 目視鼻端. 有小童子, 撥爐點香, 團如綰髮, 鬱如蒸芝, 不扶而直, 無風自波, 蹲蹲婀娜, 如將不勝.

童子忽妙悟發, 笑曰: "功德旣滿, 動轉歸風. 成我浮圖, 一粒起虹." 師展眼曰: "小子汝聞其香, 我觀其灰. 汝喜其烟, 我觀其空. 動靜旣寂, 功德何施?"童子曰: "敢問何謂也?"師曰: "汝試嗅其灰, 誰復聞者? 汝觀其空, 誰復有者?"

童子涕泣漣如, 曰: "昔者夫子摩我頂, 律我五戒, 施我法名. 今夫子言之, 名則非我, 我則是空, 空則無形, 名將焉施? 請還其名."師曰: "汝順受而遣之. 我觀世六十年, 物無留者, 滔滔皆往. 日月其逝, 不停其輪. 明日之日, 非今日也. 故迎者逆也, 挽者勉也. 遣者順也, 汝無心留, 汝無氣滯. 順之以命, 命以觀我, 遣之以理, 理以觀物, 流水在指, 白雲起矣."

余時支頤, 旁坐聽之, 固茫然也. 伯五名其軒曰觀齋, 屬余序之. 夫伯五豈有聞乎俊師之說者耶. 遂書其言, 以爲之記.

6 박지원, 「경지에게 답하다答京之」 첫 번째 편지:

別語闌闌, 所謂送君千里, 終當一別, 奈何奈何. 只有一端弱緖, 飄褭纏綿, 如空裡幻花. 來卻無從, 去復婀娜耳.

頃坐百華菴, 菴主處華, 聞遠邨風砧, 傳偈其比丘靈托曰: "捯捯磕磕, 落得誰先?"托拱手曰: "不先不後, 聽是那際?"

昨日足下, 猶於亭上, 循欄徘徊, 僕亦立馬橋頭, 其間相去, 已爲里許. 不知兩相望處, 還是那際.

7 박지원, 「창애에게 답하다答蒼厓」 다섯 번째 편지:

暮登龍首山, 候足下, 不至. 江水東來, 不見其去. 夜深泛月, 而歸亭下. 老樹白而人立, 又疑足下先在其間也.

8 박지원, 「주공탑명塵公塔銘」:

釋塵公示寂六日, 茶毗于寂照菴之東臺, 距溫宿泉檜樹下不十武. 夜常有光, 蟲背之綠也, 魚鱗之白也, 柳木朽之玄也. 大比邱玄郞率衆繞場, 齋戒震悚, 誓心功德. 越四夜, 迺得師腦珠三枚, 將修浮圖, 俱書與幣, 請銘於余.

余雅不解浮圖語, 旣勤其請, 迺嘗試問之曰:"郞! 我疇昔而病, 服地黃湯, 漉汁注器, 泡沫細漲, 金粟銀星, 魚呴蜂房. 印我膚髮, 如瞳栖佛, 各各現相, 如如含性. 熱退泡止, 吸盡器空, 昔者惺惺, 誰證爾公."郞叩頭曰:"以我證我, 無關彼相."余大笑曰:"以心觀心, 心其有幾?"

乃爲係詩曰:"九月天雨霜, 萬樹皆枯落. 瞥見上頭枝, 一果隱蠹葉. 上丹下黃靑, 核露蟲半蝕. 群童仰面立, 攢手爭欲摘. 擲礫遠難中, 續竿高未及. 忽被風搖落, 遍林索不得. 兒來繞樹啼, 空罵烏與鵲. 我乃比諸兒, 爾目應生木. 爾旣失之仰, 不知俯而拾. 果落必在地, 脚底應踐踏. 何必求諸空, 實理猶存核. 謂核仁與子, 爲生生不息. 以心若傳心, 去證塵公塔."

9 박지원, 「유씨도서보 서문柳氏圖書譜序」:

連玉善刻章. 握石承膝, 側肩垂頤, 目之所瞬, 口之所吹, 蠶飮其墨, 不絶如絲. 聚吻進刀, 用力以眉, 旣而捧腰, 仰天而欷.

懋官過而勞之曰:"子之攻堅也, 將以何爲?"連玉曰:"夫天下之物, 各有其主. 有主則有信, 故十室之邑, 百夫之長, 亦有符信. 無主乃散, 無信乃亂. 我得暈石, 膚理膩沃, 方武一寸, 瑩然如玉. 獅蹲其鈕, 鞠乳獰吼. 鎭我文房, 綏厥四友. 我祖軒轅, 氏柳名璉. 文明爾雅, 鼎鼓鳥雲, 印我書秩, 遺我子孫, 無憂散佚, 百弓其全."

懋官笑曰:"子以和氏之璧, 爲何如也?"曰:"天下之至寶也."曰:"然. 昔秦皇帝旣兼六國, 破璞爲璋. 上蟠蒼虯, 旁屈絳螭, 以爲天子之信. 四海之鎭, 使蒙恬築萬里之城以守之. 其言豈不曰: '二世三世至于萬世, 傳之無窮'乎?"連玉俛首寂然, 推墮其幼子於膝曰:"安得使而公頭白者乎?"

一日携其前所集古今印本, 彙爲一卷, 屬余序之. 孔子曰:"吾猶及史之闕文, 今亡矣."蓋傷之也. 於是幷書之, 以爲不借書者之深戒.

10 박지원, 「어떤 이에게 주다與人」:

足下多蓄古書, 絶不借人, 何其謬也? 足下將欲以世傳耶? 夫天下之物, 不能傳也, 久矣. 堯舜之所不傳, 三代之所不能守, 而秦皇帝之所以爲愚也. 足下尙欲世守於數帙之書, 豈不謬哉? 書無常主, 樂善好學者有之耳.

若後世賢, 樂善好學, 壁間所藏, 家中所秘, 九譯同文, 將歸於南陽之世矣. 若後世不賢, 驕逸惰荒, 天下亦不可守, 而況於書乎? 馬不借乘, 仲尼猶且傷之, 有書者不借人讀之, 將若之何?

足下若言子孫無賢愚, 皆可以世守, 則是又大謬. 君子刱業垂統, 爲可繼也. 故莫不明之以法, 將之以德, 示之以容. 後世猶或失墜, 罔有承將. 關石和勻, 夏之子孫, 苟可以世守, 則九鼎何遷; 明德馨香, 殷之子孫, 苟可以世守, 則亳社何改; 天子穆穆, 周之子孫, 苟可以世守, 則明堂何毁?

由是觀之, 明法而垂之, 德容而眎之, 尙猶難守, 今乃私天下之古書, 不與人爲善, 挾驕吝以濟其世, 無乃不可乎? 君子以文會友, 以友輔仁, 子如求仁, 千箱之書, 與朋友共弊之, 可也. 今乃束之高閣, 區區爲後世計耶?

11 박지원,「영재집 서문泠齋集序」:

匠石謂劂厥氏曰: "夫天下之物, 莫堅於石, 爰伐其堅, 斷而斲之. 螭首龜趺, 樹之神道, 永世不騫, 是我之功也." 劂厥氏曰: "久而不磨者, 莫壽於刻. 大人有行, 君子銘之, 匪余攸工, 將焉用碑?"

遂相與訟之於馬鬣者, 馬鬣者寂然無聲, 三呼而三不應. 於是石翁仲啞然而笑曰: "子謂天下之至堅者, 莫堅乎石, 久而不磨者, 莫壽乎刻也. 雖然石果堅也, 斲而爲碑乎? 若可磨也, 惡能刻乎? 旣得以斲而刻之, 又安知築竈者不取之, 以爲安鼎之題乎?"

揚子雲好古士也, 多識奇字. 方艸太玄, 愀然變色易容, 慨然太息曰: "嗟乎! 烏爾其知之? 聞石翁仲之風者, 其將以玄覆醬瓿乎?" 聞者皆大笑. 春日書之泠齋集.

12 박지원,「호곡장론好哭場論」:

初八日甲申晴. 與正使同轎, 渡流河, 朝飯於冷井. 行十餘里, 轉出一派山脚, 泰卜忽鞠躬, 趨過馬首, 伏地高聲曰: "白塔現身謁矣." 泰卜者鄭進士馬頭也. 山脚猶遮, 不見白塔. 趣鞭行不數十步, 纔脫山脚, 眼光勒勒, 忽有一團黑毬七升八落. 吾今日始知人生本無依附, 只得頂天踏地而行矣.

立馬四顧, 不覺擧手加額曰: "好哭場! 可以哭矣." 鄭進士曰: "遇此天地間大眼界, 忽復思哭, 何也?" 余曰: "唯唯否否. 千古英雄善泣, 美人多淚. 然不過數行無聲眼水, 轉落襟前. 未聞聲滿天地, 若出金石. 人但知七情之中, 惟哀發哭, 不知七情都可以哭.

喜極則可以哭矣, 怒極則可以哭矣, 樂極則可以哭矣, 愛極則可以哭矣, 惡極則可以哭矣, 欲極則可以哭矣. 宣暢壹鬱, 莫疾於聲, 哭在天地, 可比雷霆. 至情所發, 發能中理, 與笑何異?

人生情會, 未嘗經此極至之處, 而巧排七情, 配哀以哭. 由是死喪之際, 始乃勉强叫喚喉苦等字. 而眞情七情所感, 至聲眞音, 按住忍抑, 蘊鬱於天地之間, 而莫之敢宣也. 彼賈生者, 未得其場, 忍住不耐, 忽向宣室一聲長號, 安得無致人驚怪哉?"

鄭曰:"今此哭場,如彼其廣,吾亦當從君一慟,未知所哭. 求之七情,所感何居?"余曰:"問之赤子. 赤子初生,所感何情? 初見日月,次見父母,親戚滿前,莫不歡悅. 如此喜樂,至老無雙,理無哀怒,情應樂笑,乃反無限啼叫,忿恨彌中. 將謂人生神聖愚凡,一例崩殂,中間尤咎,患憂百端,兒悔其生,先自哭弔. 此大非赤子本情.

兒胞居胎處,蒙冥沌塞,纏糾逼窄,一朝迸出寥廓,展手伸脚,心意空闊,如何不發出眞聲盡情一洩哉? 故當法嬰兒,聲無假做. 登毗盧絶頂,望見東海,可作一場,行長淵金沙,可作一場. 今臨遼野,自此至山海關一千二百里,四面都無一點山. 乾端坤倪,如黏膠線縫,古雨今雲,只是蒼蒼,可作一場."

亭午極熱. 趣馬,歷高麗叢阿彌庄,分路. 與趙主簿達東及卞君來源鄭進士李傔鶴齡,入舊遼陽,其繁華富麗,十倍鳳城. 別有遼東記.

13 박지원,「중존에게 주다與仲存」:

梅宕必發狂疾,君知之乎? 其在長淵,常登金沙山. 大海拍天,自覺渺小. 莽然生愁,乃發歎曰:"假令彈丸小島,饑饉頻年,風濤黏天,不通賑貸,當奈何? 海寇竊發,便風擧帆,逃遁無地,當奈何? 龍鯨鼉蜃,緣陸而卵,噉人如麻,當奈何? 海濤盪溢,渟覆邸閭,當奈何? 海水遠移,一朝斷流,孤根高峙,嶷然見底,當奈何? 波齧島根,澔汩旣久,土石難支,隨流而圮,當奈何?"其疑慮如此,不狂而何? 夜聽其言,不覺絶倒,信手錄去.

14 이덕무李德懋,「서해여언西海旅言」:

卓立沙頂,西望大海,海背穹然,不見其涘. 龍鼉噴濤,襯天無縫. 一庭之中,限之以籬. 籬頭相望,互謂之隣. 今余與二生,立于此岸,登萊之人,立于彼岸,可相望而語然,一海盈盈,莫睹莫聆,隣人之面,不相知也. 耳之所不聞,目之所不見,足之所不到,惟心之所馳,無遠不屆. 此旣知有彼岸,彼又知有此岸,海猶一籬耳,謂之睹且聆焉,可也. 然假令摶扶搖而上九萬里,此岸彼岸,一擧目而盡焉,則一家人耳,亦何嘗論隔籬之隣哉?

登高望遠,益覺渺小. 莽然生愁,不暇自悲,而悲彼島人. 假令彈丸小地,饑饉頻年,風濤黏天,不通賑貸,當奈何? 海寇竊發,便風擧帆,逃遁無地,盡被屠戮,當奈何? 龍鯨鼉蜃,緣陸而卵,惡齒毒尾,噉人如蔗,當奈何? 海神赫怒,波濤盪溢,渟覆村閭,一滌無遺,當奈何? 海水遠移,一朝斷流,孤根高峙,嶷然見底,當奈何? 波齧島根,澔汩旣久,土石難支,隨流而圮,當奈何?

客曰:"島人無恙,而子先危矣."風之觸矣,山將移矣,余迺下立平地,逍遙而歸. 余東望佛胎長山,諸環海之山,而歎曰:"此海中之土也."客曰:"奚爲也?""子試穿渠,其土如阜,天開巨浸,拓滓成山."仍與二生,入追捕之幕,進一大白,澆海遊之胸.

472

1 박지원,「회성원집 발문繪聲園集跋」:

古之言朋友者, 或稱第二吾, 或稱周旋人. 是故造字者, 羽借爲朋, 手又爲友. 言若鳥之兩翼, 而人之有兩手也. 然而說者曰: "尙友千古", 鬱陶哉是言也! 千古 之人, 已化爲飄塵冷風, 則其誰爲吾第二, 誰爲吾周旋耶?

揚子雲旣不得當世之知己, 則慨然欲俟千歲之子雲. 吾邦之趙寶汝嗤之曰: "吾讀吾玄, 而目視之, 目爲子雲, 耳聆之, 耳爲子雲, 手舞足蹈, 各一子雲, 何必 待千歲之遠哉?"吾復鬱陶焉, 直欲發狂於斯言, 曰: "目有時而不睹, 耳有時而不 聞, 則所謂舞蹈之子雲, 其將孰令聆之, 孰令視之? 嗟乎! 耳目手足之生幷一身, 莫近於吾, 而猶將不可恃者如此, 則孰能鬱鬱然上溯千古之前, 昧昧乎遲待千歲 之後哉?"由是觀之, 友之必求於現在之當世也, 明矣.

嗟乎! 吾讀繪聲園集, 不覺心骨沸熱, 涕泗橫流曰: "吾與封圭氏, 生旣幷斯 世矣, 所謂年相若也, 道相似也. 獨不可以相友乎? 固將友矣, 獨不可以相見乎? 地之相距也萬里, 則爲其地之遠歟?"曰: "非然也. 嗟乎! 嗟乎! 旣不得以相見 乎, 則顧可謂之友乎哉? 吾不知封圭氏之身長幾尺, 鬚眉如何. 不可知則吾其於 幷世之人, 何哉? 然則吾將奈何? 吾將以尙友之法, 友之乎?"

封圭之詩盛矣哉. 其大篇發韶護, 短章鳴瓊珩. 其窈窕溫雅也, 如見洛水之 驚鴻; 泓淳蕭瑟也, 如聞洞庭之落木. 吾又不知其作之者, 子雲歟? 讀之者, 子雲 歟? 嗟乎! 言語雖殊, 書軌攸同, 惟其歡笑悲啼, 不譯而通. 何則? 情不外假, 聲出 由衷. 吾將與封圭氏, 一以笑後世之子雲, 一以弔千古之尙友.

2 박지원,「어떤 이에게 주다與人」:

劇暑中, 僉履起居連勝否? 聖欽近作何樣生活否? 懸懸尤不能忘也. 仲存時 得相逢飮酒, 伯善失靑橋, 聖緯無泥洞, 則未知如此長日, 何以消遣否. 在先聞已 罷官云, 未知歸後幾番相逢否. 彼旣喪糟糠之妻, 又喪良友之如懋官者, 悠悠此 世, 踽踽凉凉, 其面目言語, 不見可想. 亦可謂天地間窮民.

嗚呼痛哉! 吾嘗論, 絶絃之悲, 甚於叩盆. 叩盆者, 猶得再娶三娶, 卜姓數四, 無所不可, 如衣裳之綻裂而補綴, 如器什之破缺而更換. 或後妻勝於前配, 或吾 雖皤, 而彼則艾, 其宴爾之樂, 無間乎新舊.

至若絶絃之痛, 我幸而有目焉, 誰與同吾視也; 我幸而有耳焉, 誰與同吾聽 也; 我幸而有口焉, 誰與同吾味也; 我幸而有鼻焉, 誰與同吾嗅也; 我幸而有心 焉, 將誰與同吾智慧靈覺哉.

鍾子期死矣, 爲伯牙者, 抱此三尺枯梧, 將向何人鼓之, 將使何人聽之哉? 其 勢不得不拔佩刀, 一撥五絃. 其聲戞然, 於是乎, 斷之絶之觸之碎之破之踏之, 都納竈口, 一火燒之. 然後乃滿於志也. 吾問於我, 曰:"爾快乎?"曰:"我快矣.""爾欲哭乎?"曰:"吾哭矣."聲滿天地, 若出金石. 有水焉, 迸落襟前, 火齊瑟瑟. 垂淚擧目, 則空山無人, 水流花開. "爾見伯牙乎?""吾見之矣."

3　박지원,「기린협으로 들어가는 백영숙에게 주는 서문贈白永叔入麒麟峽序」:

永叔將家子. 其先有以忠死國者, 至今士大夫悲之. 永叔工篆隷嫺掌故, 年少善騎射, 中武擧. 雖爵祿拘於時命, 其忠君死國之志, 有足以繼其祖烈, 而不媿其士大夫也.

嗟呼! 永叔胡爲乎盡室穢貊之鄕? 永叔嘗爲我相居於金川之燕巖峽. 山深路阻, 終日行, 不逢一人. 相與立馬於蘆葦之中, 以鞭區其高皁, 曰:"彼可籬而桑也, 火葦而田, 歲可粟千石."試敲鐵, 因風縱火, 雉格格驚飛, 小麞逸於前. 奮臂追之, 隔溪而還. 仍相視而笑曰:"人生不百年, 安能鬱鬱木石居食粟雉兎者爲哉?"

今永叔將居麒麟也, 負犢而入, 長而耕之. 食無鹽豉, 沈樝梨以爲醬, 其險阻僻, 遠於燕巖, 豈可比而同之哉.

顧余徊徨岐路間, 未能決去就, 況敢止永叔之去乎? 吾壯其志, 而不悲其窮.

4　이덕무李德懋,「야뇌당기野餒堂記」:

野餒誰號? 吾友白永叔自號也. 吾見永叔, 奇偉之士, 何故自處其鄙夷? 我知之矣. 凡人見脫俗不群之士, 必嘲而笑曰:"彼人也, 顏貌古樸, 衣服不隨俗, 野人哉!;語言質實, 行止不遵俗, 餒人哉!"遂不與之偕.

擧世皆然, 其所謂野餒者, 獨行于于, 歎世人之不我與也, 或悔而棄其樸, 或愧而棄其質, 漸趨于薄, 是豈眞野餒哉? 野餒之人, 其亦不可見矣.

永叔古樸質實人也. 不忍以質慕世之華, 以樸趨世之詐, 崛强自立, 有若遊方外之人焉. 世之人, 群謗而衆罵, 乃不悔野, 不愧餒, 是可謂眞野餒哉.

5　박제가朴齊家,「백영숙을 기린협으로 전송하는 서문送白永叔基麒麟峽序」:

天下之至友曰窮交, 友道之至言曰論貧. 嗚呼! 靑雲之士, 或枉駕於蓬蓽, 韋布之流, 或曳裾於朱門, 何其相求之深而相合之難也? 夫所謂友者, 非必含杯酒, 接殷勤, 握手促膝而已也. 所欲言而不言, 與不欲言而自言, 斯二者, 其交之深淺, 可知已.

夫人莫不有恔, 故所私莫過於財; 亦莫不有求, 故所嫌莫甚於財, 論其私而不嫌, 而況於他乎! 詩云:"終窶且貧, 莫知我艱."夫我之所艱, 人未必動其毫髮. 故天下之恩怨, 從此而起矣. 彼諱貧而不言者, 豈盡無求於人哉? 然而出門强笑語, 寧能數擧今日之飯與粥乎? 歷陳平生, 而猶不敢問其呪尺之局鏰, 則幾微之際, 而至難言者, 存焉耳. 必不得已而略試之, 善導而中其彀, 漠然不應於眉睫之間, 則向之所謂欲言而不言者, 今雖言之, 而其實與不言同.

故多財者, 患人之求, 則先稱其所無, 斷人之望, 則故有所不發, 則其所謂含杯酒, 接殷勤, 握手促膝者, 擧不勝其悲凉踽躅, 而不悵然失意而歸者, 幾稀矣. 吾於是乎知論貧之爲不可易得, 而向者之言, 蓋有激而云然也.

夫窮交之所謂至友者, 豈其瑣細鄙屑而然乎? 亦豈必僥倖可得而言哉? 所處同, 故無形迹之顧, 所患同, 故識艱難之狀而已. 握手勞苦, 必先其飢飽寒煖, 問訊其家人生產, 不欲言而自言者, 眞情之惻怛而感激之使然也. 何昔之至難言者, 今之信口直出而沛然, 莫之能禦也? 有時乎入門長揖, 竟日無言, 索枕一睡而去, 不猶愈於他人十年之言乎? 此無他. 交之不合, 則言之而與不言同, 其交之無間, 則雖默然兩相忘言, 可也. 語云: "白頭而新, 傾蓋而故." 其是之謂乎!

吾友白君永叔, 負才氣, 遊於世三十年, 卒困無所遇. 今將攜其二親, 就食深峽. 嗟乎! 其交也以窮, 其言也以貧, 余甚悲之. 雖然, 夫吾之於永叔, 豈特窮時之交而已哉? 其家未必有並日之煙, 而相逢猶能脫帽刀典酒而飮, 酒酣, 嗚嗚然歌呼, 嫚罵而嬉笑, 天地之悲歡, 世態之炎凉, 契濶之甘酸, 未嘗不在於中也.

嗟乎! 永叔豈窮交之人歟? 何其數從我而不辭也? 永叔早知名於時, 結交遍國中, 上之爲卿相牧伯, 次之爲顯人名士, 亦往往相推許. 其親戚鄕黨婚姻之誼, 又不一而足, 而與夫馳馬習射擊劒拳勇之流, 書畵印章博奕琴瑟醫師地理方技之倫, 以至市井皁輿耕漁屠販之賤夫, 莫不日逢於路而致款焉. 又踵門而至者, 相接也. 永叔又能隨其人, 而顔色之, 各得其歡心. 又善言山川謠俗名物古蹟及吏治民隱軍政水利, 皆其所長. 以此而遊於諸所交之人之多, 則亦豈無追呼得意, 淋漓跌蕩之一人? 而獨時時叩余門, 問之則無他往. 永叔長余七歲, 憶與余同閈而居也, 余尙童子, 而今焉已鬚矣. 屈指十年之間, 容貌之盛衰若斯, 而吾二人者, 猶一日也. 卽其交可知已.

嗟乎永叔, 平生重意氣, 嘗手散千金者數矣, 而卒困無所遇. 使不得糊其口於四方, 雖善射而登第, 其志又不屑碌碌浮沉取功名. 今又絜家屬入基麟峽中, 吾聞基麟古貊國, 險阻甲東海. 其地數百里, 皆大嶺深谷, 攀木杪以度, 其民火粟而板屋, 士大夫不居之. 消息歲僅得一至于京. 晝出則惟禿指之樵夫鬅髮之炭戶, 相與圍爐而坐耳. 夜則松風謖謖繞屋而磨軋, 窮禽哀獸鳴號而響應, 披衣起立, 彷徨四顧. 其有不泣下沾襟, 悽然而念其京邑者乎.

嗟乎! 永叔又胡爲乎此哉! 歲暮而霰雪零, 山深而狐兎肥, 彎弓躍馬, 一發而獲之, 據鞍而笑, 亦足以快齷齪之志, 而忘寂寞之濱也歟! 又何必屑屑於去就之分, 而戚戚於離別之際也! 又何必覓殘飯於京裏, 逢他人之冷眼, 從使人不言之地, 而作欲言不言之狀也! 永叔行矣! 吾向者窮而得友道矣. 雖然, 夫吾之於永叔, 豈特窮時之交而已哉.

6 박지원, 「여름밤의 잔치 이야기夏夜讌記」:

二十二日, 與麴翁步至湛軒. 風舞夜至. 湛軒爲瑟, 風舞琴而和之, 麴翁不冠而歌. 夜深, 流雲四綴, 暑氣乍退, 絃聲益淸. 左右靜默, 如丹家之內觀臟神, 定僧之頓悟前生. 夫自反而直, 三軍必往. 麴翁當其歌時, 解衣磅礴, 旁若無人者.

梅宕嘗見簷間, 老蛛布網, 喜而謂余曰: "妙哉! 有時遲疑, 若其思也; 有時揮霍, 若有得也; 如蒔麥之踵, 如按琴之指." 今湛軒與風舞相和也, 吾得老蛛之解矣.

去年夏, 余嘗至湛軒, 湛軒方與師延論琴. 時天欲雨, 東方天際, 雲色如墨. 一雷則可以龍矣. 旣而長雷在天, 湛軒謂延曰: "此屬何聲?" 遂援琴而諧之. 余遂作天雷操.

7 박지원, 「술 취해 운종교를 걸은 이야기醉踏雲從橋記」:

孟秋十三日夜, 朴聖彦與李聖緯弟聖欽元若虛呂生鄭生童子見龍, 歷携李懋官至. 時徐參判元德, 先至在座. 聖彦盤足橫肱坐, 數視夜, 口言辭去. 然故久坐. 左右視, 莫肯先起者. 元德亦殊無去意, 則聖彦遂引諸君俱去.

久之, 童子還言, 客已當去, 諸君散步街上, 待子爲酒. 元德笑曰: "非秦者逐." 遂起, 相携步出街上. 聖彦罵曰: "月明, 長者臨門, 不置酒爲懂, 獨留貴人語, 奈何令長者, 久露立?" 余謝不敏, 聖彦囊出五十錢, 沽酒.

少醉, 因出雲從之衢, 步月鍾閣下. 時夜鼓已下三更四點, 月益明. 人影長皆十丈, 自顧凜然可怖. 街上群狗亂嗥. 有獒東來, 白色而瘦. 衆環而撫之, 喜搖其尾, 俛首久立.

嘗聞, 獒出蒙古, 大如馬, 桀悍難制. 入中國者, 特其小者易馴, 出東方者, 尤其小者, 而比國犬絶大. 見怪不吠, 然一怒則猖示威, 俗號胡白. 其絶小者, 俗號友友, 種出雲南. 皆嗜蔵, 雖甚飢, 不食不潔嗉. 能曉人意, 項繫赫蹏書, 雖遠必傳. 或不逢主人, 必啣主家物而還, 以爲信云. 歲常隨使者至國, 然率多餓死. 常獨行不得意.

懋官醉而字之曰豪伯. 須臾失其所在, 懋官悵然, 東向立, 字呼豪伯如知舊者三. 衆皆大笑. 闤街群狗, 亂走益吠. 遂歷叩玄玄, 益飲大醉, 踏雲從橋, 倚欄干語.

曩時上元夜, 蓮玉舞此橋上, 飮茗白石家. 惠風戲曳鵝頸數匝, 分付如僕隸狀, 以爲笑樂. 今已六年. 惠風南遊錦江, 蓮玉西出關西, 俱能無恙否?

又至水標橋列坐, 橋上月方西, 隨正紅, 星光益搖搖, 圓大當面欲滴. 露重衣笠盡濕. 白雲東起, 橫曳冉冉北去, 城東蒼翠益重. 蛙聲如明府昏聵, 亂民聚訟; 蟬聲如黌堂嚴課, 及日講誦; 鷄聲如一士矯矯以諍論爲己任.

8 이서구李書九, 「여름밤에 연암 어른을 방문한 이야기夏夜訪燕巖丈人記」:

季夏之弦, 步自東隣, 訪燕巖丈人. 時微雲在天, 林月蒼翳, 鍾聲初起, 其始也殷殷, 其終也泛泛, 若水漚之方散. 意以爲丈人在家否, 入其巷, 先覘其牖, 燈照焉.

入其門, 丈人不食已三朝矣. 方跣足解巾, 加股房櫳, 與廊曲賤隷相問答. 見余至, 遂整衣坐, 劇談古今治亂及當世文章名論之派別同異, 余聞而甚奇之也.

時夜已下三更. 仰見窓外, 天光焂開焂翕, 輕河亙白, 益悠揚不自定. 余驚曰: "彼曷爲而然?" 丈人笑曰: "子試觀其側." 蓋燭火將滅, 焰動搖益大. 乃知向之所見者, 與此相映徹而然也.

須臾燭盡. 遂兩坐黑室中, 諧笑猶自若. 余曰: "昔丈人與余同里, 嘗雪夜訪丈人, 丈人爲余親煖酒, 余亦手執餠, 蒸之土爐中, 火氣烘騰, 余手甚熱, 數墮餠于灰. 相視甚歡. 今幾年之間, 丈人頭已白, 余亦髭鬚蒼然矣." 因相與悲歎者久之. 是夜後十三日而記成.

9 박지원,「소완정 이서구가 여름밤에 벗을 찾아간 이야기에 화답하다酬素玩亭夏夜訪友記」:

六月某日, 洛瑞夜訪不佞, 歸而有記, 云: "余訪燕巖丈人, 丈人不食三朝. 脫巾跣足, 加股房櫳而臥, 與廊曲賤隷相問答." 所謂燕巖者, 卽不佞金川峽居, 而人因以號之也. 不佞眷屬, 時在廣陵. 不佞素肥苦暑, 且患草樹蒸鬱, 夏夜蚊蠅, 水田蛙鳴, 晝夜不息. 以故每當夏月, 常避暑京舍. 京舍雖甚湫隘, 而無蚊蛙草樹之苦.

獨有一婢守舍, 忽病眼, 狂呼棄主去, 無供飯者. 遂寄食廊曲, 自然款狎, 彼亦不憚使役, 如奴婢. 靜居無一念在意. 時得鄕書, 但閱其平安字. 益習疎懶, 廢絶慶弔. 或數日不洗面, 或一旬不裹巾. 客至或默然淸坐, 或販薪賣瓜者過, 呼與語孝悌忠信禮義廉恥, 款款語屢數百言. 人或譏其迂濶無當, 支離可厭, 而亦不知止也. 又有譏其在家爲客, 有妻如僧者, 益晏然, 方以無一事爲自得.

有雛鵲折一脚, 蹣跚可笑. 投飯粒益馴, 日來相親. 遂與之戲曰: "全無孟嘗君, 獨有平原客." 東方俗謂錢爲文, 故稱孟嘗君. 睡餘看書, 看書又睡. 無人醒覺, 或熟睡盡日, 時或著書見意. 新學鐵絃小琴, 倦至爲弄數操. 或故人有餉酒者, 輒欣然命酌.

旣醉乃自贊曰: "吾爲我似楊氏, 兼愛似墨氏. 屢空似顏氏, 尸居似老氏. 曠達似莊氏, 參禪似釋氏. 不恭似柳下惠, 飮酒似劉伶. 寄食似韓信, 善睡似陳搏. 鼓琴似子桑戶, 著書似揚雄, 自比似孔明, 吾殆其聖矣乎? 但長遜曹交, 廉讓於陵, 慚愧慚愧." 因獨自大笑.

時余果不食三朝. 廊隷爲人蓋屋, 得雇直, 始夜炊. 小兒姤飯, 啼不肯食, 廊隷怒覆盂與狗, 惡言詈死. 時不佞纔飯, 旣困臥, 爲擧張乖崖守蜀時斬小兒事, 以譬曉之, 且曰: "不素敎反罵, 爲長益賊恩."

而仰視天河垂屋, 飛星西流, 委白痕空. 語未卒, 而洛瑞至, 問丈人獨臥誰語
也? 所謂與廊曲問答者此也. 洛瑞又記雪天燒餠時事. 時不佞舊居與洛瑞對門,
自其童子時見. 不佞賓客日盛, 有意當世. 而今年未四十, 已白頭, 頗爲道其感
慨. 然不佞已病困, 氣魄衰落, 泊然無意, 不復向時也. 玆爲之記以酬.

10 홍길주洪吉周, 『수여난필睡餘瀾筆』 중:

楓石徐奉朝賀, 酷好燕巖文. 嘗自言, 其少時, 屢與之往來, 有作, 必示之, 得
其許可然後用之. 又曰: "此丈談辯奇偉, 往往勝於文詞. 嘗造問曰: '公積受人雌
黃, 豈有以耶?' 燕巖笑曰: '子欲知之乎? 吾嘗於夏潦中, 累日乏食. 一日雨少歇,
支枕見天際虹霞, 頳紅暎射, 微有閃電在其中. 覺吐裏甚飢, 顧無覓食計. 遂步入
內舍, 索器用之可鬻者, 而無有. 樓屋中, 有世傳舊架函, 俗名閣庋所里者. 缺汙
不中用斥之, 不足以取厚値. 度它無救死策, 乃躬詣其前. 乍從樓牕覘, 見陰雲四
黑, 唯向之暎射者, 益炫爍奪目. 旣無心戀玩, 伸兩手, 扛架函, 甫離地, 忽一聲霹
靂, 屋宇皆震. 有若雷火之直墜吾頭腦者. 愕然不覺架函之落于地. 吾平日嘗謗,
大略皆此類耳.' 仍相與大笑."

11 홍길주洪吉周, 『수여난필睡餘瀾筆』 중:

楓皐金忠文公, 甚不喜燕巖文. 嘗在內閣, 與楓石論不合. 楓皐怫然曰: "朴
某, 使讀孟子一章, 必不能成句." 楓石亦盛氣而答曰: "朴丈, 必能作孟子一章."
楓皐曰: "不謂公不知文, 至此. 吾在之日, 公勿望文苑官職." 楓石曰: "吾固不願
做文苑職耳." 時沈斗室故相, 在湖南藩, 李屐園太學士, 貽書告兩公爭論事. 內
閣諸公一時之盛, 可想見也. 今惟有楓石歸然. 爲余太息, 而道其事.

12 박지원, 「붓 씻는 그릇 이야기筆洗說」:

有鬻古董而三年不售者. 質頑然石也, 以爲飮器也, 則外窪而內卷, 垢膩之
掩其光也. 遍國中, 未有顧之者, 更歷富貴家, 價愈益下, 至數百. 一日有持而示
徐君汝五者. 汝五曰: "此筆洗也. 石産於福州壽山五花石坑, 次玉而如珉者也."
不問値高下, 立與八千. 刮其垢, 而昔之頑然者, 乃石之暈, 而艾葉綠也. 形之窪
且卷者, 如秋荷之枯, 而卷其葉也. 遂爲國中之名器.

汝五曰: "天下之物, 其有不器者乎? 顧所以用得其當耳. 夫毫之含墨, 膠固
則易禿, 常滌其墨而柔之, 此其器之爲筆洗也." 夫書畫古董, 有收藏鑑賞二家.
無鑑賞而徒收藏者, 富而只信其耳者也; 善乎鑑賞而不能收藏者, 貧而不負其眼
者也. 東方雖或有收藏家, 而載籍則建陽之坊刻; 書畫則金閶之贋本爾. 栗皮之
罏, 以爲徽而欲磨, 藏經之紙, 以爲浣而欲洗. 逢濫惡, 則高其値, 遺珍秘, 而不能
藏, 其亦可哀也已.

新羅之士, 朝唐而入國學; 高麗之人, 遊元而登制科, 能拓眼而開胸. 其於鑑
賞之學, 蓋亦彬彬於當世矣. 國朝以來, 三四百年, 俗益鄙野, 雖歲通于燕, 而乃

腐敗之藥料, 蠹疏之絲絹耳. 虞夏殷周之古器, 鍾王顧吳之眞蹟, 何嘗一渡乎鴨
水哉?

近世鑑賞家, 稱尙古堂金氏, 然無才思, 則未盡美矣. 蓋金氏有開創之功, 而
汝五有透妙之識, 觸目森羅, 卞別眞贋. 兼乎才思, 而善鑑賞者也. 汝五性聰慧,
能文章, 工小楷. 兼善小米潑墨之法, 旁通律呂.

春秋暇日, 汎掃庭宇, 焚香品茗, 嘗歎家貧, 而不能收藏. 又恐流俗從而噪之.
則顧鬱鬱謂余曰:"誚我以玩物喪志者, 豈眞知我哉! 夫鑑賞者, 詩之敎也. 見曲
阜之履, 而豈有不感發者乎? 見漸臺之斗, 而豈有不懲創者乎?"余乃慰之曰:"鑑
賞者, 九品中正之學也. 昔許劭品藻淑慝, 判若涇渭, 而未聞當世能知許劭者也.
今汝五工於鑑賞, 而能識拔此器於衆棄之中, 嗚呼! 知汝五者, 其誰歟?"

13 박종채, 김윤조 역주,『역주 과정록』, 295쪽.

14 박지원,「맏누이 정부인 박씨의 묘지명伯姊贈貞夫人朴氏墓誌銘」:

孺人諱某, 潘南朴氏. 其弟趾源仲美誌之曰: 孺人十六歸德水李宅模伯揆,
有一女二男, 辛卯九月一日歿, 得年四十三. 夫之先山曰鵶谷, 將葬于庚坐之兆.

伯揆旣喪其賢室, 貧無以爲生, 挈其穉弱, 婢指十, 鼎鐺箱簏, 浮江入峽, 與喪
俱發, 仲美曉送之斗浦舟中, 慟哭而返.

嗟乎! 姊氏新嫁曉粧, 如昨日. 余時方八歲. 嬌臥馬騘, 效婿語, 口吃鄭重, 姊
氏羞, 墮梳觸額. 余怒啼, 以墨和粉, 以唾漫鏡. 姊氏出玉鴨金蜂, 賂我止啼. 至今
二十八年矣.

立馬江上遙見, 丹旐翩然, 檣影透迤, 至岸轉樹, 隱不可復見. 而江上遙山, 黛
綠如鬟, 江光如鏡, 曉月如眉. 泣念墮梳. 獨幼時事歷歷, 又多歡樂. 歲月長, 中間
常苦離患, 憂貧困, 忽忽如夢中. 爲兄弟之日, 又何甚促也.

去者丁寧留後期, 猶令送者淚沾衣. 扁舟從此何時返, 送者徒然岸上歸.

15 홍길주洪吉周,「연암집을 읽고讀燕巖集」:

晨暈起盥頰, 施髮織虎, 坐巾于額, 取鏡以炤, 端其敧邪, 人人之所同然. 余始
冠施巾, 加二指眉上, 爲之度, 無待乎鏡炤. 繇是或旬月不對鏡, 少壯之容, 今已
忘之矣.

人有可與友者, 同閈居幾年, 未識面而去, 以爲恨. 我與我最近, 豈直同閈哉.
今余不識吾少時容, 不以爲恨, 何也? 千歲之前有人焉, 其道德可師, 其文章可
法, 吾恨其不同時也. 百歲之前有人焉, 志氣言議可觀也, 吾恨其不同時也. 數十
歲之前有人焉, 氣足以橫六合, 才足以駕千古, 文足以顚倒萬類, 其在世也, 余已
通人事, 然而未及見也, 然而未及與之言也. 然而吾不爲恨, 何也? 余旣不識數十
年前之吾, 況於數十年前之他人乎?

今余取鏡而觀今之吾, 披卷而讀其人之文, 其人之文, 卽今之吾也. 明日又

取鏡而觀之, 披卷而讀之, 其文卽明日之吾也. 明年又取鏡而觀之, 披卷而讀之, 其文卽明年之吾也. 吾之容老而益變, 變而忘其故, 其文則不變. 然亦愈讀而愈異, 隨吾之容而肖焉已矣.